Ein Darkover-Roman

*»Weit entfernt in der Galaxis
ungefähr 4000 Jahre in der Zukunft
gibt es einen Planeten
mit einer großen roten Sonne
und vier Monden.
Willst Du nicht mitkommen
und ihn mit mir erforschen?«*

Marion Zimmer Bradley

Von der Autorin sind außerdem erschienen:

Excalibur – Das Schwert von Avalon
Jenseits von Avalon

Eine Komplettübersicht
aller Darkover-Romane finden Sie am Ende dieses Buches!

Über die Autorin:

Marion Zimmer Bradley, 1930 in den USA geboren, publizierte anfangs vor allem in Zeitschriften und Anthologien. Der Durchbruch gelang ihr 1962 mit *The Planet Savers – Retter des Planeten*. Mit dieser Geschichte war der Grundstein für die Romane um den Planeten *Darkover* gelegt, die innerhalb weniger Jahre zu einem der beliebtesten Fantasy-Zyklen einer riesigen Fangemeinde avancieren sollten. Seit 1962 hat Marion Zimmer Bradley über zwanzig *Darkover*-Romane und unzählige Kurzgeschichten geschrieben sowie eine Reihe Anthologien herausgegeben. 1983 wurde Marion Zimmer Bradley mit ihrem Roman *Die Nebel von Avalon* schließlich weltberühmt.
Sie starb im September 1999 in ihrer Heimatstadt Berkeley, Kalifornien.

Marion Zimmer Bradley

An den Feuern von Hastur

Ein Darkover-Roman

Aus dem Amerikanischen von
Rosemarie Hundertmarck

Knaur

Die amerikanische Originalausgabe erschien 1993 unter dem Titel
Rediscovery of Darkover bei DAW Books, New York.

Besuchen Sie uns im Internet:
www.droemer-weltbild.de

Vollständige Taschenbuchausgabe 2001
Droemersche Verlagsanstalt Th. Knaur Nachf., München

Umschlaggestaltung: ZERO Werbeagentur, München
Umschlagabbildung: © Nico Keulers
via Agentur Schlück, Garbsen
Satz: Ventura Publisher im Verlag
Druck und Bindung: BookPartner A/S, Kopenhagen
Printed in Denmark
ISBN 3-426-60970-3

4 5 3

1

Ysaye? Bist du da oben?« Elizabeth Mackintosh steckte den Kopf vorsichtig in den Schacht, der den Computerkern enthielt. Sie war eine kleine, zierliche Frau, nicht eigentlich hübsch, aber von einer sanften und doch intensiven Lebendigkeit, die das Wort »hübsch« bedeutungslos machte. Sie hatte dichtes dunkles Haar und blaue Augen, lieblich und klar, und eine Stimme, die in dem widerhallenden Schacht klang, als würde sie singen. Für Computer hatte sie nicht viel übrig, und der enge Schacht mit all seinen aktivierten Komponenten vermittelte ihr ein beklemmendes Gefühl von Klaustrophobie. Sie hatte einmal zu Ysaye gesagt, in dem warmen, von winzigen roten Lichtern getupften Dunkel komme sie sich vor, als sei sie von einer Sphäre rotäugiger Dämonen umgeben. Ysaye hatte gelacht und an einen Scherz geglaubt, aber es war wahr.

»Ich bin in einer Minute fertig«, rief Ysaye Barnett hinunter. »Lass mich nur noch diese letzte Schalttafel anschließen.« Sie ersetzte die Schalttafel, an der sie gearbeitet hatte, und drückte die Fingerspitzen leicht gegen das Paneel, damit sich ihr hoch gewachsener Körper die Röhre hinunterbewegte. In der geringen Schwerkraft des Kerns war dazu kein starker Schub notwendig. Je näher sie dem Ende des Schachtes kam, desto höher wurden die ge-Zahl und ihre Geschwindigkeit. Mit vorsichtig gebeugten Knien landete sie unten neben Elizabeth. Die Schwerkraft im Computerraum betrug wie üblich 0,8 Standard, und Elizabeth klammerte sich, ebenfalls wie üblich, verzweifelt an das Geländer, das mitten durch den Raum lief. Veränderungen der Schwerkraft machten Elizabeth nervös. Sie lebte für den Tag, an dem das Schiff zu einem Planeten gelangte, auf dem sie bleiben konnte. Manchmal fragte sie sich, warum sie überhaupt in den Raum gegangen war. Aber dann hielt sie sich vor Augen, wie es auf der übervölkerten, lärmigen, techniksüchtigen Erde aussah, und sie wusste genau, dass sie niemals zurückkehren würde. Nur die sehr Reichen konnten sich auf Terra Platz und Privatleben leisten. Vom kläglichen Gehalt einer Kultur-Anthropologin hätte sie sich dort, Lichtjahre hinter ihnen, nicht einmal die Abgeschlossenheit einer winzigen Zelle der Art, die sie an Bord bewohnte, leisten können.

Ysaye dagegen war für das Leben in einem Raumschiff wie geschaffen. Sich verändernde Schwerkraftzonen waren für sie ein Spiel, so etwas wie die Version für Erwachsene vom Kästchenhüpfen. Ihr schwarzes, drahtiges Haar war in viele winzige Zöpfchen geflochten, damit es ihr nicht ins Gesicht in die Ausrüstung, mit der sie arbeitete, oder in die Ventilationsleitungen geriet. Sie hielt ihre Unterkunft so ordentlich, dass nicht einmal bei negativen ge's etwas von seinem Platz fiel. Sie kannte die Zeitpläne, Abläufe und Notfallübungen des Schiffes vorwärts und rückwärts. Wenn man den Fähnrichen Glauben schenken konnte, war jedes Stück Information im Computer in Ysayes Kopf dupliziert und konnte ebenso schnell hier wie dort abgerufen werden.

Ein Fähnrich, der in der dritten Schicht arbeitete, behauptete sogar, der Computer wache nachts auf und rufe nach ihr. Ysaye hatte ihm mit einem Zwinkern in ihren glänzenden braunen Augen geraten, er solle mit seiner Neigung, Maschinen zu vermenschlichen, vorsichtig sein. Zwar redete sie selbst mit dem Computer, aber sie achtete darauf, es nur dann zu tun, wenn niemand sie hören konnte. Schließlich hatte sie ihren Ruf als Wissenschaftlerin zu wahren.

»Damit dürfte die kleine Macke beseitigt sein«, stellte Ysaye glücklich fest. Nichts freute sie mehr, als die Antwort auf ein Rätsel zu finden, und dieses hatte die Techniker tagelang gequält, ein in Abständen immer wieder auftretender Signalverlust von der Robotsonde, die dem Schiff in etwa einem Tag Abstand vorausflog. »Ich habe doch gleich gesagt, es müsse an unserer Hardware liegen, nicht an der Sonde. Und ich werde irgendwem die Haut dafür abziehen, dass er die vorgeschriebenen Tests, mit denen er den Fehler gefunden hätte, nicht durchgeführt hat.«

»Gibt es etwas Neues über unseren neuen Planeten?« David Lorne, Elizabeths Verlobter, betrat den Computerraum und ging vorsichtig an dem Geländer entlang auf die Frauen zu. Elizabeth streckte unwillkürlich die Hand aus, und ebenso unwillkürlich ergriff er sie. Wie eine phototropische Reaktion, dachte Ysaye. David war Elizabeths Sonne, und manchmal konnte man meinen, ohne ihn werde sie schnell welken und verblassen.

»Kein Name«, antwortete Ysaye, klickte den Bibliotheks-Modus an und tippte Befehle in die Konsole. »Auch der Stern ist nur im ungekürzten Verzeichnis zu finden. Cottmans Stern. Sechs Planeten, heißt es in der Aufzeichnung, aber ...« Sie holte ein Diagramm auf den Konsolenschirm. »... die letzten Daten unserer Scanner machen sieben daraus. Drei kleine Felsbrocken, vier große kugelige Schwämme. Der Vierte von der Sonne aus ist bewohnbar oder steht zumindest am Rand der Bewohnbarkeit. Er hat wenig schwere Metalle, aber er wäre nicht der erste besiedelte Planet, der knapp an Metallen ist. Etwas besitzt er in Massen, nämlich Sauerstoff.«

»Ist das der Planet mit den vier Monden? Das klingt so exotisch – als gebe es dort eine Menge Stoff für Balladen«, sagte Elizabeth.

»Nun, für dich klingt alles wie ein Stoff für eine Ballade«, meinte Ysaye liebevoll.

»Warum auch nicht?«, gab Elizabeth vollkommen ernst zurück. Ysaye schüttelte den Kopf. Elizabeth hatte die Gewohnheit, alles mit der einen oder anderen Ballade in Verbindung zu bringen. Natürlich war Volksmusik ihr Hobby und Anthropologie ihr Spezialgebiet, und natürlich ist sehr viel primitive Geschichte in Liedern und Balladen enthalten, aber trotzdem ... Es gab eine Grenze, wenigstens soweit es Ysaye betraf. Einmal hatte Elizabeth versucht, Ysayes Neigung, für mehrere Tage zu verschwinden, wenn sie einem Computerfehler nachspürte, mit der Entführung Toms des Reimers durch die Elfenkönigin zu vergleichen ... Ysaye hatte Wochen gebraucht, um all den Unsinn über im Kern lebende Elfen und Feen auszumerzen.

»Irgendwelche Bewohner?«, fragte David. »Oder, besser gesagt, irgendwelche Zeichen von intelligenten Lebewesen?« Sowohl für David als auch für Elizabeth war das die große Frage. Ysaye machte sich weniger daraus, denn sie gehörte zur Schiffsbesatzung. Aber David und Elizabeth wollten heiraten und eine Familie gründen, und an Bord konnten sie das nicht. Kinder durften nicht einmal auf einem Schiff reisen, falls sie mit etwas, das einem menschlichen Skelett ähnelte, groß werden sollten. Kindliche Körper sind viel zarter und zerbrechlicher, als Planetenbewohner es sich vorstellen können. Das Paar hatte noch Zeit. Beide waren ebenso wie Ysaye gleich nach Abschluss der Universität in den Raumdienst eingetreten und erst Ende Zwanzig. Theoretisch würde früher oder später ein Planet auftauchen, der entweder für die Kolonisierung oder einen Imperiumskontakt geeignet war. Dann konnten die Kontakt- und Erkundungsteams sich dort niederlassen und zwanzig Jahre oder länger bleiben. Aber nach drei Jahren mit nichts als Felsbrocken bekam es zumindest Elizabeth mit der Angst zu tun.

»Ihr seid beide Telepathen«, zog Ysaye sie auf, »sagt ihr es mir.« So hatten sie sich überhaupt kennen gelernt, als Versuchspersonen im parapsychologischen Labor der Universität.

Unglücklicherweise waren die Instrumente nicht darauf eingestellt gewesen, Liebe auf den ersten Blick zu registrieren, sonst hätten sie vielleicht ein paar hochinteressante Daten bekommen. Ysaye hatte an diesem Tag als Technikerin Dienst getan und pflichtgemäß alles andere aufgezeichnet, was die Maschinen maßen. Sie hatte nie jemandem von den anderen Effekten erzählt, die sie gesehen zu haben glaubte. Schließlich war es zweifellos eine höchst subjektive Erfahrung, eine Aura zu erblicken.

Elizabeth machte überhaupt kein Geheimnis aus ihrer »Gabe« – auch wenn sie immer meinte, sich ein bisschen deswegen verteidigen zu müssen. David tat es mit einem Achselzucken ab. Wenn die Leute ihm nicht glaubten, war das ihr Problem, nicht seins. Wenn man Ysaye sehr drängte, gab sie zu, so etwas wie Intuition oder eine gelegentliche Vorahnung zu haben. Ansonsten zog sie es vor, nicht darüber zu sprechen. Sie benutzte die »unsichtbaren Dinge« und das Wissen, das ihr aus einer unbekannten Quelle zufloss, aber sie ging nicht damit hausieren.

Immer war sie so etwas wie eine Einzelgängerin gewesen, und ihr »Talent« trieb sie noch weiter in diese Richtung. Als Kind hatte sie gelernt, ihr »Wissen« in Form von Fragen an die Menschen ihrer Umgebung weiterzugeben. In ihrer Familie ließ man es Kindern nicht durchgehen, dass sie Erwachsene korrigierten, wahrscheinlich weil man davon ausging, ein Kind wisse weniger als ein Erwachsener. Doch es kam Ysaye hart an zu verbergen, was sie wusste, und so hatte sie stattdessen die Einsamkeit als ein besseres »Versteck« gewählt.

Auch ihre Intelligenz hatte sie sorgfältig hinter einer Maske kindlicher Unschuld verborgen und jeden möglichen Augenblick mit ihrem Computer verbracht. Das war für sie nicht so schwierig gewesen wie für irgendein anderes Kind. Ihre Eltern hatten sie für die Computer-Unterweisung angemeldet –

»Heimschulung« wurde es genannt – statt sie in eine öffentliche Schule zu schicken. Die Werte, die in den Schulen der Erde gelehrt wurden, widersprachen ihrer religiösen Auffassung. Es mangelte den Schulen traurigerweise an Ethik und Moral, und man unterschied nicht zwischen Recht und Unrecht, ein Thema, das Ysayes Mutter besonders am Herzen lag. Im Geist hörte Ysaye immer noch, wie ihre Mutter sich entrüstete, wenn jemand in ihrer Anwesenheit eine laxe Moral oder eine verschwommene Logik verriet.

»Eine so starke Telepathin bin ich nicht«, erwiderte Elizabeth ganz ernsthaft, obwohl Ysaye doch nur gescherzt hatte. »Außerdem *möchte* ich, dass es dort Menschen gibt, und bin voreingenommen. Du hast keine emotionale Einstellung, Ysaye. Was meinst du? Gibt es dort Menschen?«

Weder ihre Eltern noch die Computer, mit denen Ysaye arbeitete, hatten jemals »Ich weiß es nicht« als Antwort akzeptiert. Wenn man etwas nicht gleich wusste, besorgte man sich weitere Daten. Beinahe in einem Reflex wandte Ysaye ihre Gedanken dem Planeten zu und erhielt eine Antwort, ganz ohne bewussten Einsatz ihres Willens oder Worte.

Der Planet war bewohnt, das wusste sie plötzlich. Aber sie konnte nicht erklären, wieso sie es wusste, und es auch nicht beweisen. Deshalb wich sie aus: »Wir werden es bald genug herausfinden. Euretwegen hoffe ich, der Planet ist bewohnt – obwohl ihr mir fehlen werdet, wenn ihr das Schiff verlasst. Stein und Fels haben wir jetzt oft genug gesehen. Die Leute bekommen allmählich den Isolationskoller.«

Kleine Verhaltensstörungen drohten in den letzten paar Monaten, sich zu richtigen Neurosen auszuwachsen. Ysaye war wenig davon betroffen gewesen, da sie den Großteil ihrer Zeit mit ihren geliebten Computern verbrachte. Aber gemerkt hatte sie es wohl. Jeder suchte einen Weg, wie er den anderen Mitgliedern der beiden Crews entfliehen konnte. Sogar langjährige Freunde – oder Liebende – fingen an, sich gegenseitig auf die Nerven zu gehen. »Auf jeden Fall bedeutet es wahrscheinlich ein paar Monate unten«, bemerkte David fröhlich, »selbst wenn der Planet sich als nicht bewohnt erweist. Es mag für uns nicht viel Arbeit auf unseren Spezialgebieten geben, Elizabeth, wohl aber in unseren Nebenfächern.« David Lorne war Linguist und Xenokartograf, Elizabeth Anthropologin und Meteorologin. Jeder an Bord hatte zwei oder drei Berufe – ausgenommen Ysaye und der Computer, die ein bisschen von beinahe allem taten.

»Darauf freue ich mich«, sagte Elizabeth. »Ich freue mich auf etwas Platz. Auf einen Ort, wo ich nicht dauernd gegen irgendwen anrenne. All dieses Reisen bringt uns nirgendwohin.«

»Das klingt irgendwie komisch«, neckte David sie, »vor allem, wenn man die Lichtjahre bedenkt, die wir auf diesem Schiff zurückgelegt haben.«

»Ich meine das nicht wörtlich.« Elizabeth schnitt ihm eine Grimasse. »Das weißt du doch. *Bildlich* gesprochen, stehen wir still, ganz gleich, wie viele Lichtjahre wir hinter uns bringen. Ich finde, soweit es uns angeht, könnten wir in den letzten drei Jahren ebenso gut auf ein einziges Gebäude in Dallas oder San Francisco beschränkt gewesen sein. Ich habe es *satt*, Lehrbücher und Computersimulationen zu studieren. Ich möchte mich wieder einmal mit etwas Wirklichem befassen.«

»Nun, ich hätte auch nichts dagegen, wieder beschäftigt zu sein«, gestand David mit schiefem Grinsen. »Dieses ewige Reisen durch den Raum wird allmählich langweilig. Ich hätte ebenso gut Frachtaufseher werden können. Es wird gut tun, wieder an die Arbeit zu gehen.«

An David Lorne war nichts Ungewöhnliches bis auf seine erstaunlich klaren Augen und seine Art, jedem, mit dem er sprach, gerade ins Gesicht zu sehen. Er war ein sehr ernsthafter junger Mann, dem die Haare bereits ausgingen und der älter wirkte, als er es mit seinen siebenundzwanzig Jahren war. Dabei hatte er jedoch einen subtilen und einzigartigen Sinn für Humor, den er stärker mit Elizabeth als mit sonst jemandem teilte.

»Was möchtest du wirklich da unten finden, David?«, fragte sie und war plötzlich ganz sachlich.

»Einen Planeten, der zu meinem Lebenswerk werden soll, interessante Materie, in die ich die Zähne schlagen kann«, antwortete er. »Einen Ort, den du und ich uns zu Eigen machen können. Ist es nicht das, was wir beide wollen? Eine Möglichkeit, ein Heim zu gründen und ein paar Kinder zu haben, die als Eingeborene dieser Welt aufwachsen werden – als was auch immer sie sich herausstellen mag.«

»Ich wäre froh, auf eine planetare Oberfläche hinunterzukommen, auf *irgendeine* Oberfläche«, stimmte Elizabeth ihm zu. »Ich bin es so müde, mich überflüssig zu fühlen. Im Raum gibt es für dich und mich kaum mehr zu tun, als Konzerte für die Crew zu geben.« Elizabeth sammelte und studierte nicht nur Balladen, sondern trug sie auch vor. Sie hatte ein umfangreiches Repertoire und spielte und sang sehr gut. Deshalb war sie für improvisierte Darbietungen im Gemeinschaftsraum ebenso begehrt wie für die fest eingeplanten Konzerte.

»Nun, es gibt gewiss genug Leute, die die Konzerte zu schätzen wissen«, sagte Ysaye lachend. »Und wir müssen doch unseren Ruf wahren! Es heißt, wir seien das einzige Schiff der Flotte, wo der Kapitän jemanden zum Chef-Ingenieur gemacht hat, weil dieser gut Oboe spielt.«

Elizabeth lachte. Kapitän Enoch Gibbons war in der ganzen Flotte des Imperiums für seine Exzentrizität bekannt. Natürlich war jeder in seiner Crew, ob er nun zur Schiffsbesatzung oder einem anderen Team gehörte, seiner Fähigkeiten wegen ausgewählt worden, aber Kapitän Gibbons fand immer qualifizierte Leute, die zufällig eine Leidenschaft für Musik hatten. Wegen der Sache mit dem Ingenieur herausgefordert, hatte er argumentiert, gute Sternenschiff-Ingenieure würden von den militärischen Colleges en gros abgegeben, wohingegen gute Oboisten selten seien. Schließlich sei die Oboe im Volksmund »das böse Holzblasinstrument, das niemand gut bläst«. Kapitän Gibbons war auch Opernsänger, und wenn jemand an Bord Italienisch, Deutsch oder Französisch nicht oder nur unzureichend beherrschte, war das seine eigene Schuld. Niemand konnte jedenfalls behaupten, nicht zumindest einem Teil des Vokabulars dieser Sprachen ausgesetzt worden zu sein. Das war eigentlich gar keine schlechte Sache, dachte Ysaye, wenn Monat auf Monat folgte, ohne dass man auf einem Planeten landete. Immer noch besser als ein Schiff voller Amateurathleten, die überschnappten bei dem Versuch, sich fit zu halten – oder eins mit eingefleischten Kampfspielern, bei denen aus dem Wettstreit Streit wurde. Das Personal auf Gibbons' Schiff konnte die Harmonie, die ihm während einer langen Reise allmählich verloren ging, zumindest in der Musik finden.

»Es ist ja nichts verkehrt daran, Konzerte zu geben«, sagte David. »Du bist eine gute Sängerin und trägst deinen Teil dazu bei, uns alle daran zu hindern, dass wir aus Langeweile an den Nägeln kauen.«

»Gut genug für die Konzerte«, stimmte Elizabeth schüchtern zu. »Aber eine Opernsängerin bin ich nicht.«

»Da mich Opern nicht so sehr interessieren, macht mir das nichts aus«, meinte David lachend. »Und ich bezweifele, dass es in der Crew viele Opernliebhaber gibt, den Kapitän ausgenommen. Doch ich räume ein, dass jemand, der Opern so richtig hasst, nicht lange auf diesem Schiff bleiben wird.«

»Wie dein Freund Lieutenant Evans?«, forschte Elizabeth und rümpfte die Nase. Sie konnte Evans nicht leiden. Sein Benehmen stieß sie ab. David dagegen mochte ihn recht gern. Der Lieutenant hatte etwas an sich, das irgendwie störte. Ysaye hatte die Sache einmal mit den Worten abgetan: »Oh, mach dir wegen Evans keine Gedanken. Er hat eine große Karriere als Verkäufer von gebrauchten Luftwagen vor sich.« Elizabeth brachte es nicht fertig, ihn so gelassen zu betrachten.

»Davon weiß ich nichts«, protestierte David. »Sicher, er macht unfeine Bemerkungen über die Oper, aber das ist nun einmal sein Stil. So spricht er über beinahe alles.« Er schüttelte den Kopf. »Warum in aller Welt reden wir eigentlich über Musik, wenn es in wenigen Tagen einen neuen Planeten zu erkunden gibt?«

»Weil dein neuer Planet nur eine Möglichkeit und noch *Tage* von uns entfernt ist. Das Konzert für die Crew ist jedoch eine Gewissheit.« Elizabeth seufzte. »Es ist schwer, an etwas anderes als unseren normalen Alltag zu denken, wenn es noch Tage dauern wird, bevor wir auch nur nahe genug herankommen, um ein paar anständige Bilder von dem Planeten zu machen. Ich habe meiner Abteilung versprochen, sie eingehend zu informieren, sobald es etwas zu berichten gibt. Aber wenn es nichts gibt, gehe ich besser. Mein Dienst fängt an.«

»Gut, Liebes.« David küsste sie schnell. »Bis später.«

David und Elizabeth gingen, um ihre verschiedenen Posten aufzusuchen, und Ysaye wandte sich wieder ihrer Konsole zu. Statt jedoch etwas einzugeben, das nur mit »Daten unzureichend« beantwortet werden konnte, saß sie still da und dachte über das Rätsel des bewohnten Planeten nach.

Wer oder was mochten diese Bewohner sein? Vielleicht kannten sie die Raumfahrt noch nicht, was bedeuten würde, dass man aus dem Orbit keine Anzeichen von Zivilisation erkennen konnte, falls der Himmel auf weiten Strecken nicht so klar war, dass die optischen Instrumente hinunterspähen konnten.

Es *könnte* sogar eine Verlorene Kolonie sein, gegründet von einem der Verlorenen Schiffe aus der Zeit vor der Gründung des Imperiums. Das wäre faszinierend. Allerdings hatte Ysaye noch von keiner Kolonie gehört, die sich so weit draußen befand. *Aber warum nicht?*, sagte sie zu sich selbst. Nur weil noch nie eine gefunden worden war? Das mochte einfach daran liegen, dass noch nie jemand an der richtigen Stelle nachgesehen hatte.

Eine dieser Verlorenen Kolonien war erst letztes Jahr entdeckt worden, und einige der ganz alten Verlorenen Schiffe mussten erstaunlich weit gekommen sein, Schiffe, die vor zweitausend Jahren gestartet waren, bevor die Terraner lernten, von einer Bodenstation aus einen Kurs zu verfolgen. Später vermisste Schiffe hatte man innerhalb weniger Jahre aufgespürt. Falls sich hier also tatsächlich eine Kolonie befand, würde das Verlorene Schiff bestimmt eins der ganz frühen sein, das, lange bevor es ein Imperium gab, auf sich selbst gestellt gewesen war.

Selbst wenn ihre Ahnung falsch und der Planet unbewohnt war – nicht, dass sie das wirklich glaubte, aber bis sie einen echten Beweis hatte, war es gut, alle Möglichkeiten zu bedenken –, hatte er doch eine günstige Position für einen Transfer-Raumhafen, denn er lag in der Nähe des Punktes, wo sich die Spiralarme der Galaxis vereinigten, plus oder minus rund eine Milliarde Meilen. Falls er also bewohnbar war und sich David und Elizabeth bereit erklärten, ihre Nebenberufe auszuüben, würde es hier für ihr ganzes Leben Arbeit genug geben, sofern die maßgeblichen Stellen den Bau eines solchen Raumhafens anordneten.

Es läutete zum Schichtwechsel. Der Cheftechniker, der die nächste Wache hatte, trat ein und schritt mühelos über das Schwerkraftgefälle auf das Terminal zu. Ysaye trug sich aus, er trug sich ein, und sie verließ den Computerraum.

Auf dem Weg den Korridor hinunter streckte sie die schmerzenden Muskeln und stellte fest, dass ihre Schultern, Arme und Hände verkrampft und steif waren. Offenbar hatte sie mehr Zeit zusammengekrümmt damit verbracht, im Kern peinlich genaue Einstellungen vorzunehmen, als ihr bewusst geworden war. Sie entschloss sich, ein bisschen umherzuwandern, bevor sie ihre Unterkunft aufsuchte.

So kam sie an die Tür mit der Aufschrift »Aussichtsraum« und trat ein. »Möchten Sie einen Blick auf unser neues System werfen?«, fragte ein junger Mann. Er gehörte, wie Ysaye wusste, zum wissenschaftlichen Stab des Schiffes. Deshalb würde er nur auf dem Planeten bleiben, wenn es zum Bau eines Raumhafens kommen sollte. Seine gegenwärtige Aufgabe bestand darin, den Planeten so gut wie möglich zu erkunden, bevor sie darauf landeten – und im Augenblick kam alles, was sie an Informationen erhielten, von der Sonde. »Danke, dass Sie den Fehler gefunden haben, Ysaye. Er hat uns alle verrückt gemacht«, setzte er hinzu. »Oder vielmehr, noch verrückter.«

Ysaye schüttelte den Kopf. »Das war nichts Besonderes«, wehrte sie bescheiden ab. »Wenn ich ihn nicht gefunden hätte, wäre es jemand anders gewesen.«

Der junge Mann sah sie skeptisch an, bemerkte aber nichts dazu. »Sie wissen sicher schon, dass mindestens ein Planet bewohnbar ist«, fuhr er fort, »und zwar der Vierte. Der Fünfte vielleicht auch, aber das ist ziemlich unwahrscheinlich – er ist zum größten Teil gefroren, hat das ganze Jahr Eiskappen, und das Jahr ist fünf Standardjahre lang. Nummer vier ist mit Ach und Krach bewohnbar: Ein ziemlich raues Klima, aber auf Kohlenstoff basierendes Leben wäre hier möglich. Keine größeren ungefrorenen Meere, ein einziger Kontinent. Ich möchte nicht dort leben, und ich bezweifele, dass Sie es wollen. Er ist so kalt wie Dantes Hölle. Doch er liegt eindeutig innerhalb der Grenzwerte.«

»Nicht schlecht, Haldane«, sagte Ysaye und lächelte dann. »Proben Sie Ihren Bericht für den Kapitän?«

»Sie haben es erraten«, erwiderte John Haldane fröhlich. »Oh – habe ich schon erwähnt, dass er vier Monde hat, jeder von einer anderen Farbe?«

Ysaye schüttelte den Kopf und schnalzte mit der Zunge. »Nein, die Monde hatten Sie vergessen. Sie müssen Ihr Material besser organisieren. Sind vier Monde nicht ein Rekord für einen so kleinen Planeten?«

Er nickte. Seine Aufmerksamkeit war zur Hälfte auf die Konsole gerichtet. »Da mögen Sie Recht haben. Wenn ein Planet mehr als das hat, ist er für gewöhnlich ein dicker Brocken, und die Monde sind planetenähnlich. Wie Jupiter im alten Solarsystem. Ich habe vergessen, auf wie viele Monde man sich in seinem Fall schließlich geeinigt hat. Anscheinend fing er jedes bisschen Treibgut ein, das ihm auch nur halbwegs in die Nähe kam. Aber es waren mindestens elf größere.«

Ysaye blickte auf den Schirm hinab. Der Gegenstand all ihrer Untersuchungen zeigte sich aus dieser Entfernung wenig anziehend. »Vier Monde. Hmm. Wie mag er das wohl angestellt haben?«

Haldane zuckte die Achseln. »Wer weiß? Das ist nicht mein Fachgebiet. Ich glaube, Bettmars Welt hat fünf, aber es gibt eine Grenze: Ein Planet ist nur bewohnbar, wenn die Summe der Masse aller seiner Monde geringer ist als seine eigene. Für gewöhnlich ist sie geringer als ein Fünftel. Auch die Größe der Monde hat ein Limit. Sind sie zu klein, entkommen sie dem Planeten und werden zu Asteroiden.« Haldane wies auf den Schirm. »Der weiße da liegt so ungefähr an der unteren Grenze für die Größe.«

»Elizabeth meinte, eine Welt mit vier Monden müsse allerlei Stoff für Balladen abgeben.«

Haldane justierte die Brennweite, und es war, als springe

der weiße Mond sie aus dem Bildschirm an. »Ich könnte mir vorstellen, dass sie der Mythologie der Eingeborenen Seltsames antun, sofern es überhaupt Eingeborene gibt. Bei vier Monden wird die Wahrscheinlichkeit gering sein, dass sie einen Monotheismus entwickeln. Von der Oberfläche des Planeten aus muss das schon ein Anblick sein – alle in unterschiedlichen Farben. Ich habe noch nie so etwas gesehen. Es ist entschieden anomal.«

Ysaye kniff die Augen zusammen und versuchte, weitere Einzelheiten des Planeten selbst zu erkennen, aber er blieb ein in Wolken gehülltes Geheimnis. »Sind es wirklich unterschiedliche Farben, oder ist es nur ein Effekt der Sonne, der sie so aussehen lässt?«

Haldane schüttelte den Kopf. »Ihre Vermutung ist ebenso gut wie meine. Ich habe noch nie so etwas – oh, das habe ich schon gesagt. Eins jedoch weiß ich«, setzte er hinzu. »Ich wette, ganz gleich, wie fortgeschritten die Eingeborenen sind, die Monde spielen eine wesentliche Rolle in der Religion, die sie da unten haben mögen. Das tun Monde immer.«

»Wissen Sie, ob wir auf einem von ihnen landen werden?«, fragte Ysaye.

»Wahrscheinlich werden wir eine Wetterstation auf einem von ihnen errichten«, meinte Haldane. »Das wäre in jedem Fall der erste Schritt. Und wenn die Eingeborenenkultur das Raumfahrtzeitalter noch nicht erreicht hat, ist so ungefähr alles, was wir tun können, das Wetter zu beobachten. Es würde uns nicht erlaubt werden, ihr Tun in irgendeiner Weise zu beeinflussen. Primitive Völker müssen in Ruhe gelassen werden, damit sie sich auf ihre eigene Weise entwickeln können.«

»Wenn es da unten irgendeine Art von Kultur gibt, würde es sie doch schon beeinflussen, wenn wir nur auf dem Planeten landeten«, wandte Ysaye ein.

»Stimmt«, gab Haldane unbekümmert zu, »aber alles, was

wir tun, bevor wir eine offizielle Einschätzung der Leute abgeben, zählt nicht. Mein Gott! Sehen Sie sich das an!« Er brach plötzlich ab und beschäftigte sich eifrig mit seinen Instrumenten. »Nein, ich kann das Bild nicht näher heranholen – die Wolken da unten sind schrecklich.«

»Was ist denn?« Ysaye beugte sich über seine Schulter, um besser zu sehen. »Zeichen von Leben? Ein Richtstrahl, der sagt: ›Hier sind wir, kommt und holt uns?‹« Als er nicht antwortete, setzte sie spöttisch hinzu: »Eine riesige Lichtwerbung von Aliens?«

»Nichts, was so eindeutig wäre«, erwiderte Haldane. »Es wirkt wie die Große Mauer von China – aber die war ein künstlich errichtetes Bauwerk. Ich habe den Verdacht, es handelt sich hier um eine natürliche Formation.«

»Wie was?«, fragte Ysaye. »Welche Art von Formation wäre groß genug, um aus dieser Entfernung gesehen zu werden? Die Sonde ist noch nicht einmal auf eine Umlaufbahn eingeschwenkt!«

»Ein Gletscher«, sagte Haldane. »Etwas, das größer ist als jeder Gletscher in einer der Eiszeiten Terras. Einer, der sich nahezu um die ganze Welt erstreckt. Ein Wall um die Welt.«

Ein Wall um die Welt? Das regte ihre Phantasie an. »Wer könnte ihn gebaut haben?«

»Niemand – es ist ein natürliches Phänomen«, behauptete Haldane überzeugt.

»Eine natürliche Formation?« Ysaye war skeptisch.

»Warum nicht?«, gab er zurück. »Die Große Mauer auf der Erde kann mit geeigneter Vergrößerung vom Mond aus gesehen werden. Es hat sogar einmal eine Diskussion gegeben, ob die Große Mauer von den Chinesen eigens zu diesem Zweck errichtet wurde und die Gesellschaft, die sie gebaut hat, auf einen prätechnischen Stand zurücksank – oder meine ich posttechnisch?«

»Ob Sie nun das eine oder das andere meinen«, warnte Ysaye ihn, »ich würde Ihnen nicht raten, diese spezielle Theorie dem Kapitän vorzutragen. Haben Sie seine Standardansprache über ›die Pseudowissenschaft der Psychokeramik‹ noch nicht gehört?«

»Schon mehrere Male«, gestand Haldane und wand sich. »Nun gut: In Anbetracht des scheußlichen Klimas, das dort unten herrscht, *vermute* ich, dass dieses Gebilde natürlichen Ursprungs ist, aber ich kann mir dessen nicht *sicher* sein. Vielleicht wurde es auch von dort lebenden intelligenten Lebewesen erbaut oder ist von einem früheren Besuch intelligenter Lebewesen übrig geblieben. Es könnte durchaus ein Modell des sprichwörtlichen glotzäugigen Monsters für den Schulunterricht sein. Oder sogar ein Kunstwerk.«

»Genug der Theorien.« Ysaye lachte. »Gibt es irgendwelche Spuren von Verkehr auf einem der Monde?«

»Nichts Offensichtliches«, antwortete Haldane. »Jedenfalls nichts, was die Sonde feststellen kann. Wir haben Fußabdrücke und ein Sortiment Müll auf unserem Mond hinterlassen, aber es ist noch zu früh, um hier nach Vergleichbarem Ausschau zu halten. Wenn wir gründlich suchen, finden wir vielleicht eine weggeworfene Bierdose oder dergleichen, und das wäre auch ein Beweis. Ah, sehen Sie! Die Wolken verziehen sich.«

Er stellte an seinen Instrumenten herum, bis der Gletscher genau in der Mitte des Betrachters lag. »Wenigstens kann er als Markierungspunkt für eine Landung dienen, obwohl das Terrain dort ziemlich rau und gebirgig sein muss. Der Sauerstoffgehalt ist höher als normal, so dass der Hyper-Himalaja dort immer noch erstiegen werden könnte, ob Sie es glauben oder nicht. Falls einem so etwas gefällt. Ich persönlich denke, wenn Gott gewollt hätte, dass wir Berge ersteigen, hätte er uns Hufe und Kletterhaken anstelle von Händen und Füßen gegeben.«

»Von wem könnte er erstiegen werden?«, fragte Ysaye zweifelnd. »Glauben Sie, der Planet ist bewohnt?«

Haldane zuckte die Achseln. »Kann man von hier aus nicht sagen. Das kann man von hier aus nicht beurteilen, es sei denn, er wäre stark industrialisiert, und das scheint nicht der Fall zu sein. Sollten wir feststellen, dass er bewohnt ist, werden wir wohl auf einem der Monde eine Wetterstation errichten und nach Hause gehen, ohne die Leute zu stören.«

»Und wenn es eine Verlorene Kolonie ist?« *Warum habe ich das gefragt?*, wunderte Ysaye sich. Sie hatte den Gedanken schon einmal verworfen, und hier war er wieder, tauchte auf und gab ihr ein vage unbehagliches Gefühl.

»Ich weiß es nicht«, sagte er unsicher. »Es gibt keine festen Vorschriften für den Umgang mit Verlorenen Kolonien. Jedesmal, wenn wir auf eine gestoßen sind, war die Situation unterschiedlich. Sie sind wir – und doch sind sie nicht wir, wenn Sie verstehen, was ich meine.«

»Eigentlich nicht«, antwortete Ysaye. »Aber wie stehen die Chancen?«

Haldane schüttelte den Kopf. »Es ist sehr unwahrscheinlich. Aber ich weiß, dass der Verbleib von einigen Schiffen immer noch nicht aufgeklärt ist. Eine komische Vorstellung, dass wir in einem solchen Fall für die Leute nur Legenden wären. Oder vielleicht eine Religion – ich möchte zu gern wissen, was dabei, gemischt mit vier Monden, herauskäme! Wären wir wiederkehrende Götter oder etwas Scheußliches aus der schwärzesten Nacht?«

»Wahrscheinlich Götter. Wenn dies entgegen aller Wahrscheinlichkeit eine Verlorene Kolonie wäre, würde es Elizabeth glücklich machen«, stellte Ysaye fest. »Legenden sind ihr Job, und Religion ist es in gewissem Sinn auch.«

John Haldane lachte. »Ich kann es mir richtig vorstellen. Sie und Elizabeth werden die Göttinnen sein, die eine schwarz, die andere weiß.« Er verbeugte sich vor ihr, legte die Hände auf die Brust. »Oh, große Himmelsgöttin der Nacht, höre die Gebete deines demütigen Dieners! Sie würden niemals mehr aufs Schiff zurückkehren wollen. Sie hätten hunderte von heiratsfähigen jungen Männern, die Ihnen buchstäblich anbetend zu Füßen lägen!«

Ysaye musste ebenfalls lachen. »Sie sind unverbesserlich, Haldane. Ich versichere Ihnen, das einzige Göttliche, für das ich mich interessiere, ist eine leckere Götterspeise.«

2

Der Bannerträger sah den Turm zuerst, der sich isoliert und einsam erhob, ein Gebilde aus braunem, unbearbeitetem Stein. Er ragte hoch über die Ebene und das kleine Dorf empor, das sich an seinen Fuß schmiegte, als suche es Schutz unter den Röcken des Turms. Es war fast Abend, die große rote Sonne hing niedrig über dem Horizont und sank sichtbar. Schon standen drei der vier Monde am Himmel, beinahe unsichtbar hinter den Wolken. Ein Spätfrühlingsregen hatte gerade begonnen, sich wie feiner, blasser Nebel auf die Reiter niederzusenken, nicht mehr als etwas hellere Schwaden inmitten der Düsternis. Die Wolken waren schwer, aber zu dieser Jahreszeit gab es wenigstens keinen Schnee mehr.

Es waren acht Gardisten einschließlich des Bannerträgers, und alle ritten erstklassige Tiere. Das Hastur-Banner zog ihnen voran, nobel blau und silbern mit dem Emblem des silbernen Baums und dem Motto *Permanedal* – »Ich werde bestehen bleiben.« Hinter ihnen ritten Lorill Hastur, seine Schwester Lady Leonie Hastur und Melissa di Asturien, die Gesellschafterin und Anstandsdame der Lady – obwohl Melissa in dem fortgeschrittenen Alter von sechzehn Jahren kaum eine Anstandsdame abgab und, da sie Leonie unendlich langweilte, auch kaum eine Gesellschafterin war. Beide Frauen waren in lange Reitschleier gehüllt. So edel die Reittiere waren, sie bewegten sich langsam, müde, denn die Karawane war seit Sonnenaufgang unterwegs.

Lorill gab das Zeichen zum Halten. Mit dem Turm bereits in Sichtweite war das hart, auch wenn sie alle wussten, dass ihr Ziel noch mehrere Reitstunden entfernt lag. Hier auf der Ebene täuschte man sich oft über die Entfernung.

Aus langer Gewohnheit überließ Lorill Hastur die Entscheidung, ob man das Lager aufschlagen oder weiterziehen sollte, seiner Schwester.

»Wir könnten hier lagern.« Er wies auf eine Lichtung neben der Straße, die von knospenden Bäumen geschützt war, und ignorierte den Nebel, der Perlen auf seinen Wimpern bildete. »Wenn es beginnt, heftig zu regnen, müssten wir sowieso Halt machen. Ich sehe keinen Grund, warum wir versuchen sollten, in einem Unwetter voranzukommen, wobei wir riskieren würden, dass unsere Tiere lahm werden.«

»Ich könnte die ganze Nacht reiten«, protestierte Leonie, »und ich hasse es, die Reise in Sicht des Turms zu unterbrechen. Aber ...«

Sie hielt einen Augenblick inne und dachte nach. Wenn sie im Regen weiterritten, kamen sie durchnässt, ausgekühlt und erschöpft im Turm an. Es war eine Nacht der vier Monde – und ihre letzte Nacht der Freiheit. Vielleicht wäre es gar nicht schlecht, sie im Freien zu verbringen ...

»Und wo werden wir bleiben?«, fragte Melissa. Ihr Stirnrunzeln verriet, dass sie Leonies Idee sofort ablehnte. »Etwa in Zelten?«

»Derik erzählte mir, dass im nächsten Dorf ein guter Gasthof ist«, sagte Lorill. »Vermutlich denkt er dabei aber ans Bier und nicht an die Unterbringung.«

Leonie kicherte, denn Deriks Fassungsvermögen war auf der ganzen Reise ein stehender Witz bei ihnen geworden.

»Er trinkt wie ein Mönch zu Mittwinter«, lachte sie. »Aber auf der Straße bleibt er nüchtern. Ich finde, wir sollten ihm sein Bier nicht missgönnen ...«

»Ich möchte nicht die ganze Nacht durchreiten«, quengelte Melissa in einer seltsamen Kombination aus Jammern und ihrem üblichen affektierten Lächeln.

Leonie richtete sich gereizt auf und unterdrückte eine

scharfe Antwort. Lorill jedoch meinte nur gutmütig: »Nun, ich nehme nicht an, dass *ihr* an Bier denkt.«

»Durchaus nicht.« Melissa zog eine Schnute. »Nur an ein warmes Feuer. Warum sollen wir in einem Zelt leiden, wenn wir nur noch ein bisschen weiterzureiten brauchen, um dieses warme Feuer zu bekommen?«

In einem Zelt leiden? Bei der Art von Zelten, die eine Hastur-Entourage mit sich führte, dachte Leonie, brauchte man des Nachts im Zelt kaum zu leiden, obwohl es ein bisschen kühler sein mochte, als Melissa es gern hatte – aber Melissa neigte dazu, sich zu beschweren und versteckte Anspielungen auf ihre zarte Gesundheit zu machen. Und zweifellos würde Melissa sich, sobald sie sich aufgewärmt hatte, über das Essen und den verräucherten Raum beklagen und beim Anblick irgendwelchen Ungeziefers vor Angst quietschen. Leonie zog eine Nacht in einem Zelt, mochte es auch ein bisschen kalt und feucht sein, bei weitem einer Nacht in einem von Ungeziefer verseuchten Gasthof vor. Das Zelt war wenigstens eine bekannte Größe. Die Qualität des Gasthofs vor ihnen hingegen war eine Sache der Spekulation.

Und es gab noch eine andere Überlegung ...

Leonies Reittier wurde unruhig. Mit einem sehnsüchtigen Seufzer, darauf berechnet, ihren Bruder zum Nachgeben zu bringen, sagte sie: »Es wird eine Nacht der vier Monde sein ...«

»Nur wirst du sie nicht sehen können«, erwiderte Lorill mit unausweichlicher Logik. »Sie sind hinter Wolken verborgen, da könntest du ebenso die Feuerstelle genießen. Der Gasthof wird wenigstens geheizt und trocken sein.«

»Der Gasthof könnte durchaus so leck sein wie die Versprechungen eines Trockenstädters und eine Legion von Mäusen und Flöhen beherbergen. Aber ich werde für den Rest meines Lebens Gelegenheit haben, am Feuer zu sitzen«, protestierte Leonie. »Ich werde für den ganzen Rest meines Lebens nur die

Welt innerhalb von vier Wänden sehen! Und eine Nacht der vier Monde kommt nicht so oft, dass ich sie einfach so verpassen möchte!«

Sie schoss einen verächtlichen Blick zu Melissa hinüber und wünschte die junge Frau irgendwohin, nur nicht als Anstandsdame an ihrer Seite reitend. Übrigens hätte sie sehr gern auch auf die Gardisten und den Bannerträger verzichtet. Um die Wahrheit zu sagen, am liebsten wäre sie mit Lorill allein geritten. Die Hastur-Zwillinge waren sich immer nahe gewesen, und sie sah keine Gefahr in einer so kurzen gemeinsamen Reise – schließlich war er ihr *Zwillingsbruder*, er würde ihr doch nichts tun!

Doch sowohl ihr hoher Rang als auch die gegenwärtige Mode im Benehmen ließen es nicht zu, dass junge Ladies in Begleitung ihrer Brüder ohne schickliche Eskorte und Anstandsdamen reisten, mit Gardisten und Entourage. Entsprechend dem darkovanischen Brauch, war Lorill an ihrer beider fünfzehntem Geburtstag offiziell zum Mann erklärt worden, und Leonie wurde jetzt als junge Frau betrachtet, nicht mehr als Kind. Sie war immer noch ein ziemlicher Wildfang und sehr eigensinnig, aber ihr Ruf war makellos.

Ein langer Ritt ohne Anstandsdame hätte ihn merklich schädigen können.

Eine blöde Sitte, dachte sie rebellisch. Wenn Lorill als Schutz nicht genügte, war sie schließlich nicht darüber erhaben, sich selbst zu schützen! Gemessen an anderen Männern, war Lorill von mittlerer Größe, wohingegen Leonie, beinahe ebenso groß wie er, als ungewöhnlich groß für eine Frau galt. Diese Größe allein würde nicht wenige Männer erst einmal nachdenken lassen.

Auch in anderer Beziehung war sie eindrucksvoll. Wie alle Hastur-Frauen und die meisten der Männer hatte sie einen hellen Teint und leuchtend kupferfarbenes Haar. Im Augenblick lag es als Krone aus Zöpfen über ihrer Stirn. Noch deutlicher als Lorill trug sie den Stempel der Hastur-Sippe. *Comyn,* das war in jeden Zoll von ihr eingebrannt. Comyn und Hastur – die Kombination sollte sogar den kühnsten Gesetzlosen hindern, sich an sie heranzumachen. Geschah ihr ein Leid, würde die Suche nach den Angreifern gnadenlos und die an ihnen geübte Rache schrecklich sein.

Leonie war außerdem auffallend schön – und sich dessen außerordentlich bewusst – und in den letzten drei Jahren am Hof in vielen Trinksprüchen gefeiert worden. Zwischen den Höflingen und den Männern, die gern um sie geworben hätten, war Leonie ganz der verhätschelte und verwöhnte Liebling ihrer Umgebung gewesen. Der Vater der Zwillinge war einer von König Stefans ersten Ratgebern, und man wusste zu erzählen, dass sogar der verwitwete König Stefan Elhalyn selbst einmal Leonies Hand zur Ehe begehrt hatte. Das hatte sie noch populärer gemacht, wenn das überhaupt möglich war. Sogar Höflinge außerhalb ihrer Altersgruppe suchten ihre Aufmerksamkeit auf sich zu lenken, weil sie an den Tag dachten, an dem sie Königin sein mochte.

Aber Leonie hatte keine Lust gezeigt zu heiraten. Sie war ganz von einem anderen Ziel erfüllt, und nicht einmal die Aussicht auf eine Krone konnte sie davon ablenken. Denn die Macht einer Königin war auf das beschränkt, was ihr Herr und König ihr gewährte. Leonie wollte sich nicht beschränken lassen. Lorill brauchte es auch nicht, warum also sie? Waren sie nicht Zwillinge, von Geburt an gleich bis auf das Geschlecht?

Von ihrer frühen Mädchenzeit an hatte Leonie einen Platz in einem der Türme haben wollen, wo sie sich ihr ganzes Leben lang dem Beruf einer *leronis* widmen konnte. Das würde ihr eine Stellung weit über jeder anderen Aristokratin verschaffen, sowohl politisch als auch gesellschaftlich, und eine Macht, die der Lorills gleichkam.

Und wenn sie ihr heimliches Ziel erreichte und die Bewahrerin des Arilinn-Turms wurde, wäre ihre Macht größer als die ihres Zwillingsbruders, zumindest solange ihr Vater lebte. Denn die Bewahrerin von Arilinn hatte kraft eigenen Rechts einen Sitz im Rat und nahm von keinem Mann außer dem König selbst Befehle an.

Es machte keine Schwierigkeiten, einen Turm zu finden, der sie aufnehmen würde. Wie allgemein bekannt, war Lady Leonie in reichem Maß mit dem Hastur-*laran* begabt. Doch jetzt, da dieser Schritt unmittelbar bevorstand, war sich Leonie in aller Deutlichkeit schmerzlich bewusst geworden, dass dieser von ihr selbst gewählte Weg sie von ihrer Familie und allen Lieben trennte, denn sie würde während der Zeit ihrer Ausbildung im Turm isoliert werden. In diesem Augenblick war sie, ganz gleich, was sie einmal werden würde, nichts als ein junges Mädchen, dem der Abschied vom Bruder und allen Verwandten bevorstand. Das war eine beängstigende Aussicht, sogar für Leonie.

»Ich werde für den Rest meines Lebens Gelegenheit haben, am Feuer zu sitzen«, wiederholte sie, den Blick zu dem sich verdunkelnden Himmel empor gewandt. »In einer Nacht der vier Monde ...«

»Die du unglücklicherweise – oder vielleicht glücklicherweise – nicht sehen kannst«, neckte Lorill sie. »Du weißt, was man über das sagt, was unter den vier Monden geschieht.«

Sie ignorierte ihn. »Ich will heute Nacht nicht in einem Gebäude eingesperrt werden!«, erklärte sie hartnäckig. »Glaubst du, ein *chieri* könne kommen und mich in meinem Zelt vergewaltigen, ohne dass du und die Gardisten etwas davon merkten? Oder es würden plötzlich Trockenstädter auf der Ebene erscheinen und mich wegtragen?«

»Oh! Skandalös, Leonie! Schäm dich!«, tadelte Lady Melissa

sie und bedeckte wie schockiert von einer so törichten Idee den Mund mit der Hand.

Vielleicht entsetzte es sie auch nur, dass Leonie es wagte, über Dinge wie Entführung und Vergewaltigung Witze zu machen.

Leonie hatte Melissas Marotten und Hirngespinste reichlich genossen, und sie hatte sie von Herzen satt. »Sei doch still, Melissa!«, fuhr sie sie an. »Mit sechzehn bist du schon eine alte Jungfer! Und eine kleinliche noch dazu!«

Lorill grinste nur. »Das heißt also, du willst nicht in den Gasthof? Nun, Derik wird einmal ohne sein Bier auskommen!« Er schüttelte den Kopf. »Wenigstens können wir die Zelte aufstellen, bevor es richtig zu regnen beginnt. Aber du bist das unnatürlichste Mädchen, das ich je gesehen habe«, hänselte er sie. »Du willst im Freien kampieren, statt in einen guten Gasthof zu gehen!«

»Ich will unter den Sternen sein«, wiederholte Leonie. »Dies ist meine letzte Nacht außerhalb des Turms, und ich möchte sie unter den Sternen verbringen.«

»Was, in diesem Regen?«, fragte er lachend. »Sterne? Nach dem, was du von ihnen sehen wirst, könntest du ebenso gut ein hölzernes Dach über dir haben.«

»Es wird nicht die ganze Nacht regnen«, behauptete Leonie überzeugt.

»Mir sieht es ganz danach aus, dass es vor morgen früh nicht aufhört.« Achselzuckend gab Lorill nach. »Aber wir werden tun, wie du es wünschst, Leonie. Schließlich ist es deine letzte Nacht, bevor du den Turm betrittst.«

Leonie saß bequem im Sattel, die Zügel locker in der Hand. Ihr Tier stand ruhig. So wartete sie, während Lorill das Lager aufschlagen ließ. Sie war eine gute Reiterin – und ihr *chervine* war sowieso zu müde, um durchzugehen.

Lorill gab Befehl, die Zelte aufzustellen, und Leonie ignorierte das leise Murren und die gelegentlichen grollenden Blicke, die sie außerdem trafen. Die Gardisten sollten froh sein, dass Halt gemacht wurde, und in einem Stall – das war alles an Unterkunft, was ein Gefolgsmann in einem kleinen Gasthof bekommen konnte – schlief es sich auch nicht besser als in einem Zelt. Tatsächlich mochte es im Stall kälter sein, denn ein Feuer durfte dort nicht angezündet werden. Sobald die Männer es sich in ihren eigenen Zelten bequem gemacht hatten, würden sie vielleicht daran denken.

Während die Gardisten die Zeltplanen aufrollten, stieg Lorill ab. Er half Leonie von ihrem Reittier und in das zweifelhafte Obdach unter einem Baum. Melissa folgte ihnen laut schnüffelnd, damit auf einen Schnupfen hindeutend, den sie, wie Leonie argwöhnte, nicht wirklich hatte. Melissa wollte nur, dass sie anderen Leid tat – wie immer. Leonie hatte keine Ahnung, warum ihr Vater Melissa als ihre Gesellschafterin ausgewählt hatte. Vielleicht, weil Melissa so tugendhaft war und deshalb keine Gefahr bestand, dass sie Leonie zu irgendeinem Streich verführte, wie es eine temperamentvollere Freundin möglicherweise getan hätte.

Der Regen wurde heftiger. Die Gardisten kämpften mit den sperrigen Zeltbahnen, und Leonies Reitmantel gab ihr von Minute zu Minute weniger Schutz. Schon spürte sie Feuchtigkeit entlang den Schultern und mehr als Feuchtigkeit am Saum – und Melissas Schnüffeln hatte sich von einem gespielten zu einem echten verwandelt. Für einen Augenblick bereute sie ihren eigensinnigen Entschluss – aber nur für einen Augenblick. Dies war ihre letzte Nacht in relativer Freiheit. Erst wenn sie die karmesinrote Robe einer Bewahrerin trug, würde sie wieder so viel Freiheit haben. Sie war entschlossen, sie zu genießen.

Sobald die Zelte aufgestellt waren, gab der junge Hastur-Lord Befehl, ein Feuer anzuzünden und Kohlenpfannen in die

Zelte zu tragen, um sie zu erwärmen. Er führte Leonie durch die dichter werdende Dunkelheit zu ihrem Zelt und hielt dabei ihre Hand, damit sie nicht fiel, wenn der durchnässte Saum ihres Mantels sich um ihre Knöchel wickelte.

»Da wären wir. Ich glaube immer noch, du hättest es im Gasthof des Dorfes bequemer gehabt, und ich weiß ganz genau, dass Melissa es bequemer gehabt hätte«, seufzte er geduldig. »Na, hier hast du dein Bett unter den Sternen – nicht etwa, dass du diese Nacht viel von Sternen oder Monden sehen wirst. Ich kann mir nicht vorstellen, wie du auf solche Ideen kommst, Leonie. Entspringen sie irgendeiner Logik, die nur du begreifst, oder einfach dem Wunsch, uns alle deinem Willen zu unterwerfen?«

Leonie legte ihren nassen Mantel ab, warf sich in das Nest aus Kissen und sah zu ihrem Bruder hoch. Kerzenlicht von der Laterne, die an der mittleren Zeltstange hing, ließ sie sein hübsches Gesicht deutlich erkennen. Es gab Leonie das beunruhigende Gefühl, auf sich selbst zurückzublicken. »Ich denke oft über die Monde nach«, erklärte sie unvermittelt. »Was meinst du, was sie wohl sein mögen?«

Wenn der abrupte Themenwechsel ihn verblüffte, ließ er es sich nicht anmerken. »Mein Lehrer sagt, ungeachtet der alten Legenden über *chieri,* die in die Domänen eingeheiratet haben, seien die Monde nichts weiter als gewaltige Felsbrocken, die unsere Welt umkreisen. Tot, wüst, luftlos, kalt und ohne Leben.«

Leonie schwieg eine Weile versonnen. Das passte nicht zu dem Unbehagen, das sie in letzter Zeit verspürte. »Und glaubst du das, Lorill?«

»Ich weiß es nicht.« Lorill zuckte die Achseln, als sei es bedeutungslos. Vielleicht war es das für ihn auch. »Ich bin nicht so romantisch eingestellt wie du, *chiya.* Ich sehe keinen Grund, daran zu zweifeln, und im Grunde interessiert es mich nicht sehr, was sie sind. Schließlich haben sie keine Wirkung auf uns, und wir haben keine auf sie.«

»Mich interessieren sie aber.« Leonie runzelte plötzlich die Stirn. Dies war vielleicht die einzige Gelegenheit, um mit ihrem Bruder in Person über ihre Vorahnungen zu sprechen. Es mochte nicht die beste Zeit dafür sein – aber sobald sie innerhalb von Dalereuth war, gab es keine Chance mehr. »Ich spüre, dass etwas von den Monden auf uns zukommt – dass unser Leben vielleicht nie mehr so wie früher sein wird.« Sie drehte sich auf den Rücken und starrte zu der Zeltdecke hoch, als könne sie die Plane und die Wolken darüber mit ihren Blicken durchdringen und die Monde sehen. »Im Ernst, Lorill, fühlst du nicht, dass bald etwas sehr Wichtiges geschehen wird?«

»Eigentlich nicht.« Er gähnte. »Ich fühle mich nur schläfrig. Du bist eine Frau, Leonie. Du spürst den Einfluss der Monde, vielleicht ist es nicht mehr als das. Obwohl es regnet und du sie nicht sehen kannst, zieht Liriel an dir. Jeder weiß, wie sensibel Frauen auf die Monde reagieren – und wie dramatisch ihr Einfluss sein kann.«

Leonie wusste, dass Lorill die Wahrheit sprach. »Bei der gegenwärtigen Konjunktion ziehen sie *alle* an mir«, stellte sie fest. »Ich wünschte, der Himmel wäre heute Nacht klar. Aber ganz abgesehen davon fühle ich ...«

»Nicht doch, Leonie, komm mir nicht mit irgendwelcher Mystik«, unterbrach Lorill sie. Er wirkte ein bisschen besorgt. »Demnächst muss ich noch glauben, du habest dich in Melissa verwandelt, nichts als Hirngespinste und Unsinn, und du wirst Visionen von Evanda und Avarra haben!«

»Nein«, widersprach sie. »Mach dich nur über mich lustig, Lorill, und zweifele daran, so viel du willst. Ich sage, etwas kommt auf uns zu – eine große Veränderung in unserem Leben –, und nichts wird jemals wieder sein wie früher. Das gilt für uns alle, nicht nur für dich und mich.«

Sie sprach mit solcher Überzeugung, dass Lorill sie scharf musterte und mit seinen Witzeleien aufhörte. Er nickte ganz ernst. »Du bist eine *leronis,* Schwester, ob im Turm ausgebildet oder nicht. Wenn du sagst, es wird etwas geschehen – nun, es mag sein, dass du mit Vorherwissen begabt bist. Hast du eine Ahnung, was dieses große Ereignis sein wird?«

Die Unbestimmtheit der Gefühle verursachte bei ihr Kopfschmerzen. »Ich wünschte, ich hätte eine Ahnung, Lorill«, antwortete sie unsicher und unglücklich. »Ich weiß nur, dass es etwas mit den Monden zu tun hat, mehr nicht. Ich spüre es, ich könnte darauf schwören. Manchmal weiß ich nicht einmal mehr, ob ich angesichts der Zeiten, die anbrechen werden, überhaupt noch nach Dalereuth gehen möchte.«

»Was meinst du?« Lorill erschrak, und das zu Recht. Leonie hatte bisher nie zugelassen, dass sich irgendwelche Bedenken ihrem Wunsch, in einen Turm zu gehen, in den Weg stellten. Sie hatte rücksichtslos jeden Vorschlag abgewiesen, vielleicht einen anderen Weg für ihre Zukunft zu wählen. Sie hatte sogar die Hand des Königs abgelehnt, alles in dem Bestreben, eine *leronis zu* werden.

»Ich wünschte, das könnte ich dir sagen.« Sie zog die Brauen zusammen, versuchte, sich zu konzentrieren. »Wenn ich eine voll ausgebildete *leronis* wäre, nicht nur eine Novizin ...« Sie verstummte, als entschlüpften ihr die Worte, mit denen sie hätte formulieren können, was sie wusste. Aber es mangelte ihr nicht an Worten, sondern an der Fähigkeit, ihre Vorahnungen auf etwas mehr als bloße *Gefühle* zu verdichten, die sich verflüchtigten wie der Morgennebel und ebenso schwer zu fangen waren.

Lorill wirkte nachdenklich. »Was es auch sein mag, ich wünschte, ich könnte deine Vorahnungen teilen. Du weißt jedoch, was mir gesagt wurde, als ich meine Matrix erhielt.« Gedankenverloren befühlte seine Linke den seidenen Beutel an seinem Hals. »Bei Zwillingen hat der eine mehr, der andere weniger als den normalen Anteil an *laran.* Ich brauche dir nicht zu erzählen, wie sich die Gabe zwischen uns beiden aufteilt. Zweifellos wirst du dein *laran* besser nutzen als ich meines.«

Leonie wusste, was er meinte. Es war ganz gut, dass Lorill das schwächere *laran* besaß, denn heutzutage würde es, auch wenn Frieden im Land herrschte, einem männlichen Hastur nicht erlaubt werden, einen so vom Leben zurückgezogenen Beruf wie den eines Matrix-Arbeiters zu ergreifen, es sei denn, er stellte etwas so Überflüssiges dar wie einen siebten Sohn. Es war unvermeidlich, dass Lorill seinen Platz am Hof neben seinem Vater einnahm, und ob ihm das passte oder nicht, spielte kaum eine Rolle. Leonie würde auf ihre Weise weit mehr Freiheit erfahren als er, wenn sie erst einmal voll ausgebildet war. Sie würde wählen können, wohin sie ging, und allein das Ausmaß ihres *laran* zog die Grenzen für ihr Streben nach dem höchsten Ziel – Bewahrerin zu werden.

»Was ist es, das du siehst, Schwester?« Lorills Stimme war leise, dunkel von Befürchtungen.

»Nicht mehr, als ich dir gesagt habe.« Leonie seufzte und drehte ihm wieder das Gesicht zu. »Gefahr und Veränderung und Möglichkeit kommen auf uns zu – von den Monden. Ist das nicht genug?«

»Das kann ich unmöglich unserem Vater oder dem Rat vortragen«, protestierte Lorill. »Wenn ich nicht mehr zu bieten habe als ein vages Vorgefühl und von den Monden rede, wird man denken, ich hätte getrunken wie – was hast du vorhin über Derik gesagt? – wie ein Mönch zu Mittwinter.«

»So ist es«, stimmte Leonie betrübt zu. »Aber was kann ich tun?«

»Wenn du mehr Informationen für mich hättest ...«, regte er vorsichtig an. Es war eigentlich nicht richtig, dass er ein unausgebildetes Mädchen aufforderte, ohne Anleitung nach Erleuchtung zu suchen. Besonders gefährlich war das bei einer Hastur, denn die Hastur-Gabe war – die Kraft der lebenden Matrix. Wenn Leonie sie in vollem Ausmaß besaß, würde sie keinen Matrix-Kristall brauchen, um sich in Schwierigkeiten zu bringen, aus denen nur eine Bewahrerin sie wieder herausholen konnte. Aber Leonie war daran gewöhnt, auf ihre eigene Weise vorzugehen – und Lorill war an ihre bemerkenswerte Fähigkeit gewöhnt, so gut wie alles zu schaffen, was sie sich in den Kopf setzte.

Leonie runzelte die Stirn, aber mehr aus Verzweiflung als aus Missbilligung. »Ich will es versuchen«, versprach sie dann. »Ich werde mein Bestes tun. Vielleicht gelingt es mir, etwas Bestimmteres zu sehen – etwas, das wir benutzen können, um Vater zu überzeugen.«

Lorill überließ sie ihrer einsamen Meditation. Leonie löschte die Laterne, zog sich dann aber nicht aus, sondern lauschte stattdessen auf die sie umgebenden Geräusche des Lagers. Geduldig wartete sie darauf, dass der letzte Gardist in seinen Schlafsack kroch.

Sie brauchte nicht lange zu warten. Alle waren die Kälte und den Regen so leid, dass sie nur zu gern die Wärme der Decken suchten. Sobald Leonie den Eindruck hatte, dass sie sich für die Nacht zurückgezogen hatten, abgesehen von dem Posten, der in seinem durchnässten Umhang die Runde um das Lager machte, stand sie auf und trat an den Eingang ihres Zeltes.

Vorsichtig spähte sie hinaus, wandte ihre Aufmerksamkeit dem Himmel zu. Die Wolken hingen schwer und tropfend über ihr und zeigten wenig Neigung, sich zu bewegen, bevor sie allen Regen ausgeschüttet hatten, den sie trugen. Aber Leonie wusste aus jahrelanger Erfahrung, dass Wolken sich immer bewegen. Es ging nur darum, in welche Richtung und wie schnell. Erst innerhalb des letzten Jahres war es ihr gelungen, daraus praktischen Nutzen zu ziehen.

Sie passte genau auf, bis sie die Richtung der Bewegung kannte, die Richtung, die ihr verriet, wohin der Wind in der Höhe der Wolken blies. Wie sie wusste, stimmte sie nicht immer mit der auf dem Boden überein. Sie griff mit ihren Gedanken hinaus und schubste die schweren Wolken in diese Richtung, sie schob sie weiter, wie ein Schäfer es mit einer Herde fetter, fauler Schafe tut. Schließlich hatte sie sie aus dem Weg, und sie konnte den Himmel sehen. Die vier Monde schwammen hoch über den Zelten dahin, alle voll, jeder in einer anderen Farbe. Sie waren wunderschön – aber sie waren so stumm und rätselhaft wie immer.

Leonie zog die Eingangsklappe auf und setzte sich auf eins ihrer Kissen. Sie versuchte, irgendetwas in sich zu berühren, das ihren vagen Vorahnungen Form oder Substanz geben würde.

Alles, was sie erreichte, war wachsende Schlaflosigkeit.

Mehrere Stunden lang saß sie im Eingang ihres Zeltes, blickte zum Himmel hoch, versuchte, ihr *laran* auf das zu konzentrieren, was sie mit ihren körperlichen Augen sehen konnte, die Kreise der vier Monde – versuchte, ihre Gedanken auf das zu richten, was unvermeidlich kommen würde, versuchte, die Wurzeln ihrer schrecklichen Vorahnung aufzuspüren.

Sie versuchte, die Antworten zu finden, von denen sie spürte, dass sie sie brauchen würde – und zwar bald.

3

Ein Ring aus kleinen Kuppeln, einem unordentlichen Nest von Pilzen ähnlich, war auf der Oberfläche des größten der Monde emporgewachsen. Um die Kuppeln trafen sowohl Menschen in Raumanzügen als auch Maschinen Vorkehrungen, dass die Anlage sich bald selbst versorgen konnte.

Im Inneren der größten Kuppel saß Ysaye vor einem Computerterminal und betrachtete auf dem Schirm den Satelliten, der mit seinen bunten Farben wie ein Spielzeug aussah. Eben zündete er die Bremsraketen und glitt elegant in den Orbit.

David sah ihr über die Schulter. »Nun, das ist Nummer eins – der erste Kartografierungs- und Wettersatellit«, bemerkte er glücklich. »Nun können Elizabeth und ich uns im Ernst an die Arbeit machen. Ein hochrangiges Hightech-Produkt, meint Elizabeth.«

»Hochrangig in welcher Beziehung?«, fragte Ysaye. »Die Bordcomputer sind eigentlich nichts Besonderes.«

Sie wollte, dass er weitersprach. Auf dem Schiff war sie sich des Zischens der Luft im Ventilationssystem nie so bewusst gewesen, und ihr war gar nicht wohl zu Mute mit nichts zwischen sich selbst und dem Vakuum als einer dünnen, flexiblen Haut.

David tat ihr den Gefallen. »Das Besondere sind die Beobachtungsinstrumente, die Optiken. Dieser Terra-Mark-XXIV-Satellit hat eine so hohe Auflösung, dass er ein brennendes Streichholz auf der Nachtseite sehen kann. Würde sich eine solche Optik fünfzigtausend Meter über Terra in einem geosynchronen Orbit befinden, könnte man damit das Nummernschild eines Wagens auf dem Parkplatz der Botschaft in Nigeria lesen. Ich denke, unser Satellit hier bringt ebenso viel zu Stande.«

»Vorausgesetzt, sie haben hier Autos und Parkplätze.« Elizabeth trat von hinten an sie heran. »Und Botschaften. Aber wenn es keine gibt, können wir sicher helfen, welche zu bauen ...«

David drehte sich lächelnd um und antwortete: »Hier sind es vielleicht die Nummern auf einem Straßenschild. Oder auf dem, was sie da unten als Straßen und Schilder benutzen. Hallo, Liebes! Bist du gekommen, um die Wetterbeobachtungen in Gang zu setzen?«

»Du hast es erraten.« Elizabeth nickte. »Wenn du die erste Wache für Kartografierung und Erkundung bekommen hast, werden wir zusammenarbeiten können.« Sie blickte ringsum, sah sich die Reihe der Monitore an, auf denen die draußen arbcitende Schiffsmannschaft zu sehen war. »Glaubst du, dass die Menschen dort unten ihre Monde schon erreicht haben?«

»Wohl kaum. Zumindest haben wir bislang nichts gefunden, was darauf hindeutet, nicht einmal eine weggeworfene Folienverpackung oder Nahrungsmitteltube. Es gibt keine Zeichen für eine Technologie, die wir als solche erkennen würden – keine großen beleuchteten Gebiete des Nachts, die eine Stadt sein könnten, und überhaupt keine Radiosignale.«

Ysaye schüttelte den Kopf. »Die Techniker erinnern mich dauernd daran, dass wir vorerst nicht einmal wissen, ob es da unten überhaupt intelligentes Leben gibt, und wir werden es auch nicht wissen, bis die Kameras des Satelliten zu arbeiten beginnen.«

Elizabeth bedachte die leeren Monitore, auf denen die von dem Satelliten hereinkommenden Bilder zu sehen sein würden, mit einem Stirnrunzeln. »Ich bin mir nicht einmal sicher, ob wir es dann wissen werden, Ysaye. Die Planetenoberfläche verbirgt sich unter einer dichten Wolkendecke. Wenn es da unten intelligente Lebewesen gibt und wenn sie nicht allzu fortgeschritten sind, könnten wir ihre Anwesenheit leicht übersehen.«

»Da bin ich anderer Meinung«, warf David ein. »Bei dieser Auflösung brauchen wir nichts weiter als eine Lücke in den Wolken, und schon werden wir sehen, wie ein Affe oder sein hiesiges Pendant sich durch die Zweige des Waldes da unten schwingt.«

»Nur in den oberen Zweigen«, wandte Elizabeth ein. »Und nur, wenn die Wolkendecke *tatsächlich* aufreißt *und* die Kamera in die richtige Richtung zeigt!«

»Das wird bestimmt früher oder später geschehen.« David tat die Sache mit einem Achselzucken ab. »Und früher oder später muss die Wolkendecke aufreißen. Aber selbst wenn es da unten intelligente Lebewesen gibt, werden wir nichts erkennen, das wesentlich kleiner ist als eine beleuchtete Stadt, bis wir den größten Teil des Wettersatelliten-Netzwerks in Betrieb genommen haben. Hast du eine Vorstellung, wie lange das dauern wird, Ysaye?«

»Stunden«, erwiderte Ysaye erschöpft. »Nur gut, dass alles nach einem eigenständigen Programm abläuft. Ich habe weiter nichts zu tun, als den Babysitter zu spielen.«

»Du siehst schrecklich müde aus, Ysaye.« In Elizabeths blauen Augen stand die Sorge geschrieben. »Wie lange arbeitest du übrigens schon? Oder sollte ich sagen: Wie lange überarbeitest du dich schon?«

Ysaye zuckte hilflos die Achseln. »Ich weiß es nicht. Ich habe nicht auf die Uhr gesehen.«

»Kann man das übersetzen mit: ›Ich habe mein Gehirn vor drei Tagen mit dem Computer verbunden und seitdem keine Pause mehr gemacht‹?«, neckte David sie.

»Etwas in der Art«, gab Ysaye mit mattem Auflachen zu.

»Das und – nun, ihr beiden wisst ja, dass ich nicht gern in einem fremden Bett schlafe. Ich konnte einfach nicht einschlafen, da habe ich eben weitergearbeitet.«

»Warum legst du dich da drüben nicht ein bisschen hin und versuchst es noch einmal?«, schlug Elizabeth vor und zeigte auf einen Stapel wattierter Computerdecken in der Ecke. »Du sagst ja selbst, dass alles automatisch abläuft. David und ich werden hier sein und dir Bescheid geben, wenn etwas schief geht. Sonst wird in den nächsten Stunden kaum jemand hier hereinkommen. Außer uns und dem Bauteam sind alle noch auf dem Schiff. Du hättest es ruhig und gemütlich.«

»Das wird nicht mehr lange so bleiben«, warnte David. »Sobald die Sicherheit grünes Licht gibt, setzt eine Stampede sondergleichen ein. Auch hier wird es so sein. Die Sicherheit braucht sich nur noch zu überzeugen, dass die Kuppeln stabilisiert sind. Nicht etwa, dass es hier irgendwo frische Luft gäbe, aber wenigstens bieten die Kuppeln eine Abwechslung gegenüber dem Schiff.«

»Ja«, murmelte Ysaye, »die Schwerkraft ist niedriger.« Sie ging zu dem Deckenstapel und ließ sich darauf niedersinken. »Ich glaube, ich folge deinem Vorschlag, Elizabeth. Im Augenblick könnte ich wahrscheinlich überall schlafen, selbst bei Störungen aller Art. Weckt mich, wenn etwas Interessantes passiert.«

»Das werden wir«, versprach Elizabeth fröhlich. »Du brauchst unbedingt eine Pause, bevor man dir die Arbeit überträgt, für den Kapitän in den Bibliotheksspeichern nach obskuren Veröffentlichungen über Mondformationen zu suchen. Einer der Techniker erzählte mir, dieses Vier-Monde-System treibe ihn zur Raserei!«

David hatte währenddessen die Monitore im Auge behalten, die den Ablauf der Arbeiten außerhalb der Kuppel zeigten. Plötzlich sagte er: »He, das sieht aus, als stellten sie die

Freizeitkuppel auf – falls es nicht die Unterkunft ist. Jedenfalls ist es eine große Kuppel.«

»Nein, ich bin sicher, die Unterkunft ist es nicht. Damit wird man warten, bis die erste Gruppe mit einem Untersuchungsbericht über den Planeten zurückkehrt«, sagte Elizabeth. »Vielleicht können wir uns gleich da unten niederlassen, vor allem dann, wenn es *keine* intelligenten Lebewesen gibt. Warum sollen wir eine weitere große Kuppel aufstellen und Luft für sie erzeugen, wenn es auf der Oberfläche massenhaft gute natürliche Luft gibt …«

»Ein zwingendes Argument – obwohl ich immer noch nicht gegen intelligente Lebewesen wetten möchte«, stimmte David ihr zu. Ysaye, die mit geschlossenen Augen ruhig dalag, hörte, wie ein Stuhl über den Fußboden scharrte. Sie brauchte nicht erst hinzusehen, um zu wissen, dass David sich sowohl ihren Stuhl als auch das Terminal angeeignet hatte. Ihr Verdacht wurde bestätigt, als seine Stimme von dieser Stelle aus, ein bisschen rechts von ihr, fortfuhr: »Eines, an dem der Planet keinen Mangel haben wird, ist frische Luft. Und selbst wenn es intelligente Lebewesen gibt, hat man noch auf keinem Planeten einen Weg gefunden, Luft zu verkaufen. Das ist in orbitalen Kolonien oder in Kolonien auf luftlosen Welten möglich, aber natürliche Luft ist immer noch die einzige Ware, die es überall umsonst gibt.«

»Lass das die Behörden nicht hören«, scherzte Elizabeth, »sonst werden sie eine Methode finden, sie zu messen, und das Atmen besteuern.«

»Was meinst du denn, was eine Kopfsteuer ist?«, fragte er lachend.

Elizabeth stimmte in sein Lachen ein. Dann herrschte lange Zeit Schweigen. Ysaye war halb eingeschlafen, als Elizabeth, der eine Veränderung auf dem Schirm aufgefallen war, fragte: »Was geschieht denn jetzt?«

»Das System nimmt die Instrumente des Satelliten in Betrieb«, antwortete David. »Es müsste damit fast fertig sein, wir werden also bald die ersten meteorologischen Daten erhalten. In einem hatte Ysaye Recht: Da unten breitet sich eine umfangreiche Wolkendecke aus. Es wird harte Arbeit erforderlich sein, um ein paar anständige Landkarten zu bekommen.«

»Nun, wenigstens werde ich für eine Weile viel zu tun haben!«, rief Elizabeth vergnügt aus. »Gut, ich gebe es zu: Ich bin ein Wetter-Junkie.«

»Das ist wahrscheinlich nur gut, da es die dir zugewiesene Aufgabe ist«, hänselte David sie. »Und wir sind so verdammt lange im Raum gewesen ...«

»Nichts als Simulationen, um mich vor dem Isolationskoller zu bewahren«, seufzte sie. »Ich habe Computer-Modelle so *satt* ...«

»Nun ja, sie halten uns in Übung, aber mit der Wirklichkeit können sie natürlich nicht konkurrieren«, pflichtete David ihr bei. »Sieh mal, der Computer hat die ferngesteuerten Tests beendet. Jetzt geht es los.« Er gab das Startsignal ein. Die eingehenden Daten liefen zu schnell über den Schirm, als dass man sie hätte lesen können, aber darüber machte sich keiner von beiden Sorgen, da alles für eine spätere Durchsicht gespeichert wurde. Der Plotter schlürfte ein Blatt Papier ein und lieferte die erste Wetterkarte. Ein zweiter Monitor baute eine detaillierte Ansicht des Planeten unter ihnen auf. Gedopplerte Radarsignale zeigten Windströmungen und Wolkendichte.

David überflog die Karte, die im Wesentlichen das Gleiche zeigte, in Zahlen übersetzt. »Sieht aus, als würdest du einen Sturm bekommen, der sich in den Bergen zusammenbraut«, stellte er fest. »Wir können ihn verfolgen, er müsste im Laufe der Nacht eintreffen. Wahrscheinlich ein heftiger Sturm. Bei den nächsten beiden Umkreisungen wird er wohl verzeichnet werden.«

»Gib her.« Elizabeth riss ihm das Blatt aus der Hand. »Du meine Güte, das sind komplexe Wettermuster da unten! Eine Menge Stürme. Die Eingeborenen tun mir Leid. Wahrscheinlich wissen die Leute auf der Oberfläche nicht halb so viel über ihr Wetter, wie wir es bereits tun, und wünschen sich, sie wüssten mehr.«

»Dann haben wir etwas, das wir ihnen schenken können.« David wandte sich von dem Schirm ab. »War nicht geplant, dass du ein Konzert gibst, um das Aufstellen der Kuppeln oder so etwas zu feiern?«

»Wenn Kapitän Gibbons den Befehl führt?« Elizabeth lachte. »Das Konzert findet mit Sicherheit statt. Er hat es angeordnet, um alles Mögliche zu feiern. Diesmal gibt es Volkslieder, was heißt, dass ich die Hauptlast der Darbietung zu tragen habe, aber erst, wenn die lokalen Wettermuster stehen. Jetzt, da ich endlich richtige Arbeit zu tun habe, muss das Feiern warten! Hat Ysaye nicht neulich von einem neuen Instrumenten-Sound gesprochen, den sie aus dem Orchester-Synthesizer herausgeholt hat? Sie hat eine Flöte daran angeschlossen und die Wellenformen in den Bass transponiert. Vielleicht kann sie ein Konzert geben.«

»Hmm.« David studierte intensiv den Monitor. »Daraus wird nichts. Ich werde das Netz in seinem ganzen Umfang benötigen, wenn ich überhaupt irgendwelche Details bekommen will. Es gibt einfach zu viele Wolken, und auf dem Boden liegt so viel Schnee, dass ich nicht sicher bin, ob die topografischen Daten auch nur halbwegs richtig sind.«

Elizabeth klopfte ihm mitfühlend auf die Schulter. »Ich wünschte, ich könnte helfen.«

David zuckte die Achseln. »Eigentlich könnte ich ebenso gut zu dem Konzert gehen. Ich kann doch nichts tun, solange nicht alle Satelliten platziert sind. Wenigstens wird es mir was zum Nachdenken geben, vor allem, wenn Ysaye wirklich einen neuen Sound gefunden hat«, fuhr er fort. »Zwar haben schon viele Leute mit Synthesizern herumgespielt, und für mich klingen sie alle ziemlich gleich.«

»Durchaus nicht«, widersprach Elizabeth halbherzig, denn sie widmete ihre Aufmerksamkeit völlig der nächsten Wetterkarte. An einem Reißnagel kauend, grübelte sie über etwas auf dem Ausdruck nach, das ihr entweder nicht gefiel oder das sie nicht verstand.

Vorübergehend von dem gleichen Wetter, das Elizabeth faszinierte, in seinen Tätigkeiten lahmgelegt, setzte David die Diskussion fort. »Im Grunde ist ein elektronischer Ton doch ein elektronischer Ton, und große Unterschiede gibt es zwischen dem einen und dem anderen elektronischen Sound nicht. Man hat auch nicht viele Möglichkeiten, etwas damit anzufangen.«

»Der Meinung bin ich nicht«, antwortete Elizabeth, ohne von ihrer Arbeit hochzublicken. Sie waren beide daran gewöhnt, Gespräche zu führen, die in gar keinem Zusammenhang mit dem standen, was sie gerade taten. »Mit dem Sound, den wir programmiert haben, als ...«

»Sound«, betonte David. »Keine Musik.«

»Du denkst wie ein prähistorischer Mensch.« Elizabeth sah ihn kurz an und krauste die Nase. »Ich sehe nicht so viel Unterschied zwischen Sound und Musik. Du glaubst, du müsstest auf etwas schlagen oder in etwas hineinblasen oder über etwas kratzen, um Musik zu machen. Was ist daran heilig?«

»Ihr modernen Musiker!«, sagte David resigniert. »Jede Art von Geräusch, Lärm, Disharmonie – du bist mir vielleicht ein feines Beispiel für eine Volksmusikerin! Es wundert mich, dass du nicht aus der Authentizitätsgewerkschaft austrittst.«

»Volksmusiker sind in keiner Gewerkschaft«, belehrte sie ihn. »Und ich glaube, diese Diskussion haben wir schon einmal geführt.« Elizabeth lachte und wandte sich wieder ihren

Karten zu, machte Notizen und rief weitere Daten von ihrem Terminal ab. Sie wirkte glücklicher als seit Monaten. »Du musst zugeben, dass Zufälligkeiten ...«

»Ich muss überhaupt nichts zugeben.« Auch David lachte. »Ich habe das unbestrittene Recht zu sagen, wenn ich es möchte, dass seit Hardesty keine richtige Musik mehr geschrieben worden ist – ja, eigentlich seit Händel nicht mehr. Alles, was folgte, ist nach meiner Definition keine Musik Nur Geräusch. Stimmt es nicht, dass nicht einmal die Tonleitern mehr gelehrt werden?«

»Hast du denn *gar nichts* zu tun?«, fragte Elizabeth. David wies auf den Schirm mit dem wolkenbedeckten Globus, und Elizabeth seufzte. »Also, ich habe sie gelernt. Sicher, es war ein kleines Privatcollege, aber es wird dich freuen zu hören, dass Juilliard auch heute noch nur Studenten aufnimmt, die wissen, was Dur und was Moll ist.«

»Hurra! Als Nächstes wird man dort von den Studenten verlangen, dass sie einen einfachen Grundbass lernen«, murmelte David.

»Als Nächstes könnte von einem Kartografen verlangt werden, dass er etwas für sein Gehalt tut!«

»Ich täte ja etwas, wenn ich könnte«, beschwerte David sich. »Nur gibt es im Augenblick nichts, was der Computer nicht besser macht.«

»Nun, ich habe Arbeit, eine ganze Menge sogar, und ich werde mich nicht länger mit dir streiten«, sagte Elizabeth. »Du bist eben einer dieser Primitivisten, die Kompositionen für elektronische Instrumente nicht akzeptieren, so wie es Kunstakademien gibt, die einen Examenskandidaten nur bestehen lassen, wenn er ein Aktbild, ein Stillleben und eine Landschaft in klassischem Stil vorlegt. Erst danach darf er moderne Gemälde zeigen.«

»Das finde ich auch ganz richtig!«, erklärte David. »Der Maler muss dann wenigstens lernen zu zeichnen, bevor er sein Examen ablegt, und er kann Mangel an Talent nicht unter einem Nebel von Kunstgeschwätz verstecken.«

»Das Zeichnen ist nicht alles, nicht einmal in der Kunst«, behauptete Elizabeth. »Aber dieses Argument werde ich jemand anders überlassen. Ich habe jetzt keine Zeit, die ganze Kunsttheorie durchzugehen.« Sie räusperte sich vielsagend. David reagierte auf diesen Wink jedoch nicht.

»Ich hätte viel mehr Freude an der Musik ...« Ein Quietschen verriet Ysaye, dass er es sich wieder auf ihrem Stuhl bequem gemacht hatte. »... wenn jeder moderne Komponist ein Lied im Stil Schuberts, einen Choral im Stil Bachs, eine Sonate und eine klassische Symphonie einreichen müsste, bevor er irgendetwas Modernes schreiben dürfte, und ich glaube, die meisten Zuhörer würden mir zustimmen. Eure modernen Symphonien verlieren ihr Publikum, weil die Komponisten absichtlich Musik schreiben, die niemand hören will. Sie konkurrieren mit der Vergangenheit. Natürlich, in der Volksmusik ...«

Ysaye schlief bei diesem freundschaftlichen Streit über Musik ein. Oder vielmehr bei Davids Monolog. Von Elizabeth, die sich auf ihre Arbeit konzentrierte, kamen nur noch geistesabwesende Laute. Ysaye dachte flüchtig, dass Davids Herumhacken auf der Musik symptomatisch für die leichte Verrücktheit war, mit der sich jeder Einzelne infiziert hatte. Zu viel Freizeit, nicht genug wirkliche Arbeit, um den Verstand zu beschäftigen ... Nebensächlichkeiten werden ebenso wichtig genommen wie unsere eigentlichen Aufgaben ...

Sie erwachte von dem Geräusch des Plotters, der eine neue Karte produzierte, und Davids überraschtem Ausruf.

»Was ist los, David?«, fragte Ysaye, setzte sich hoch und rieb sich die Augen. »Funktioniert etwas nicht richtig?«

»Hier stimmt etwas nicht – und vielleicht ist es nur wieder

ein Fehler im Computer«, antwortete er. »Erinnerst du dich an den heftigen Sturm, von dem ich sagte, er baue sich auf dieser Ebene hier auf?« David warf ihr die ältere Karte zu.

Ysaye betrachtete sie stirnrunzelnd. Ihr kam sie vollkommen normal vor. Wenigstens sah sie aus wie Sturmmuster, die sie von Simulationen her kannte. Die Wolken bildeten die üblichen Wirbel. Solche Satellitenfotos hatte sie schon von dutzenden von Welten und von tausenden von Simulationen gesehen. »Was ist daran verkehrt?«

»Nichts«, sagte David. »Aber der Sturm ist nicht mehr da. Er ist einfach verschwunden.«

Ysaye wollte es nicht glauben. »Computerfehler löschen keine Stürme aus. Du hast die Karte nicht richtig gelesen, das ist alles. Wahrscheinlich brauchst du auch ein Nickerchen.«

»Sieh selbst.« David reichte ihr die neue Karte.

Ysaye sah zuerst auf die Zeit. Sie hatte etwas länger als zwei Stunden geschlafen. Elizabeth kam, setzte sich neben ihr auf den Deckenstapel und betrachtete die Karte ebenfalls.

»Er hat Recht.« Elizabeth tippte mit dem Finger auf die Karte. »Siehst du hier das Tiefdruckgebiet? Es ist noch da, aber die Wolken sind weg. Es gibt keine Spur von einem Sturm, keinen Regen, keinen Schnee – nichts.«

»Vielleicht bedeutet auf diesem Planeten ein Tief keinen Sturm«, meinte David unsicher.

»Es gibt nichts anderes, was es bedeuten könnte ...« Elizabeth blickte außerordentlich verwirrt drein. »... falls dieser Planet nicht einzigartig in der Galaxis ist. Vielleicht rufen alle diese Berge Veränderungen hervor – oder dieser monströse Gletscher. Oder der ganze Schnee.« Aber es klang zweifelnd.

»Möglich ist alles«, erwiderte Ysaye.

»Sicher. Trotzdem möchte ich wissen, wohin dieser Sturm abgezogen ist. Wir wollen abwarten, ob das Tief auf der nächsten Wetterkarte erscheint.« Elizabeth zuckte die Achseln. »Wenigstens habe ich etwas zu berichten. ›Verloren: ein Sturm.‹ Es ist ein ziemlich großes Ding, um es zu verlegen.«

»Gott helfe mir. Sag das nicht. Du kennst die Vorschriften. Wir werden wahrscheinlich ein Extra-Fundbüro für vermisste Wettermuster einrichten müssen«, scherzte David. »Ich sehe es schon vor mir. Berichte in dreifacher Ausfertigung und Erwähnung im Protokoll jeder Konferenz. Verloren: ein tropisches Tiefdruckgebiet, zwei Hurrikane ...« Er tat, als wolle er sich die Haare ausreißen.

»Das ist albern ...«, kicherte Elizabeth.

»Diesen Sturm hast du aber verlegt«, hielt David ihr vor.

»Ich nicht«, wehrte Elizabeth entrüstet ab. »Meine Aufgabe ist, über das Wetter zu berichten und es vorherzusagen, nicht, es zu machen. Vielleicht ist es eine Fehlfunktion des Computers. Vielleicht hat der Computer ein Tief gemeldet, wo in Wirklichkeit keins war, und die Gewitterwolken waren nur ... nur eine seltsame, in Auflösung begriffene Formation. Oder der Sturm hatte die Absicht, herausgeröhrt zu kommen, wo auch immer diese Stürme herauszuröhren pflegen, und irgendetwas zwang ihn, dort wegzugehen.«

Ysaye kroch zum Terminal hinüber, zog die Hülle ab und begann, Diagnostiken durchlaufen zu lassen. »Vielleicht«, meinte sie versonnen, »hat jemand da unten das alte Problem gelöst. ›Alle reden vom Wetter, und niemand tut etwas dagegen.‹«

Sie schwieg eine Weile, da ihre eigenen Worte eine seltsame Saite in ihr zum Schwingen gebracht hatten. *Habe ich eben etwas darüber geträumt?* Sie versuchte, sich zu erinnern, aber der Traum war zerstoben.

David sah ernst auf sie hernieder.

»Das glaubst du?«

»Wir haben doch eben gesagt, möglich ist alles«, wich Ysaye aus. »Auch Eingeborene mit einer Technologie, die ganz anders ist als das, was wir uns unter Technologie vorstellen.«

David bedachte den jetzt leeren Schirm mit einem Stirnrunzeln. »Nun, wenn wirklich jemand das Wetter verändert hat ... ganz gleich, wer er ist, wenn er diese Art von Macht hat, möchte ich den Mann gern kennen lernen – oder die Frau oder die Leute.« Er überlegte.

»Andererseits«, sagte er leise, »vielleicht möchte ich es lieber nicht.«

4

Im Garten des Dalereuth-Turms gingen drei Mädchen spazieren, zwei eng beieinander wie beste Freundinnen, während die Dritte ein bisschen Abstand hielt. Alle drei hatten das rote Haar und in ihren Zügen das starke aristokratische Gepräge der Comyn, der erblichen Autarkie der Domänen. Als Comyn bezeichnete man die Nachkommen der sieben Familien, und man betrachtete sie mit Ehrfurcht und Neid, denn jede Familie hatte eine besondere Gabe, ein *laran.* Nicht jedes Mitglied der Comyn besaß die Gabe in voller Kraft – oder überhaupt –, denn in dieser Zeit war ihr Blut dünner geworden, und die Kräfte starben aus. Türme, die früher einmal Botschaften und sogar Boten über weite Entfernungen geschickt hatten, standen dunkel und leer. Das machte diese drei Mädchen so kostbar – für ihre Familien als auch für den Turm.

Melora und Rohana Aillard, zehn und zwölf Jahre alt, waren Kusinen, sahen sich jedoch ähnlich wie Schwestern. Das dritte Mädchen war Leonie Hastur, ein bisschen größer, ein bisschen heller im Teint, ein bisschen älter als die anderen – und sich ihres Ranges und der Kraft ihres *laran* sehr viel stärker bewusst. Ihr Stolz zeigte sich schon in ihrer Haltung. Sie hielt den Kopf hoch erhoben und dachte nicht daran, die Augen mit der jungfräulichen Schüchternheit, die die Gesellschaft gern sah, niederzuschlagen.

Zu dieser Zeit, spät am Tag, durften die jüngeren Mädchen im Turm in den Garten gehen, sofern das Wetter es erlaubte, spielen und sich vergnügen, wie sie wollten. Leonie betrachtete sich als viel zu alt für solchen Unsinn wie Spiele, aber es war eine Chance, den Mauern des Turms wenigstens für eine Weile zu entrinnen.

»Setz dich auf die Schaukel, ich werde dich anstoßen«, sagte Melora, die zart gebaut und die Kleinste von den dreien war. »Noch regnet es nicht, und ich möchte so lange wie möglich draußen bleiben.«

»Lange wird es nicht mehr dauern«, antwortete Rohana mit einem Seufzer. »Zu dieser Jahreszeit regnet es hier abends wohl immer. Hoffen wir nur, dass es erst anfängt, wenn wir hineingegangen sind.«

»Heute Abend wird es nicht regnen«, behauptete Leonie überzeugt und mit einem schlauen Lächeln. »Ich möchte die Monde sehen, auch wenn sie nach der Konjunktion schon wieder dabei sind, sich zu trennen. Es ist sehr wichtig für mich.«

Sie sagte nicht, warum es für sie wichtig war, und die beiden anderen Mädchen machten sich nicht die Mühe zu fragen. Auch wenn sie sich erst kurze Zeit kannten, wussten sie, dass Leonie es ihnen nicht erzählen würde.

»Und ich vermute«, spottete Rohana Aillard, »das Wetter wird mitspielen und gut bleiben, nur weil du es von ihm verlangst. Das hätte ich natürlich wissen müssen. Sogar das Wetter muss gehorchen, wenn eine Hastur spricht.«

»Für gewöhnlich tut es das«, erklärte Leonie, als habe sie nichts von Rohanas verschleiertem Hohn gemerkt. »Wenn du nicht schaukeln willst, Rohana, dann lass mich.«

»Nein, zuerst bin ich an der Reihe.« Rohana kletterte in die Schaukel und setzte sie in Bewegung. Ihren Versuch, Leonie aus der Fassung zu bringen, gab sie auf. »Hier müsste es zwei Schaukeln geben.«

»Oder drei, aber wie oft hat man hier mehr als eine Person, die jung genug ist, um sich dafür zu interessieren?«, fragte Melora. Mit unschuldiger Fröhlichkeit wandte sie sich Leonie zu. »Ich bin froh, dass du bei uns bist, Leonie, alle anderen sind so alt und gesetzt.«

»Fiora ist nicht alt«, widersprach Rohana, erfüllt von einem vagen Loyalitätsgefühl gegenüber der Bewahrerin.

»Sie ist so gut wie alt«, lautete Leonies Urteil. »Sie handelt, als sei sie hundert Jahre alt, und ist verknöcherter als jeder alte Großvater. Als sie mich hier willkommen hieß, hielt sie mir eine fürchterlich lange Predigt. Sie betonte, ich sei jetzt eine *leronis* und müsse ständig die besten Eigenschaften der Comyn repräsentieren.« Leonie gab ein verächtliches Schnauben von sich. »Als ob ich das nicht sowieso täte! Ich bin schließlich eine Hastur. Man hat mich in meinen Pflichten unterwiesen, seit ich die Wiege verließ!«

»Und du hast jetzt vermutlich schon mehr von einer *leronis* und bist eine bessere Telepathin als die meisten von uns nach der Ausbildung.« Rohanas Stimme klang ein bisschen resigniert. Dann leuchtete Neugier in ihren Augen auf, und sie vergaß ihren Versuch von vorhin, Leonie durch Sticheleien zu reizen. »Sag doch, Leonie, hast du die Hastur-Gabe?«

Leonie ließ sich nicht – nicht ganz – anmerken, wie stolz sie darauf war. »Ja, ich denke schon.«

»Das heißt, du bringst *ohne* Matrix mehr fertig als wir anderen *mit*«, sagte Rohana ehrfürchtig. »Erzähl mal, warum schickt man dich, wenn das wahr ist, überhaupt in einen Turm?«

Leonies schönes, arrogantes Gesicht wurde sehr ernst. *Laran*-Kräfte – besonders ihre eigenen – waren etwas, über das sie niemals leichtfertig oder frivol sprach. »Von frühester Kindheit an«, antwortete sie, »hat man mir gesagt, dass eine unausgebildete Telepathin eine Gefahr für sich selbst und jeden in ihrer Umgebung darstellt. Und das trifft zu – auf mich vielleicht noch mehr als auf jeden anderen in den Domänen. Als ich getestet wurde, stellte die *leronis* fest, dass ich einige von den älteren Gaben besitze, von denen bekannt ist dass sie manchmal ...« Sie zögerte, suchte nach dem richtigen Wort.

»... *unkontrollierbar* werden, jedenfalls ohne entsprechende Ausbildung.«

Rohana erschauerte, Melora ebenfalls. Jedes Kind wusste, was passieren konnte, wenn eine Gabe außer Kontrolle geriet. Zusammen mit Gespenstergeschichten sorgten Erzählungen über wild gewordenes *laran* für Unterhaltung an so manchem winterlichen Kamin – und bescherten so manchem Kind Alpträume.

Leonie wartete einen Augenblick, damit ihre Worte volle Wirkung erzielten. Macht, woher sie auch stammte, trug sofort Respekt ein. Diesen Respekt – oder zumindest eine vorsichtige Haltung ihr gegenüber – hatte sie bereits gewonnen. Sie sah es in den Gesichtern der Mädchen. Gut. Jetzt würde es keine taktlosen Sticheleien mehr geben.

Sie zuckte die Achseln und stieg ein Stückchen von dem Gipfel des Mysteriums herab, auf den sie sich selbst gestellt hatte. »Außerdem bin ich eine Frau«, fuhr sie fort, »und Frauen haben nur die eine Möglichkeit, eine *leronis* zu werden, wenn sie dem Schicksal entrinnen wollen, im frühestmöglichen Augenblick an irgendeinen schwachsinnigen jungen Burschen verheiratet zu werden und sechs oder sieben seiner schwachsinnigen Kinder zu gebären.«

»Sie sind doch sicher nicht alle schwachsinnig«, protestierte Rohana, die ehrgeizige Ziele auf dem Heiratsmarkt hatte.

»Nein, nur neun Zehntel von ihnen«, entgegnete Leonie. »Und was meinst du, wie deine Chancen stehen, einen von dem restlichen Zehntel zu bekommen?«

Melora meinte friedlich: »Du hast bestimmt den besten Weg gewählt, um es für ein oder zwei Jahre hinauszuschieben.«

»Für länger.« Leonies Ton ließ keinen Widerspruch zu. »Ich weiß, was ich will. Das weiß ich, solange ich denken kann. Ich werde *überhaupt nicht* heiraten, und es ist meine feste Absicht, einen Sitz im Rat zu bekommen.«

»Dafür müsstest du erst einmal Bewahrerin von Arilinn werden«, meinte Rohana lachend. Ungeachtet Leonies Selbstsicherheit fand sie die Idee grotesk.

»Genau.« Leonie legte den Kopf zurück, sah das jüngere Mädchen von oben herab an und zeigte das Lächeln, das Geheimnisse verbirgt.

Rohana seufzte verzweifelt. »Und du bist so überzeugt, dass du das schaffst? Hast du auch die Gabe des Vorherwissens? Läuft alles immer so, wie du es erwartest?«

»Fast alles«, erwiderte Leonie mit einem unbeschreiblichen Ausdruck von Arroganz. »Ich habe die Erfahrung gemacht, dass ich mich selten irre. Und Fiora hat mir gesagt, ich hätte die Begabung für die Ausbildung zur Bewahrerin. Deshalb halte ich die Entwicklung für so wahrscheinlich, dass sogar mein Bruder darauf wetten und seinen Gewinn einstreichen könnte.«

Ihre Selbstsicherheit brachte die für gewöhnlich sanftmütige Melora nun doch auf. »Oh, wahrscheinlich wirst du damit enden, dass du heiratest, ganz wie wir anderen«, sagte sie ärgerlich.

»Nein, ich werde nicht heiraten.« Unter dem seltsamen Blick, mit dem Leonie sie maß, wurde Melora unbehaglich zu Mute. Es war, als sehe Leonie sie nicht an, sondern durch sie hindurch. »Und du auch nicht«, setzte Leonie mit merkwürdig ausdrucksloser Stimme hinzu.

»Und ich?«, fragte Rohana schnippisch.

»Ja, du wirst heiraten.« Leonie sprach immer noch mit dieser flachen, dünnen Stimme. »Aber trotzdem wirst du einen Sitz im Rat bekommen.« Stirnrunzelnd richtete sie den Blick nicht auf Rohana, sondern auf etwas, das sie allein sehen konnte. »Ich verstehe nicht, wie, aber ich weiß, dass es geschehen wird ...«

Sie verstummte und starrte weiter ins Leere.

Rohana versuchte, die Kälte, die sich plötzlich auf die Mädchen niederzusenken schien, mit einem Achselzucken abzutun. Erbost fuhr sie Leonie an: »Also, bist du jetzt eine Wahrsagerin auf dem Marktplatz? Oder vielleicht möchtest du die graue Robe der Priesterinnen Avarras anlegen und herumlaufen und Unheil verkünden! Die alte Martina, die Zofe meiner Mutter, pflegte hin und wieder ins Prophezeien zu geraten, und sie konnte Schnee zu Mittwinter ebenso gut vorhersagen wie sonst einer.«

Vielleicht hätte Rohana noch mehr gesagt, aber das leise Geräusch von Schritten unterbrach sie. Die Mädchen verstummten und ließen die vergessene Schaukel auspendeln. Jemand hatte den Garten betreten.

Mehr als nur »jemand«. Die sich ihnen nähernde Gestalt war so eindrucksvoll, dass sie die Aufmerksamkeit auch solcher Leute auf sich gezogen hätte, die sie oder die Bedeutung ihrer karminroten Gewänder nicht kannten. Fiora, die Bewahrerin von Dalereuth, war ein Albino, hoch gewachsen und merkwürdig aussehend mit ihrem weißen Haar und den hellen, vollständig blinden Augen. Trotzdem schritt sie sicher den Pfad entlang. In ihrer Robe wirkte sie substanzlos, und doch hatte sie eine Präsenz und eine Würde, die nicht von einer hohen Geburt herrührten.

Sie fragte nicht, wer da sei, sondern sagte nur: »Leonie.«

»Ich bin hier, Lady.« Leonie hob den Kopf, während die beiden anderen Mädchen die Köpfe leicht gesenkt hielten. Sie sah Fiora gerade in die hellrosa Augen, obwohl ihr das ein irgendwie merkwürdiges Gefühl vermittelte. Die Augen niederzuschlagen wäre mit dem Geständnis gleichzusetzen gewesen, dass die Bewahrerin sie einschüchterte, und das hätte sie niemals zugegeben.

Fiora wusste, was hinter diesem leicht unverschämten Blick steckte, und wünschte, das Mädchen hätte ebenso viel Verstand wie Stolz. »Ich muss mit dir reden. Soll ich die anderen wegschicken?«

»Ich kann mir nicht vorstellen, dass Ihr mir etwas zu sagen haben könntet, was sie nicht hören dürften«, antwortete Leonie. Die leichte Betonung des »Ihr« ärgerte Fiora. Sie wusste, dass das Mädchen hatte beleidigend sein wollen.

Aber wenn sie darauf reagierte, spielte sie Leonie in die Hände, und diese Absicht hatte sie nicht.

»Dann können sie bleiben, wenn du es so wünschst«, sagte Fiora ruhig, »obwohl ich dir ohne deine Zustimmung niemals vor anderen einen Vorwurf gemacht hätte. Wie ich hörte, glaubst du, für das ungewöhnliche Wetter der letzten paar Tage verantwortlich zu sein.« Sie legte ihrerseits ein wenig Nachdruck auf das »glaubst du«, als wolle sie andeuten, das Mädchen lüge oder phantasiere.

»Nun, das bin ich ja auch«, sagte Leonie gelassen. »Na und? Ich wollte die Monde sehen. Irgendetwas kommt auf uns zu, und ich spüre, dass es von den Monden kommt.«

»Das ist interessant, Kind«, gab Fiora mit einer Spur von Herablassung zurück, »und besonders interessant ist, dass von allen ausgebildeten *leroni* und allen Matrix-Arbeitern mit all ihren Gaben und Kräften dir allein, die du unausgebildet und ohne Praxis bist, ein solches Vorherwissen gegeben wurde.«

Leonie schob das Kinn vor und presste die Lippen zusammen, aber Fiora gab ihr keine Chance zu einer Erwiderung. »Das mag nun so sein oder auch nicht«, fuhr die Albino-Frau fort, »und es mag sein, dass das Wetter sich nach dir richtet oder auch nicht. Aber weil die Möglichkeit besteht, dass zumindest die Sache mit dem Wetter wahr ist, bin ich gekommen, dir zu sagen, dass du so etwas nicht tun darfst. Weißt du nicht, was uns passieren kann, wenn du mit dem Wetter herumpfuschst, als sei es ein Spielzeug, Kind?« Diesmal lag die Betonung auf »Kind« und wies darauf hin, dass Leonie über ihr

Tun nicht mehr nachgedacht hatte als ein Säugling, der nach dem hübschen bunten Ball oder einer Feder langt.

»Wenn Ihr einen Geisterwind meint«, fuhr Leonie auf, »versichere ich Euch: So unbedacht bin ich nicht!«

Doch Fiora sah sie weiter vorwurfsvoll an, und da erkannte Leonie, was der Bewahrerin wirklich Sorge machte. »Oh, die Bauern!« Es klang wegwerfend. »Die interessieren mich nicht.«

»Ein Jammer, dass du den Unterricht in den Pflichten einer Hastur und einer Comyn nicht ebenso ernst genommen hast wie die Lektionen über deine eigene *Bedeutung.* Die Bauern brauchen den Regen«, erklärte Fiora eindringlich, »und wir hängen mit unserem Essen von den Bauern ab. Wenn die Ernte aus Mangel an Wasser verdorrt und tot auf den Feldern liegt, ist es auch für die mächtigste Gabe in den Domänen zu spät, das wieder gutzumachen.«

Leonie starrte die Bewahrerin an, als traue sie ihren Ohren nicht, aber Fiora war noch nicht fertig.

»Und ganz abgesehen davon, eins von den ersten Dingen, die du – wie alle anderen – hier lernen musst, ist, dass eine *leronis* niemals aus Eigennutz etwas tun darf, womit sie das Gleichgewicht der Natur stört. Wenn wir gelegentlich tatsächlich eingreifen, um eine gefährliche Situation zu verändern, beraten wir uns erst mit anderen und wägen die guten gegen die möglichen schlechten Folgen ab. Zum Beispiel lassen wir es regnen, wenn ein Waldbrand ausgebrochen ist.«

»Das habe ich auch schon gemacht«, unterbrach Leonie sie. »Ich bin mit Geschichten über Dorilys von Rockraven aufgewachsen, und ich glaube, ich besitze ein bisschen von ihrer Gabe der Wetterkontrolle. Es liegt mir jedoch fern, damit zu *spielen.*« Wieder zeigte sie das überlegene Lächeln, das in Fiora den Wunsch erweckte, ein bisschen Bescheidenheit in sie hineinzuschütteln. Wäre die Bewahrerin etwas anderes gewesen als sie war, hätte sie es möglicherweise getan.

»Ihr braucht Euch keine Sorgen zu machen«, setzte Leonie hochmütig hinzu, als handele es sich um nichts Wichtiges. »Ich werde den Regen wiederherstellen, wenn Ihr es wünscht.«

»Es geht nicht einfach darum, was ich wünsche.« Fioras Stimme klang ziemlich scharf. »Du musst lernen, dich dem zu fügen, was bestimmt ist, und den Wegen zu folgen, die die Natur uns vorgezeichnet hat. Kam in deinen Geschichten vor, was letzten Endes aus Dorilys von Rockraven geworden ist?«

»Sie verlor die Kontrolle über ihre Gabe und tötete damit, und da sie selbst nicht getötet werden konnte, versetzten ihre Verwandten sie hinter einem Schirm zu Hali in Schlaf.« Überzeugt, dass *ihr* so etwas nicht passieren könne, zuckte Leonie die Achseln. »So viel ich weiß, ist sie immer noch da. Darum möchte meine Familie ja, dass ich richtig ausgebildet werde.«

»Genau«, antwortete Fiora. »Vergiss das nie, Leonie. Ein solches Schicksal könnte auch dich ereilen, wenn du fortfährst, deine Kräfte zu missbrauchen und mit ihnen umzugehen, als seien sie bessere Spielzeuge. Und dein Schicksal könnte noch viel trauriger sein, wenn du mit Kräften prahlst, die du gar nicht besitzt, und das bekannt wird. Niemand macht sich so lächerlich wie eine *leronis,* die einen Dämon heraufbeschwören will, und es erscheint eine Maus.«

Damit drehte sie sich um und ging durch den Garten davon. Ihre nachschleppende Robe raschelte durch das Gras. Die beiden jüngeren Mädchen sahen sich entsetzt an. Ein Vorwurf von Fiora war selten, und zu keiner von ihnen beiden hatte sie je mit solcher Härte gesprochen.

Leonie jedoch war nichts als wütend. Sicher, sie hatte gesagt, die beiden anderen Mädchen bräuchten nicht weggeschickt zu werden, aber noch nie in ihrem Leben hatte es jemand gewagt, so zu ihr zu sprechen.

Schlimmer noch, viel schlimmer waren die Beleidigungen,

die Fiora nicht ausgesprochen, doch nur zu deutlich gedacht hatte.

»Sie glaubt also nicht an meine Gaben!« Leonie kochte vor kaum beherrschtem Zorn. »Sie denkt, ich prahle mit Fähigkeiten, die ich nicht besitze!«

»Leonie, das hat sie nicht gesagt«, protestierte Rohana ängstlich.

»Sie brauchte es nicht laut zu sagen«, gab Leonie zurück. »Meinst du, ich höre nur, was sie zu mir *sagt?* Wirklich? Was tun wir dann im Turm, wir alle?« Böse sah sie auf die Tür, durch die Fiora den Turm betreten hatte. »Sie wird es schon sehen!«

»Was hast du vor, Leonie?«, flüsterte Melora mit aufgerissenen Augen und schwankender Stimme. Das beruhigte Leonie ein bisschen. Wenn die Bewahrerin ihr nicht glaubte, hatte sie wenigstens ihre Mitschülerinnen überzeugt, dass sie Kräfte besaß, mit denen man rechnen musste.

»Oh, sie soll einen Sturm haben, wenn sie einen will, und wenn er vorbei ist ...« Leonie war sich ihrer Würde zu sehr bewusst, um zu fauchen, aber sie ballte die Hände zu Fäusten und presste die Lippen zu einer dünnen Linie zusammen. »Ich kann es schon richtig hören. ›*Oh, Leonie, das darfst du nicht!*‹ Als stünde es ihr zu, mir zu sagen, was ich darf und was nicht!«

»Sie ist die Bewahrerin ...«, wandte Rohana schwach ein.

Leonie warf das Haar mit einer verächtlichen Geste zurück, als habe der Titel *Bewahrerin* für sie keine Bedeutung. »Dann lernt sie es am besten gleich: Ich tue, was ich will, hier oder anderswo. Und sie wird es lernen. Diesen Kampf habe ich nicht gewollt, aber ich werde ihm nicht ausweichen.«

5

Die kleine Wetterkuppel auf dem Mond enthielt mehr Menschen, als die Vorschriften es erlaubten. Ysaye nahm den Kommandositz hinter der Computerkonsole ein, David und Elizabeth beugten sich über ihre Schulter, und ein halbes Dutzend Männer und Frauen drängten sich hinter ihnen zusammen. Schweigen herrschte, während der Computer nach den Daten, die der Satellit sandte, auf dem Schirm ein weiteres Bild entstehen ließ. Überrascht schnappte David nach Luft.

»Heiliger Rauch!«, rief er leise aus. Ysaye kannte das Zitat nicht und ignorierte es als bedeutungslos bis auf den offensichtlichen Zusammenhang mit Verwunderung.

Ysaye hatte sich vergewissert, dass weder der Computer noch der Satellit einen Hardware- oder Software-Fehler aufwies und kein Witzbold auf dem Schiff ihnen mit gefälschten Daten Streiche spielte. Letzteres hatte sie durch das einfache Mittel überprüft, dass sie jemanden mit einem echten optischen Teleskop vor die Kuppel schickte, der *Bilder* von den Wettermustern auf dem Planeten unten gemacht hatte. Zwar waren sie verglichen mit dem, was der Satellit sandte, von schlechter Qualität, aber eins bewiesen sie: Die Daten stimmten. Das Wetter auf Cottman IV benahm sich *nicht* normal.

»Sieh dir das an.« David reichte Elizabeth die letzte der Wetterkarten, die aus dem Plotter gekommen waren. Sie studierte das Blatt Papier mit verwirrt gekrauster Stirn.

»Wo ist denn der Sturm hergekommen?«, fragte sie. »Zuerst verschwinden zwei Stürme, und jetzt taucht plötzlich ein Sturm aus dem Nichts auf! Irgendetwas stellt da unten sehr seltsame Dinge mit dem Wetter an.«

»Was für seltsame Dinge?«, fragte eine Stimme von hinten.

»Wir haben gerade festgestellt, dass die Atmosphäre ungefährlich für einen Landetrupp ist. Also erzählen Sie mir jetzt nicht, dass wir Probleme bekommen!« Commander Matt Britton, Chef der Wissenschaftsabteilung, war soeben eingetroffen, und so überfüllt der Raum war, die Leute, die zwischen ihm und der Konsole standen, rückten zur Seite, damit er sich hindurchquetschen konnte.

Elizabeth reichte ihm ihre Serie von Wetterkarten in chronologischer Reihenfolge. »Sehen Sie selbst, Sir. Zuerst verschwinden zwei Stürme ins Nichts, dann bekommen wir Niederschläge, aber ohne ein Wettermuster, das sie rechtfertigen würde.« Sie schüttelte den Kopf. »Keine Tiefdruckzone, keine Luftmassenbewegung, nichts. Nur Regen.«

Der Abteilungsleiter studierte die Karten, ohne dass sich in seinem Gesicht eine Regung zeigte. »Irgendeine Theorie, was dahinter steckt?«, fragte er nach einer Weile.

»Bisher nicht«, gestand Elizabeth ein. »Wir beobachten das jetzt seit mehr als achtundvierzig Stunden, und ich fürchte, wir sind ein bisschen übermüdet. Die beste Theorie, auf die wir bisher gekommen sind, ist, dass es dort unten jemanden gibt, der magische Gewalt über das Wetter hat, eine Art Hexenmeister.«

Jetzt ließ sich der Abteilungsleiter doch Emotionen anmerken. Unter einem Paar schwerer Augenbrauen blickte er zu der Meteorologin hoch. Heftige Missbilligung. »Wollen Sie das im Ernst als Theorie vortragen, Mackintosh?«, fragte Britton. »Unsinn dieser Art macht sich recht gut in einem Ihrer Volkslieder, aber dies ist eine wissenschaftliche Expedition, und ich wäre Ihnen dankbar, wenn Sie das nicht vergessen würden, ob Sie müde sind oder nicht.«

Die kalte Ablehnung ihres Vorgesetzten überraschte Elizabeth, und das bestätigende Gemurmel aus dem Hintergrund, das Brittons Vorwurf folgte, war nicht gerade geeignet, ihr

Selbstvertrauen zu geben. »Wirklich, Elizabeth, hören Sie auf damit!«, rief Lieutenant Ryan Evans, einer der jüngeren Botaniker, angewidert.

Elizabeth errötete, und als ihr Blick auf Evans fiel, wandte sie die Augen ab. Obwohl er zu Davids Freunden gehörte, gelang es ihr nicht, besondere Sympathie für ihn zu entwickeln. Evans war ein gut aussehender junger Mann und wusste das. Er war ziemlich groß und schlug bei jeder Gelegenheit – besonders Frauen gegenüber – Vorteil aus seinen zusätzlichen Zentimetern. Elizabeth hatte ihn entgegen dem Brauch, außer Dienst Zivil zu tragen, nie in etwas anderem gesehen als in der grauen Uniform des Kolonisationsdienstes. Er hielt seinen kräftigen Körper im Sportstudio topfit und benutzte ihn als Werkzeug zur Einschüchterung oder zur Verführung, je nachdem. Seine Bemerkung klang, als habe er für das, was Elizabeth gesagt hatte, nichts als Hohn übrig. Aber so sprach er häufig. Er war von Natur aus ein Spötter.

Der verächtliche Ausdruck seines Gesichts und die fast schon beleidigenden Worte machten Elizabeth jedoch zornig – zumindest zornig genug, um ihren Standpunkt zu verteidigen, obwohl sie ihre Erklärung halb im Scherz, halb aus Verzweiflung abgegeben hatte. Evans ignorierend, wandte sie sich Britton zu.

»Nun, es ist tatsächlich eine weit hergeholte Theorie, Sir«, meinte sie diplomatisch, »aber uns ist sonst nichts eingefallen, was die Vorgänge auf dem Planeten erklärt, und dem Computer auch nicht. Wir haben nicht über Zauberei aus dem Märchen gesprochen, sondern über etwas völlig anderes, und mit ›Hexenmeister‹ wollten wir nur die von uns postulierte Person irgendwie bezeichnen. Theoretisch könnte jemand mit parapsychischen Kräften all das bewirken, Wettersysteme zerstreuen und neu bilden, und für jeden, der diese Kräfte nicht besitzt, würde es tatsächlich wie Magie aussehen.«

Evans antwortete, als habe Elizabeth ihn angesprochen. »Auch wenn man uns dieses alberne Programm aufgehalst hat, nach dem Experimente mit parapsychischen Fähigkeiten durchgeführt werden müssen, und ihr damit herumgespielt habt, habe ich doch noch nie irgendeinen schlüssigen Beweis gesehen, dass es so etwas gibt – und erst recht nicht, dass jemand damit Stürme steuern kann.«

Elizabeth biss sich auf die Zunge, um ihn nicht anzufahren, und richtete ihre Aufmerksamkeit weiter auf Britton. Schließlich hatte sie mit Evans nichts zu schaffen. Er arbeitete nicht in ihrer Abteilung, er war nicht ihr Vorgesetzter, und es konnte ihr gleichgültig sein, ob er sie mit Anerkennung oder Missbilligung betrachtete.

Britton schüttelte den Kopf. »Ich muss Evans Recht geben.« Es klang ein bisschen bedauernd. »Auch ich habe noch keinen Beweis gesehen, dass es ›parapsychische Kräfte‹ überhaupt gibt. Alles, was Sie und David getan haben, lässt sich auch auf andere Weise erklären. Und ich habe keinen Grund zu der Annahme, dass hier ›parapsychische Kräfte‹ am Werk sind.«

»Vielleicht nicht«, räumte Elizabeth ein, »aber Sie müssen zugeben, Sir, dass da unten etwas sehr Ungewöhnliches vor sich geht. Hexenmeister sind in diesem Zusammenhang nicht unwahrscheinlicher als irgendetwas anderes.« Sie runzelte die Stirn. »Ich habe so eine Ahnung, sollten wir die Wahrheit – ganz gleich, wie sie aussehen mag – herausfinden, werden wir vielleicht wünschen, es sei etwas so Simples wie ein Hexenmeister gewesen.«

»Jesus!«, murmelte Evans – aber Britton brachte ihn mit einem Blick zum Schweigen. Er stand unter Brittons Befehl, und so gescheit war er doch, dass er nach einem solchen Blick den Mund hielt.

Britton drehte sich wieder zu Elizabeth um. »Ich verlasse

mich darauf, dass Sie mich informieren, sobald Sie eine etwas handfestere Theorie haben – oder einen Beweis, dass Ihr ›Hexenmeister‹ existiert.« Sein Ton war weniger ätzend als der von Evans, aber ebenso herablassend sarkastisch, und Elizabeth wäre beinahe zusammengezuckt.

Ysaye wand sich innerlich. Dies war nicht das erste Mal, dass Elizabeth wegen ihrer sprunghaften, nicht auf Logik beruhenden Intuition, die zuweilen erstaunlich gute Ergebnisse zeitigte, kritisiert wurde. In friedlicherer Stimmung hätte Commander Britton sie deswegen nicht so fertig gemacht. Im Augenblick war er jedoch offensichtlich nicht in friedlicher Stimmung.

Ysaye glaubte zu wissen, warum. Die Erkundungssatelliten funktionierten tadellos und hatten ihnen erstaunlich detaillierte Analysen über die chemische Zusammensetzung der Umgebung geliefert. Doch obwohl die Atmosphäre nahezu ideal war, verweigerte der Planet selbst die Kooperation. Eine dicke, dichte Wolkendecke und allgegenwärtige Stürme erlaubten nur vage Eindrücke von den dort unten lebenden intelligenten Lebewesen. Es *gab* intelligente Lebewesen, so viel war nach den flüchtigen Blicken auf Gebäude klar. Ihre Bewohner blieben jedoch ein Geheimnis. Zu den wenigen bekannten Tatsachen gehörte, dass sie sowohl isolierte als auch dicht beieinander stehende Bauten, die Städte sein mochten, errichteten und das Land bestellten. Der Rest war ein Mysterium. Bei den seltenen Gelegenheiten, da sich die Wolken doch einmal geteilt und das Land darunter enthüllt hatten, waren die Bewohner selbst entweder nicht in Erscheinung getreten, oder die Bäume standen zu dicht, als dass man hätte hindurchsehen können. Oder die berühmten Kameras, die ein Nummernschild auf einem Parkplatz in Nairobi aufnehmen konnten, hatten die falsche Richtung im Visier und zeigten ein weiteres von Wolken bedecktes Gebiet.

Kein Wunder, dass Britton nicht besonders guter Laune war.

Ysaye warf sich in die Bresche und wechselte das Thema.

»Steht schon fest, Sir, wann wir auf den Planeten hinuntergehen werden?«, fragte sie. Dass eine Expedition hinabgeschickt werden würde, war als sicher anzunehmen, wenn man bedachte, wie die Hüter von Murphys Gesetz sie geplagt hatten. Offensichtlich war die einzige Möglichkeit, irgendetwas herauszufinden, dass sich jemand in Person auf den Planeten begab. Eine gefährlich primitive, aber bewährte Technik.

»In zwei Stunden«, antwortete Britton. »Der Kapitän hat angeordnet, eine der Erkundungsfähren in diesem Gebiet hier landen zu lassen.« Er zeigte ihnen eine Stelle auf dem Computerschirm, die gnädigerweise einen Moment lang frei von Wolken war. »Es liegt ziemlich nahe an der Bergkette und ist mit Schnee bedeckt, aber die bisher vorliegenden kartografischen Daten besagen, dass es sich dabei um ein Plateau handelt.«

Britton hielt inne, um einen weiteren missbilligenden Blick auf David zu werfen, der einfach die Achseln zuckte und in Richtung Schirm nickte, als wolle er sagen: »Ich habe mein Bestes getan, um aus dem vorliegenden Material etwas zu machen.«

»Ich halte diese Wahl für ebenso willkürlich, wie es die meisten Entscheidungen sind«, ließ sich Evans hören. »Es muss doch weniger unwirtliche Gegenden geben.«

Die sprichwörtliche emotionale Temperatur fiel um ein paar Grad. Daran erkannte Ysaye, dass Evans nun doch seine Grenzen überschritten hatte. Sie hoffte, es werde ihm mehr eintragen als eine Rüge ...

»Ich gebe nicht vor, in alle administrativen Überlegungen eingeweiht zu sein oder zu verstehen, was unsere vorgesetzten Offiziere zu ihren Entscheidungen veranlasst«, erklärte Britton kalt. »Aber dies ist keine Demokratie, sondern ein Schiff, und ich gehorche meinen Vorgesetzten, ohne mich zu beschweren. Jedem, der andere Vorstellungen hat, steht es frei, die Kuppel zu verlassen und draußen eine Weile darüber zu meditieren.« Evans wurde blass, und Britton lächelte grimmig. »Wie ich hörte, bevorzugt der Kapitän diese Methode bei Leuten, die Meuterei im Sinn haben.«

Im Stillen applaudierte Ysaye. Evans war ein genialer Xenobotaniker, aber er war bei seinen Schiffskameraden nicht besonders beliebt. Britton wäre durchaus im Recht gewesen, wenn er die Sache weiterverfolgt hätte ... und sie hatte ein bisschen gehofft, er werde es tun.

Aber Britton gab sich damit zufrieden, dass Evans steif nickte, die Lippen zu einer dünnen Linie zusammengepresst. »Dieses Gebiet wurde ausgewählt, weil es sowohl von den intelligenten Lebewesen dort unten als auch von allem, was wir bei der Landung beschädigen könnten, isoliert ist. Da wir nicht im Stande waren, Daten in vernünftigem Umfang über die Eingeborenen zu sammeln, wurde es für klug gehalten, dass wir uns ihnen nicht allzu direkt nähern. Aber da wir keine Ahnung haben, wie sie über eine Verheerung ihres landwirtschaftlichen Eigentums denken mögen, erschien es ratsam, alle kultivierten Gegenden zu meiden. Wenn wir hier landen, können wir ziemlich sicher sein, dass wir nichts verbrennen oder zermalmen oder das Terrain sonstwie beschädigen. Es sei denn, sie kultivieren Schnee, was nicht besonders wahrscheinlich ist. Um die erforderlichen Kriterien zu erfüllen, ist es leider unvermeidlich, in einem verhältnismäßig unwirtlichen Gebiet zu landen.«

»Es spielen eine Menge Faktoren mit«, pflichtete einer der Umstehenden ihm bei.

»Wer wird auf der ersten Fähre sein?«, fragte ein anderer.

»Es ist noch nicht offiziell«, sagte Britton, »doch da tatsächlich intelligente Lebewesen vorhanden sind, wird zur ersten Gruppe die volle Besetzung von Kontaktspezialisten gehören, auch wenn wir nicht beabsichtigen, jetzt schon Kontakt aufzunehmen, sondern erst, nachdem wir die Möglichkeit hatten, die intelligenten Lebewesen eine Weile zu beobachten. Sie wissen, wie es ist ...« Er zuckte ausdrucksvoll die Achseln. »... man plant, noch *keinen* Kontakt aufzunehmen, und die Eingeborenen laufen schon Minuten nach der Landung herbei und wollen wissen, wer die neuen Nachbarn sind und ob sie den roten Teppich ausrollen oder eine Art von Heiligem Krieg erklären sollen.«

Irgendwer lachte nervös auf.

»So oder so, es wird gewünscht, dass Leute mit der ersten Gruppe hinuntergehen, die in Xenobiologie, Xenopsychologie, Anthropologie, Linguistik und sonstigen einschlägigen Wissenschaften qualifiziert sind.«

Inzwischen hatte der Computer ein neues Bild auf den Schirm projiziert, und etwas, das anders war als vorher, fing Ysayes Blick ein. »Einen Augenblick, da unten braut sich etwas zusammen«, sagte sie.

Alle wandten sich dem Computer zu und warteten, während der Plotter eine weitere Wetterkarte herstellte.

David nahm sie und reichte sie Elizabeth. »Das ist dein Fach, Elizabeth. Etwas Neues und Interessantes?«

»Ich sehe nichts dergleichen, nur denselben Sturm – doch das ist eigentlich genug. Jetzt erkenne ich, was Ysaye eben meinte. Er wächst mit rasender Geschwindigkeit. Ich bin froh, dass ich nicht da unten in diesem Unwetter bin«, meinte Elizabeth. »Die Luftströmungen in den Gewitterwolken dürften stark genug sein, um die Tragflächen von konventionellen Flugzeugen abzureißen. Doch an dem vorgesehenen Landeplatz auf dem Plateau ist die Luft vollkommen klar. Solange das Wetter sich hält, wird uns die Landung keine Schwierigkeiten machen.« Sie gab die Wetterkarte an Commander Britton weiter.

Er sah sie sich an. »Nach den früheren Aufnahmen muss die größte Stadt auf dem Planeten irgendwo in diesem Tal liegen.« Er setzte den Finger auf ein Stück schwerer Wolkendecke, unter der – theoretisch – die Stadt lag. »Nicht etwa, dass man es auf dieser Karte erkennen könnte.«

»Gar nicht so weit von deinem verhexten Wetter entfernt«, bemerkte Ysaye und fühlte sich ein kleines bisschen selbstzufrieden. »Wenn es so etwas wie Zauberer gäbe, würde man sie wohl am ehesten in Gebieten mit hoher Bevölkerungsdichte finden.«

»Warum landen wir dann im menschenleeren Gebirge?«, fragte Evans.

Dankbar ergriff Ysaye die Chance, ihm gleich mehrere Stiche zu verpassen. »Haben Sie denn überhaupt nicht aufgepasst, Lieutenant? Unser vorgesetzter Offizier hat soeben eingehend erläutert, dass dies keine Mission zur Aufnahme eines ersten Kontaktes ist, und auch den Grund dafür genannt.« Sie lächelte honigsüß. »Wenn ich mich richtig erinnere, Sir, erklärten Sie deutlich, dass wir die Eingeborenen beobachten wollen, ohne selbst beobachtet zu werden, da wir nicht im Stande sind, diese Beobachtungen von der Umlaufbahn aus durchzuführen. Und Sie erklärten außerdem, dass wir auf einer Stelle landen werden, die allem Anschein nach Ödland ist, damit wir nichts beschädigen, was den Eingeborenen als wertvoll gilt.«

Evans kochte vor Wut.

»Es ist dort weniger wahrscheinlich, dass wir eine Stadt oder bebaute Felder in Brand stecken und die Eingeborenen in Zorn versetzen«, stimmte ein junger Offizier schadenfroh zu. »Und wenn sie einer präindustriellen Kultur angehören, kann man länger bleiben und sie studieren, bevor man seine Sachen zusammenpacken und wieder gehen muss. Sagen Sie, Evans, wo waren Sie, als wir die Vorlesungen über den Präkontakt, den Kontakt und den Postkontakt hatten? Haben Sie sie verschlafen?«

Das hier und da aufklingende Gekicher trieb Evans das Blut ins Gesicht. »So stellt man es sich wenigstens vor«, mischte sich David ein, bevor sein Freund etwas Dummes tat oder sagte, das nicht wieder gutzumachen gewesen wäre. »Ich hoffe, ich komme bald nach unten. Wir suchen immer nach neuen Sprachen für den linguistischen Analyse-Computer.«

Evans sandte finstere Blicke umher und fand kein freundliches Gesicht außer dem Davids. Er knirschte mit den Zähnen, raffte die Reste seiner Würde zusammen und stolzierte das Rohr zu einer anderen Kuppel hinunter. Da es hier nichts Unterhaltsames mehr gab, folgten die anderen ihm bald. Langsam wurde es leer. Ysaye machte es sich mit der Serie von Wetterkarten bequem.

Obwohl sie so viel Verstand hatte, dass sie vor Commander Britton den Mund über das Thema »parapsychische Kräfte« hielt, hatte sie immer noch das Gefühl, auf irgendeiner Ebene zu wissen, was geschah – und dass Elizabeths »Hexenmeister«-Theorie gar nicht so weit hergeholt war.

6

Es war kurz vor Mittag, aber der Himmel war so dicht bewölkt, dass es ebenso gut Dämmerung hätte sein können. Die Gartenwege waren schlammig, denn der heftige Regen hatte viel von dem Kies fortgewaschen. Die Bäume bogen sich unter ihrer Last aus regennassen Blättern, und die wenigen Blumen, die die Sintflut überlebt hatten, hingen entmutigt von ihren zerschlagenen Stängeln. Wasser tropfte von den übrig gebliebenen Blütenblättern. Der Garten war voll von Sturmschäden, abgebrochenen Ästen und Blättern.

Leonie ging langsam durch den verwüsteten Garten des Turms und betrachtete ihr Werk. Der Regen hatte so viel angerichtet, dass es vordringlichere Arbeiten gab – zum Beispiel die Fische zu retten, die aus ihrem Zierteich gespült worden waren –, und die Gärtner hatten noch nicht mit dem Aufräumen angefangen. Sogar die Schaukel baumelte schlaff an nur einem ihrer Seile, und niemand hatte sich ihrer bislang angenommen.

Leonie sah sie an und empfand nichts als Verzweiflung. *Gibt es für einen Erwachsenen hier draußen gar nichts zu tun?*, fragte sie sich.

Offenbar nicht. Hier ging es nicht zu wie in dem Garten, der zum Besitz ihrer eigenen Familie gehörte, oder in dem der Burg zu Thendara. Dort konnte man sich einen Weg durch Irrgärten suchen, Springbrunnen betrachten, sich in lauschige Grotten setzen, allein – oder auch nicht. Hier gab es nichts dergleichen. Nichts als ein ordentliches Stückchen Boden mit Bäumen und Blumen, obendrein nicht einmal besonders seltenen Blumen. Leonie machte kehrt und ging wieder nach drinnen. Sie war ruhelos und wusste nichts mit sich anzufangen.

Dann durchstreifte sie die unteren Stockwerke des Turms und fand sie merkwürdig still und leer. Man hätte fast glauben können, der Turm sei verlassen. Nicht einmal Dienstboten ließen sich blicken.

Sie wusste, wie wenige Personen Dalereuth bewohnten, verglichen mit der Zahl, die der Turm hätte beherbergen *können.* Hatte es so in den Türmen, die geschlossen worden waren, ausgesehen, so still, so brütend? Wenn sie einen betreten würde, hätte sie dann das gleiche seltsame Gefühl, beobachtet zu werden, auch wenn sie wusste, es war niemand da?

Nach einer Weile fand sie einen verlassenen Raum voller Musikinstrumente. Endlich – eine Beschäftigung für die Hände einer *Erwachsenen!* Leonie holte sich eine *rryl* aus geschnitztem und lackiertem Rosenholz von der Wand und fuhr mit den Händen zärtlich über die metallenen Saiten. Dann begann sie, ein altes Volkslied zu spielen, improvisierte eine Überleitung und ließ ihr einen Strauß seltsamer Harmonien folgen. Dabei verflog ihre Ruhelosigkeit, und sie geriet in eine Art Trance. Als Fiora ein paar Stunden später eintrat, stellte Leonie erstaunt fest, wie weit fortgeschritten der Tag schon war. Die Sonne, riesig und rot, stand tief, und ihre Strahlen durchdrangen die Wolken. Es war, als würde Fiora das Mädchen forschend ansehen.

»Ich wusste gar nicht, dass du so gut spielst.« Die Bewunderung in ihrer Stimme überraschte Leonie. Sie hatte nicht gedacht, dass irgendetwas, das sie tat, die Bewahrerin beeindrucken würde. Zu schade, dass es etwas so Unbedeutendes wie Musik war. »Wo hast du es gelernt?«, fragte Fiora.

»Ich hatte Musiklehrerinnen, seit ich ein kleines Kind war.« Leonie zuckte die Achseln. »Das gehörte einfach zu meinem Unterricht und war mir lieber als das langweilige Sticken.«

»Weißt du, wie glücklich du bist?« Eine Spur von Neid färbte Fioras Worte. »Mein Vater war arm, deshalb hatte ich keinen derartigen Unterricht, bis ich hierher kam. Und fängt man mit der Musik erst so spät im Leben an, lernt man es nie mehr richtig. Wenn ich alle meine wachen Stunden mit Üben verbrächte, würde ich doch nie mehr so gut werden wie du, und sollte ich die Hundert erreichen.«

»Ihr habt wohl Recht«, murmelte Leonie überrascht. »Darüber habe ich nie nachgedacht. Es machte mir Freude, neue Lieder zu lernen, aber ich bin meiner Gouvernante immer davongelaufen, weil ich keine Lust zum Üben hatte. Ich sagte dann immer, wenn ich nicht wolle, könne sie mich durch nichts dazu zwingen.«

Fiora lächelte ganz schwach. »Das kann ich mir gut vorstellen.«

Leonie hätte beinahe gelacht und beherrschte sich erst im letzten Augenblick. »Aber bald lernte ich, die Musik um ihrer selbst willen zu lieben, und dann übte ich so viel, dass sie zufrieden war – obwohl ich mit dem ersten Sticktuch, das ich anfertigen sollte, nie fertig geworden bin. Ich glaube, es liegt immer noch in meinem Arbeitskorb, wenn die Motten es nicht gefressen haben.«

»Ja«, sagte Fiora, »ich nehme an, es wäre sehr schwer, dich zu etwas zu bewegen, das du nicht tun willst. Vielleicht sollten wir froh sein, dass du dir diese Ausbildung so sehr gewünscht hast.«

Leonie hob hochmütig das Kinn. »Das ist immer eine ausgemachte Sache gewesen. Schon als ich ein kleines Mädchen war, wusste ich, dass ich früher oder später in einen Turm käme. Ich habe starkes *laran*. Es muss ausgebildet werden. Die Frage war nur, in welchen Turm ich gehen würde.«

Es klang beinahe so, als habe *sie* die Wahl treffen müssen, nicht die Bewahrerinnen der noch genutzten Türme. Als sei *ihre* Anwesenheit eine Ehre für die Türme, nicht, als sei es eine Ehre für sie, aufgenommen worden zu sein. Fiora zögerte. Für sie war es eine neue Erfahrung, sich klein und unbedeutend vorzukommen, aber sie dachte sich, wenn sie schon eine Hastur-Tochter in ihrer Obhut hatte, werde sie sich daran wohl gewöhnen müssen. Schließlich sagte sie sich, als Bewahrerin von Dalereuth brauche sie sich niemandem unterlegen zu fühlen, schon gar nicht dieser stolzen Tochter der Comyn. »Hast du nie – wie es so viele Mädchen tun – an eine Heirat gedacht?«, forschte sie.

»Niemals«, erklärte Leonie entschieden. »Nicht einmal, als ich noch ganz klein war. Mir war immer klar, dass ich jeden heiraten könnte, den ich wählte, aber da war niemand, den ich hätte heiraten wollen. Für mich gab es niemanden, der meinem eigenen Zwillingsbruder auf irgendeine Weise gleichgekommen wäre. Deshalb würde natürlich jeder, den ich wählte, wenn ich *überhaupt* jemanden wählte, im Rang unter mir gestanden haben. Ich wollte keinen Mann heiraten, den ich nicht als mir ebenbürtig betrachten konnte, und deshalb bin ich hergekommen.« Von dem Heiratsantrag des Königs sprach sie nicht. Zwar hatte der Rang in seinem Fall ihre Entscheidung nicht beeinflusst, aber es hatte andere Gründe gegeben. Persönliche Gründe, die Fiora nicht zu erfahren brauchte.

»Dann«, murmelte Fiora mit nur einem kleinen bisschen Ironie, »können wir uns ja glücklich schätzen.« Auf seltsame Weise war es ihr ernst damit. Wenn Leonie sich anders entschieden hätte, wäre eine sehr starke Telepathin vielleicht ohne Ausbildung geblieben, und eine der ältesten Redewendungen in den Domänen lautete, eine unausgebildete Telepathin stelle eine Bedrohung für sich selbst und jeden Menschen ihrer Umgebung dar. Dorilys die Sturmkönigin war nur eins von hundert Beispielen, wie leicht sich diese Redewendung als wahr erweisen konnte.

Leonie tat, als habe sie das falsch verstanden. »Nein, ich kann mich glücklich schätzen, dass sich hier ein Platz für mich gefunden hat.« Sie trug die Ironie sehr viel stärker auf als Fiora. »Erst hatte ich vor, nach Arilinn zu gehen – wie es die meisten Comyn-Töchter tun.«

Es war kein Zweifel daran möglich, was sie meinte: Sie hätte nach Arilinn gehen *sollen.* Immer noch nahm sie es übel, dass man ihr dort die Aufnahme verweigert hatte. Dalereuth war im Vergleich zu Arilinn offenbar nur eine schlechte zweite Wahl.

»Ja«, sagte Fiora nach einer Weile, »als wir von dir hörten und dass du zur *leronis* ausgebildet werden solltest, hatten wir erwartet, du würdest Arilinn wählen.« Sie erkannte sofort, dass das missverstanden werden konnte – und dass Leonie bereit war, die Gelegenheit zu nützen. Deshalb fuhr sie schnell fort:

»Es ist nicht etwa ...« Sie legte den Kopf ein bisschen schief. »... dass wir nicht froh wären, dich hier zu haben. Aber – ihr wart zwei, und es ist etwas anderes, wenn Geschwister zur gleichen Zeit ausgebildet werden sollen.«

Sie zögerte. Es war Tradition, die Schüler von ihren Familien zu trennen, aber Fiora glaubte nicht, dass Leonie gegen ihren Willen von jemandem getrennt werden konnte. Bestimmt konnte das Band zwischen ihr und ihrem Zwillingsbruder nur schwer durchschnitten werden, trotz der großen physischen Entfernung zwischen hier und Arilinn und selbst bei Leonies voller Mitarbeit, auf die sie kaum rechnen durften. Leonie auszubilden würde so oder so ein großes Problem werden, und die Arroganz des Mädchens verschlimmerte es noch. Doch die ordnungsgemäße Ausbildung dieses hochmütigen Kindes würde Fiora zur großen Ehre gereichen – oder jeder anderen Bewahrerin, die es fertig brachte. An dem beträchtlichen Talent des Mädchens war nicht zu zweifeln. Aus ihr würde eine *leronis* werden, mit der man rechnen musste.

Da saß das Kind und spielte mit der Harfe, als sei das Gespräch beendet und es habe keine Bedeutung, dass Fiora weiter anwesend blieb. Obwohl Fiora noch nie eine königliche Verabschiedung erlebt hatte, erkannte sie, dass ihr eine solche zuteil geworden war. Mehrere Minuten lang dachte die Bewahrerin über das Problem Leonie nach, während das Mädchen müßig auf der *rryl* klimperte. Dann entschloss sie sich, schonungslos ehrlich zu sein. Vielleicht erschütterte das Leonies Selbstbewusstsein so weit, dass sie es fertig brachte, sich einmal die Meinungen und Wünsche einer anderen Person anzuhören.

Fiora beruhigte sich mit einem tiefen Atemzug. »Natürlich, eins steht fest: Wenn du einmal richtig ausgebildet bist, wirst du uns allen große Ehre machen.« Sie hielt inne, um sich zu vergewissern, dass sie Leonies volle Aufmerksamkeit besaß. »Aber ich bin mir durchaus nicht sicher, dass du richtig ausgebildet werden kannst.« Das verschlug Leonie die Sprache, und Fiora fuhr fort: »Und ich denke, dass jede andere Bewahrerin in den Domänen dir das Gleiche sagen wird. Vielleicht war das auch ein Grund, warum du hierher geschickt wurdest, wo wir nur zwei andere junge Mädchen zur Ausbildung haben und mehr Zeit auf dich verwenden können.«

Leonie starrte die Bewahrerin benommen an. Fiora war sich nicht sicher, ob sie ausgebildet werden könne? Noch nie zuvor hatte jemand Zweifel an ihrer Fähigkeit, eine *leronis* zu werden, ausgesprochen! Doch Fiora meinte es anscheinend ganz ernst, und sie sprach so ruhig, als handele es sich um eine feststehende Tatsache.

Vielleicht ... vielleicht war es das. Der Gedanke erschreckte sie. Vielleicht war sie in das ruhige Dalereuth ins »Exil« geschickt worden, weil Arilinn in ihr ein zu großes Risiko sah! Leonie war fähig, Lügen zu erkennen – und Fiora log nicht, erfand auch nichts, um ihrer Schülerin Angst einzujagen. Sie meinte genau das, was sie sagte.

Aber Leonie war entschlossen, sich nicht ängstigen oder einschüchtern zu lassen. Mit gedämpfter, vorsichtiger Stimme erkundigte sie sich: »Warum sollte das nicht möglich sein?«

Es war, als ob die anderweltlichen Augen sie unbeirrt betrachteten. »Wegen deines Stolzes, Leonie. Weil du dir deiner Bedeutung in der Welt so *sicher* bist, weil du glaubst, alles, was du begehrst, zu erhalten. Ich kann schon jetzt sagen, dass du ein großes Potenzial hast, und es ist durchaus möglich, dass du die Hastur-Gabe besitzt. Aber die Ausbildung in einem Turm, besonders die zur Bewahrerin, die du anstrebst, dauert lange und ist schwierig. Und mühsam. Du wirst vieles zu opfern haben, und es steht nicht fest, was du dadurch gewinnst.« Sie seufzte, und Leonie rückte voller Unbehagen auf ihrem Stuhl herum. »Ich bin mir *nicht* sicher, ob du das Zeug dazu hast, es auszuhalten. Du hast nie etwas opfern müssen. Ich weiß nicht, ob du der Selbstaufopferung in dem erforderlichen Ausmaß fähig bist. Wie du selbst erzählst, hast du nie etwas getan, das du nicht tun wolltest, du hast dich nie an etwas Gefahrvollem versucht, und du hast nie bei irgendetwas versagt. Vielleicht ist dieses Fehlen von Misserfolgen weniger deinen Fähigkeiten zuzuschreiben als vielmehr der Tatsache, dass du dich nur an solche Dinge heranwagst, die dir leicht fallen, und allem, was dich langweilt, aus dem Wege gehst.«

Leonie öffnete den Mund, um zu protestieren, und schloss ihn wieder, als sie erkannte, dass diese Worte, so grausam sie waren, nichts als die absolute Wahrheit enthielten. Ihr Unbehagen wuchs. Fiora musste sie auf eine Weise durchschauen können, wie es noch nie jemandem gelungen war – ausgenommen, manchmal, Lorill –, und es sah ganz so aus, als sei das, was Fiora im Innersten ihrer Seele gefunden hatte, ihr wenig sympathisch und ziemlich schäbig.

Fiora sprach ganz ruhig weiter, als würde sie nichts von der

Unruhe bemerken, in die sie ihre neueste Schülerin versetzte. »Du hast noch nicht einmal begonnen, die Grenzen irgendeiner deiner Fähigkeiten zu erkunden. Bei der Ausbildung hier magst du zum ersten Mal erleben, was Versagen ist, und ich weiß nicht, wie gut du das verkraften wirst. Gar nicht gut, vermute ich.«

Leonie blinzelte. Sie war erschüttert und zutiefst ernüchtert. Das war eine völlig neue Erfahrung für sie, zudem eine, die ihr überhaupt nicht gefiel. »Dann glaubt Ihr, ich werde versagen, Fiora? Oder aufgeben, sobald das Lernen schwierig wird?«

Fiora zuckte leicht die Achseln, als spiele es für sie keine große Rolle. »Das kann niemand wissen außer dir selbst. Doch ich kann dir sagen, ganz gleich, wie groß deine Gabe ist, der Erfolg ist dir nicht sicher. Du wirst erst dann wissen, dass du es schaffen wirst, wenn du bereit bist, die Grenzen hinauszuschieben, die dir Körper und Geist setzen, und das Versagen zu riskieren. Doch wie sollst du willens sein, das zu tun, wenn du es noch nie zuvor getan hast? Und wenn du, nur indem du durch die Tore des Turms wieder hinausspazierst, alles haben kannst, was du aufgegeben hast – Diener, hübsche Dinge, Rang, Prestige, Bewunderung und eine Menge Schmeichler zu deinen Füßen?«

Das schmerzte schlimmer als ein körperlicher Schlag. »Gibt es einen Weg, auf dem ich sicher zum Erfolg gelange?«, fragte Leonie beinahe verzweifelt.

»Einen *sicheren* Weg gibt es nicht.« Fiora lachte vor sich hin, als finde sie die Frage lustig. »*Niemand* kann einen solchen Weg finden. Suchst du denn nach einer Möglichkeit zu betrügen oder nach einer leichten Antwort? Nach den zehn einfachen Schritten, um eine Bewahrerin zu werden? Nach den schnellen, richtigen Antworten, nach allen auf einmal?«

Leonie ließ den Kopf hängen. Das war natürlich genau das,

was sie sich erhofft hatte, als sie mit dieser fürchterlich dummen Frage herausgeplatzt war. Jetzt wünschte sie, den Mund gehalten zu haben.

Fiora spürte, dass Leonie schwach wurde, und nahm ihren Vorteil wahr. »Ich glaube schon, wenn du bereit bist, hart dafür zu arbeiten, ist es dir auch möglich, so gut wie alles zu erreichen. Aber du musst es stark genug *wollen*, stark genug, um hart und fleißig zu arbeiten«, setzte sie Leonie auseinander. »Ich weiß nur nicht, ob du die Fähigkeit hast, *das* zu tun, besonders wenn das Lernen langweilig ist und du vieles dafür opfern musst. Weißt du, warum Bewahrerinnen rote Gewänder tragen?«

Leonie schüttelte benommen den Kopf. Die Frage hatte sie überrascht, und sie vergaß für den Augenblick, dass Fiora sie nicht sehen konnte.

»Sie sollen damit nicht als etwas Besonderes hervorgehoben werden.« Es war, als habe Fiora die Geste doch gesehen. »Sie sollen nicht als Personen gekennzeichnet werden, denen große Achtung gebührt. Sie werden damit als *gefährlich* ausgewiesen, Leonie. Es ist gefährlich, lebensgefährlich, eine Bewahrerin im Kreis zu berühren. Sieh her ...«

Sie streckte ihre blassen Hände aus, und jetzt sah Leonie, dass sie mit winzigen Narben wie von Brandwunden bedeckt waren, als sei ein Schauer von Feuerfunken auf sie niedergefallen und habe das Fleisch verbrannt.

»Es ist so gefährlich für andere, dass eine Bewahrerin lernt, *niemals* eine Berührung zu erlauben, ob im Kreis oder außerhalb des Kreises. Und so lernen wir – durch Schmerz, Leonie. Du wirst in deinem Leben noch nicht viel Schmerz erlitten haben. Ich bin mir nicht sicher, ob du auch nur ein wenig Schmerz ertragen kannst. Und das hier ist erst der geringste Teil der Ausbildung, das kleinste Opfer.«

Leonie saß da und dachte darüber nach. In all ihren Tagträumen hatte sie nur an die Macht einer Bewahrerin gedacht und nicht daran, was es kostete, diese Macht zu erlangen. Ihr Vater hatte mehr als einmal gesagt: »Große Macht verlangt ein ebenso großes Opfer«, und sie hatte nie ganz verstanden, was das heißen sollte. Jetzt hatte sie ein bisschen gesehen – nur ein bisschen –, und zum ersten Mal fragte sie sich, ob ihre Tagträume falsch gewesen seien. Darin hatte sie nie auf irgendetwas verzichten müssen.

Wie viel hatten die anderen Bewahrerinnen für ihre Macht geopfert? Und warum hatten sie es getan? Endlich bat sie: »Erzählt mir, wie Ihr hergekommen seid, Fiora.«

Fiora hatte nicht direkt in den Gedanken des Mädchens herumgestöbert – das gehörte sich nicht, solange man nicht dazu eingeladen war –, aber bestimmte Dinge und bestimmte Gefühle waren übergeflossen, und es ließ sich so manches daraus schließen. Leonie dachte nach statt vorauszusetzen. Das war ein Anfang, und so antwortete Fiora ruhig: »Ich wurde bei einem Fest gezeugt. Man verheiratete meine Mutter, die noch sehr jung war, an einen kleinen Bauern im Tal. Als ich ungefähr fünf Jahre alt war, bekam ich eine Krankheit, die meine Augen angriff, und es stand fest, dass ich früher oder später erblinden würde. Mein Vater wollte mich schnell verheiraten, damit mein zukünftiger Gatte nicht merkte, einen wie schlechten Handel er machte. Aber die Schwester meiner Mutter berichtete einer *leronis* von der Krankheit und von meiner Ähnlichkeit mit den Comyn. So wurde ich auf *laran* getestet. Ich war begabt und kam her. Ich war begabt genug, geduldig genug und willens, genug zu leiden, so dass ich schließlich zur Bewahrerin gemacht wurde.«

»Es war für Euch nur die zweite Wahl?«, wunderte Leonie sich. »Ich hätte gedacht, jemand, der sich entschließt, eine *leronis* zu werden, müsste sich dies mehr als alles andere wünschen.«

»Sicher, zuerst war es nur die zweite Wahl«, gestand Fiora. »Aber nachdem ich eine Zeit lang hier war, erkannte ich, wie klein und bedeutungslos mein Leben andernfalls geworden wäre. Ich wäre nichts anderes gewesen als eine Frau wie meine Mutter, hätte ein Kind nach dem anderen geboren, im Haus und auf dem Feld geschuftet, und mit sehr, sehr viel Glück hätte ich einen Mann bekommen, der freundlich zu mir gewesen wäre. Dagegen hat eine *leronis* die Macht, viel Gutes zu tun – zu heilen, das richtige Wetter herbeizurufen, vor Feuer und Sturm zu schützen. Mir wurde bewusst, dass ich, wäre mir die Wahl geblieben, das Leben einer *leronis* gewählt hätte. Vor allem anderen.« Sie nickte, dann fuhr sie fort: »Aber nur wenige genießen den Luxus, wählen zu können. Heute würde ich mein Leben nicht einmal verändern, um Königin der Domänen zu werden, aber unter den Comyn gibt es viele Frauen, die durch den Willen ihrer Familien ebenso gebunden sind, wie ich es durch den Willen meines Vaters war.«

Leonie biss sich bei Fioras Wortwahl auf die Lippe. Sie hätte ihr Leben nicht einmal verändert, um Königin zu werden? Mit leiser Stimme sagte sie: »Ich denke ...« *Nein, ich weiß,* berichtigte sie sich in Gedanken, denn sie *hatte* diese Wahl ja gehabt und das Leben einer Königin nicht haben wollen. »... dass auch ich ein solches Leben nicht verändern würde, um Königin zu werden.«

»Dann bist du glücklich«, erwiderte Fiora. »Du bist eine von denen, die den Luxus der Wahl hatten und sich entschieden haben, nach dem eigenen Traum zu greifen. Die Frage ist, wenn sich der Traum als die scharfe Schneide einer Klinge erweist, wirst du dann immer noch den Mut und den Willen haben, ihn nicht nur zu ergreifen, sondern auch festzuhalten? Wenn ja, versichere ich dir, solange du es dir mehr als alles andere wünschst, wird es sehr wenig geben, was du nicht vollbringen kannst.«

»Das glaubt Ihr wirklich?« Leonie suchte in Fioras Gesicht nach Bestätigung und Zuneigung, und plötzlich sehnte sie sich danach wie nie zuvor.

Fiora nickte entschieden. »Ja.«

»Ich will«, erklärte Leonie ganz leise, »und ich werde alles dafür riskieren. Sogar – wie Ihr gesagt habt – das Versagen.« Sie lächelte zitterig, und wieder vergaß sie, dass Fiora das nicht sehen konnte. »Ich will versuchen, nicht an das Versagen zu denken, aber ich bin bereit, es zu riskieren. Mehr als das – wenn ich versage, bin ich bereit, es von neuem zu versuchen, immer wieder und wieder, bis ich Erfolg habe.«

»Wenn du in diesem Geist an die Sache herangehst ...« Jetzt lächelte auch Fiora, »... brauchst du ein Versagen nicht zu *fürchten.* Erleben wirst du es bestimmt – wie jede Bewahrerin es beim Lernen erlebt hat –, aber du brauchst es nicht zu fürchten.«

»Ich danke Euch, *vai leronis*«, sagte Leonie mit schmerzlicher Demut.

Als sie sich zum Gehen wandte, fragte Fiora: »Hast du uns nun diesen Regen gegeben?«

Noch vor einer Stunde hätte Leonie auf diese Frage mit einem Zornausbruch reagiert. »Hätte ich das nach Euren Regeln nicht tun dürfen?«

»Ich hoffe, der Tag wird kommen, an dem du dir diese Frage selbst beantworten kannst«, antwortete Fiora, und sie lachte beinahe. »Aber wenn dieser Tag kommt, wirst du der einzige Mensch sein, dem du für dein Handeln verantwortlich bist. Und ich glaube, du wirst feststellen, dass du dir eine strengere Zuchtmeisterin sein wirst, als ich es bin.« Nun lachte sie wirklich. »Wahrscheinlich würde niemand – niemand außer mir, heißt das – dir glauben, wenn du behauptetest, es getan zu haben. Vielleicht nicht einmal eine andere Bewahrerin. Im Grunde fangen wir also in diesem Augenblick an, Leonie.«

Fiora verließ das Zimmer, und Leonie holte tief Atem. Wieder überfielen sie Ruhelosigkeit und böse Ahnungen, und nach einer Weile gab sie den Gedanken ganz auf, sich wieder der weggelegten *rryl* zu widmen.

Es war jetzt später Abend. Die letzten Spuren Rot am Himmel waren verblasst, und langsam und stetig fiel der nächtliche Regen hernieder, so ganz unähnlich dem heftigen Gewitter, das Leonie herbeigerufen hatte. Trotz des trostlosen Geräuschs, mit dem der Regen auf die Blätter, das Dach und die Pfützen trommelte, spürte Leonie keinen Drang, daran herumzupfuschen. Es war nicht der Regen, der sie störte.

Nein, mit dem Regen hatte ihre Unruhe nichts zu tun, auch nicht mit dem Wetter im Allgemeinen. Was sie spürte, kam von anderswoher.

Nach einiger Zeit stieg sie zu dem Zimmer hinauf, das ihr zugewiesen worden war, einer geräumigen und luftigen Kammer im dritten Stock. Verglichen mit ihren Räumen in Burg Hastur oder ihrem Teil der Hastur-Suite in Thendara war sie kahl und armselig, aber die Neuheit, an einem ihr völlig fremden Ort zu sein, hatte sich noch nicht abgenutzt. Außerdem wusste sie, wenn sie das Zimmer so, wie es war, einmal satt hatte, konnte sie es möblieren lassen, ganz wie sie wollte. Darüber sann sie eine Weile nach und versuchte, sich von dem ernüchternden Gespräch mit Fiora und dem Unbehagen, das sie immer noch erfüllte, abzulenken.

Vielleicht sollte sie ihren Raum mit Wandbehängen aus karmesinroter Seide dekorieren? Nein, sie würde noch genug Rot in ihrem Leben um sich haben, wenn sie Bewahrerin geworden war, und im Augenblick war sie entschlossen, sich mit nichts Geringerem zufrieden zu geben. Vielleicht eine blaue, mit Grün durchschossene Seide, die sie auf dem Markt gesehen hatte, als sie durch Temora kam. Das war eine Farbe, die sie nie zuvor gesehen hatte, ein echter Triumph der Kunst des

Webers, und sie würde Helligkeit in diese Kammer bringen, das Gefühl, im Himmel zu leben.

Der Turm rings um sie schlief. Leonie war sich der schlafenden kleinen Mädchen bewusst, einer einsamen Beobachterin an den Relais, die Botschaften von der Dauer eines Lidschlags über das Angesicht der Welt schickte, von Domäne zu Domäne. Zu dieser Stunde war es ziemlich unwahrscheinlich, dass irgendwelche Botschaften durchkommen würden, und doch musste jederzeit eine Arbeiterin dort Wache halten, denn es konnte ja ein Notfall eintreten. Leonie war sich Fioras bewusst, die sich in ihrer ewigen Dunkelheit bewegte und sich zum Schlafengehen vorbereitete. Wie seltsam das sein musste – niemals den Tag von der Nacht unterscheiden zu können, außer durch die Handlungen anderer ...

Während sie über die Bewahrerin nachdachte, erkannte sie, dass sie eine Freundin gefunden hatte. Es war kein unangenehmer Gedanke, dass ihr Freundschaft jetzt dort entgegengebracht wurde, wo anfangs nur Feindseligkeit gewesen war. Fiora stand von nun an auf ihrer Seite – und obwohl ein schwerer Weg vor ihr lag, bis sie ihr Ziel erreicht hatte, würde Fiora ihn nicht noch schwerer machen.

Leonie legte sich hin und versetzte sich in eine leichte Trance statt einzuschlafen. Sie musste unbedingt dem Grund für ihre bösen Ahnungen auf die Spur kommen und versuchte mit der Fähigkeit, die sie Wetterveränderungen spüren ließ, die Richtung festzustellen, aus der sie kamen. Ja, sie sah die Wettermuster, die sie ebenso gut kannte wie die Saiten der *rryl*, während sie in der Überwelt dahintrieb. Sie studierte sie aus Gewohnheit, wie sie es ihr ganzes Leben lang getan hatte. Aber die Quelle ihres Unbehagens hatte nichts mit dem Wetter zu tun.

Sie spürte einen Sturm, normal für diese Jahreszeit. Irgendwer würde davon überrascht werden, aber das war nichts

Neues. Immerfort wurden Leute von Stürmen überrascht, und sie wussten sich dann zu helfen. Sogar hier in Dalereuth verschwendete man keine Gedanken an das Schicksal eines Hirten oder seinesgleichen, der das Wetter nicht vorhersagen konnte. Kein Hirte würde lange am Leben bleiben, wenn er keine Vorkehrungen traf, die ihm Schutz vor plötzlich auftretenden Stürmen boten.

Mit Gedankenschnelle reiste sie weiter, ohne darauf zu achten, wo sie war, und verlor die Orientierung. Als dieser Zustand eine Weile angedauert hatte, überlegte sie, ob sie in ihren Körper zurückkehren solle. Allmählich wurde sie müde. Dann nahm sie plötzlich eine Frau wahr.

Oder vielmehr das *Gefühl,* dass da eine Frau war. Leonie konnte sie nicht sehen. Auf dieser Ebene bedeutete Sehen nichts. Die Musik um sie herum hatte den Kontakt zu Stande gebracht. Leonie war es gewöhnt, in musikalischen Begriffen zu denken, und als Erstes erkannte sie das Instrument, das die Frau in den Händen hielt. Es war eine Flöte – zumindest fühlte es sich so an –, aber sie klang nicht wie irgendeine Flöte, die Leonie je gehört hatte, denn der Ton war ein tiefer, voller Bass, aber trotz der Basslage klang das Instrument unmissverständlich wie eine Flöte und fühlte sich auch so an.

Die Musik nahm Leonie gefangen und hielt sie fest – obwohl sie auf einer tieferen Ebene wusste, dass sie nicht eigentlich gefangen war, eher fasziniert, und dass sie sich jederzeit zurückziehen konnte, wenn sie es wünschte. Doch im Augenblick wünschte sie es nicht.

Sie folgte dem Faden der Musik, der Melodien durch die Dunkelheit webte. Der ungewöhnliche Klang verzauberte sie, und sie nahm die merkwürdigen Vibrationen durch einen bisher unerforschten Sinn wahr. Sie war eins mit der unbekannten Musikerin.

Es war *eine Frau,* sagte sie zu sich selbst. Das stand für sie zweifelsfrei fest. Die Empathie zwischen ihnen war stark, aber ein so faszinierendes Instrument hatte sie noch nie gespielt oder auch nur gesehen.

Leonie verlor sich in dem Klang. Es war so schön, nur zu lauschen und dahinzutreiben ...

Sie musste aus der Trance in richtigen Schlaf geglitten sein, denn als sie die Augen öffnete, hatte es aufgehört zu regnen, und die Muster, die das Mondlicht auf die Wände warf, gaben ihrem Zimmer ein seltsames und anderweltliches Aussehen. Mitternacht – das erkannte sie an dem Winkel der drei Monde, die sie durch das Fenster sah – war längst vorbei. Der Klang der Flöte war verschwunden, sogar aus ihrem Kopf. Vielleicht hatte die Abwesenheit dieses Klanges sie geweckt. Hatte sie geträumt? Nein, denn die Erinnerung an die geheimnisvoll veränderte Flötenmelodie war kein Traum, sondern so wirklich wie jede Musik, die sie je gehört hatte. Sie hätte auf dem Instrument spielen, die unvertrauten Melodien zurückrufen können – wenn das Instrument dagewesen wäre. Doch sie bekam es nicht wieder zu fassen.

7

Die Fähre war auf dem Weg nach unten, und Ysaye grübelte weiter darüber nach, was sie an Bord zu suchen hatte. Sie war sich immer noch nicht sicher, wie das zu Stande gekommen war. Jetzt, da sie die obere Atmosphäre durchdrungen hatten, lag eine dicke Schicht Raureif auf den Fenstern. Deshalb gab es nicht viel zu sehen.

Gewiss gab es genug zu fühlen. Ysaye hätte gern gewusst, ob solche Turbulenzen als normal galten. Sie war fest angeschnallt, aber das kleine Fahrzeug wurde von den unerwartet heftigen Winden herumgeworfen, und sie war dankbar dafür, dass Ralph MacAran, der Zweite Offizier, der an den Kontrollen der Fähre saß, ein ausgezeichneter Atmosphäre-Pilot war. Nach dem Gesichtsausdruck der übrigen Leute zu schließen, die diese erste Landung mitmachten, war sie da nicht die Einzige. Die Atmosphäre dieses Planeten gab ihnen eine sehr stürmische Einführung in sein Klima.

»Ist das – normal?«, fragte sie schließlich. Sie beugte sich vor, damit MacAran sie hören konnte.

»Ehrlich gesagt, nein. Dies ist wirklich sehr schlechtes Wetter, und wir sind gerade erst hineingetaucht. Andererseits konnten wir aber bei all diesen Bergen nicht erwarten, einen Ferienort vorzufinden«, antwortete der junge Mann an den Kontrollen.

Ysaye hoffte, er sei so zuversichtlich, wie seine Stimme klang. Als Zweiter Offizier (der Kapitän konnte das Schiff nicht verlassen, der Erste Offizier auch nicht) besaß Commander MacAran unter den Anwesenden den höchsten Rang, und wenn irgendein Notfall eintrat, hatte er den Befehl. Dieser stämmige Mann von Mitte Zwanzig mit dem Körperbau eines

Berufsringers und dem dichten, lockigen blonden Haar war jünger als die meisten seiner »Untergebenen«. Zu anderen Zeiten hätte Ysaye nicht daran gedacht, seine Kompetenz und Erfahrung in Frage zu stellen. Im Augenblick wirkte er jedoch schrecklich jung ...

Und von Minute zu Minute wirkte er jünger und weniger zuversichtlich. »Mein Gott«, murmelte er, mit den Kontrollen kämpfend. »Ich dachte, die Wetterkarten hätten dies als ein relativ ruhiges Gebiet ausgewiesen! Die Windstärke hier ist die absolute Hölle. Alles festhalten!«

Die Fähre bockte, fiel dann wie ein Stein, stand kurz unter negativen ge's und schleuderte sie alle gegen die Gurte. Elizabeths blasses Gesicht und zusammengebissene Zähne verrieten ihre Furcht, und von jemandem hinter Ysaye kam ein erstickter Aufschrei.

Für kurze Zeit beruhigte sich die Fähre, und Ysaye vergewisserte sich, dass ihre Gurte noch richtig fest saßen. Sie alle kannten die Risiken der ersten Landung auf einem zu erforschenden Planeten. In diesem ersten Moment ist noch alles unbekannt und fremd. Wenn die Fähre den Boden berührt, ist das Einzige, was man als sicher voraussetzen darf, dass man nichts als sicher voraussetzen darf. Zum Beispiel könnte man auf einer noch nicht erforschten Welt in ein Revier von Fleischfressern – vielleicht riesigen Sauriern – geraten, in deren Augen die Neuankömmlinge gerade richtig für einen kleinen Imbiss wären. Oder man landet auf einem Planeten, der von winzigen Lebensformen bewohnt wird, und zerstört eine ganze Stadt dieser kleinen Lebewesen, ohne sich dessen bewusst zu sein.

Die Fähre bockte, fiel von neuem und scherte dann alarmierend aus. Doch MacAran brachte sie wieder unter Kontrolle. Sein Mund war zu einer dünnen Linie zusammengepresst. Er schien im Moment kein Ansprechpartner zu sein. Ysaye versuchte sich einzureden, dass alles in allem schlechtes Wetter und andere physikalische Risiken einer Landung keinen ernsthaften Grund zur Sorge darstellten. Schiffe, die den ersten Kontakt herstellten, waren immer mit Wissenschaftlern besetzt, und man hatte sie sorgfältig darin ausgebildet, mit Notfällen fertig zu werden und für jedes Problem aus dem Stegreif eine Lösung zu finden.

Ihre Versuche, sich selbst Mut zu machen, schlugen fehl. Ysaye war die Einzige von den sieben Personen an Bord der Fähre, die keine praktische Erfahrung auf unbekannten Planeten besaß. Sie verstand immer noch nicht, warum sie diesem Team zugeordnet worden war. Bei den übrigen war die Wahl offensichtlich: MacAran war Pilot und befehlsführender Offizier, Commander Britton würde das Sammeln wissenschaftlicher Daten koordinieren, Lieutenant Evans war Xenobotaniker, Dr. Aurora Lakshman Xenobiologin (und Ärztin, die einspringen konnte, wenn einer aus dem Team verletzt oder krank wurde), und Elizabeth und David hatten sowohl technische als auch linguistische und anthropologische Kenntnisse. Trotz all ihrer Vorsichtsmaßnahmen konnten sie auf Planetenbewohner stoßen, auch wenn das nicht das Ziel dieser ersten Mission war.

Und was hatte sie unter all diesen Spezialisten zu suchen? Sie war nicht dazu ausgebildet, einen von ihnen zu ersetzen oder ihm auch nur zu assistieren. Sie kannte sich nur mit Computern aus und wünschte sich im Augenblick nichts so sehr wie deren vertraute Gesellschaft.

Ysaye ermahnte sich, nicht so nervös zu sein. Dafür gab es keinen vernünftigen Grund, auch wenn es sich für sie um eine neue Aufgabe handelte. Irgendeinen Sinn musste ihre Teilnahme an der Mission haben. Vielleicht besaß einer von den anderen eine spezielle computerisierte Ausrüstung, die er oder sie noch nicht völlig verstand – wenn das allerdings der Fall war, hätte man ihr das gleich sagen und ihr Gelegenheit geben sollen, nachzuschlagen und etwas darüber herauszufinden. Man erwartete doch wohl nicht von ihr, dass sie derart komplizierte Dinge mit reiner Intuition handhabte!

Sie sah über den Mittelgang zu Elizabeth hinüber, die an dem mit Raureif überzogenen Fenster rieb, als könne sie es nicht erwarten, einen Blick auf die neue Welt zu werfen. MacAran hatte die Fähre jetzt besser unter Kontrolle. Wenigstens hatte es seit fünf Minuten keinen dieser beunruhigenden Stürze mehr gegeben. Doch die Fähre bebte und schlingerte immer noch ...

Der Planet dort unten würde so gut wie sicher für viele Jahre Elizabeths Heimat sein. Falls die Eingeborenen nicht so primitiv waren, dass die Behörden des Imperiums es für das Beste hielten, ihn zur Gesperrten Welt zu erklären, würden sie und David dableiben, wenn die anderen abreisten, und linguistische und anthropologische Aufzeichnungen für das Imperium machen. Sollte die neue Welt für den Handel geöffnet werden, würden ihnen weitere Leute Gesellschaft leisten. Dann erhielt jemand vom Schiff das Amt des vorläufigen Koordinators. Eine terranische Enklave wurde errichtet, und Elizabeth und David heirateten bestimmt. Schließlich hatten sie länger als ein Jahr auf einen Planeten gewartet, auf dem sie sich niederlassen und eine Familie gründen konnten.

Ysaye betrachtete den lavendelfarbenen Himmel und die gezackte Linie des Gebirges, die man gerade eben durch den Raureif erkennen konnte. Sie war heilfroh, dass sie die Fähre nicht steuern musste. Sie verstand genug vom Fliegen, um zu wissen, dass diese Art von Terrain als außerordentlich gefährlich einzustufen war. Terrain. Ein seltsames Wort, um es auf das Land unter ihnen anzuwenden, das absolut nicht terranisch war. Das Zusammensein mit David, der über so umfassende linguistische Kenntnisse verfügte, hatte sie für solche Nuancen empfänglich gemacht.

Für einen Augenblick überfiel sie etwas wie ... vorausahnende Traurigkeit. Wenn *dies* die Welt war, auf die Elizabeth und David gewartet hatten, würden sie hier bleiben, und sie, die zur Schiffscrew gehörte, würde weiterziehen. Dann sah sie die beiden nie wieder ...

Doch selbst wenn es nicht »ihre« Welt war, gab es Veränderungen. Das war unvermeidlich. Die Erfahrungen, die sie auf dem Boden der neuen Welt sammelten, mussten ihre Freunde verändern, und vielleicht sogar sie, Ysaye, wenn sie viel Zeit auf der Planetenoberfläche verbrachte. Dieser Form von Determinismus konnte keiner ganz entrinnen.

Und gleichzeitig würde ihre Anwesenheit den Planeten und seine Bewohner verändern, sie würden etwas von ihrer Menschlichkeit herbringen, ganz gleich, wie sie sich bemühten, das, was sie vorfanden, nicht zu beeinflussen. Menschen waren eben so, das war Teil ihres Erbes. Menschen modelten ihre Umgebung um, auch wenn sie versuchten, es nicht zu tun. Seit einiger Zeit kursierte das Schlagwort »Biologie ist nicht gleich Schicksal«. Ysayes Standard-Antwort darauf war: »Zeigen Sie mir einen vegetarischen Löwen.« Jeder, der ernsthaft bestritt, dass Menschen zunächst einmal eine Ansammlung biologischer Impulse waren, ging von einer falschen Voraussetzung aus. Natürlich waren sie mehr als das, aber das war die Basis.

Ysaye hatte sich so erfolgreich mit philosophischen Überlegungen beruhigt, dass es sie vollständig überraschte, als MacAran auf die nächste Welle von Turbulenzen stieß.

Von neuem traf sie eine Windscherung – so hatte der Pilot das vorhin genannt –, und das kleine Schiff fiel wie ein Stein, um dann wild zu kippen. Ysaye fing Elizabeths Blick ein. Der Mund ihrer Freundin hatte sich zu einer Grimasse verzogen, ihr Gesicht war blass, und ihre Hände umklammerten krampfhaft die Armlehnen des Sitzes. Ysaye befahl sich streng, Ruhe zu bewahren. Bestimmt würde das nicht auf dem ganzen Weg nach unten so weitergehen. Dies war nicht Elizabeths erster Planet. Sie und David hatten schon vier andere besucht. Doch das waren Felsbrocken mit wenig oder keiner Atmosphäre gewesen. Deshalb nahm Ysaye an, dass auch Elizabeth an diese Art von Landung nicht gewöhnt war. Es wäre unvernünftig, nur auf Grund von Elizabeths Reaktion in Panik zu geraten, denn Elizabeth war auf dieser Strecke der Reise ebenso ein Neuling wie sie selbst.

»Es wird noch schlimmer werden, bevor es besser wird«, warnte MacAran sie grimmig. »Der Wind weht von der Eiskappe herunter, und es stellt sich ihm nichts in den Weg. Wenn er dann auf diese Berge trifft, bekommen wir all diese Wirbel, Querströmungen und Windscherungen.« Wieder bockte und fiel die Fähre, und er wurde gegen die Gurte geschleudert. Er grunzte: »Vielleicht hätten wir versuchen sollen, in der Wüste nördlich von hier zu landen. Unsere Kameras sind so gut, dass wir jeder Zivilisation aus dem Weg hätten gehen können.«

»Warum also haben wir es nicht getan?«, fragte Evans. Ysaye hätte ihn am liebsten erwürgt. Da kämpften sie darum, nicht abzustürzen – und dieser Idiot wollte einen Streit vom Zaun brechen!

»Der Satelliten-Bericht hat dieses Gebiet einwandfrei als erstklassigen Landeort ausgewiesen«, gab MacAran zurück. »Das Plateau, das wir anpeilen, hat vom Raum aus gewiss sehr viel besser ausgesehen als von hier.« Diesmal war es eine Rolle nach rechts, die ihn unterbrach, und er strengte sich an, die Fähre wieder auf Kurs zu bekommen. Als er von neuem zu sprechen begann, hatte Ysaye das Gefühl, dass er nur noch herausplapperte, was ihm gerade in den Sinn kam. Wollte er seine Passagiere damit beruhigen und ihnen Mut einflößen?

Wenn ja, dachte sie, *macht mir das keinen Mut!*

»Es wundert mich gar nicht, dass wir keine Spuren von irgendwelcher Luftfahrt sehen. Wer hier versuchen würde, ein primitives Atmosphäre-Flugzeug zu bauen ...« Er brach ab und kämpfte mit den Kontrollen. »Nein, wenn das Klima überall so ist, kann die Luftfahrt keine Wissenschaft sein, die die Leute hier sehr früh entwickelt haben. Vielleicht auf den Ebenen im Süden, aber hier in den Bergen keinesfalls.«

»Aber landen können wir hier«, sagte Commander Britton. Ysaye klang es wie eine Frage, obwohl er die Stimme nicht hob. Ob der Commander dem Piloten gleich befehlen würde, abzubrechen und zum Schiff zurückzukehren?

»Ich tue mein Bestes«, versicherte MacAran. »Allerdings hat dieser Ort einen neuen Tiefpunkt für Flugbedingungen gesetzt.«

Das hörte sich für Ysaye gar nicht gut an.

»Ich werde froh sein, wenn wir auf den Boden kommen«, brummte der Commander vor sich hin.

Falls wir auf den Boden kommen, dachte Ysaye. Plötzlich erkannte sie, dass ihre Ängste *nicht* grundlos waren und auch keine Überreaktion darstellten. MacAran prüfte alle Möglichkeiten, sie aus Lebensgefahr zu retten. Sie schluckte, doch der Klumpen in ihrer Kehle wollte nicht weichen, und ihr Mund war staubtrocken. Aus MacArans Verhalten ging ganz deutlich hervor, dass die Landung viel gefährlicher war, als sie an Bord des Schiffes geglaubt hatten.

Darauf war ich nicht gefasst, als ich mich zum Raumdienst meldete!

Eben waren sie in Wolken gefallen, dicke, scheinbar bodenlose Wolken. Jetzt rollte und gierte die Fähre wie eine Karussell-Gondel in einem Vergnügungspark, und sie kamen unterhalb der Wolken heraus. Vor ihnen lag eine endlose Strecke immergrüner Bäume, durchfurcht von Narben, die von alten Waldbränden stammten. Immer weiter schlingernd, sanken sie tiefer. Offenbar suchte MacAran verzweifelt nach einer Stelle, die eben genug war, um die Fähre aufzusetzen. Ysaye wusste, dass Atmosphäre-Flugzeuge für gewöhnlich gegen den Wind landen, aber sie sind nicht dazu bestimmt, in einem Sturm wie diesem zu fliegen. Und als würde der Wind noch nicht reichen, verschwand einen Augenblick später die Landschaft unter einer Schneedecke, die beinahe ebenso dick war, wie es die Wolken gewesen waren.

Ysaye konnte nur hoffen, dass MacArans Instrumente tadellos funktionierten.

Die Suche nach dem optimalen Landeplatz wurde zeitlich begrenzt durch die noch vorhandene Energie der Fähre. Zögerte MacAran zu lange, war zum Landen gar keine Energie mehr da. Und ohne Energie zu landen, hier und jetzt ...

Hinzu kamen die Gefahren des Landeplatzes, der nicht besonders erfreulich ausgesehen hatte, als Ysaye einen Blick darauf hatte werfen können.

Das Schneetreiben klärte sich für einen Augenblick. Ysaye verrenkte sich den Hals, ignorierte es, dass die Fähre sie gegen die Gurte schleuderte, und bekam MacArans Schirm mit dem verstärkten IR/UV-Bild ins Blickfeld. Wenigstens darauf hatte der Schnee keinen Einfluss. Und offensichtlich war genug Wärme vorhanden, dass der Infrarot-Scanner etwas aufnahm. »Jenseits der Bäume«, stieß MacAran hervor, »werden wir aufsetzen. Versuchen müssen wir es auf jeden Fall. Keine große Wahl.«

»Sieh doch!«, rief Elizabeth plötzlich. Sie klebte immer noch am Fenster, und offenbar hatte sie etwas entdeckt, den ersten Hinweis auf die eingeborenen Intelligenzen, den sie mit eigenen Augen gesehen hatte. »Eine *Burg.*«

»Es kann keine sein«, antwortete David. »Jedenfalls keine richtige. Denke daran, wie die Franzosen, als sie zwischen den Irokesen landeten, ihre befestigten, aus Holz erbauten Städte *chateaux* nannten, was damit endete, dass sie drei oder vier Städten den Namen ›Castletown‹ gaben.«

Ysaye starrte sie entgeistert an. Niemand als David und Elizabeth, dachte sie, war im Stande, linguistische Feinheiten angesichts einer unmittelbar bevorstehenden Bruchlandung zu diskutieren.

»Elizabeth!«, protestierte sie lautstark. »Ich glaube kaum ...«

Elizabeth wandte ihr das Gesicht zu. Es war so bleich, dass es grün wirkte, und ebenso verkrampft wie das Ysayes. »Ich dachte, Beten würde nicht viel für die Moral tun«, gestand Elizabeth mit zitternder Stimme.

Von den Kontrollen kam MacArans Gemurmel: »Etwas Besseres werden wir wohl nicht mehr finden.« Er hob die Stimme: »Achtung, da hinten! Bereiten Sie sich auf eine Notlandung vor! Absturzpositionen!«

Ysaye beugte sich gehorsam vornüber, nahm die empfohlene zusammengekrümmte Haltung ein und bedeckte den Nacken mit den Händen. Die Fähre setzte hart auf, prallte ab und berührte den Boden von neuem. Die Absturznetze entfalteten sich und hielten sie in ihren fötalen Positionen fest. Kissen blähten sich unter den Sitzen auf, ein dutzend verschiedener Alarme schrillte. Die Fähre sprang, kam herunter und prallte noch einmal ab. Ysaye war längst darüber hinaus, sich zu fürchten. Sie war wie gelähmt. Nichts in ihrer Ausbildung oder ihrer praktischen Erfahrung hatte sie auf so etwas vorbereitet.

Ich werde sterben, dachte sie. Der Gedanke bewegte sich träge durch das dickflüssige Meer ihrer Benommenheit. Beim nächsten Hopser barst die Hülle. Ysaye hörte das Übelkeit erregende Geräusch von reißendem Metall.

Dann verlor sie gnädigerweise das Bewusstsein.

Als sie wieder zu sich kam, bliesen ihr eiskalte Luft und Schnee ins Gesicht. Die Hülle war an mehreren Stellen gerissen, und Ysaye konnte erst gar nicht glauben, dass sie noch lebte. Sie war sich nicht sicher, wie lange sie bewusstlos gewesen war, aber die Kissen waren zu flachen, flatternden Gespenstern geschrumpft, und die Netze hatten sich zurückgezogen. Sie waren unten angekommen, wenn auch nicht ganz heil. Ihr kam die alte Redensart in den Sinn, dass jede Landung, nach der man davongehen kann, eine gute Landung ist.

»Ist jemand verletzt?«, rief MacAran, und ein Durcheinander von Stimmen antwortete ihm mit »Nein« und »Nur blaue Flecken und Beulen«. MacAran löste mit sichtbar zitternden Händen seine Sicherheitsgurte und stand auf. »Melden!«, befahl er. »Ich möchte jeden einzelnen Namen hören!«

Ysaye holte krampfhaft Atem und antwortete als Erste – dann hustete Evans und nannte seinen Namen, gefolgt von den Übrigen, Commander Britton als Letztem. Nachdem er sich vergewissert hatte, dass seine Schutzbefohlenen weder tot noch schwer verletzt waren, drehte sich MacAran um und kletterte zur Tür, die er mit Gewalt aufreißen musste. Die anderen befreiten sich und drängten ihm nach, alle darauf bedacht, aus einem Fahrzeug hinauszugelangen, das ihnen weder Sicherheit noch Schutz mehr bot.

»Geht es Ihnen wirklich allen gut? Oder ist irgendwer verletzt?«, fragte Dr. Lakshman. Die Arzttasche, nach der sie automatisch gegriffen hatte, an die Brust gedrückt, spähte sie durch den fallenden Schnee. Ein Chor zitteriger Verneinungen antwortete ihr.

MacAran bückte sich und sah unter die Fähre. »Wir mögen ja alle in passablem Zustand sein, aber das Fahrgestell ist es nicht«, gab er bekannt. »Von den Löchern in der Hülle wollen wir gar nicht erst reden.« Kopfschüttelnd betrachtete er die Fähre. »Ich hätte nie gedacht, dass ich derjenige sein würde, der die Sicherheitsvorrichtungen für einen Absturz im Ernstfall testet ...«

»Sie haben Ihre Sache gut gemacht, mein Sohn.« Commander Britton legte MacAran väterlich die Hand auf die Schulter. »Ich glaube nicht, dass irgendjemand unter solchen Bedingungen eine bessere Landung zu Stande gebracht hätte.«

MacAran richtete sich auf, holte tief Atem und besann sich auf seine Autorität. »Nun, die Vorschriften im Falle einer Notlandung besagen, dass Sie alle Ihr Gepäck holen, während ich die Überlebensausrüstung losbreche. Also klettern Sie einer nach dem anderen hinein und holen Sie, was Sie können. Lassen Sie sich Zeit. Wir werden in nächster Zeit nirgendwohin gehen, so viel steht fest.«

Dr. Lakshman warf einen grimmigen Blick auf den Schnee, der ungehindert durch das wirbelte, was von der Kabine der Fähre übrig geblieben war. »Wir *müssen* irgendwohin gehen«, stellte sie fest. »In diesem Wetter werden wir nicht lange am Leben bleiben, wenn wir kein besseres Obdach finden.«

Ysaye erschauerte, und das nicht nur vor Kälte. Neue Ängste befielen sie. Aus der einen Gefahr in die nächste. Hatten sie alle diesen langen Weg nur zurückgelegt, um hier zu erfrieren?

8

Nein!

Leonie fuhr aus tiefem Schlaf hoch, saß kerzengerade da und starrte in die Dunkelheit.

Sie war gefallen, aus großer und schrecklicher Höhe ... Und sie war mit Schwindel erregender Geschwindigkeit unten gelandet ...

Immer noch zitterte sie vor Angst, und der Kopf dröhnte ihr von dem Aufschlag.

Nur dass es gar keinen Aufschlag gegeben hatte. Sie war hier, sicher in ihrem Bett, in ihrem Zimmer im Turm.

Sie führte die eiskalte Hand an die Schläfe und blinzelte. Ein Traum – oder nicht?

Ein Traum vom Fallen ... einer, der sie zittern ließ, als habe sie es wirklich erlebt.

Langsam kämpfte sie sich in die Realität zurück, und ihr Verstand begann wieder zu arbeiten. Ihr ganzes Leben lang hatte sie gehört, wenn man vom Fallen träumte und weiterschlief und im Traum unten aufschlug, erwachte man nicht mehr, sondern starb im Schlaf. Offenbar war sie also nicht tot, und doch war sie entschieden mit etwas Hartem zusammengetroffen.

Immer noch hatte sie das Gefühl einer echten Kollision. Sie hatte auch gehört, dass ein Telepath mit genügend Willenskraft fähig sei, eine Illusion in Realität zu verwandeln. Was der Behauptung, man könne an einem geträumten Sturz sterben, eine gewisse Wahrscheinlichkeit verlieh.

Leonie erschauerte. Der Kopf tat ihr weh. War es ein Traum gewesen, oder hatte ihr ein Erdbeben im Schlaf die Illusion zu fallen vermittelt und so den Alptraum ausgelöst?

Nein, es *konnte* kein Erdbeben gewesen sein. Den Gedanken verwarf Leonie, kaum dass er aufgetaucht war. Im Turm rings um sie war es ganz still. Reflexartig, ohne darüber nachzudenken, überprüfte ihr Geist die Turmbewohner. Fiora schlief ruhig, und die kleinen Mädchen schliefen in Meloras Zimmer, zusammengerollt wie Kätzchen. Nur die eine junge Frau am Relais war wach, und sie war so weit vom normalen Bewusstsein entfernt, dass sie ebenso gut auf einem der fernen Monde hätte weilen können. In Leonies Zimmer war es kühl und still, der Wind von draußen kräuselte kaum die Vorhänge. Doch das Gefühl einer Katastrophe blieb, und sie meinte immer noch, auf etwas Hartes gefallen zu sein.

Langsam ließ das Zittern nach. Leonie machte sich daran, ihre vagen Erinnerungen zu analysieren. Seltsame, fremdartige Sätze erklangen in ihrem Kopf.

Das Fahrgestell ist hin ... wir werden nirgendwohin gehen ...

Aber was war ein »Fahrgestell«, und warum sollte sie sich wünschen, irgendwohin zu gehen?

Jetzt, da ihre eigene Furcht verebbte, fragte sie sich, warum sie von einer solchen Verwirrung erfüllt war. Warum quälte sie der Gedanke, versagt zu haben?

Dies war Dalereuth, nicht das Gebirge – hier würde noch einige Zeit kein Schnee fallen –, was sollten da Erinnerungen an scharfe, schneidende Winde, gegen die sie ankämpfen musste, um zu überleben?

Windscherung. Noch ein unverständlicher Ausdruck. Was war das? Und warum geriet sie bei diesem Wort in Panik?

Sie versuchte, diesen unvertrauten Wörtern eine Bedeutung abzuringen, aber plötzlich kam ihr zu Bewusstsein, dass sie keiner Sprache angehörten, die sie kannte, und dass sie ihren Sinn irgendwie erfasst hatte, ohne genau zu wissen, wie sie ausgesprochen wurden.

Diese einfache Tatsache ließ sie einen Teil der Wahrheit erkennen, und damit begann sie zu begreifen. Die Gedanken, vielleicht sogar der Sturz und der Aufschlag, gehörten nicht ihr. Sie hatte sie von jemand anders aufgefangen.

Leonie entspannte sich ein bisschen. Als Telepathin war sie, wenn auch noch nicht schulgerecht ausgebildet, mehr oder weniger daran gewöhnt, dass Gedanken aus unerwarteten Quellen in ihr Gehirn krochen. Für sie war die Bedeutung dessen, was gesagt wurde, bisher auch immer wichtiger gewesen als die Worte selbst, so dass sie nur selten über ihre Form nachdachte.

Nur einen Augenblick lang beruhigte es sie, die Lösung des Rätsels gefunden zu haben. Doch dann arbeitete ihr Verstand weiter. Sie hatte die Ausdrücke *nicht* verstanden. Fremde Gedanken, in Worte gekleidet, die sie nicht verstand – das ängstigte sie von neuem.

»Was geschieht mit mir?«, fragte sie laut und drückte die Bettdecke an ihre Kehle.

Sie dachte an die Nacht vor ihrer Ankunft im Turm und die Vorahnung naher Gefahr, die sie beim Anblick der vier Monde gehabt hatte.

Etwas bedroht uns. Etwas kommt zu uns, und es kommt von den Monden.

Damals hatte sie nicht gewusst, was sie damit meinte. Sie wusste es auch jetzt nicht, wusste nur, dass etwas ihre Welt, ihre ganze Lebensweise bedrohte.

Aber es gibt keine Luft auf den Monden ...

Leonie hatte erst von ihrem Bruder gehört, dass die Monde Welten waren – doch dies war anders. Sie hatte sich die Monde nie als Welten vorgestellt, hatte nie darüber nachgedacht. Jetzt hatte die gleiche unbekannte Quelle ihr das Wissen vermittelt, dass es sich um eine Tatsache handelte, und das *Wissen* machte ihr Angst.

Keine Luft – Menschen konnten dort nicht leben. Warum

sollte Gefahr von den Monden kommen? Und welche Verbindung gab es mit ihrem Traum?

Eine so starke Telepathin wie Leonie lernt oft mit wenig oder überhaupt keiner Mühe, indem sie einfach die Gedanken der Personen ihrer Umgebung auffängt. Leonie erwarb sich Kenntnisse aus obskuren Quellen, und häufig wurde ihr der Ursprung dieser Dinge niemals klar. Das war für sie nichts Neues. Es gab keinen Grund, warum sie sich wegen eines so vertrauten Vorgangs jetzt fürchten sollte.

Aber sie fürchtete sich. Es war die unbekannte Natur der Information, nicht die unbekannte Quelle, die sie ängstigte. Sie war in Verbindung mit einem ... einem *fremden* Verstand gewesen.

Und das war längst nicht alles. Leonie fuhr fort, ihre Furcht zu analysieren. Es gab *tatsächlich* einen Zusammenhang zwischen den Monden und dieser Gedanken-Quelle. Etwas an der Quelle der fremden Gedanken bedrohte nicht nur sie allein, sondern die Existenz all dessen, was sie kannte und liebte.

Sie legte sich wieder hin, als wolle sie weiterschlafen, doch statt zu schlafen versuchte sie, sich auf die unbekannte Quelle der Bedrohung zu konzentrieren. Ein Zittern überlief sie bei dem Entschluss, sich in die Überwelt zu wagen. Aber wo sonst konnte sie nach einer Gefahr Ausschau halten, die von den Monden kam?

Eine Gefahr von den Monden – und sie kam mit Gedanken, die sie hören, wenn auch nicht verstehen konnte. Das ergab keinen Sinn, nicht einmal für sie. Bis vor kurzem hatte sie geglaubt, die Monde seien nicht mehr als Lampen, die die Götter in ihrer Güte am Himmel aufgehängt hatten, damit sie die Nacht erhellten. Jetzt wusste sie so gewiss, was sie waren, wie sie die Geografie ihrer eigenen Domäne kannte: öde, leblose, luftlose Steinkugeln. Und trotzdem waren sie irgendwie fähig, eine Art von Leben zu erhalten ...

Leonie zwang sich zur Ruhe und sammelte ihre Kräfte für die Suche. Dann hatte sie mit einem einzigen Gedanken ihren Körper verlassen und betrat dieses seltsame Reich, in dem sie erst ein- oder zweimal geweilt hatte, und das nicht für lange. Die Überwelt, wie Leonie sie sich vorstellte und deshalb jetzt auch sah, war eine flache, konturlose, formlose graue Ebene ohne Landmarken ...

Nein, hinter ihr erhob sich der Turm, nicht ganz der Dalereuth-Turm, wie sie ihn kannte, aber immer noch zu erkennen. Er war kleiner, ohne unterscheidbare Zeichen und in einen Dunst gehüllt, der Einzelheiten verschleierte – wahrscheinlich, dachte Leonie, weil sie sich den Turm nie richtig von außen angesehen hatte, und jetzt sah sie ihn hier, wie sie ihn sich dachte. Weit entfernt, aber längst nicht so weit entfernt, wie er wirklich war, stand ein zweiter Turm, der Arilinn sein musste. Zum ersten Mal erlebte Leonie, dass an diesem Ort Gedanken real waren und alles so erschien, wie sie es sich vorstellte.

Hatte man ihr deshalb eingeprägt, sie müsse immer positiv denken?

Heißt das, hier kann es keine Gefahren geben, solange ich nicht an sie glaube?, fragte sie sich.

Nein, das wäre zu simpel, zu naiv. Aber es hieß, dass eine furchtlose Einstellung sie davor bewahren konnte, selbst Gefahren zu erfinden.

Leonie streckte sich und stellte leicht erstaunt fest, dass sie in dieser Umgebung körperlich – wenn man das Wort hier anwenden durfte – anders war als in ihrer gewöhnlichen Welt. Zum Beispiel schien sie älter zu sein und empfand eine Gelassenheit, die sie oft – mit unterschiedlichem Erfolg – zu spielen versucht hatte.

Natürlich, diese ältere, erwachsene Version war ihr wahres Ich. Sie brauchte sich keine Gedanken zu machen, wenn sie vorgab, so zu sein. Schließlich tat sie dann doch nur so, als sei sie ihrem besten Ich ähnlicher.

Und war es nicht genau das, was die meisten Lehrer und Ratgeber wünschten?

Ihr langes Haar von leuchtendem Rot, das für gewöhnlich ordentlich geflochten war, hing ihr offen und wild beinahe bis zur Taille, als sei sie eine Heldin aus einer alten Sage. Vielleicht eine große *leronis* aus dem Zeitalter des Chaos ...

Aber sie war wegen einer dringenden Angelegenheit hier, nicht, um dieses Märchen-Ich zu bewundern. Kaum hatte sie diesen Gedanken formuliert, als sie auch schon auf und davon war, wie der Wind durch die Überwelt strich und nach der Quelle der unerklärlichen Ängste suchte. In diesem Reich war sie im Stande, sich beinahe mit der Geschwindigkeit des Gedankens zu bewegen. Sie überquerte die Ebene, über die sie auf dem Weg nach Dalereuth geritten war, und sie legte in Sekunden eine Strecke zurück, für die sie und Lorill beinahe drei Wochen gebraucht hatten. In der Ferne sah sie Burg Hastur am Rand der Hellers, und sie dachte an ihren Zwillingsbruder. Ob sich Lorill, der möglicherweise selbst träumte, ihr bei ihren Erkundungen anschließen würde? Es war schrecklich einsam hier. Sie wünschte sich glühend, er werde es tun, und hoffte, ihre Wünsche hätten die Kraft, ihn zu ihr zu bringen.

Aber sie sah ihn nicht, und sie ging allein weiter.

Diese Nacht gab es noch andere Reisende in der Überwelt. Stumme Gestalten, die ziellos oder in unbekannten Angelegenheiten dahinwanderten, kamen an ihr vorbei. Keine sprach Leonie an, keine näherte sich ihr, und sie hätte gern gewusst, ob sie sie überhaupt sahen. Träumten sie, oder suchten sie etwas in dieser astralen Welt?

Doch es kam kaum darauf an, ob sie sie sahen oder nicht, denn sie hatte mit ihnen heute Nacht nichts zu schaffen. Zu leicht konnte es geschehen, dass sie sich hier ablenken ließ und sich vielleicht verirrte. Deshalb konzentrierte sie Willen und Gedanken auf das, was sie geweckt hatte, und fand sich zwischen Bergen wieder. Deutlicher als alles andere wurde ihr der eisige Wind bewusst.

Leonie merkte, dass sie Wind und Kälte durch den Geist von jemand anders wahrnahm, denn hier in der Überwelt gab es weder Wind noch Wetter.

Wessen Geist?

Sie wusste es nicht, es war ein ihr ganz fremder Geist. Zwar war er menschlich, gehörte weder einem Katzenwesen noch einem der legendären *chieri*, und trotzdem hatte er mehr Fremdartigkeit an sich als alles, was sie gewöhnt war. Und eines war absolut sicher: Sie hatte ihn noch nie zuvor berührt.

Plötzlich hörte der Wind auf. Er heulte immer noch draußen, aber sie war vor ihm geschützt. Leonie stellte fest, dass sie sich jetzt innerhalb einer Hütte befand, einer primitiven Behausung.

Dann erkannte sie sie, wenn auch der Geist, mit dem sie verbunden war, sie nicht erkannte. Es war eine der Reiseunterkünfte, von denen es in den Bergen viele gab, und es drängten sich beinahe mehr menschliche Wesen hinein, als sie fassen konnte.

In diesem Wetter? Warum war eine so große Gesellschaft in den Sturm hinausgegangen? Leonie suchte nach mehr Hinweisen auf die Identität ihrer Kontaktperson, nach irgendetwas, das ihr weiterhelfen konnte.

Plötzlich konnte sie sehen, und erstaunt fand sie sich Männern und Frauen gegenüber, die seltsame und ihr ganz und gar unvertraute Kleidung trugen. Nicht nur die Männer, auch die Frauen hatten dicke Hosen und Jacken aus einem merkwürdig glatten Stoff an. Und diese Sachen waren nicht das Einzige, was merkwürdig an ihnen war. Einige der Gesichter waren ihrem eigenen so ähnlich, dass sie entfernten Verwandten hätten gehören können, obwohl nur wenige so hellhäutig waren wie sie. Aber einige der Männer und Frauen hatten *dunkelbraune* Haut. Sie sahen aus, als hätten sie sich mit irgendeiner Farbe eingerieben, doch warum sollte jemand so etwas tun?

Waren sie überhaupt menschlich?

Der mit ihr verbundene Geist tat die Frage mit einem ungläubigen *Ja, gewiss sind wir alle menschlich* ab.

Trotzdem, die Dunkelhäutigen kamen Leonie ganz anders vor als sämtliche Männer und Frauen, die sie jemals gesehen hatte. Sie war so überwältigt, dass sie beinahe sofort in ihren Körper und in die Sicherheit und Vertrautheit des Turms zurückgeflohen wäre. Ihr Interesse – um nicht zu sagen, ihre Neugier – triumphierte jedoch. Leonie blieb und beobachtete stumm, denn in dieser Situation könnte sie weder gesehen werden noch sich den Fremden bemerkbar machen, außer vielleicht durch *laran.*

»Wir könnten hier eine ganze Weile festsitzen«, sagte jemand. »Das Fahrgestell ist hin, und mit den Löchern in der Hülle ist die Fähre nicht gerade raumtüchtig. Ich fürchte, wir müssen warten, bis das Schiff eine zweite Fähre mit Ersatzteilen und Geräten für eine Reparatur herunterschickt – oder einfach eine Mannschaft, die unsere Fähre auseinander nimmt, vernichtet, was nicht geborgen werden kann, und uns zurückbringt. Da niemand verletzt worden ist, werden wir in der Zwischenzeit an nützlicher Arbeit tun, was wir können. Wahrscheinlich wird es mindestens einen Tag dauern, bis eine sichere Landung möglich ist.«

»Eher eine Woche«, brummte einer. »Das ist ein mörderischer Sturm da draußen.«

Leonie spürte die Furcht, die diese Erklärung in ihrem Kontaktgeist hervorrief. Außerdem erhielt sie von der Frau den Eindruck, dieses Gerede über »nützliche Arbeit« diene nur dem

Zweck, die Leute abzulenken, damit sie nicht in Panik gerieten und es nicht zu den Schwierigkeiten kam, die entstehen können, wenn zu viele Menschen lange Zeit auf einen so kleinen Raum beschränkt werden.

»Es gibt eine Menge grundlegender Dinge, die erledigt werden können«, bemerkte einer der Männer. »Bodenproben, Wasserproben ...«

»Ich möchte etwas über die Bewohner herausfinden«, ließ sich eine Frau hören. »Anscheinend besteht hier eine außerordentlich hoch entwickelte Zivilisation. Wenn eine Landung nicht möglich ist und es uns gelingt, welche von ihnen zu finden, helfen sie uns vielleicht ...«

»Sie ziehen voreilige Schlüsse, Elizabeth«, fuhr ein Mann scharf dazwischen. Schon allein nach dem Klang seiner Stimme war er Leonie unsympathisch. »Sie dürfen auf der Basis eines einzigen burgähnlichen Gebildes kein Urteil fällen. Und wer würde überhaupt hier leben wollen, wenn er bei Verstand ist? Selbst wenn wir zu Ihrem Steinhaufen gelangen sollten, würden wir immer noch nichts herausfinden!«

»Hoch entwickelt habe ich gesagt, nicht technologisch«, protestierte die Elizabeth genannte Frau. »Das ist ein Unterschied.«

»Schon auf der Basis eines einzigen Bauwerks lassen sich eine Menge Vermutungen anstellen«, warf der Mann ein, der neben Elizabeth stand. »Häuser bauen sich nicht selbst, und wenn dieses – ich benutze Ihren Ausdruck, Evans – dieses burgähnliche Gebilde, das wir gesehen haben, kein Haus ist, dann ist es doch etwas sehr Ähnliches. Und es ist ein vollständiges, intaktes Bauwerk. In Anbetracht dessen, was Archäologen aus ein paar Scherben in einem jahrtausendealten Abfallhaufen abgeleitet haben, möchte ich behaupten, dass sich aus einem vollständigen Bauwerk eine Menge lernen lässt.«

Vor allem, wenn immer noch Menschen darin wohnen. Leonie hörte den Gedanken, doch offenbar sonst keiner, denn der Streit ging hitzig weiter. Und sie fing einen anderen Gedanken von ihrer »Wirtin« auf – so etwas wie dieses sinnlose Gezänk um nichts hatten sie und der Mann, der von »nützlicher Arbeit« gesprochen hatte, befürchtet. *Isolationskoller* war der Ausdruck, den ihre Wirtin benutzte, und *posttraumatisches Stress-Syndrom.* Was auch immer das in Zandrus kältester Hölle bedeuten mochte.

»Eine Burg, würde ich sagen.« Leonies Wirtin nahm in Elizabeths Stimme eine Spur von Hysterie wahr. »Oder etwas, das dem gleichen Zweck dient ...«

»Oh, jetzt wird es interessant. Welchem Zweck dient denn eine ›Burg‹?«, höhnte Evans. Es war klar, dass er einen Ausbruch provozieren wollte, aber Elizabeth antwortete ihm ganz ernsthaft.

Sie konzentriert sich auf Bagatellen, um nicht zusammenzubrechen, dachte Leonies Wirtin. Dann, ängstlich: *Wenn ich das doch auch könnte! Ich muss es versuchen ...*

»Eine Burg könnte der Sitz einer wichtigen Persönlichkeit sein oder eine Garnison, ein befestigter Ort ...«

»Sie anthropomorphisieren«, rügte jemand. Leonie fand das Wort in der Erinnerung des Geistes, durch den sie es hörte. *Ein häufiger Trugschluss,* dachte ihre Wirtin, *die Gewohnheit, leblosen Dingen oder nichtmenschlichen Wesen menschliche Motive oder Absichten zuzuschreiben.*

Aber wie, fragte sich Leonie, konnte man, wenn man selbst ein Mensch war, über irgendetwas anders als in menschlichen Begriffen denken? Nichtmenschliche Gedanken waren für immer unergründbar. Es ließen sich nur Analogien bilden. Selbst wenn jemand die Gabe des telepathischen Kontaktes mit Nichtmenschen besaß, konnte er ihre Gedanken nicht begreifen, nur ihre Gefühle.

»Ich sage, wenn etwas läuft wie eine Ente, riecht wie eine

Ente und dazu noch quakt, ist die Wahrscheinlichkeit sehr groß, dass es entweder eine Ente oder etwas *wie* eine Ente ist«, argumentierte ein anderer Mann. »Wahrscheinlich ist es ein Bauwerk, das von Humanoiden genutzt wird. Es ist auf der richtigen physikalischen Skala. Sollte es nicht von und für Menschen, wie wir sie kennen, errichtet worden sein, ist zu vermuten, dass es für etwas *wie* Menschen errichtet wurde.«

Wieder erhoben sich die Stimmen zu einem Durcheinander, das Leonie nicht aussortieren konnte. Sie benutzte die Gelegenheit herauszufinden, wo sie sich befand. Die Überwelt hatte keine Landmarken, aber sie konnte außerhalb der Hütte in weiter Entfernung die hochragende Burg Aldaran mit dem alten Turm sehen, der immer noch Teil davon war.

Der Turm ...

Der Turm ließ sie an Dalereuth denken, und plötzlich hatte sie die seltsamen und nur halb verständlichen Gedanken dieser Verrückten satt. Sie wollte Dinge, die sie kannte, Gedanken, die sie begriff ...

Und schon war sie wieder in ihrem Körper in Dalereuth.

Eine Weile lag sie nur da und sammelte einfach ihre Gedanken. Dann kam ihr zu Bewusstsein, dass ihre Verantwortung auf gar keinen Fall beendet war.

Irgendwie muss ich eine Botschaft nach Aldaran senden. Dort sitzt eine Gruppe von Fremden im Sturm fest.

Vielleicht würde sie das später einmal bereuen, doch im Augenblick war es für sie unvorstellbar, eine Gruppe von Männern und Frauen, wie fremd auch immer, der Gnade der Stürme in den Hohen Hellers zu überlassen.

Da war niemand, den sie um Rat hätte fragen können, selbst wenn sie geneigt gewesen wäre, das zu tun. Also stellte Leonie die Richtlinien für alles auf, was folgen sollte.

Sie richtete sich im Bett auf und fasste nach ihrem Morgenmantel. Dann hielt sie inne. Immer wieder wurde sie beschuldigt, nicht nachzudenken, bevor sie handelte, und deshalb überlegte sie jetzt wie sie es anfangen sollte.

Schließlich stand sie auf, schlüpfte mit den Füßen in pelzgefütterte Hausstiefel, ging in den Korridor hinaus und stieg die Treppe hoch, die zu der Relaiskammer des Turms führte.

Ein junges Mädchen in der blauen Robe der Technikerin lag dort in einem Sessel und beobachtete schläfrig einen großen Schirm, der aussah, als sei er aus schimmerndem schwarzem Glas. Als Leonie eintrat, richtete sie sich ein bisschen auf und fragte: »Leonie? Zu dieser Stunde? Was möchtest du? Bist du krank?«

»Nein.« Leonie formulierte erst in Gedanken, was sie tatsächlich wollte. »Carlina, ich bin draußen in der Überwelt gewesen, und da sind Fremde ...«

»In der Überwelt? Aber du bist nicht ausgebildet ... ich finde, wir müssen mit Fiora sprechen«, erklärte Carlina. »Ich habe keine Vollmacht ...«

Leonie bezähmte ihre Ungeduld. Carlina regte sich zu sehr darüber auf, dass die unausgebildete Leonie draußen in der Überwelt gewesen war, um auf die Idee zu kommen, wie dringend die Angelegenheit gewesen sein musste, die sie dorthin getrieben hatte!

»... oh, Fiora, da bist du ja«, endete sie mit einem Seufzer der Erleichterung. Denn die Tür hatte sich geöffnet, und Fiora, sehr blass in ihrem karmesinroten Gewand, kam herein. »Ich hoffe, wir haben dich nicht gestört.«

»Nein.« Fiora wandte ihnen ihr blindes Gesicht zu. »Aber ich höre es immer, wenn sich zu ungewohnter Stunde etwas im Turm bewegt. Leonie, was ist los mit dir? Warum bist du nicht im Bett? Es ist sehr spät – oder vielleicht sollte ich sagen, sehr früh –, um hier aufzutauchen. Und noch dazu in deinem Nachtgewand.«

Sie sprach wie zu einem kleinen Kind, und Leonie unterdrückte ihren Ärger, denn hier stand mehr auf dem Spiel als ihr Verlangen, für voll genommen zu werden. Je länger sie darüber nachdachte, desto wichtiger wurden diese Fremden. Sie waren wichtig für ... für etwas.

Und die Wahrheit war, sie machten nicht den Eindruck, als seien sie fähig, in einem brutalen Heller-Sturm für sich selbst zu sorgen. Irgendwer musste sich ihrer annehmen.

Sie erklärte so ernst und sachlich, wie sie es fertig brachte: »Ja, ich weiß, ich hätte zu Euch kommen sollen, aber ich wusste nicht, ob ich Euch wecken durfte. Ich bin in der Überwelt gewesen, Fiora, und ich habe etwas gesehen ...«

Sie verstummte, denn es war unmöglich in Worte zu fassen, was sie gesehen hatte. Fiora spürte ihr Zögern und drängte ein bisschen gereizt:

»Und was hast du nun gesehen, und was können wir deswegen tun? Ich nehme an, du bist heraufgekommen, weil du meinst, wir könnten und sollten etwas unternehmen.«

Bei diesem Ton ließ Leonie die letzte Vorsicht fahren.

Sie denkt, ich hätte einen Alptraum gehabt, sie glaubt mir nicht, dass ich in der Überwelt gewesen bin ...

»Fiora, ich hatte das Gefühl, da sei so etwas wie eine Gefahr, eine Bedrohung. Ich suchte nach der Quelle und sah die Fremden«, antwortete Leonie. »Fremde, die in einer Hütte nahe Aldaran Zuflucht gesucht haben, der Gnade des Wetters preisgegeben.«

Fioras Interesse stieg ein bisschen. »Sind es Leute, die du kennst oder die du schon einmal gesehen hast?«

»Nein, weder das eine noch das andere.« Leonie schüttelte den Kopf. Ihr kam ein neuer Gedanke, und sie erläuterte: »Ich glaube, ich habe mit einer von ihnen schon einmal in Kontakt gestanden, durch ihre Musik ... ein sehr seltsames Instrument ...«

Fiora winkte ab. »Und diese Leute sind in einem Sturm

draußen?«, fragte sie. »Bist du ganz sicher? In der Nähe von Aldaran?«

Carlina warf bescheiden ein: »Sie könnte Recht haben. Ich habe über das Relais von Tramontana gehört, dass zwischen Aldaran und Caer Donn ein fürchterlicher Sturm wütet.«

Fiora dachte darüber nach. »Wenn Fremde in diesem Sturm draußen sind, müssen wir ihnen irgendwie Hilfe senden.« Sie wandte sich Leonie zu. »Du bist deiner Sache ganz sicher? Du würdest auf deine Familienehre schwören, dass es kein kindischer Alptraum ist?«

Leonie nickte. »Sie machen einen sehr ... ausländischen Eindruck. Ich glaube wirklich nicht, dass sie in einem Banshee-Sturm für sich selbst sorgen können, Fiora. Sie sind so hilflos ...« Sie suchte nach einem Vergleich. »... wie ein Rabbithorn in der Wüste.«

Carlina reagierte auf Fioras Nicken, mit dem sie ihr die Erlaubnis zum Handeln erteilte. »Ich werde mich sofort mit der Bewahrerin im Aldaran-Turm in Verbindung setzen und sie über diese Fremden in Kenntnis setzen.«

Aber Fiora hatte noch eine Frage. »Du sagtest, sie seien ausländisch. Sind sie Eindringlinge, Angreifer?«

Bei diesen Worten stellte sich Fiora vor den Schirm. Leonie erwiderte: »Keine Eindringlinge, nein. Ich hatte das Gefühl, sie hätten sich verirrt, sie seien fremd in den Hellers und hätten keine Eroberungsabsichten.«

»Nun, ich will deinem Instinkt vertrauen«, entschied Fiora. »Deine Wachsamkeit mag in dieser Nacht Menschenleben gerettet haben, und deshalb werde ich dich nicht fragen, warum du draußen in der Überwelt warst, Leonie.«

Aus irgendeinem Grund machte das Leonie wütend. Was dachte Fiora sich eigentlich? Sah sie in ihr ein ahnungsloses Kind, für das die Überwelt ein unbekannter, gefährlicher Ort war?

Durfte sie überhaupt nichts ohne Fioras Zustimmung tun?

Sie schob ihren Stolz beiseite und dachte an den Handel, den sie abgeschlossen hatten. »Es tut mir Leid, ich weiß, ich hätte es ohne Euer Wissen nicht tun dürfen, aber ehrlich, ich habe mir nichts dabei gedacht. Ich glaube, ich ... ich hatte Heimweh, so weit weg, wie ich bin, und Sehnsucht nach meinem Bruder Lorill ...«

Sie blickte so kläglich drein, dass Fiora gütig sagte: »Es ist ja nichts Schlimmes passiert, Leonie. Das nächste Mal gehst du nicht ohne Begleitung hinaus. Du weißt noch so wenig von den Gefahren der Überwelt. Jetzt will ich durch das Relais mit der Bewahrerin von Aldaran sprechen.« Sie nahm ihren Platz vor dem großen Schirm ein.

Nach einer Weile hörte Leonie sie sagen – denn obwohl sie nicht sprach, konnte Leonie sie ohne Schwierigkeiten hören: *Marisa? Eine unserer Novizinnen hier ist in die Überwelt auf Abenteuer gegangen und hat Fremde in dem Sturm, den ihr bei euch habt, gesehen. Schneit es noch?*

Ja, wir hatten elf Zoll, seit es angefangen hat, und noch gibt es kein Zeichen, dass es morgen oder übermorgen aufhören wird, kam Marisas Antwort. *Ich möchte bei einem solchen Unwetter nicht nach draußen, nicht einmal in die Überwelt.*

Nun, Leonie ist jung und ganz furchtlos, sagte Fiora, und ungeachtet ihrer Missbilligung meinte Leonie, so etwas wie Stolz aus Fioras ungesprochener Antwort herauszuhören. *Sie ist eine Tochter der Hasturs, die den Ehrgeiz hat, Bewahrerin zu werden.*

Ich werde dafür sorgen, dass eine Rettungsmannschaft ausgesendet wird, sobald der Schneefall nachlässt, versprach Marisa. *Und ich werde dir über die Fremden Bescheid geben – falls sie überhaupt da sind.*

Oh, wenn Leonie sagt, sie sind da, dann sind sie auch da, gab Fiora zurück. *So wie ich sie kenne, würde sie das nicht er-*

finden, um uns einen Streich zu spielen. Und sie ist alt genug, um den Unterschied zwischen einem Alptraum und echtem Sehen zu kennen. Fiora drehte dem Schirm den Rücken und wandte sich wieder den beiden jungen Mädchen zu. Wieder einmal beeindruckte es Leonie, wie leicht und sicher Fiora sich bewegte, obwohl sie in ewiger Dunkelheit lebte.

»Du hast das Relais, Carlina. Destry wird dich in einer oder zwei Stunden ablösen, ja?«

»Ja, Fiora«, nickte Carlina.

Fiora wandte ihr Gesicht Leonie zu. »Das wär's für den Augenblick. Wir können keine Antwort bekommen, bevor der Schneefall ein bisschen nachlässt und man von Aldaran eine Rettungsmannschaft losschicken kann. Du kommst erst einmal mit mir, Leonie. Erzähle mir von diesen Fremden und wie du auf die Wahnsinnsidee gekommen bist, so etwas zu tun. Wenn du deinen Körper verlässt, musst du überwacht werden – hast du daran nicht gedacht?«

Sie sprach nicht ärgerlich – nur müde und ein bisschen besorgt. Es war kein Tadel als solcher. Leonie fiel nichts ein, was sie hätte sagen können, außer: »Nein, *domna.*«

Fiora seufzte. »Was soll ich nur mit dir anfangen, Leonie? Du hast so viel Talent, aber du bist so eigensinnig!« Es klang beinahe verzweifelt. »Du hältst diese Leute nicht für Eindringlinge oder Angreifer, und doch nennst du sie ausländisch. Sag doch, was sind sie deiner Meinung nach?«

Leonie biss sich auf die Unterlippe. Sie war hin und her gerissen zwischen dem Wunsch, ihrer Bewahrerin alles anzuvertrauen, und der Angst, wie eine Idiotin dazustehen. »Ich weiß, es klingt lächerlich, aber ich denke, dass diese Leute von ... von den Monden sind. Und davor ... von noch weiter weg als die Monde.«

Sie hatte erwartet, Fiora werde in Gelächter ausbrechen, und beinahe wäre sie froh gewesen, hätte die Bewahrerin ihre

Ängste auf diese Weise verjagt. *Chieri* oder Trockenstädter oder Wesen von jenseits des Walles um die Welt wären weniger Furcht erregend gewesen als diese Leute mit ihren fremdartigen Gedanken. Doch Fiora blickte ernst drein.

»Du kannst es unmöglich wissen«, sagte sie nach kurzem Zögern, »aber es hat einmal eine Geschichte gegeben, dass – noch vor den Tagen der Götter – unser eigenes Volk von einer anderen Welt hierher gekommen ist. Das ist nur eine alte Sage, aber was du sagst, ruft sie mir ins Gedächtnis zurück.«

In einer Mischung aus Erleichterung und Schreck hob Leonie den Kopf »Dann ist das, was ich sage, nicht bloß Torheit? Ich weiß, dass es auf den Monden keine Luft gibt und dass dort niemand leben könnte. Deswegen kam ich mir so dumm vor, als ich es aussprach.«

»Nein.« Fiora blieb ganz sachlich. »Was es auch sein mag, für eine Torheit halte ich es nicht. Ob es töricht sein wird, die Fremden willkommen zu heißen, können wir nicht wissen, bis sie gefunden worden sind. Und das wird noch einige Zeit dauern. Geh jetzt wieder ins Bett, Leonie, oder, wenn du nicht schlafen kannst«, setzte Fiora so schnell hinzu, dass Leonie sich fragte, ob die Bewahrerin ihre Gedanken las, »dann leg dich hin und ruh dich aus oder lerne, wenn du es möchtest.« Und dann sagte sie noch: »Was daraus auch entstehen mag, ich verspreche, dass ich es dir erzählen werde, sobald ich es selbst erfahren habe.«

9

Es kam ihnen wie eine Ewigkeit vor, dass der Wind heulte und die Kollegen sich stritten, doch schließlich hörte es auf zu schneien. Die Hütte schien ein bisschen geräumiger zu sein, seit etwa die Hälfte der Leute hinausgestürzt war, kaum dass der Wind sich legte. Ysaye war drinnen geblieben. Sie hockte neben dem Feuer und versuchte, nicht zu niesen, wenn es dem Schornstein nicht gelang, den ganzen Rauch hinauszubefördern. Sie fürchtete, den Rauchgeruch niemals mehr aus ihrem Haar hinauszubekommen, und sie *wusste*, dass sie ihr ganzes Leben lang niemals mehr warm werden würde. Vor ein paar Augenblicken war David wieder hereingekommen und hatte ihr erzählt, es sei jetzt viel wärmer als während des Sturms. Obwohl auch sie zugeben musste, dass sie hörte, wie der schmelzende Schnee in die hohen Verwehungen unter dem Dachgesims der Hütte tropfte, war Ysaye von dieser so genannten Wärme nicht beeindruckt. Knapp über dem Gefrierpunkt war immer noch verdammt kalt. Sie hoffte, das Schiff schickte bald jemanden, der sie zurückholte. Wenn man das unter der Erkundung eines Planeten zu verstehen hatte, wollte sie sich im Kern des Computers verstecken und niemals mehr zum Vorschein kommen.

Nicht etwa, dass diese Hütte auf ihre eigene Weise nicht interessant gewesen wäre. Sie bildete wohl eine Art Zuflucht für Menschen, die von einem Sturm wie diesem überrascht wurden. Auf Commander Brittons Anregung hin hatte Elizabeth begeistert jeden einzelnen Gegenstand im Inneren katalogisiert, sobald sie sich einigermaßen eingerichtet hatten. Dann kuschelten sie und David sich unter den Notfalldecken zusammen, die sie aus der beschädigten Fähre gerettet hatten, und diskutierten die Schlussfolgerungen, die sich daraus ziehen ließen. Ysaye jedoch hätte all dies viel lieber von einer Datenbank gelernt als aus erster Hand. Tatsächlich hätte sie es vorgezogen, es überhaupt nicht lernen zu müssen.

In Ysayes Augen lagen die meisten der Vermutungen, die man über diesen Ort anstellen konnte, auf der Hand. Sie war von aufrichtiger Dankbarkeit erfüllt, dass die Wesen, die diese Hütte erbaut hatten, Kälte ebenso empfanden wie sie, und sie war überzeugt, alle teilten das Gefühl. Das Obdach war so solide gebaut, wie Low-Tech-Mittel es zuließen, und neben einer primitiven Feuerstelle war reichlich Holz aufgestapelt. Das sprach entweder von Nächstenliebe, wie Elizabeth meinte, oder von einem praktischen Sinn, weil jeder jederzeit von einem solchen Sturm überrascht werden konnte und die Bewohner des Planeten solche Hütten deshalb im eigenen Interesse errichteten.

Evans hatte sich während ihrer Gefangenschaft am widerwärtigsten benommen. Ysaye hatte bei der Bruchlandung eine leichte Gehirnerschütterung erlitten, und dazu hatten nervöse Kopfschmerzen sie gequält. Jetzt war Evans draußen, und langsam ließen ihre Kopfschmerzen nach. Offenbar fand er es beinahe ebenso unerträglich, mit anderen Leuten über längere Zeit einen engen Raum teilen zu müssen, wie Ysaye sein Murren darüber, und die Kopfschmerzen waren allein auf ihre zunehmende Gereiztheit zurückzuführen gewesen. Kaum hatte es aufgehört zu schneien, als Commander Britton meinte, Evans solle zum Schuppen hinausgehen, der wohl für irgendwelche Reit- oder Lasttiere gedacht war, und mit seiner Analyse der dort gespeicherten Futterpflanzen beginnen. Die darauf folgende Stille tat Ysaye beinahe ebenso gut, wie es eine Tasse heißer Schokolade getan hätte.

Dr. Lakshman saß neben Ysaye auf dem Fußboden vor dem

Feuer. »Endlich Ruhe und Frieden«, seufzte sie. »Was macht deine Gehirnerschütterung?«

»Ich glaube, eben haben meine Kopfschmerzen, die von der Gehirnerschütterung stammen, aufgehört«, erwiderte Ysaye. »Und wenn gewisse Leute es fertig bringen, draußen zu bleiben, werden vielleicht auch die nervösen Kopfschmerzen noch verschwinden.«

Aurora Lakshman schüttelte den Kopf. »Ich gebe mir große Mühe, nicht daran zu denken, wie wenig es mich kümmern würde, wenn gewisse Leute von einer Klippe stürzten«, gestand sie sarkastisch. »Diese Hütte ist einfach nicht groß genug für Evans *und* sein Ego.«

»Aurora«, gab Ysaye zu bedenken, »hier drinnen sind immer noch sechs Personen – und ich glaube, wer diese Zuflucht gebaut hat, dachte dabei entweder an weniger oder kleinere Leute.«

»Oder an Leute, die nicht so viel meckern«, ergänzte Aurora. »Ich glaube, wenn Evans noch ein einziges weiteres Wort über die Qualität der Notrationen in der Fähre gesagt hätte, wäre ich explodiert und hätte ihn geschlagen.«

»Ich gebe zu, ich habe schon Besseres gegessen«, meinte Ysaye, »aber sie sind auch nicht schlimmer als das, was wir in der Ausbildung bekommen haben, zum Beispiel diese Überlebensrationen, die es in der Wüste gab.«

»Tatsächlich halte ich sie für eine leichte Verbesserung«, stimmte Aurora ihr zu. »Und das Gejammere, als wir das hier gelagerte Zeug benutzen mussten! Ich war bereit, ihn zu erwürgen! Seine wissenschaftliche Analyse des Zeugs – was es auch sein mag – war erstklassig, aber auf seine persönliche Meinung über die Genießbarkeit hätten wir gut verzichten können.«

»Ebenso auf seine Vergleiche, nach was es schmeckte.« Ysaye verzog das Gesicht. »Ich dachte, kleine Jungen würden irgendwann über den Spaß hinauswachsen, dass anderen Leuten von ihren Bemerkungen übel wird!«

Aurora lachte. »Wenigstens ist er gut in seinen Analysetechniken. Ich bin froh, dass das Zeug sich als etwas herausgestellt hat, das wir essen können, sonst wären wir in noch schlechtere Verfassung geraten, als unsere eigenen Vorräte aufgebraucht waren.« Sie schnitt eine Grimasse. »Ich bin gar nicht glücklich darüber, wie mangelhaft die Fähre für einen Notfall wie diesen ausgerüstet ist. Sicher, wir hatten nicht damit gerechnet, so lange Zeit hier unten verbringen zu müssen, aber es hätte leicht noch viel schlimmer kommen können, und in dem Fall würden wir mittlerweile Personal verlieren.« Sie sah zu Ysaye hinüber, die sich in zwei der Notdecken eingewickelt hatte. »Wie geht es dir, abgesehen von den Kopfschmerzen, Ysaye?«

Ysaye zuckte die Achseln und versuchte, unbekümmert zu wirken. »Ich friere, und das tun alle anderen bestimmt auch.«

»Sicher, wir frieren alle«, sagte Aurora, »aber du bist für diese Umgebung körperlich am wenigsten geeignet. MacAran und unsere Liebesvögel da drüben ...« Sie wies auf David und Elizabeth. »... stammen von Menschen ab, die sich an ein kaltes Klima angepasst hatten, während deine Vorfahren sich in Afrika entwickelt haben.«

»Jeder auf Terra stammt von Menschen ab, die sich in Afrika entwickelt haben«, erinnerte Ysaye sie. »Das hat man schon damals im 20. Jahrhundert nachgewiesen.«

»Das stimmt«, räumte Aurora ein. »Aber deine Vorfahren sind länger dort geblieben als diejenigen, aus denen die Kaukasier wurden. Und du hast sehr wenig überschüssiges Körperfett, das gegen Kälte isoliert. An Bord bist du mit deinem Trainingsprogramm so gewissenhaft ... ausgenommen natürlich, du beschäftigst dich mit einem besonders interessanten Projekt ...«

»Du kennst mich zu gut«, lachte Ysaye.

Aurora lächelte zurück. »Es ist schwer, Geheimnisse vor seinem Arzt zu haben. Aber es geht dir gut?«

»Solange niemand von mir verlangt, in die Schneeverwehungen hinauszulaufen«, versicherte Ysaye ihr. »Ein Schritt vor die Tür, und ich werde an Ort und Stelle steif frieren.«

Aurora nickte. »Schön. Solange es dir gut geht, müsste es auch allen übrigen gut gehen. Sieh dich als eine Variation des Kanarienvogels im Kohlebergwerk.«

»Nun, dafür bin ich qualifiziert«, pflichtete Ysaye ihr bei. »Und wenigstens brauche ich mir bei dieser Kälte keine Sorgen wegen meines Heuschnupfens zu machen – oder sonst einer Allergie, die ich von blühender Vegetation bekomme. Nur wegen der Stauballergie von dem Stroh und der Reizung durch den Qualm. Und die Medikamente, die ich mitgebracht habe, reichen noch eine Weile.«

Die Ärztin blickte plötzlich besorgt drein. »Richtig, ich hatte nicht mehr an deine Allergien gedacht.«

»Unter normalen Bedingungen brauchst du auch nicht daran zu denken«, meinte Ysaye leichthin. »Auf dem Schiff gibt es nichts, was mich stört, und ich melde mich nicht freiwillig zu Landegruppen. Warum ich bei dieser bin, weiß ich nicht, und ehrlich, es ist eine Ehre, auf die ich gut hätte verzichten können.«

Aurora grinste. »Ich sage es zu einer Wissenschaftlerin von deinem Ruf ungern, aber wie ich hörte, hat der Kapitän eine Vorahnung gehabt.«

Ysaye blieb der Mund offen stehen. »Kapitän Gibbons hat mich wegen einer *Vorahnung* in diese scheußliche Situation gebracht?«, fragte sie entrüstet. Sie holte tief Atem und stieß die Luft wieder aus. »Wenn wir zurückkommen, programmiere ich den Computer vielleicht darauf, für die Zeit von ein paar Monaten sämtliche Opernaufzeichnungen zu ›verlegen‹. Na ja, wenigstens erklärt das, warum ich keinen logischen Grund dafür finden konnte, dass ich an dieser festlichen kleinen Versammlung teilnehmen darf.«

»So kann man es auch nennen.« Commander Britton setzte sich zu ihnen.

»Jedenfalls haben wir ein Lagerfeuer«, betonte Ysaye mit schiefem Lächeln.

»Zu schade, dass wir die Marshmallows vergessen haben«, setzte Aurora belustigt hinzu. »Ich werde sie der Liste von Vorräten anfügen müssen, die ich für das nächste Mal empfehle, wenn jemand in einem Schneesturm eine Bruchlandung mit einer Fähre macht.«

MacAran zuckte zusammen, und Ysaye fühlte mit ihm. Der Pilot litt sehr unter seinem Versagen. »Eigentlich war es unter diesen Umständen eine sehr gute Landung«, sagte Ysaye freundlich. »Schließlich sind wir alle noch am Leben – obwohl ich mit diesen Kopfschmerzen nicht sicher bin, ob ich es sein möchte!«

»Ich danke Ihnen für Ihre freundlichen Worte.« MacAran machte keinen Versuch, es anders als bitter klingen zu lassen. »Werden Sie bei meinem Prozess als Zeugin aussagen?«

Ysaye schüttelte den Kopf »Sie wissen ganz genau, dass wir alle werden aussagen müssen, und hier ist bestimmt keiner, der Ihnen irgendeine Schuld zuweisen wird. Ich werde dem Kapitän schon erzählen, dass es nicht Ihre Schuld war und dass Sie erstklassige Arbeit geleistet haben, als Sie die Fähre unter nahezu unmöglichen Bedingungen nach unten brachten.« Sie grinste und versuchte, seine düstere Stimmung mit einem Witz zu vertreiben. »Vielleicht zieht er Ihnen die Kosten der Fähre dann nicht vom Sold ab.«

»Richtig.« Elizabeth ging auf den Scherz ein. »Schieb es auf die Wettervorhersage, und er wird es von *meinem* Gehalt abziehen.«

Die Tür sprang auf, und Evans stampfte herein. »Was für eine Anpassung! Sie werden es nicht glauben! Einige der Bäume hier schützen ihre Früchte, indem sie spezielle Schoten gegen den Schnee bilden und die Schoten abwerfen, wenn es wärmer wird, so dass ihre Saatzeit nicht unterbrochen wird!«

Er wirkte so glücklich wie ein Kind mit einem neuen Spielzeug, was unbedingt eine Verbesserung gegenüber seinem Benehmen während des Sturms darstellte. Ysaye konnte seine Reaktion verstehen. Diese Entdeckung gab ein herrliches Thema für einen gelehrten Artikel ab, der ihm Prestige in der Gemeinde der Xenobotaniker eintragen würde. Es geschah nicht oft, dass jemand im Zivildienst die Möglichkeit hatte, ein Forschungsergebnis zu veröffentlichen, das in akademischen Kreisen Staunen erregte. Der Großteil an xenobotanischer Forschung geschah schließlich auf zellularer Ebene und darunter, und jemand wie Evans würde niemals Zeit und Gelegenheit bekommen, diese Art von Arbeit zu leisten. Er war Feld-Xenobotaniker und musste feststellen, ob bestimmte Pflanzen schädlich, neutral oder nützlich für Menschen waren. Zu seinen Aufgaben gehörte es nicht, außerhalb dieser Sphäre Forschungen durchzuführen – und, um einmal richtig bissig zu werden, Ysaye war sich gar nicht sicher, dass er Lust hatte, sich dafür von seinen privaten (so hieß es aus zuverlässiger Quelle) Untersuchungen über Entspannungsdrogen Zeit abzuknapsen.

Evans zog Commander Britton auf die Seite und stürzte sich in einen begeisterten Bericht. Er sprach so schnell, dass Ysaye kaum folgen konnte und sich bald keine Mühe mehr gab.

Es klopfte an der Tür, und alle blickten überrascht auf. In der letzten Stunde war einer nach dem anderen in die Hütte zurückgekehrt, und keiner hatte es für notwendig gehalten zu klopfen. Das wäre lächerlich gewesen ...

Einen Sekundenbruchteil später sahen sie sich an und zählten die Nasen. Ysaye tat es ebenso wie die Übrigen und kam zu demselben Schluss. Alle waren bereits drinnen, also bedeutete das, wer da klopfte ...

Oder was da klopfte ...

Furcht lähmte die Gruppe. Einen Augenblick lang war niemand fähig, sich zu bewegen.

Plötzlich, bevor irgendwer ihn aufhalten konnte, trat Commander MacAran vor und öffnete die Tür.

Zu Ysayes Verwunderung – und zu ihrer Erleichterung, denn ganz gleich, wie interessant sich fundamental von Menschen unterscheidende Aliens sein mochten, in ihrer gegenwärtigen Situation zog sie Wesen vor, mit denen sie kommunizieren konnte – sahen die Männer auf der Türschwelle vollkommen menschlich aus. Keine Klauen, keine Fangzähne – falls sich nicht etwas unter ihrer Kleidung verbarg, wirkten sie auf Ysaye, als seien sie zu neunundneunzig Prozent menschlich.

Es waren vier, groß, hellhaarig und in mehrere Schichten schwerer Kleidung eingehüllt: weite Hosen, Mäntel, die bis zur Mitte des Oberschenkels reichten, hohe Stiefel. Sie trugen das Haar lang, und einige von ihnen waren bärtig, was auf Ysaye einen seltsamen Eindruck machte, denn an Bord hatte niemand einen Bart.

MacAran fing in Standard an, und als das, wie zu erwarten gewesen war, nicht funktionierte, versuchte er durch Zeichen zu erklären, dass sie wegen der Bruchlandung mit der Fähre hier gestrandet seien. Offensichtlich kam die Botschaft nicht durch.

Kannte man hier überhaupt die Idee des Fliegens?, fragte sich Ysaye. Sie hielt es für unmöglich, dass bei diesem Terrain und Wetter wie dem letzten Schneesturm die Luftfahrt entwickelt wurde.

Der Anführer der Fremden machte Zeichen, aus denen

Ysaye entnahm, es sei noch schlechteres Wetter zu erwarten. Er endete damit, dass er ihnen bedeutete, ihm zu folgen.

MacAran sah sich zu den anderen um.

Commander Britton nickte – zwar zweifelnd, aber er nickte. Elizabeth und David stimmten sofort durch Gesten zu. Die Ärztin schürzte die Lippen, musterte die Fremden scharf und erklärte sich ebenfalls einverstanden.

Evans' Nicken war von einem ungeduldigen Blick begleitet. Kein Wunder, dachte Ysaye. Er neigte dazu, überall »Haken« zu finden, und noch bevor sie etwas über die Planetenbewohner wussten, hatte er darauf gebrannt, aus dem Himmel hinabzustürzen und diese Welt zu erkunden. Jetzt betrachtete er die Eingeborenen, und wahrscheinlich überlegte er, wie er sie auf schnellstem Wege ausnutzen konnte.

Allein Ysaye hielt sich zurück Sie hatte einfach keine Lust, mit diesen Leuten zu gehen, wer und was sie auch sein mochten. Nicht etwa, dass sie böse Absichten bei ihnen vermutet hätte – sie hatte nur ein ganz merkwürdiges, warnendes Gefühl. Als wolle etwas ihr mitteilen, wenn sie mit ihnen ginge, würde sie in eine Gefahr laufen, die sie sich nicht einmal vorstellen konnte.

MacAran sandte ihr einen scharfen Blick zu, aber das Abstimmungsergebnis stand bereits fest. Sie hatten eingewilligt, und nun sammelten sie ihre Habseligkeiten ein und folgten den Fremden nach draußen.

Einer der Eingeborenen führte sie zu einem schmalen, tief eingetretenen Pfad im Schnee, nicht ganz ein Weg, aber doch das einem Weg Ähnlichste, was bei diesem Schnee ohne schwere Maschinen hergestellt werden konnte. Die Terraner folgten notgedrungen im Gänsemarsch, und die übrigen Eingeborenen bildeten die Nachhut.

So stapften sie dahin. Ysaye, die immer noch in ihre Decken eingemummelt war, musste die Augen zusammenkneifen, so gleißte die Sonne auf dem Schnee. Die Luft war kalt genug, dass ihr Atem dampfte, wurde jedoch von Augenblick zu Augenblick wärmer. Knospen und sogar Blätter sprangen aus dem schlafenden Holz der Bäume. Ysaye war es zuweilen, als sehe sie eine Zeitrafferaufnahme. Anscheinend hatte Evans Recht – Blätter und Knospen wurden bei kaltem Wetter »eingelagert«. Allerdings hatte Ysaye den Eindruck, dass die »Schoten« sich einfach entlang dem Stiel zurückfalteten, statt ganz abgeworfen zu werden. Das war auch vernünftiger, denn dann konnten die Schoten von neuem benutzt werden und gingen nicht bei jedem Wechsel von Schneesturm und Tauwetter verloren.

Ysaye war fasziniert. Wie sinnvoll war eine solche Evolution hier! Wenn der Schneesturm, den sie überlebt hatten, typisch für das Wetter auf diesem Planeten war, war irgendeine Art von Anpassung notwendig gewesen. Bäume und Sträucher, die jedes Mal, wenn es schneite, die Blätter abwerfen mussten, würden nicht lange bestehen, und niedrigere Pflanzen, die bei jedem Temperatursturz abstarben, schafften es nie, Samen zu bilden. Abgesehen von der wächsernen Außenhaut, den schützenden Schoten und der tropischen Reaktion auf Dunkelheit und Kälte, mussten sie so etwas wie ein Frostschutzmittel in den Adern haben. Alles in allem eine äußerst interessante Anpassung.

Sie folgten dem Pfad einen langen Hang hinauf und stiegen in ein kleines Tal ab. Dann kamen sie an etwas, das ein Dorf sein mochte, eine Anhäufung von dunklen, ein- und zweigeschossigen hölzernen Bauten, bei denen sich unmöglich erkennen ließ, ob es Wohnhäuser, Tierställe oder beides waren. Aber hinter ihnen, halbwegs auf einem weiteren Hang, erhob sich das Gebäude, das sie von der Fähre aus gesehen hatten. Elizabeth hatte es eine »Burg« genannt.

Auf die Terraner wirkte es mehr als imposant. Aus grauem

Stein erbaut, ragte es über dem Dorf auf wie ein Beschützer der Häuser und ihrer Bewohner. Es besaß viele Stockwerke und Türme und war dem technischen Niveau der Schutzhütte fast ebenso überlegen, wie es für die Kuppeln auf dem Mond ihm gegenüber galt. Elizabeths Burg war mit Sicherheit das Eindrucksvollste, was sie bisher auf dem Planeten gesehen hatten! Ysayes Erwartungen nahmen eine abrupte Kurve nach oben. Eine Kultur, die fähig war, ein solches Gebäude zu errichten, musste gut organisiert und zumindest so weit entwickelt sein, dass sie einiges von Technik und Mathematik verstand. Ysaye versuchte, nicht an eine andere mögliche Schlussfolgerung zu denken – wenn eine Kultur ein Bauwerk wie dieses hinstellte, das so offensichtlich der Verteidigung diente, gab es auch etwas, gegen das sie sich verteidigen musste.

Der Eingeborene führte sie durch eine Reihe gewaltiger Tore und Türen in das dunkle Innere.

In einer Art Vorraum blieben sie kurz stehen. Die Männer berieten sich miteinander, und einer entfernte sich. Ysaye betrachtete die spärliche Möblierung dieses Raums, die hauptsächlich aus funktionalen Bänken und Tischen aus schwerem Holz bestand. Ein seltsamer Gedanke: Holz war hier etwas so Alltägliches, dass Häuser daraus gebaut wurden, während es auf Terra so teuer war, dass eine einzige dieser Bänke ein Jahresgehalt Ysayes verkörperte.

Schließlich erschien eine Frau und forderte Ysaye, Elizabeth und Aurora durch Gesten auf, ihr zu folgen.

Versuchten die Eingeborenen, die Gruppe aufzuspalten?

Ysaye schoss einen beunruhigten Blick zu Commander Britton hinüber, der ihr mit einem Kopfschütteln antwortete. »Gehen Sie auf sie ein«, sagte er zu den drei Frauen. »Ich denke nicht, dass irgendjemand hier Böses im Schilde führt. Und außerdem hat jeder von Ihnen Grundkenntnisse im waffenlosen

Nahkampf. Es wird Ihnen schon nichts passieren. Diese Leute rechnen sicher überhaupt nicht damit, dass eine Frau eine Kampfausbildung haben könnte.«

Ysaye biss sich nervös auf die Unterlippe, aber im Grunde blieb ihr keine andere Wahl. Die drei Frauen folgten der Eingeborenen eine Treppe hinauf in ein geräumiges Zimmer, das länger und breiter als die Schutzhütte und mit offensichtlich für Menschen bestimmten Möbeln eingerichtet war, Schemeln, einem oder zwei Stühlen, Schränken und mehreren niedrigen Tischen. Bänke zogen sich an der Wand entlang, die eine Feuerstelle enthielt. Eine zweite Frau war anwesend, wohl eine Dienerin. Sie nahm Kleidung für die drei Terranerinnen aus den schweren Schränken an der einen Wand. Die erste Frau gab ihnen zu verstehen, sie sollten den Anweisungen der Dienerin folgen, und ging. Ysaye war ein bisschen nervös, aber sie waren drei gegen eine. Sollte etwas schief gehen, würden sie doch bestimmt diese eine etwas primitive Frau überwältigen können! Die Kleidung war für das Wetter hier und die unzureichende Heizung geeignet. Ein Feuer brannte im Kamin, obwohl man nicht behaupten konnte, dass es das Zimmer richtig erwärmte. Nach langem Zögern, während die Frau ermutigende Laute von sich gab, zogen die drei Terranerinnen ihre nassen Uniformen aus und legten die Eingeborenenkostüme an. Entweder das, oder sie würden sich erkälten.

Ysaye war froh über die langen, schweren Röcke und Unterröcke, obwohl sie sich ein bisschen dumm vorkam, als die Dienerin ihr zeigen musste, wie man sie anzog. Es gab ganze Schichten von inneren Röcken und Unterjacken aus Flanell, verdeckt von Blusen und äußeren Röcken aus Wolle in verschiedenen Karomustern. Gewöhnt an Jacke und Hose ihrer Uniform, fragte sich Ysaye, wie sie sich so angezogen noch bewegen sollte.

Nun, wenigstens hatten sie es jetzt warm, und sie *wusste*, dass die Frauen auf Terra solche Röcke jahrhundertelang getragen hatten. Und seltsam, wenn sie Elizabeth betrachtete, meinte sie, ein Porträt aus einer alten Biografie sei zum Leben erwacht. Elizabeth sah aus, als fühle sie sich in diesem Kostüm ganz zu Hause. Trotzdem kam es Ysaye ein bisschen komisch vor, dass sich die Kleidung nach dem Geschlecht des Trägers richtete statt nach dem, was der Träger in dieser Kleidung zu tun beabsichtigte. Wahrscheinlich fanden die Eingeborenen es richtig so.

Die Dienerin gab ihnen eine parfümierte Lotion und zeigte ihnen, dass sie sich die Hände, die Füße und das Gesicht damit einreiben sollten. Aurora goss sich etwas auf die Hände und untersuchte das Mittel genau. »Es wird ein Mittel gegen aufgesprungene Haut oder Erfrierungen sein. Ich wette, man benutzt es hier viel. Vermutlich ist es auch gut für Brandwunden.« Sie sah zu der offenen Feuerstelle am Ende des Raums hin. »Und Brandwunden muss es hier häufig geben.«

Die Frau, die sie nach oben gebracht hatte, kam zurück und winkte ihnen, ihr die Treppe hinunter zu folgen. Sie kamen in einen noch größeren Raum, wo Tische mit kalten Fleischscheiben, einer Art Brot, dick und schwer, und Krügen mit einem heißen Getränk gedeckt waren. Gruppen von Eingeborenen aßen an den Tischen und bedachten die Eintretenden mit neugierigen Blicken.

»Vertragen wir dieses Zeug?«, fragte Ysaye zweifelnd.

Aurora zuckte die Achseln. »Die Vorräte in der Schutzhütte haben uns nicht geschadet. Das hier sind die gleichen Lebensmittel, nur frisch – frisches Fleisch anstelle von getrocknetem, frisch gebackenes Brot anstelle von Reisebrot. Ich weiß nicht, was das Getränk ist, aber falls es nicht alkoholisch ist und keine allergischen Reaktionen auslöst, seid ihr nicht in Gefahr.«

Ysaye setzte sich mit den anderen an einen langen Holztisch und probierte vorsichtig das Getränk. Sie nahm ein bisschen auf die Zunge und wartete auf das warnende Prickeln, das ihr zeigte, dass sie allergisch dagegen war. Nach einer Minute hatte ihr Körper noch nicht reagiert, und sie versuchte ein paar Schlucke, jetzt überzeugt, dass es sie nicht lähmte und umbrachte, bevor Hilfe sie erreichen konnte. Allerdings würde ihr vielleicht nach einer Weile davon schlecht werden.

Wie sich herausstellte, war das Getränk heißer Schokolade sehr ähnlich, nur etwas bitterer, als Ysaye es gewöhnt war. Es gab auch ein Getränk, bei dem es sich offenbar um Bier handelte, aber Ysaye entschied nach einem vorsichtigen Schluck, dass es ihr noch weniger schmeckte als terranisches Bier, und das war ihrer Meinung nach allein zum Haarewaschen geeignet. Die Becher waren groß und auf einer Seite mit eingeritzten Gesichtern verziert. Entweder, dachte Ysaye, sollten die Gesichter von den Trinkern wegzeigen, oder ...

Aurora, rechts von ihr, war es auch aufgefallen. »Sieh dich mal am Tisch um, Ysaye«, flüsterte sie. »Die Leute hier sind fast alle Linkshänder.«

»Du hast Recht«, erwiderte Ysaye. »Sag Elizabeth, sie soll vorsichtig mit ihrem Ellenbogen sein – es wird uns keine Pluspunkte eintragen, wenn sie ihn ihrem Nachbarn in die Rippen stößt.«

»Ich wünschte, wir könnten mit ihnen reden«, sagte Aurora. »Ich würde zu gern Näheres über ihre medizinische Versorgung wissen.«

Ysaye betrachtete misstrauisch das dicke Sandwich, das sie sich zurechtgemacht hatte, und hoffte, dass dessen Bestandteile so harmlos waren, wie sie aussahen. »Von größerem Nutzen wäre es uns, wenn wir dem Schiff eine Botschaft schicken könnten.« Sie sah mehrmals von einem der Eingeborenen zum anderen. »Sie sehen aus, als könnten sie terranischer Abstammung sein, aber offenbar sprechen sie kein Standard.«

»Es sind ungefähr ein halbes Dutzend Schiffe ins All gestartet, *bevor* es eine Standardsprache gab.« Elizabeth lauschte konzentriert auf das Summen der Gespräche im Saal. »Ich kenne einige der alten Sprachen ein bisschen, und ich bin mir nicht sicher, aber ich glaube, hier und da ein Wort oder zwei zu verstehen.«

»Ja, ich weiß, was du meinst«, fiel Ysaye ein. »Es ist, als wolle man ein Musikstück identifizieren, das man noch nie zuvor gehört hat, das aber von einem Komponisten stammt, dessen Stil man sehr gut kennt.«

»Vielleicht ist das hier wirklich eine Kolonie von einem Verlorenen Schiff.« Elizabeth war ganz aufgeregt. »Von welchem wohl? Hat jemand eine Idee?«

»Das Schiff aus Zaire können wir mit Sicherheit ausschließen«, erklärte Ysaye trocken. »Sie starren mich und Commander Britton an, als hätten sie noch nie dunkle Haut gesehen. Und es ist kein Einziger unter ihnen, der nicht aussieht, als stamme er von Nordeuropäern ab. Das sollte die Möglichkeiten etwas einengen – sobald ich wieder an den Computer herankomme und die alten Schiffslisten überprüfen kann.«

»Aber wenn sie terranischer Herkunft sind, müssten wir dann nicht mehr von dem verstehen, was sie sagen?«, fragte Aurora. »Schließlich kann sich eine Sprache doch nicht so sehr verändert haben.«

»Glaubst du?« Elizabeth lachte. »Ich nehme dir ungern die Illusionen.«

»Aber ...«, protestierte Aurora. »Es gibt medizinische Ausdrücke, die sich über Jahrtausende erhalten haben!«

»Wenn sie von einem der ganz frühen Schiffe sind«, überlegte Ysaye, »könnte ihre Sprache mehr als zweitausend Jahre Zeit gehabt haben, sich zu verändern.« Sie sah zu Elizabeth hinüber, die ermutigend nickte, und fuhr fort: »Das ist eine Menge Zeit für eine Sprache, um von ihrer ursprünglichen

Form abzuweichen. Denke an den Unterschied zwischen Altenglisch und Mittelenglisch – nur ein paar Jahrhunderte trennen sie, und das auf einer ganz kleinen Insel.«

»Die, wenn ich mich richtig erinnere«, machte Elizabeth geltend, »von Zeit zu Zeit von Ausländern erobert wurde.«

Das brachte alle drei auf eine neue Idee. Der Verteidigungscharakter dieses Gebäudes mochte bedeuten, dass die Menschen hier ziemlich oft angegriffen wurden. Folgte daraus, dass sie, die Terraner, unter dem Verdacht standen, Feinde zu sein?

»Wenn sie uns als Invasoren betrachten ...« Aurora wies auf eine weitere Gruppe von Personen, die soeben den Saal betraten. »... behandeln sie uns wirklich gut. Sie haben uns Kleider und Essen gegeben, und sie lassen uns sogar an ihrer Tischmusik teilnehmen.«

Elizabeth drehte sich um. »Spielleute!«, rief sie in einer Mischung aus Vergnügen und Spekulation. »Oh, ich kann es nicht erwarten, ihre Musik zu hören! Wenn sie *tatsächlich* von einem Verlorenen Schiff sind, könnte ich manches davon erkennen – Lieder erhalten sich länger als die ursprünglichen Sprachen. Ich hoffe, sie singen.«

Ysaye sah sich neugierig die Instrumente an, die die Musiker trugen. Einige wirkten wie eine Kreuzung zwischen einer Gitarre und einer Laute, obwohl die Anzahl der Saiten zwischen vier und vierzehn variierte. Waren es mehr Saiten als vierzehn, glich die Bespannung der einer Harfe, doch hielt der Spieler das Instrument auf dem Schoß.

Mehrere Minuten lang wurde gestimmt, und es hörte sich recht angenehm an. Dann begannen die Spielleute zu singen. Sie waren noch nicht beim ersten Kehrreim angekommen, als Elizabeth nach Luft schnappte. »Das ist eine Form des Gälischen«, rief sie aus. »Und ich kenne das Lied!«

»Sie kennen das Lied?« Die Frage kam von Evans. Er trat zu

den Frauen und sah Elizabeth neugierig an. Denn jetzt waren auch die Männer erschienen, und sie waren ebenfalls wie Eingeborene gekleidet.

Statt Elizabeth antwortete ihm Ysaye. »Sie kennt es nicht nur, sie hat es schon gesungen. Ich habe es gehört.«

Elizabeth setzte hinzu: »Das heißt, sie sind tatsächlich eine der Verlorenen Kolonien, sie *müssen* es sein. Ich glaube, ich weiß sogar, welche!«

Evans maß sie mit einem skeptischen Blick »Woher wollen Sie das wissen?«

Diesmal ließ sich Elizabeth nicht von ihm einschüchtern. »Ich hatte Verwandte auf dem Schiff. Es ist eine alte Familientradition – und ein Geheimnis. Diese Leute zogen vor den modernen Schiffen hinaus, damals, als es noch so gut wie keine Navigationssysteme gab. Jede Kleinigkeit konnte sie vom Kurs abbringen, ein Gravitationssturm zum Beispiel, der uns heute überhaupt nichts mehr ausmachen würde. So viel ich weiß, hat es nur eine gälisch sprechende Kolonie gegeben, die sich aus den Mitgliedern der so genannten Neue-Hebriden-Kommune zusammensetzte. Terra verlor die Verbindung mit ihnen und registrierte sie als vermisst. Es waren zumeist Neo-Ludditen, und sie hatten ...«

»Langsam«, unterbrach Evans sie. »Nicht so hastig. Was in aller Welt waren diese Neo-Dingsbums?«

»Die ursprünglichen Ludditen waren Radikale, die hingingen und Textilfabriken und mechanische Webstühle zerstörten, weil sie ihrer Meinung nach viele Handweber um die Arbeit brachten«, erklärte Elizabeth. »Neo-Luddit wurde später jeder genannt, der politisch gegen ein Übermaß an Technologie war – was auch immer er als Übermaß ansah – oder der weniger Technologie wollte als die jeweilige Regierung.« Sie zuckte die Achseln. »Eine Verallgemeinerung, die auf nicht wenige der frühen Kolonien zutrifft.«

Evans lachte auf. Es war ein kurzes, scharfes Bellen. »Das würde auch heutzutage noch schrecklich viele Leute einschließen.«

Dieses Lachen hatte etwas an sich, das Ysaye nicht gefiel. Elizabeth merkte anscheinend nichts davon. »Sie schwärmten für Kunstgewerbe und ein primitives Leben. Deshalb hieß man sie bei den Kolonialbehörden jener Zeit freudig willkommen, weil sie für gewöhnlich bereit waren, ein paar Jahre lang ohne moderne Bequemlichkeiten zu leben, ja, die Idee gefiel ihnen sogar ausnehmend gut.«

Evans grinste. »Kann ich mir vorstellen. Welch ein Glück für sie! Nur schade, das niemand ihnen erzählt hat, wie viele dieser Schiffe dazu neigten, verloren zu gehen.«

Elizabeth fuhr fort: »Meine eigenen Vorfahren sind Schotten – auf diese Weise habe ich von diesen Kolonisten gehört. Es gibt in meiner Familie eine romantische, traurige Geschichte über die ›Verlorenen‹. Man hatte sie für fähig gehalten, das Schottland und Irland der alten Zeit vor der ›englischen Verseuchung‹ neu zu erschaffen. Von jedem Mitglied wurde verlangt, dass es fließend Gälisch sprach. Als ich dem Raumdienst beitrat ... Aber das hat eigentlich nichts damit zu tun. Jedenfalls kenne ich eine Menge alter gälischer Volkslieder. Auf Terra ist Gälisch heute eine tote Sprache. Und wenn diese Menschen ihre Sprache bewahrt haben, mögen sich viele Lieder, die auf der Erde vergessen sind, hier erhalten haben. Das ist sogar sehr wahrscheinlich. Was für eine unglaubliche Gelegenheit!«, rief sie aus.

»Ja, massenhaft Arbeit für Sie und für David, falls Sie Recht haben«, sagte Evans. »Die Sprache von lebenden Benutzern zurückzugewinnen – und mit dem neu erwachten Interesse an alter Musik ...«

»Ich hätte nie gedacht, dass wir irgendetwas auf dieser Welt entdecken würden, das in mein Fachgebiet fällt«, meinte Elizabeth glücklich. »Jetzt müssen wir unbedingt dem Kapitän melden, dass ...«

»Das wird warten müssen, bis wir uns mit ihm in Verbindung setzen können«, erinnerte Evans sie. »Sprechen Sie diese Sprache, die Sie erwähnten?«

»Gälisch? Nein, ich kenne nur ein paar Wörter – nur die, die in den Volksliedern vorkommen«, bedauerte Elizabeth. »Aber jetzt wissen wir, dass die Planetenbewohner von einem Verlorenen Schiff stammen, und darauf lässt sich eine Reihe von Vermutungen aufbauen. Und die meisten Sprachen, einschließlich viele der toten, sind im Schiffscomputer gespeichert. Sobald wir wieder auf dem Schiff sind und den Kortikator benutzen können, wird die Kommunikation keine Schwierigkeiten mehr machen.«

Ysaye war nicht im Stande, ihre Ungläubigkeit zu verbergen. »Keine Schwierigkeiten? Wirklich, Elizabeth! Nachdem wir gerade darüber gesprochen haben, wie leicht sich eine Sprache verändern kann?«

»Natürlich«, korrigierte Elizabeth sich eilends, »wird die Sprache sich weiterentwickelt haben. Sie wird eine Menge neuer Wörter für neue Situationen enthalten.« Zögernd setzte sie hinzu: »Aber wenigstens werden wir eine Grundlage haben und brauchen mit unserer Arbeit nicht bei Null zu beginnen. Wir wissen, woher sie kommen und dass sie terranischen Ursprungs sind – ob wir ihnen das mitteilen können oder nicht.«

»Warum sollten wir ihnen das nicht mitteilen können?«, fragte Evans. »Muss das durch den Ranghöchsten geschehen oder so etwas?«

»Natürlich nicht.« Elizabeth sah ihn überrascht an. »Es hat mit dem Kulturschock zu tun. Betrachten Sie es doch einmal von ihrem Standpunkt aus. Hier haben wir einen Planeten, der die Raumfahrt überhaupt nicht kennt, und da kommen wir und erzählen ihnen, sie seien von einer interstellaren Gesellschaft hier sozusagen ausgesät worden. Sie seien wir. Wahrscheinlich haben sie das ganz vergessen. Wahrscheinlich glauben sie sogar an eine Variation dieser alten Theorie, nach der sie von den Göttern abstammen.«

»Abergläubischer Unsinn«, höhnte Evans.

Wieder zuckte Elizabeth die Achseln. Das fiel nicht in ihr Fachgebiet, und Ysaye merkte ihr an, dass sie sich bei dieser Diskussion mit Evans auf unsicherem Boden fühlte. »Vielleicht nach Ihren Begriffen, aber an was hätten sie sich nach zweitausend Jahren der Isolation sonst halten sollen? Besonders wenn ihr Schiff abgestürzt sein sollte. Es gibt Möglichkeiten, ihnen zu sagen, wer und was sie sind, ohne sie zu beleidigen oder zu schockieren. Dazu verhilft uns die Xenopsychologie. Das ist eins der Themen, mit denen sie sich befasst.«

»Ich finde, wir warten besser auf einen Xenopsychologen«, sagte Ysaye mit einem Stirnrunzeln für Evans und einem warnenden Kopfschütteln für ihre Freundin. Elizabeth sah aus, als sei sie allzu bereit, die Dinge in ihre eigenen unerfahrenen Hände zu nehmen. »Auf jemanden, der darin Experte ist.«

»Ich habe Vorlesungen in Xenopsychologie gehört«, meldete sich Aurora, »und doch möchte ich lieber auf einen professionellen Xenopsychologen warten. In dieser Gruppe haben wir keinen. Auf dem Schiff – vielleicht Dr. Montray.«

»Ich bin mir nicht sicher, ob wir warten *können*«, gab Elizabeth zu bedenken, »wenn wir wissen, wer sie sind, und *nicht* wissen, wann es möglich sein wird, dass das Schiff uns jemanden herunterschickt ...«

Sie schüttelte den Kopf und wandte sich von den anderen ab. Eine Weile hörte sie den Musikern zu, aber als sie am Ende einer Melodie Pause machten, stand sie plötzlich auf und begann, mit entschlossener Miene und mit hoher klarer Stimme die Worte des alten Volksliedes zu singen, das sie schon so lange kannte:

»Warum sollte ich
Sitzen und seufzen,
Farnkraut rupfen, Farnkraut rupfen,
Ganz allein und müde.«

Der Harfner, der soeben eine neue Melodie begonnen hatte, brach mitten im Akkord ab, stand auf und ging erstaunt auf Elizabeth zu. Er sprach sie mit einer Flut von Worten an, die wie Gälisch klangen, sehr schnell und nicht zu verstehen. Elizabeth bedeutete ihm durch Zeichen, dass sie ihn nicht verstand, dass sie nichts als den Text des Liedes kannte. Dann stimmte sie ein anderes altes Lied an, das sie aber nicht auf Gälisch, sondern nur auf Englisch singen konnte. Doch nach einer Weile griff der Harfner die Melodie auf und begleitete sie. Es gab kleine Unstimmigkeiten, doch sie passten sich einander an und erreichten den Kehrreim gemeinsam.

»Was ist das für ein Lied?«, erkundigte sich Aurora. »Ich habe es dich ziemlich oft singen hören.«

»Das Lied, von dem ich den gälischen Text nicht kenne? Es heißt ›Das Treffen der Gewässer‹ und gilt als die älteste englische oder irische Melodie, die erhalten geblieben ist. Sie geht mindestens auf das zwölfte Jahrhundert zurück, als Terra noch Jahrhunderte von der Raumfahrt entfernt war.« Elizabeth lächelte. »Wenigstens haben wir einen echten Beweis, dass es wirklich die Neue-Hebriden-Kolonie ist. Niemand sonst konnte von diesem Lied wissen.«

Ysaye ergänzte: »Nach seiner Entstehung hat es noch achthundert Jahre gedauert, bis Terraner auch nur einen Fuß auf den Mond setzten.«

Elizabeth sang noch ein Lied, diesmal auf Gälisch, und jetzt fiel einer der Lautenspieler ein. Unter den Musikern waren anscheinend einige, die mehr Melodien kannten als die anderen, aber sie alle scharten sich nun um Elizabeth und drängten sie weiterzusingen.

Commander Britton rief von hinten: »Gute Arbeit, Elizabeth! Sie haben einen Weg gefunden, mit ihnen zu kommunizieren, auch wenn Sie die Sprache nicht beherrschen ...«

»Heutzutage spricht niemand mehr Gälisch, jedenfalls keiner, den ich aus dem Raumdienst kenne. Vielleicht haben ein paar alte Professoren an den führenden Universitäten einige Kenntnisse«, sagte Elizabeth. »Sobald wir wieder Zugang zum Computer haben, ist der Schaden zu kurieren, dann stehen uns Bänder und der Kortikator zur Verfügung. Irgendwer, wahrscheinlich David, wird innerhalb von zwei Stunden Gälisch sprechen wie ein Eingeborener. Oder vielleicht ein halbes Dutzend von uns.«

»Das will ich hoffen«, meinte Britton. »Es muss unsere vordringliche Aufgabe sein, eine Möglichkeit zu finden, uns mit diesen Leuten zu verständigen. Obwohl es eine ausgezeichnete Methode war, um potenzielle Feindseligkeit abzubauen, geht es nicht an, dass wir einfach hier herumstehen und Tag und Nacht Volkslieder austauschen. Ich denke ...«

Er unterbrach sich, so dass die anderen nie erfahren sollten, was er gedacht hatte.

»Bewahren Sie Haltung«, sagte er halblaut. »Hier kommt jemand von Bedeutung.«

Die großen Türen des Saals öffneten sich, und ein hoch gewachsener Mann trat ein. Er stand am Beginn des mittleren Alters, sein rotes Haar wurde grau, seine Augen, ebenfalls grau, blickten scharf, und seine Kleider waren zwar denen der anderen ähnlich, doch eleganter geschnitten und von feinerem Material. Er sprach kurz mit dem Harfner, der als Erster ein Lied Elizabeths erkannt hatte. Dann trat er auf die Terraner zu und verbeugte sich.

»Wer ihr auch sein mögt«, erklärte er in gebrochenem, aber

verständlichem Terra-Standard, »seid willkommen, die ihr meiner Halle Musik bringt. Ich bin Kermiac von Aldaran. Ich weiß nicht, von woher ihr kommt, und ihr macht nicht den Eindruck, den Lenden irgendeiner Domäne entsprungen zu sein, von der ich je gehört habe. Sagt mir, stammt ihr aus dem Land hinter dem Wall um die Welt oder seid ihr aus dem Feenreich?«

10

Der Sturm war heftig gewesen, so heftig, dass er im Laufe eines Tages die Hellers überquert und eine schwere Last von Schnee mitgebracht hatte, die er über dem Rest der Domänen ausschüttete. Leonie hatte den Wind um ihre Fenster heulen gehört und eine Zeit lang die merkwürdige Vorstellung gehabt, er habe sie gesucht, um Rache dafür zu nehmen, dass sie ihm die Fremden entrissen hatte. Doch jetzt war es vorbei. Im Garten des Dalereuth-Turms lagen schmelzender Schnee und Schlamm knöcheltief, und die Blumen wagten sich wieder aus ihren Schneeschoten hervor.

Um ihr Versprechen einzulösen, machte sich Fiora auf die Suche nach ihrer hochnäsigen Schutzbefohlenen. Sie folgte den schwachen Spuren ihrer Oberflächengedanken in den Garten.

Leonie hatte ihn aufgesucht, obwohl er im Augenblick kein besonders angenehmer Aufenthaltsort war. Diesmal war das Unwetter ganz von selbst losgebrochen. Sie hatte ihr Wort gehalten und nicht daran herumgepfuscht. Eigentlich war es ein beunruhigendes Erlebnis gewesen, von dem Wunsch erfüllt zu sein, etwas zu verändern, und dabei zu wissen, dass sie es nicht wagen durfte. Jetzt ging sie in den Garten, nicht, um ihr eigenes Werk zu betrachten, sondern den Schaden, den sie hätte verhindern können, wenn man es ihr erlaubt hätte. Fiora fand sie, wie sie müßig an den Seilen der Schaukel zog. Die Bewahrerin schüttelte sorgsam den Schnee von ihren Schuhen.

»Ich dachte, du würdest es gern wissen wollen«, sagte sie. »Die Suchmannschaft, die von Aldaran ausgeschickt wurde, hat deine Fremden gefunden.«

Leonie wandte Fiora ein Gesicht zu, in dem waches Interesse geschrieben stand. »Ist weiter nichts gesagt worden?«, forschte sie.

Fiora lächelte ihr zu, amüsiert von der Neugier des Mädchens. »Es ist eine Gruppe von etwa einem halben Dutzend Männern und Frauen, die Zuflucht in der alten Reiseunterkunft zwischen Aderes und Alaskerd gesucht hatten. Sie scheinen von weit her zu kommen, aber sie machen einen recht harmlosen Eindruck. Die Technikerin am Relais sagte, dass sie einige der ältesten Berglieder kennen.«

Das bisschen reizte nur Leonies Appetit nach mehr Informationen. »Warum sagt Ihr, dass sie von weit her kommen müssen?«

»Ich bin mir nicht sicher – so hat sich die Technikerin ausgedrückt.« Fiora krauste verwirrt die Stirn, denn das war *wirklich* eine seltsame Bemerkung. »Auf jeden Fall sind sie ganz fremdartig. Lass mich nachdenken. Sie hat mir noch andere Einzelheiten genannt, die ihre Worte bestätigen.« Fiora dachte nach. »Ah, sie sagte, dass sie anscheinend nichts von unseren Bräuchen wissen. Sie sprechen weder *casta* noch *cahuenga*, obwohl sie verschiedene Berglieder kennen. Vielleicht meinte die Technikerin deswegen, sie kämen von weit her. Oder vielleicht liegt es an *ihren* Bräuchen und *ihrer* Kleidung. Die Frauen könnten Entsagende oder etwas in der Art sein, denn sie trugen Hosen und einige von ihnen auch Ohrringe. Doch sie waren in Gesellschaft der Männer. Was sie also auch sein mögen, normale, für eine Reise angeheuerte Entsagende sind sie nicht.« Fiora schüttelte den Kopf über das, was man ihr mitgeteilt hatte. »Ich muss der Matrix-Arbeiterin, die mir von ihnen berichtete, zustimmen. Sie sind bestimmt merkwürdige Erscheinungen. Mehr als das weiß ich nicht.«

Leonie rieb sich die Stirn und murmelte dann, ohne nachzudenken: »Ich bin überzeugt, sie sind von den Monden.«

Fiora wehrte ab: »Ich weiß, das hast du schon in der Nacht behauptet, als du von ihnen erfuhrst, und in allem anderen hast du auch Recht behalten. Aber das ist nun wirklich unglaubwürdig, Leonie. Wie könnte das sein? Du weißt ganz genau, dass menschliche Wesen nicht auf den Monden leben können.«

Sie hatte es nicht zu Fiora gesagt, aber sie fühlte den Drang, sich zu verteidigen. »Ich weiß nicht, wieso«, erklärte Leonie hartnäckig, »aber ich spüre es.«

»Nun, es mag so sein oder auch nicht.« Fiora ließ anklingen, dass sie Geduld mit Leonie zeigte. Leonie runzelte leicht die Stirn, hielt aber den Mund. »Ich muss zugeben, was man mir mitteilte, trifft auf kein Volk zu, von dem ich je gehört habe. Nicht einmal die Trockenstädter oder die wilden Bergbewohner haben Sprachen, die niemand verstehen kann – und sie benehmen und kleiden sich auch nicht so wie diese Leute.«

»Dann könnten sie *doch* von den Monden sein«, gab Leonie zurück. »Und wir wissen von keinem Volk, dem sie angehören könnten! *Chieri* sind sie sicher nicht – woher könnten sie denn Eurer Meinung nach stammen?«

Fiora zuckte die Achseln. »Ich habe selbst das Gefühl, dass sie möglicherweise von irgendeinem Land jenseits der Berge kommen, wo es, wie wir geglaubt haben, nur Eiswüsten gibt. Vielleicht sind sie sogar von jenseits des Walls um die Welt. Oder vielleicht sind die alten Bergsagen über das Feenvolk doch wahr, und sie stammen aus dem Feenreich. Was sie auch sein mögen, es geht uns nichts an. Sie sind von einer Abordnung des Aldaran-Turms willkommen geheißen worden, vielleicht auch von Lord und Lady Aldaran persönlich. Wir wissen nicht, wer und was sie sind, und ich halte es nicht für richtig, sich müßiger Neugier über diese Fremden hinzugeben. Wenn wir von dieser Sache irgendwie betroffen sind, werden wir es bald genug erfahren.« Sie hielt kurz inne und fuhr dann wie widerstrebend fort: »Du als eine Hastur musst doch wissen, dass keine große Liebe zwischen Aldaran und den anderen Domänen herrscht. Lord Kermiac von Aldaran könnte Nachfragen übel nehmen. Politisch geschickter mag es sein, so zu tun, als seien diese Fremden normale Reisende, bis die Leute von Aldaran uns von sich aus etwas anderes mitteilen.«

»Wie Ihr wünscht.« Insgeheim gelobte sich Leonie, sich so bald wie möglich mit Lorill in Verbindung zu setzen und ihn – oder vielleicht ihren Vater – zu bitten, nach Aldaran zu reisen und Nachforschungen anzustellen. Fioras Einstellung kam ihr unlogisch vor. Wenn sich dermaßen fremdartige Personen jetzt in der Gewalt von Lord Aldaran befanden, sollte dann nicht irgendjemand davon betroffen sein? Was war los mit Fiora? Empfand sie gar keine Neugier, machte sie sich gar keine Gedanken, welche Bedeutung diese Fremden für sie haben mochten?

Dafür machte sich Leonie genug Gedanken für sie beide. Sie glaubte durchaus nicht, dass sie es bald genug erfahren würde, wie Fiora meinte. Ganz im Gegenteil, hier im Turm waren sie von dem Leben der Comyn so isoliert, dass die Wahrheit über diese Menschen vielleicht erst dann zu ihnen gelangte, wenn es zu spät war ...

Zu spät? Wie kam sie denn darauf? Und zu spät wozu? Doch es war etwas Bedrohliches an diesen Fremden, so unschuldig sie auch wirkten. So bedrohlich wie ihr Gefühl, es komme von den Monden eine Gefahr auf sie zu.

Natürlich hatte Fiora einige von Leonies Gedanken aufgefangen. Sie wandte dem Mädchen ihr beunruhigtes Gesicht zu, und die blinden Augen schienen ihre Schutzbefohlene an- und durch sie hindurchzustarren. »Du bist entschlossen herauszufinden, was es mit diesen Leuten auf sich hat, nicht wahr?«

»Ich halte es für meine Pflicht«, erwiderte Leonie verbissen.

»Obwohl ich noch nicht voll ausgebildet bin, ist mein *laran*, wie Ihr selbst gesagt habt, sehr stark. Es sagte mir, die Fremden seien in dieser Schutzhütte. Es warnt mich jetzt, an ihnen sei etwas nicht in Ordnung. Ich weiß nicht, was es ist, aber ich bin überzeugt, dass man es nachprüfen muss.«

Fiora seufzte. »Du solltest dich damit zufrieden geben, das uns zu überlassen, Leonie. Wirklich. Wenn etwas unternommen werden muss, werden wir bestimmt damit fertig. Aber hätte es irgendeinen Sinn, dich zu bitten, dich aus der Sache herauszuhalten?«

»Überhaupt keinen«, antwortete Leonie mit leisem Lächeln und dachte: *Wie gut Fiora mich allmählich kennt!* »Ich schäme mich meiner Neugier nicht. Ich habe zu viele Male Recht behalten. Ich sehe keinen Grund, das zu vergessen.« *Und ich habe auch diesmal Recht. Fiora möchte, dass ich immer zuerst an andere denke – nun, das tue ich ja. Anscheinend macht sich niemand sonst dieser Leute wegen Sorgen, also muss ich es tun. Und wenn ich meine, ich müsse etwas in Erfahrung bringen ... finde ich auch einen Weg dazu.*

»Leonie«, sagte Fiora zögernd, »du solltest vor allem anderen wissen, dass der Comyn-Rat nicht auf bestem Fuß mit der Aldaran-Domäne steht. Wir sind nicht über alles informiert, was sie in den Hellers tun. Es heißt, die Aldarans hielten sich nicht an den Vertrag. Und anscheinend glauben sie nicht nur, dass es uns nicht interessiert, was sie tun, sondern auch, es habe uns nicht zu interessieren. Das sind gefährliche Menschen, da oben in den Hellers, und sie unterscheiden sich kaum von den Räubern im Gebirge. Ich muss dich bitten, vorsichtig zu sein.«

»Wenn ich Interesse an den Vorgängen dort zeige, erfahren sie wenigstens, dass es uns doch interessiert, was sie tun«, trumpfte Leonie auf. »Sie werden zur Kenntnis nehmen müssen, dass das, was in ihren Burgen geschieht, beobachtet und beurteilt wird.« Stolz hob sie das Kinn. »Ich bin eine Hastur. Ihr sagt, ich müsse an das Wohl des Volkes der Domänen denken – und das tue ich. Es ist meine Pflicht, an sein Wohl zu denken, und dies ist ein Weg, das zu tun.«

Fiora seufzte und schwieg, nicht weil Leonie ihre Bedenken beseitigt hatte, sondern weil sie ihr keinen Befehl erteilen wollte, dem das Mädchen doch nicht gehorchen würde. Sie machte sich Sorgen, große Sorgen.

Sie hatte Leonie nicht angelogen. Die Bewahrerin von Aldaran hatte ihr viele Male auf diplomatische Weise klargemacht, dass Lord Kermiac eine »Einmischung« des Comyn-Rates nicht schätzte. So viel Fiora wusste, gab es zwischen den Hellers und den Ebenen böses Blut, seit der Dalereuth-Turm errichtet worden war. Nirgends war festgehalten worden, womit die lang dauernde Feindschaft begonnen hatte, obwohl Fiora sich oft fragte, ob sie nicht bis zu der Zeit vor Varzil dem Guten und dem Vertrag zurückreiche. Aldaran hatte den Vertrag nie unterzeichnet, der das Tragen und Benutzen von Waffen verbot, sofern sie über die Reichweite eines Schwertes hinausgingen. Wenn die Aldarans auch die tödlichen Waffen, deretwegen es überhaupt zu dem Vertrag gekommen war, nicht mehr benutzten, hatte die Nichtunterzeichnung des Vertrags doch zur Folge gehabt, dass die Lords der anderen Domänen sie als eine Art von Gesetzlosen betrachteten. Die Lords von Aldaran wiederum hielten sich stolz von ihnen fern und verkehrten mit den Domänen nur durch Vermittler: Händler, Entsagende und die Turm-Arbeiter. Und die Zusammenarbeit mit Letzteren gestaltete sich manchmal schwierig, da Aldaran seinen Turm mit seinen eigenen Leuten bemannte. Viele der Comyn, die in den anderen Türmen Dienst taten, konnten nicht mit den Aldarans arbeiten, ohne dass eine gewisse Feindseligkeit entstand. Seit Fiora Bewahrerin von Dalereuth war, gab es dieses Problem natürlich nicht. Sie war keine Comyn und hatte keines der Comyn-Vorurteile. Mit denen von Aldaran kommunizierte sie ebenso ungezwungen wie mit denen von Arilinn. Aber Leonie … ein Hauch von ihren arroganten Gedanken, und die Bewahrerin von Aldaran würde eher die Relais ganz abschalten, als sich mit ihr zu befassen. Fiora wusste das aus Erfahrung. Sie hatte miterlebt, wie eine in Arilinn arbeitende Ardais einen solchen Vorfall herausgefordert hatte. Es hatte die Niedriggeborenen große Überredungskunst gekostet, dass Aldaran sich ihnen wieder öffnete.

Fiora kehrte in den Turm zurück und fragte sich, ob Leonie sich tatsächlich zu einem Problem entwickeln werde, das über ihre Fähigkeiten hinausging. Es war das erste Mal, dass die Bewahrerin des Dalereuth-Turms sich die Lösung irgendeines Problems nicht zutraute. Das war eine neue Erfahrung für Fiora und eine, die ihr keine besondere Freude machte. *Ich bin ebenso wenig daran gewöhnt, unsicher zu sein, wie Leonie,* dachte sie, *und viel weniger daran, mich geschlagen zu geben.*

Vielleicht, wenn ich sie beschäftigt halte und sie völlig ermüde … Fiora nickte vor sich hin. *Ja, das könnte die Lösung sein. Sie hat sich gewünscht, ihren vollen Anteil an Arbeit im Turm zu verrichten, und gewiss bewiesen, dass sie die Kraft dafür besitzt. Sie mag zurzeit noch zu eigenwillig sein und zu wenig Schulung und Erfahrung haben, um im Kreis zu arbeiten, aber ich kann sie in den Relais einsetzen, wodurch jemand mit mehr Kenntnissen für andere Arbeit frei wird. Und wenn sie arbeitet, bis sie müde ist … Sie wird in den Schlaf fallen und keine Chance mehr haben, sich dort einzumischen, wo sie Schaden anrichten könnte.*

Für den Rest des Tages fand Leonie wenig Muße, über die Fremden nachzudenken. Sobald sie den Turm betrat, wurde sie gerufen und erfuhr etwas, das sie erstaunte und erfreute. Fiora hatte bekannt gegeben, sie besitze die Kraft, als richtige

Matrix-Arbeiterin Dienst zu tun, zumindest bei Aufgaben, die nur eine Person erforderlich machten. Zum ersten Mal wurde ihr erlaubt, eine Schicht in den Relais zu übernehmen, Wache zu halten und auf Botschaften zu lauschen, die von den anderen Türmen gesandt wurden.

Es war eine anstrengende und ermüdende Arbeit, die jedoch so viel Neues an sich hatte, dass Leonie aus der Aufregung nicht herauskam. Fiora kam ein- oder zweimal, um sie zu beobachten. Leonie wartete auf irgendeine Bemerkung oder Kritik, aber die Bewahrerin nickte nur und ging wieder, um sich anderer Pflichten anzunehmen. Schließlich löste sie jemand ab. Inzwischen war sie ganz ausgehungert und dachte nur noch ans Essen. Deshalb war es lange nach dem Dunkelwerden, als sie sich daranmachen konnte, Kontakt mit ihrem Zwillingsbruder aufzunehmen.

Sie legte sich auf ihr Bett, und ihr kam der Gedanke, es habe vielleicht in Fioras Absicht gelegen, sie so müde zu machen, dass sie nicht mehr im Stande war, mehr über die Fremden herauszufinden. Leonie entspannte langsam jeden einzelnen Muskel, lockerte ihren Geist und lächelte vor sich hin. Wenn Fiora glaubte, eine Schicht in den Relais genüge, um Leonie zu erschöpfen, dann hatte sie ihre Schülerin gründlich unterschätzt.

Leonie schloss die Augen und griff mit ihren Gedanken hinaus nach dem Geist, der ihr so vertraut war, als sei er ein unvollkommenes Spiegelbild ihres eigenen Geistes.

Lorill ...

Sofort erhielt sie Antwort. Es war ein Gefühl, als halte sich Lorill nicht weiter als ein oder zwei Zimmer entfernt von ihr auf. *Bist du das, Leonie? Ist alles in Ordnung mit dir und dem Turm?*

Sie ließ Belustigung in ihre Gedanken einfließen. *Natürlich. Warum auch nicht?*

Sie öffnete ihm ihren Geist, überließ sich der altbekannten Kameradschaft, und Lorill überflutete sie mit etwas wie Gelächter. In ihren Oberflächengedanken war noch so viel von ihrem letzten Gespräch mit Fiora enthalten, dass er sofort erkannte, Leonie hatte wieder einmal trotz offiziellen Einspruchs ihren Willen durchgesetzt.

Übst du immer noch deine alten Tricks aus, Schwester? Oder lässt man dich im Turm damit nicht durchkommen? Ich dachte, sobald du einmal dort seist ...

Sie schickte ihm ihr eigenes Lachen. *Du dachtest, vielleicht würden sie mich an die Kandare nehmen wie ein Pferd oder in Ketten legen wie eine frisch vermählte Trockenstädterin? Durchaus nicht, obwohl ich nicht behaupten kann, sie hätten es nicht versucht. Einige von ihnen glauben wohl, nach einem einzigen Tadel sei ich ein gefügiges Mädchen geworden, das alles tut, was man ihm sagt, wann immer man es ihm sagt. Aber ich habe tatsächlich gelernt, mich ein bisschen weniger rebellisch zu zeigen – zumindest nach außen hin.*

Lorill hätte beinahe den Kontakt verloren, so musste er lachen. *Du, Leonie, und gefügig? Wie wenig sie dich kennen! Dein ganzes Leben lang hast du getan, was du wolltest, und manchmal hast du dafür gesorgt, dass mir die Schuld daran zugeschrieben wurde – und ich die Strafe bekam.* Er fasste sich. Seine mentale Stimme war voller Ironie. *Jetzt kannst du mir die Schuld nicht in die Schuhe schieben. Du bist zu weit weg. Was auch immer du getan haben möchtest, du musst es selbst tun. Nicht so wie damals, als ...*

Nein, hör zu. Leonie brach entschlossen in die Flut der Kinderstreiche und ihrer gemeinsamen Vergangenheit ein. *Hast du schon davon gehört? Auf Aldaran sind Fremde, und ich finde, der Rat sollte davon erfahren. Es sind sehr merkwürdige Leute. Ich habe ihre Gedanken berührt, ein bisschen, und sie stammen aus keinem Land, aus keiner Domäne, von der ich je gehört hätte. Sie sprechen eine Sprache, die ich nicht erkenne, und das wenige, was Aldaran uns verraten will, ist, dass sie weder* casta *noch* cahuenga *sprechen. Das sollte Vater persönlich untersuchen. Aldaran darf keine Zeit finden, Geheimnisse von den Fremden zu erfahren, ohne dass der Rat davon weiß.*

Lorill wurde sofort ernst. *Leonie, du weißt, Vater kann nicht nach Aldaran reisen. Es ist böses Blut zwischen den Hastur-Lords und den Leuten von Aldaran. Falls er sich so weit herablassen sollte, einen Boten zu schicken ...*

Ungeduld färbte Leonies Botschaft, denn sie hatte während ihrer Wache an den Relais viel freie Zeit gehabt, um darüber nachzudenken, was unternommen werden musste. *Oh, mir ist klar, dass er nicht selbst reisen kann,* erwiderte sie, *aber er könnte dich schicken, Lorill – du bist noch nicht alt und noch nicht mächtig genug, um für Lord Aldaran eine Bedrohung darzustellen, und du bist Vaters zweites Paar Augen und Ohren. Ist es nicht Hasturs beschworene Pflicht, in Erfahrung zu bringen, was in den Domänen vor sich geht? Sollte nicht wenigstens ein hoher Comyn-Lord Kermiac von Aldaran wissen lassen, dass Augen auf seinem Tun ruhen? Diese Fremden ...*

Leonie wusste, wenn Lorill bei ihr gewesen wäre, hätte er verzweifelt die Hände gehoben. *Oh, jetzt verstehe ich! Ich soll gehen und deine Neugier befriedigen. Das werde ich nicht tun. Zu lange habe ich die Schuld für das, was du angestellt hast, auf mich genommen und mich deinen Wünschen gefügt. Jetzt bin ich der Erbe von Hastur. Ich werde nicht länger für deine Possen geradestehen. Damit muss Schluss sein, Leonie.*

Sie runzelte die Stirn. Das lief nicht so, wie sie es sich vorgestellt hatte. *Lorill,* versuchte sie ihn zu beschwichtigen, *du bist ein Mann und, wie du selbst gesagt hast, der Erbe von Hastur. Der Rat wird auf dich hören, auf mich nicht. Das sind unbekannte Menschen, und unbekannte Gründe haben sie hergeführt. Sie könnten gefährlich sein – sie könnten Verbündete suchen. Glaubst du nicht, dass wir feststellen müssen, was sie auf Aldaran tun?*

Lorill war nicht zu beeindrucken. *Nein, das glaube ich nicht. Und ich bin immer argwöhnisch, wenn du mir gegenüber diesen Ton anschlägst. Ich kann mir nicht vorstellen, dass eine Hand voll Fremder für irgendwen eine ernsthafte Bedrohung sein soll.*

Nach einer weiteren halben Stunde guten Zuredens war das Höchste, was sie ihm abgewinnen konnte, das widerwillig gegebene Versprechen, er werde, falls er von ihrem Vater Urlaub erhalte – *Und es ist durchaus nicht sicher, dass er mich entbehren kann,* warnte er sie – nach Aldaran reisen und Lord Kermiac ein paar taktvolle Fragen über seine Gäste stellen. Vielleicht werde er versuchen, sie persönlich kennen zu lernen und sie darauf aufmerksam zu machen, dass es neben Aldaran noch andere Domänen gab, die auch ihre Vorzüge hatten. Sollte er diese Fremden tatsächlich zu sehen bekommen, könne er sie vielleicht überzeugen, dass Kermiac von Aldaran nicht die einzige Macht war, mit der sie zu rechnen hatten.

Und wahrscheinlich werden sie mir einfach antworten, ich solle mich um meinen eigenen Kram kümmern. Auch wenn ich ein Hastur bin – oder gerade weil ich ein Hastur bin –, kann ich mir nicht vorstellen, dass Lord Aldaran irgendeinem Tiefländer, ganz zu schweigen von einem Hastur, Rechenschaft über sein Handeln ablegt. Nicht einmal dann, wenn der Hastur aus rein privaten Gründen und ohne das Wissen des Rates auf Reisen ist ...

Er brach das Gespräch mit einem Hinweis auf seine Erschöpfung und einem hastigen Lebewohl ab. Und damit musste sich Leonie zufrieden geben.

11

Seid ihr aus dem Feenreich?

Ysaye zuckte unter der Frage zusammen. Noch nie zuvor hatte sie die Realität hinter dem Wort »Kulturschock« so stark empfunden. Jetzt war sie es, die den Kulturschock erlitt. Denn obwohl dies durchaus eine Verlorene Kolonie sein mochte, abstammend von Raumfahrern, wie sie selbst einer war, hätten die Leute hier ebenso gut richtige Aliens sein können. Ja, sie stammten von Raumfahrern ab, doch wahrscheinlich hatten sie keine Erinnerung an ihren Ursprung bewahrt. Nicht nur, dass es keine Aufzeichnungen ihrer terranischen Vorgeschichte mehr gab, sondern das Wissen darum war offenbar unter Mythen begraben worden. Diese Menschen erkannten ihre weit gereisten »Vettern« nicht einmal als menschliche Wesen.

Wie erklärte man jemandem, der an Feen glaubte, die Raumfahrt und ein sternenumspannendes Imperium? Doch vielleicht war es bei ihr eine Überreaktion. Konnten diese Leute die Geschichten über die Raumfahrt in Märchen von Feen umgewandelt haben? War es das, was der Mann wirklich gemeint hatte?

Vielleicht ist es nur eine Reaktion auf die Volkslieder, die Elizabeth ausgewählt hat, dachte Ysaye hoffnungsvoll und sah zu Elizabeth hinüber, die ganz verblüfft dreinblickte. *Immerhin stellt das eine Herausforderung dar. Wenn sie und David sich eine Kultur wünschen, die sie zu ihrem Lebenswerk machen können, haben sie diese wohl gefunden. Hier wird es Arbeit genug für ein paar tausend Linguisten und Anthropologen geben.*

Mit einiger Erleichterung sah sie Commander MacAran, der

unter den Anwesenden der ranghöchste Offizier war, auf sich zukommen. Er war ebenso wenig Xenopsychologe wie sie selbst, aber er hatte einen höheren Dienstgrad, und sie war es zufrieden, ihm in dieser Situation die Führung zu überlassen. Wenigstens war er als Diplomat geschult worden.

»Dann haben Sie also eine gemeinsame Sprache gefunden?«, fragte er und sah mit interessiertem und hoffnungsvollem Gesicht von Elizabeth zu Lord Kermiac.

»Commander, er spricht tatsächlich Terra-Standard«, berichtete Elizabeth verwirrt. »Das ist besser, als wenn wir eine gemeinsame Sprache gefunden hätten.«

Commander Britton sah sie an, als fürchte er, sie sei verrückt geworden. »Nein, Elizabeth, er spricht nicht Terra-Standard«, erklärte Commander Britton vorsichtig. MacArans Gesichtsausdruck zeigte ganz deutlich, dass er den Verdacht hegte, Elizabeth habe einen Schlag auf den Kopf bekommen. »Er spricht, soweit ich es beurteilen kann, eine andere Sprache als diese Musiker, doch Terra-Standard ist es entschieden nicht. Wenn ich raten sollte, würde ich sagen, sie ist mit einigen Ihrer Lieder näher verwandt als die Sprache der Musiker – aber ich bin kein Fachmann.«

»Wie kommt es dann, dass ich ihn so gut verstehe?«, fragte Elizabeth bestürzt. »Ich könnte schwören, er habe Standard gesprochen.«

Sie sah von Britton zu MacAran und wieder zurück und erblasste.

»Das kann ich beantworten.« Kermiac war diesem Austausch gefolgt. Er lächelte leicht, als sei sie ein Kind, und sein Ton war beschwichtigend. Ihm musste klar sein, wie sehr sie all dies beunruhigte. »Ihr hört natürlich meine Gedanken.«

»Sie hört was?« Schon vor geraumer Zeit hatte sich David still hinter Elizabeth gestellt und sich mit vor Konzentration gerunzelter Stirn bemüht, etwas davon mitzubekommen, was die Musiker und andere sagten. Aber diese Behauptung war so ungewöhnlich, dass sie eine Reaktion auf ihren Inhalt anstelle einer Analyse des Satzbaus und der Wortwahl hervorrief. Ysaye merkte, dass auch David den Mann verstand.

»Ich bin Comyn und deshalb so etwas wie ein Telepath«, fuhr Kermiac gelassen fort, als sei das ebenso selbstverständlich wie die Aussage: »Und deshalb atme ich Sauerstoff.«

»Anscheinend können einige von euch mich verstehen, andere wiederum nicht. Das ist einfach zu erklären. Diejenigen unter euch, die mich verstehen können, sind ebenfalls Telepathen, obwohl ihr ... weniger geübt seid als ich.«

Ysaye blinzelte. Warum war sie so überzeugt gewesen, dass er eigentlich hatte sagen wollen: »Obwohl Sie schlecht ausgebildet und unbeholfen sind?«

»Wenn Ihr es also könnt«, wandte sich Kermiac wieder an Elizabeth, »erzählt mir doch, woher Ihr kommt und warum Ihr hergekommen seid.«

Ysaye lauschte konzentriert dem tatsächlichen Klang der Worte und erkannte, dass er sich tatsächlich keiner Sprache bediente, die sie beherrschte. Trotzdem verstand sie ihn genau, Wort für Wort. Sie sah die übrigen Mitglieder ihrer Gruppe an. Offenbar verstanden Elizabeth und David diesen »Kermiac von Aldaran«, wer auch immer er sein mochte, während Evans, Aurora, Britton und MacAran völlig verständnislos dreinblickten.

Ysaye erschauerte. Es schoss ihr durch den Kopf, ob ihre Gehirnerschütterung schlimmer gewesen sein mochte, als sie geglaubt hatte. Lag sie vielleicht immer noch in dieser Schutzhütte und hatte Halluzinationen? Nein, sie hatte keins der anderen Symptome einer schweren Kopfverletzung ... Für sie war es eine Sache, David und Elizabeth zuzusehen, wie sie im Labor Telepathie demonstrierten, aber eine ganz andere, einem Fremden von einer anderen Welt zuzuhören und ihn zu verstehen.

Und warum verstehe ich ihn jetzt? Ich habe nie etwas so Zusammenhängendes mitbekommen, als ich mit David und Elizabeth arbeitete. Könnte es sein, dass ich damals einfach nicht richtig zugehört habe? Ysaye nahm sich vor, ihre neu entdeckte Fähigkeit für sich zu behalten. Es war schlimm genug, dass sie diesen Fremden hören konnte, aber noch schlimmer würde es sein, sich als Brennpunkt mitleidiger Blicke wiederzufinden, wie es im Augenblick Elizabeth passierte.

Elizabeth merkte immer noch nicht, dass etwas nicht stimmte. Sie war verwirrt, aber nicht beunruhigt. Stattdessen fragte sie: »Verstehen Sie alle wirklich nicht, was er sagt?«

»Ich kann mir nicht vorstellen, dass Sie es tun«, gab MacAran zurück. »Für mich sind es bedeutungslose Laute. Vielleicht sind Sie auf Wörter von einer der Sprachen, die Sie singen, gestoßen, und auf diese Weise können Sie sich zusammenreimen, was er meint. Was hat er gesagt?«

»Er hat mir gesagt, wer er ist, und gefragt, wer wir sind, woher wir kommen und warum wir hergekommen sind. Als seinen Namen nannte er Kermiac von Aldaran«, gab Elizabeth ihm Auskunft. Kermiac hörte seinen Namen, nickte und lächelte.

MacAran hob eine Augenbraue, sagte aber nur: »Sieht ganz so aus, als seien Sie unsere *de facto*-Dolmetscherin. Na, dann sprechen Sie mit ihm. Sie könnten uns erst einmal vorstellen. Das hält man im Allgemeinen für die geeignetste Methode, um damit zu beginnen.«

»Auch wenn wir unseren ersten Kontakt inzwischen vollständig vermurkst haben«, murmelte Britton vor sich hin. Ysaye hatte volles Verständnis für ihn. Von dem Augenblick an, als sie in den Schwerkraftschacht dieser Welt eingestiegen waren, war nichts so gelaufen, wie es die Vorschriften verlangten. Darüber würde jemand zu Britton und MacAran eine Menge zu sagen haben, sobald sie wieder Kontakt mit dem Schiff hatten.

Den ersten Kontakt haben Eingeborene erzwungen, die kamen, uns zu retten ... wir vergiften ihre Kultur ... die Eingangsgespräche mit der hiesigen führenden Persönlichkeit liegen in der Hand von Amateuren ... Nein, das wird den hohen Tieren gar nicht gefallen.

Elizabeth nickte und hob das Kinn. »Kermiac von Aldaran«, sagte sie mit aller Förmlichkeit »ich möchte Ihnen Commander Ralph MacAran vorstellen, den Anführer unserer Gruppe.«

»Rafe MacAran?«, fragte Kermiac überrascht. Er musterte den Commander, und dieser leistete erstklassige Arbeit, indem er sich unter diesem direkten Blick nicht wand. Kermiac sprach weiter zu Elizabeth als der Einzigen, die ihn verstehen konnte, doch er nickte dabei MacAran zu und hatte keine Hemmungen, Augenkontakt mit dem Commander zu halten. »Ja, er hat ein bisschen Familienähnlichkeit. Ein Jammer, dass er anscheinend kopfblind ist. Dann besitzt er keine der *donas* seiner Familie?«

»Seiner Familie?« Elizabeth blinzelte, und dann ging ihr auf, was Kermiac meinte. »Äh, Commander MacAran, Sir, sind Vorfahren von Ihnen auf einem der Verlorenen Schiffe gewesen?«

»Auswendig weiß ich das nicht«, antwortete Commander MacAran geduldig. »Schließlich ist das mindestens tausend Jahre her. Ist das im Augenblick wirklich von Bedeutung?«

»O ja«, beteuerte Elizabeth. »Kermiac glaubt, Ihre Familie zu kennen. Das könnte wichtig sein. Hier legt man anscheinend viel Wert auf die Familienzugehörigkeit, und man könnte Sie für alles, was die hiesigen MacArans angestellt haben, verantwortlich machen.«

»Elizabeth«, warf Ysaye leise ein, »ich vermute, er versteht auch jedes Wort, das du zu anderen sprichst, und vielleicht auch jedes Wort, das du hörst.« Sie richtete einen fragenden Blick auf Kermiac, der sie angrinste und seine Aufmerksamkeit dann wieder Elizabeth zuwandte.

»Das stimmt, *mestra.*« Ysaye hatte sich nicht geirrt. Das galt ihr ebenso wie Elizabeth. Also wusste Kermiac, dass sie ihn verstand, auch wenn Britton und MacAran es bisher noch nicht gemerkt hatten. »Was sind Verlorene Schiffe?«, erkundigte sich Kermiac. »Wir haben kein Meer in der Nähe.«

»*Mestra?*« David biss sich an diesem Wort fest. »Ob das eine Variante des alten italienischen Wortes *maestro* ist?« Aufgeregt fragte er Elizabeth: »Bist du sicher, dass die Sprache, die die Musiker benutzten, Gälisch war?«

»Ja!«, antwortete Elizabeth gereizt. Die sich widersprechenden Forderungen, die an sie gestellt wurden, brachten sie ganz durcheinander. »Ich bin mir absolut sicher!«

»Vergleichen Sie Ihre linguistischen Notizen später«, befahl MacAran. »Sie sind unhöflich zu unserem Gastgeber, und das ist um so schlimmer, als Sie unsere Dolmetscherin sind. Elizabeth, hat er Ihnen eben eine Frage gestellt, und haben Sie ihn auch diesmal verstanden?«

»Ja zu beidem«, antwortete Elizabeth mit gedämpfter Stimme. Ysaye stieß einen Seufzer der Erleichterung aus, weil MacAran nicht gemerkt hatte, dass die Frage an sie und nicht an Elizabeth gerichtet war, und Elizabeth blickte entnervt auf. »Er will wissen, was Verlorene Schiffe sind«, erklärte Elizabeth. »Ich weiß nicht, was ich ihm erzählen soll.«

MacAran richtete einen nicht gerade freundlichen Blick auf Elizabeth, die das Thema aufs Tapet gebracht hatte, und sah dann Aurora an. »Dr. Lakshman, können Sie ihn auch verstehen?«

Aurora schüttelte hilflos den Kopf »Nein, Sir, tut mir Leid.

Nicht ein bisschen. Ich neige jetzt zu der Annahme, dass es einem Xenopsychologen nicht schaden kann, Kenntnisse in alten Volksliedern zu haben.«

MacAran seufzte. »Na, großartig. Das einzige Mitglied unserer Gruppe mit einer Ausbildung in Xenopsychologie kann diese Leute nicht verstehen, und unsere Xenoanthropologin wirft ihnen praktisch mit dem ersten Satz, der über ihre Lippen kommt, das fremdartigste Konzept an den Kopf, das überhaupt möglich ist!«

Er sah Kermiac an, der sie alle geduldig fragend betrachtete, und richtete sich ein bisschen auf. »Sprechen Sie für mich mit ihm, Elizabeth, aber vorsichtig, bitte. Die Katze ist aus dem Sack, wir dürfen die Sache jedoch nicht noch schlimmer machen.«

Ysaye schluckte. Sie hätte gern etwas gesagt, traute sich aber nicht. MacAran sollte nicht von ihr denken, sie leide unter Halluzinationen – und er hatte die Tatsache vollständig übersehen, dass der Satz, der »die Katze aus dem Sack« gelassen hatte, nicht in der Gälisch-Variante dieses Fremden ausgesprochen worden war, sondern in gutem Terra-Standard. Er ignorierte sogar, dass Elizabeth zu Kermiac in Terra-Standard sprach und Kermiac es verstand.

Bei dem indirekten Tadel errötete Elizabeth und ließ den Kopf hängen.

»Versuchen Sie, kurz zu erklären, wer wir wirklich sind und wer sie unserer Meinung nach sein mögen«, fuhr MacAran fort. »Denn wenn sie eine Verlorene Kolonie sind, haben sie das offenbar vergessen. Sobald mehr von uns hier unten sind – vorausgesetzt, dass wir überhaupt landen können und diese höllischen Berge uns keine vollständige Niederlage bereiten –, kann der Kapitän über dieses Gälisch sprechende Schiff, das Sie erwähnten, nachschlagen und ihnen – und uns – die Tatsachen mitteilen.«

Elizabeth biss sich auf die Lippe und sagte vorsichtig zu Kermiac: »Mein Name ist Elizabeth Mackintosh.«

Sie zögerte kurz, fragte sich, wie sie ihn anreden solle, und schloss dann einen Kompromiss mit einem einfachen »Sir«. »Sir, dies ist Commander Britton, und dies ist meine Freundin und Gefährtin Ysaye ...«

»Solche wie sie habe ich noch nie gesehen«, stellte Kermiac unverblümt fest und musterte Ysaye aus dem Augenwinkel, als sei sie irgendein Ausstellungsstück. »Dann sind sie nicht menschlich? Oder bedecken sie ihre Haut mit dunkelbrauner Farbe?«

Zu ihrem Entsetzen wurde Ysaye bewusst, dass ihm nicht einmal das Konzept unterschiedlicher menschlicher Rassen bekannt war. Auch Elizabeth war bestürzt, doch es gab kein Zurück mehr. »Ysaye und Commander Britton sind von Natur aus so.«

»Von Natur aus?«, wunderte Kermiac sich. »In den niedrigeren Teilen von Thendara gibt es Menschen, die von schwärzlicher Hautfarbe sind, aber noch nie ist jemand so geboren worden ...«

Elizabeth starrte ungläubig ihn an. »Sie haben noch nie so jemanden gesehen? Kennen Sie wirklich überhaupt keine Schwarzen?«

»Schwarze? Menschen mit schwarzer Haut?« Kermiac konnte sich nicht entscheiden, ob er nicht ganz bei Trost war oder Elizabeth. »Die Haut dieser Frau ist doch braun, nicht wahr? Oder nennt ihr diese Farbe Schwarz?« Er sah von Ysaye zu Commander Britton und weiter zu Aurora mit ihrem olivbraunen Teint. »Ich habe immer gedacht, Wesen, die nicht von unserer Art sind, müssen nichtmenschlich sein«, sagte Kermiac nach kurzem Nachdenken. »Aber wenn es sich bei ihnen um Ihre Freunde handelt, sind sie uns ebenso willkommen wie Ihr selbst und der kopfblinde junge MacAran dort drüben.«

Mitleidig setzte er hinzu: »Sein Unglück, so ganz ohne jede Gabe zu sein, hat meine volle Teilnahme.«

Wieder benutzte er den Ausdruck *dona* für Gabe, und Ysaye hörte David etwas über das lateinische Wort *donum* murmeln, das ebenfalls Gabe bedeute. »Ich glaube, wir haben hier eine romanische Sprache«, sagte er zu sich selbst. Ysaye spürte seine Ungeduld, weil er so weit entfernt von seinen Computern und Aufzeichnungsgeräten festsaß.

Währenddessen stellte Elizabeth auch die Übrigen vor, hielt inne und erklärte mutig: »Wir sind von dem violetten Mond hergekommen, der jetzt an Ihrem Himmel steht.«

Ysaye wartete darauf, dass der Himmel einstürzte, dass Kermiac sie für Wahnsinnige, Häretiker oder Dämonen erklärte und wegschleppen ließ oder dass MacAran der Schlag traf.

Nichts davon geschah.

»Langsam«, erwiderte Aldaran entschlossen. »Ich werde keinen Menschen einen Lügner nennen, der mit mir von Geist zu Geist spricht, und ich erkenne, dass Ihr glaubt, was Ihr sagt. Aber sogar ich weiß, dass die Monde Welten ohne Luft und Leben sind, die unsere eigene Welt umkreisen. Niemand kann dort leben. Wollt Ihr mir erzählen, dass ich mich über die Natur der Monde im Irrtum befinde?«

»Nein. Wir stammen aus einem anderen Sonnensystem, von einer Welt wie der Ihren, mit Luft, wie diese sie besitzt.« Elizabeth suchte nach einer einfachen Erklärung. »Wir machten auf dem Mond Halt und stellten eine Kuppel auf, um das Wetter zu beobachten, bevor wir landeten. Ich denke allerdings, dass wir es nicht genau genug beobachtet haben«, schloss sie hilflos, »denn der Wind in diesen Bergen führte dazu, dass unser Fahrzeug abstürzte.«

»Interessant«, sagte Kermiac. Ysaye konnte nicht erkennen, ob er die Terraner interessant fand oder das, was Elizabeth ihm erzählte. »Diese Berge werden nicht umsonst die Hellers, die Höllenberge, genannt, wisst Ihr. Jeder weiß, wie gefährlich ihre Winde sind. Ich nehme an, dieses Fahrzeug in Eurer Geschichte ist so etwas wie ein Segelflugzeug, nur komplizierter.« Er lächelte ein wenig. »Als Junge habe ich hier ein Segelflugzeug geflogen und mir gewünscht, jemand würde ein Schwerer-als-Luft-Fahrzeug erfinden, wie man es in der Alten Zeit hatte. Ihr werdet mir sicher gleich erzählen, dass es erfunden worden ist – dort, wo Ihr herkommt.«

»So ist es in der Tat«, stimmte Elizabeth ihm eifrig zu. »Aber Sie sagten, dass Sie solche Dinge in der Alten Zeit besessen hätten. Das muss viele Jahre her sein, als Ihre Vorfahren auf dieser Welt landeten ...«

»Wartet«, bat er. »Da ist noch jemand, der das hören sollte, wenn Ihr nichts dagegen habt.« Er blickte auf und winkte, und ein hoch gewachsener junger Mann mit seltsamen stahlgrauen Augen näherte sich ihnen. Ysaye sah, dass er nicht nur sehr groß, sondern ungewöhnlich groß war. Er überragte die anderen um mindestens Kopflänge. Sein Gesicht war schmal und scharf, bartlos wie das eines Knaben. Es zeigte einen wachsamen Ausdruck und war von einer unordentlichen Masse dunklen Haares gekrönt.

»Mein guter Freund und Friedensmann Raymon Kadarin«, stellte Kermiac ihn vor. »Er weiß vielleicht mehr über diese Berge als jeder andere lebende Mensch. Ich denke, er wird verstehen, was Ihr mir erzählt habt und wo Euer Fahrzeug abgestürzt sein soll. Und was sagtet Ihr eben über meine Vorfahren?«

»Wir glauben«, begann Elizabeth, »dass Ihre Vorfahren aus längst vergangener Zeit nicht von dieser Welt stammen. Aus der Sprache, die ich in Ihren Liedern hörte und die für unser Volk heute eine tote Sprache ist, lässt sich schließen, dass sie in einem unserer Schiffe hergekommen sind. Sie wurden ausgeschickt, das Weltall zu erkunden, und sind irgendwie hier gestrandet. Vielleicht sind sie abgestürzt. Auf jeden Fall waren sie für uns verloren. Das habe ich mit einem Verlorenen Schiff gemeint, und das bedeutet, dass wir zu der gleichen Art von Menschen gehören und eine gemeinsame Vergangenheit haben.«

»Ich bin sicher, dass Ihr glaubt, was Ihr sagt«, antwortete Kermiac sehr zurückhaltend. »Als Telepath bin ich immerhin gut genug, um zu erkennen, wenn mich jemand belügt. Ihr glaubt, was Ihr sagt. Ob ich es glauben kann oder nicht, ist eine ganz andere Sache. Eure Geschichte, Ihr kämt von den Sternen, klingt für mich äußerst unwahrscheinlich, und noch stärker trifft das auf Eure Behauptung zu, auch meine Vorfahren seien von den Sternen gekommen. Doch ich finde, das ist nichts, worüber wir diskutieren sollten, während wir zur Essenszeit herumstehen, *mestra.*« Er hielt inne und blickte ziemlich verlegen drein. »Um Euch die Wahrheit zu sagen: Ich bin nicht daran gewöhnt, über ernste Angelegenheiten mit Frauen zu diskutieren. Vielleicht könnte Euer vorgesetzter Offizier ...« Er schüttelte den Kopf »Aber nein, Euer Vorgesetzter hier ist ja dieser kopfblinde junge Mann, der vorhin gesprochen hat.«

Kermiac schürzte die Lippen, als stehe er vor einem schwierigen und heiklen Problem. »Natürlich wäre ich nicht in der Lage, mit ihm zu verhandeln, da ich keine Möglichkeit habe, mit ihm zu kommunizieren.«

»Führen Sie niemals Verhandlungen durch Dolmetscher?« Elizabeths Stimme und Gesicht spiegelten wider, wie sehr es sie bestürzte, dass Kermiac ihren Bericht eine »Geschichte« genannt hatte.

Kermiac zuckte die Achseln. »Das ist nicht öfter als ein- oder zweimal in meinem ganzen Leben vorgekommen«, gab er trocken zurück. »Auf jeden Fall seid ihr meine Gäste. Stärkt euch, erholt euch von der Anstrengung einer Reise, die sehr lang gewesen sein muss, auch wenn ihr nicht von einem der Sterne am Himmel kommt. Vielleicht können wir in ein paar Tagen vernünftig von diesen Dingen sprechen.«

Ysaye meinte zu hören, was er nicht aussprach, dass es nämlich ein Jammer wäre, sollte eine so angenehme junge Dame sich als geistesgestört erweisen. Sie empfing auch noch anderes, aber in einem solchen Durcheinander, dass sie nicht klug daraus wurde. Kermiac verbeugte sich vor den Terranern, holte sich einen Krug Bier von einer Anrichte und nahm am Ende der Halle Platz. Auf dieses Zeichen hin fingen die Musiker wieder an zu spielen.

Er glaubt uns also nicht wirklich, dachte Ysaye mit gut verborgener Enttäuschung. *Können wir es ihm denn zum Vorwurf machen? Ich möchte wissen, welche Mythen sie über ihren Ursprung haben. Doch ganz gleich, um was es darin geht, sie werden nicht von Menschen handeln, die von den Sternen kommen.* Ihr kam ein weiterer beunruhigender Gedanke. *Und er ist nicht daran gewöhnt, mit Frauen zu diskutieren. In dieser Gesellschaft gibt es noch keine Gleichberechtigung. Sicher faszinierend, aber für uns Frauen nicht sehr erfreulich.*

»Da drüben steht auch Whisky außer dem Bier und dem Kräuterzeug, falls jemand einen möchte.« Evans zeigte mit dem Becher, den er in der Hand hielt. »Man kann sich darauf verlassen, dass die Abkömmlinge von Schotten – falls sie es tatsächlich sind – Whisky herstellen, wo auch immer in der Galaxis sie sich wiederfinden. Übrigens guten Whisky.« Er nahm einen kräftigen Schluck davon. »Ausgezeichnet für medizinische Zwecke – oder, noch besser, für die Geselligkeit.«

»Und doch sehe ich niemanden, der sich betrinkt«, bemerkte Aurora mit leiser Stimme und blickte ringsum. »Anscheinend ist dies eine Kultur mit starken sozialen Zwängen. Evans, ich denke, wir sollten vorsichtig damit sein, wie viel wir trinken und wie wir uns benehmen. Wir wollen unsere

Gastgeber doch nicht auf die Idee bringen, Terraner verlören leicht die Beherrschung. Vor allem, wenn sie keine Verbindung zwischen sich und uns erkennen. Kulturen, in denen die Menschen sich in der Öffentlichkeit nicht betrinken, legen großen Wert auf gesellschaftliche Formen.«

Evans grinste. »Keine Bange, ich bin nicht so dumm, dass ich mich besaufe.«

Vorläufig, setzte Ysaye in Gedanken hinzu. Sie hatte Evans in der Vergangenheit zu oft erlebt, um viel Vertrauen in seine Selbstbeherrschung zu setzen.

Evans ging unbekümmert über Auroras skeptischen Gesichtsausdruck hinweg. »Wenigstens habe ich einen Ansatzpunkt, auf den ich mich konzentrieren kann. Wenn diese Leute von einem Verlorenen Schiff stammen, liegt es auf der Hand, dass alles, was sie essen, auch für uns bekömmlich ist. Wissen Sie, was ich hier tun werde? Ich werde herausfinden, welchen Gebrauch sie von den verschiedenen hiesigen Pflanzen machen, zum Beispiel von den Bäumen mit den Schoten, die ich gesehen habe. Wenn sie fähig sind, Alkohol zu destillieren, können sie auch anderes destillieren, und wahrscheinlich haben sie eine ganze Apotheke voll von hausgemachten Drogen. Dieser Planet könnte auch eine ergiebige Quelle für Alkaloide, Harze, Arzneimittel, verschiedene Entspannungsdrogen ...«

Aurora verzog das Gesicht. »Also planen Sie bereits – was wir nicht anders erwartet haben –, wie sich diese Situation und dieser Planet ausbeuten lassen.«

Evans sah sie an, als verstehe er nicht, was sie dagegen einwenden wolle. »Warum denn nicht? Dazu sind Planeten doch da! Sobald wir ihn erschließen und den Bewohnern all die Dinge zeigen, die wir ihnen verkaufen können, werden sie so viel wie möglich exportieren wollen, um diese Dinge damit zu kaufen.«

»Mit ihrer Art von Musik werden sie viel zu exportieren haben.« Elizabeth wies auf die Spielleute, die mit einer neuen Weise begonnen hatten. »Die Instrumente sind hoch entwickelt, auch wenn sie zumeist Variationen der Gitarre und der Harfe sind. Wenn diese Leute sie spielen können, wird es auch Bewohnern anderer Welten gelingen.«

»Aber alle Instrumente sind Handarbeit«, bemerkte Britton. »Es ist kein einziges elektronisches darunter, und nirgendwo gibt es einen Hinweis darauf, dass man hier die Elektrizität kennt. Sie haben keine Blasinstrumente, kein Blech und nicht einmal Rohrblatt.«

»Wir wissen bereits, dass der Planet arm an Metallen ist«, protestierte Elizabeth, die das Gefühl hatte, etwas sagen zu müssen. »Und was elektronische Instrumente angeht – wenn wir Aufzeichnungen exportieren werden, ist es durchaus möglich, dass die Sammler den natürlichen Klang bevorzugen. Manche tun es.«

MacAran sah sich von neuem in der Halle um und lächelte. »Commander Britton, diese Leute werden bestimmt keine Synthesizer herstellen oder benutzen. Ich bezweifle, dass sie im Stande wären, eine Vakuumröhre nachzubauen, ganz zu schweigen von schwierigeren Dingen.«

Elizabeth hatte ihre Aufmerksamkeit wieder auf die Musiker konzentriert. »Ob sie auch Tanzmusik spielen? Die Tänze einer Gesellschaft sind oft ihr getreues Abbild en miniature. Aber im Augenblick werde ich alles studieren, was sie uns zeigen.«

»Was ist mit ihrer Sprache, Lorne?«, erkundigte sich MacAran bei David. »Sie und Elizabeth eignen sie sich anscheinend erstaunlich schnell an. Wie geht das vor sich?«

David versuchte, es ihm zu erklären, und MacAran spannte dabei seine Kiefermuskeln immer stärker an. Ysaye hatte es kommen sehen.

»Und Sie glauben tatsächlich diesen ganzen Quatsch über Telepathie?«, fragte MacAran.

David blickte verdutzt drein, und Ysaye verfluchte ihn in Gedanken dafür, dass er die Anzeichen nicht früher bemerkt hatte. »Wie kann ich nicht daran glauben, Sir? Es ist einfach passiert – und zwar mir.«

»Glauben Sie, dass diese Leute vollkommen menschlich sind?«, fragte Britton plötzlich. »Ist Ihnen aufgefallen, dass einige von ihnen an jeder Hand sechs Finger haben?«

»Das ist als normale menschliche Variation bekannt.« Aurora war offensichtlich froh, auch einmal etwas beisteuern zu können. Schließlich fiel dies in ihren Fachbereich. »In einigen baskischen Familien kommt es seit Generationen vor. Es gehört zu den am gründlichsten studierten genetischen Variationen unter den ursprünglichen Terranern. Ein paar Basken unter den Vorfahren – und es waren Basken auf diesem Verlorenen Schiff – oder eine Kreuzung mit ...« Sie brach ab, dachte nach. »Es mag eine dem Überleben dienende Evolution in einer Gesellschaft sein, die Kunsthandwerk und Musik schätzt. Sehen Sie sich einmal die Hände von dem Mann mit der großen Gitarre an. Allerdings haben nicht alle sechs Finger.«

»Nein. Der Mann, der unser Gastgeber ist – falls Sie mit Ihrer Übersetzung beziehungsweise mit Ihrer so genannten Telepathie richtig liegen –, hat nur fünf, der sehr große Mann, der bei ihm war, hat sechs. Bei dem würde ich gern glauben, dass er nicht ganz menschlich ist.« MacAran sah zu Kadarin hinüber, der dastand und die anderen beobachtete. »Er hat etwas Seltsames an sich, wie ein wildes Tier. Es müsste interessant sein, einen Blick auf seinen Stammbaum zu werfen.«

»Noch nie ist eine nichtmenschliche Rasse entdeckt worden, die sich mit Menschen kreuzen kann«, stellte Aurora entschieden fest. »Das ist einfach nicht möglich. Die Gene sind nicht kompatibel.«

»Bisher noch nicht, meinen Sie«, korrigierte Britton sie. »Wäre das nicht eine tolle Sache, wenn wir eine gefunden hätten?«

»Und Sie halten die Telepathie für unwahrscheinlich?«, fuhr Elizabeth ärgerlich dazwischen. »Sie postulieren eine nichtmenschliche Rasse, die sich mit Menschen kreuzen kann, und Sie denken, dass ich phantasiere? Vergessen Sie nicht, Sir, ich war fähig, mit unserem Gastgeber zu sprechen. Vielleicht haben Sie eine bessere Erklärung, wie mir das gelungen ist?«

Britton musterte sie skeptisch, und Elizabeth errötete. Ohne ihr zu antworten, ging er, um sich eins der Instrumente anzusehen. Elizabeth folgte ihm und nahm Zuflucht zu ihrem geliebten Hobby. Der Musiker reichte ihr seine Laute. Elizabeth untersuchte sie, schlug ein paar Töne an und begann, eins der ältesten gälischen Volkslieder, die sie kannte, zu spielen und zu singen. Eine Minute später zeigte der Musiker ein Lächeln, das sein Gesicht beinahe in zwei Hälften teilte, und stimmte ein.

»Universelle Sprache«, kommentierte Britton. »Und da haben Sie Ihre Antwort.«

»Keine Telepathie?«, fragte David.

»Kommen Sie, David. Es könnte andere Erklärungen als Ihr ganz privates Steckenpferd geben«, sagte Evans verächtlich. »Sicher, ich kenne ja nicht alle diese neuen elektronischen Geräte ...«

Plötzlich wurde Ysaye von Abscheu vor Evans überwältigt. Sie stellte fest: »Auch ich kenne sie längst nicht alle, aber ich weiß, was sich abgespielt hat. Und ich glaube einfach nicht, dass diese Leute fähig sind, elektronische Geräte zu erschaffen, die wir nicht entdecken könnten! Ich glaube nicht einmal, dass sie überhaupt fähig sind, elektronische Geräte zu erschaffen! Denken Sie vielleicht, dass sie mit all dem hier Theater spielen, um uns weiszumachen, es handele sich um eine technisch wenig entwickelte Kultur? Glauben Sie eigentlich gar nichts, was Sie weder sehen noch hören können?«

»Verdammt wenig«, antwortete Evans zynisch. »Und ich würde es denen da zutrauen, dass sie uns hereinlegen wollen. Oh, da gibt es etwas Neues. Was ist denn das?«

Ysaye folgte der Richtung von Evans' Blick und wandte sich dem Eingang zu. Zwei reich gekleidete Damen hatten den Raum betreten. Eine war ein Mädchen kaum über zwanzig, das große Ähnlichkeit mit Kermiac hatte. Die andere war wesentlich größer als viele der Männer und hatte sehr helles feines Haar in großer Fülle und große zwingende Augen von höchst ungewöhnlicher goldener Farbe. Ysaye dachte, sie sehe noch weniger menschlich aus als Kadarin. Sie stellten sich zu Kermiac, und kurz darauf winkte dieser den Terranern.

»Lady Felicia«, sagte er, »und ihre Begleiterin, meine Schwester Mariel.«

Mariel sah wie ein ganz normales Mädchen aus. Ihr Gesicht war hübsch und intelligent. Aber über die Dame, die ihr Gastgeber Felicia genannt hatte, dachte Ysaye, wie es MacAran von Kadarin gesagt hatte: *Ich möchte einen Blick auf ihren Stammbaum werfen.* Felicia war ungewöhnlich groß und so schlank, dass sie fast ausgezehrt wirkte. Sie hatte diese seltsamen Augen und sechs Finger an jeder der langen, schmalen Hände. Auch wenn man Geschichten über Nichtmenschen mit Vorbehalt betrachtete, sah Felicia wirklich nicht ganz menschlich aus. In den goldenen Augen lag etwas Unheimliches, beinahe Vogelartiges.

Was bist du?, wunderte Ysaye sich stumm. Diese seltsamen Augen waren auf Elizabeth gerichtet, die die Lieder mitsang. Die Musiker spielten jetzt eins nach dem anderen und versuchten eins zu finden, das sie nicht kannte. Elizabeth hatte ihren Spaß an dem Spiel und vergaß für den Augenblick ihre Sorgen.

Musik war eine universelle Sprache, so viel stand fest.

Felicia hörte eine Weile zu, ging dann zu den Musikern hinüber und fragte Elizabeth etwas, wenn auch offenbar nicht mit Worten. Ysaye wurde neugierig. Sie war vielleicht Elizabeths beste Freundin auf dem Schiff, und sie hatten gemeinsam in telepathischem Kontakt mit Kermiac gestanden, aber sie konnte nicht »hören«, was jetzt vor sich ging. Was sagten sie zueinander? Ysaye hatte zu gute Manieren, als dass sie versucht hätte, sich einzuschalten. Ein paar Minuten später hatte Felicia ihre Wissbegier wohl vorerst befriedigt. Sie drehte sich um und verließ die Halle.

Elizabeth kam zu Ysaye, und sie holten sich an dem langen Tisch etwas zu trinken. »Was wollte sie?«, erkundigte Ysaye sich.

Elizabeths Gesicht hatte sich gerötet, sie wirkte entspannt, und Ysaye hatte den Eindruck, sie passe an diesen Ort besser als auf das Schiff. »Felicia? Ich glaube, sie wollte sich vergewissern, dass Kermiac bei keiner von uns beiden Annäherungsversuche gemacht habe. Unter uns, es sollte mich nicht wundern, wenn er ein Don Juan wäre. Er sieht ganz so aus. Doch ich konnte ihr ehrlich versichern, Kermiac habe kein Wort zu mir gesagt, das er nicht vor meiner Mutter wiederholen könne. Du magst viel zu exotisch für ihn sein, aber man kann nie wissen. Jedenfalls finde ich Felicia selbst ziemlich exotisch, also hat er vielleicht eine Vorliebe für ausgefallene Typen.«

Ysaye lachte. Anscheinend hatte Elizabeth vergessen, dass MacAran und Britton nicht an ihre telepathische Begabung glaubten, oder sie hatte den Gedanken beiseite geschoben. Es mochte auch sein, dass sie zu dem Schluss gekommen war, es sei gleichgültig. Schließlich würde sie trotzdem fortfahren, die Dolmetscherin zu spielen, solange man sie brauchte. Sollten sie sich doch irgendeine lächerliche Erklärung zusammenbasteln, um sich einzureden, dass Elizabeth das Problem auf einem anderen Weg als dem der Telepathie löse! Das war nur vernünftig von Elizabeth. Es war wirklich gleichgültig, was die Commander glaubten, wenn nur die Arbeit getan wurde.

Wenn es ihnen gelang, Kermiac zu überzeugen, dass sie nicht allesamt aus einer Irrenanstalt entflohen waren ... »Keine Bange, Elizabeth. Bei mir macht niemand Annäherungsversuche. Ich provoziere die Männer nicht.«

»Oder du merkst einfach nichts davon, wenn es passiert«, neckte Elizabeth sie.

»Wie auch immer«, meinte Ysaye gelassen, »ich beteilige mich nicht an diesen Spielchen. Und abgesehen davon kann ich mir nicht vorstellen, dass er irgendetwas Beleidigendes sagen wird, solange er von uns in der Kommunikation abhängig ist. Wenn er dich belästigt, dann sag ihm, dass du mit David verlobt bist.«

Elizabeths Begeisterung schäumte über.

»Es ist so aufregend für David und mich nach all diesen Jahren, in denen wir nie herausfanden, ob es Telepathie außer bei der Gedankenübertragung zwischen uns beiden wirklich gibt ...«

»... eine Welt zu finden, wo sie als normal akzeptiert wird. Zumindest Felicia sieht sie als etwas Selbstverständliches an«, murmelte Ysaye. »Wenn sie unsere Gedanken lesen, dann brauchen wir uns vielleicht nicht allzu große Sorgen um mögliche Missverständnisse zu machen. Es fördert die Kommunikation, sofort zu erkennen, was hinter jedem Wort steckt. Jedenfalls ist eine falsche Übersetzung ausgeschlossen. Die Diplomatie würde es dagegen zweifellos erschweren.«

»Ganz bestimmt.« Elizabeth nickte, und dann bewölkte sich ihr Gesicht. »Doch möglicherweise wird diese Welt für uns gesperrt. Schließlich herrscht hier eine vorindustrielle Kultur.«

»Wäre das möglich, wenn es eine Verlorene Kolonie ist und

die Leute in Wirklichkeit alle Terraner sind?«, fragte Ysaye. »Ich glaube nicht, dass es einen Präzedenzfall für diese Situation gibt.«

»Unter dem Gesichtspunkt, dass die Planetenbewohner Schutz brauchen, wäre es schon möglich«, räumte Elizabeth zögernd ein. »Ein Fall wie dieser ist bestimmt noch nie vorgekommen. Aber Evans überlegt bereits, für was dieser Planet gut sein könnte, wie er am besten auszubeuten wäre. Ich habe den Eindruck, dass diese Leute dafür noch nicht bereit sind.«

»Ich habe gehört, was Evans sagte, aber es ist nicht so, als hätten wir es hier mit einem einfältigen Volk oder einer Rasse zu tun, die nicht fähig wäre, sich gegen etwas, das sie nicht will, zu verteidigen«, erwiderte Ysaye. »Es muss Spuren ihres terranischen Erbes geben. Und denke bitte daran, wenn das hier die Nachkommen von Schotten sind, muss die Tradition der gerissenen Händler und listigen Advokaten unter ihnen noch lebendig sein, ganz zu schweigen von einer gewissen Neigung zum Diebstahl.« Sie lächelte Elizabeth zu. »Du hast dich also zu ihrer inoffiziellen Beschützerin ernannt?«

»Vielleicht, wenn die Alternative ist, dass jemand wie Evans sie ausnützt.« Unglücklich runzelte Elizabeth die Stirn. »David sagt, an der Universität hatte Evans Botanik als Haupt- und Entspannungspharmakologie als Nebenfach, und ich bin mir gar nicht sicher, ob das ein Witz sein sollte. Ich hoffe, wir bekommen bald Verstärkung vom Schiff, obwohl Gott allein weiß, was dann passieren wird.«

Ysaye zuckte die Achseln. »Immer einen Schritt nach dem anderen. Im Augenblick haben wir alle Hände voll zu tun, um Lord Kermiac zu überzeugen, dass wir keine Irren sind, Commander MacAran, dass deine Übersetzungen keine Halluzinationen von dir sind, und Commander Britton, dass du dir nicht infolge eines Schlages auf den Kopf einbildest, Telepathin zu sein.«

»Aber …«, protestierte Elizabeth.

»Es kommt nicht darauf an, dass du Telepathin *bist*«, erklärte Ysaye. »Wenn er es nicht glaubt, wird er dir nicht vertrauen. Deshalb lass ihn ruhig eine Erklärung zusammenbasteln, die ihn zufrieden stellt, und streite dich nicht mit ihm.«

»Die Lüge, die besser funktioniert als die Wahrheit, die man nicht glaubt?«, gab Elizabeth seufzend zurück. »Nun gut. Es gefällt mir nicht, aber nun gut.« Nachdenklich sah sie zu den Musikern hinüber. »Trotzdem kommt es mir nicht richtig vor, dass die Grundlage der Verständigung mit diesen Leuten mit einer Lüge gemischt wird. Das ist … verkehrt. Als ob …«

»Was?«, drängte Ysaye sie.

»Als ob etwas Böses daraus entstehen würde.« Elizabeth erschauerte.

12

Der Morgen war hell und klar und erfreulicherweise frei von Schnee. Wie immer seit ihrer Ankunft war Ysaye in der Dämmerung wach geworden. Sie sah aus dem einzigen Fensterchen in dem Gästezimmer, wo sie – mit Elizabeth und Aurora – jetzt seit mehr als einer Woche ihre Nächte verbrachte, die große rote Sonne hinter den schneebeladenen Bäumen aufgehen. Eine Bewegung ganz hinten auf dem Weg fing ihren Blick ein. Eine Reihe von Reitern näherte sich den Burgtoren. Sie ritten unter einem Banner in Blau und Silber mit einem Sinnbild, das sie nicht erkennen konnte. Einige der Reiter, die, so viel auszumachen war, alles Männer waren, ritten auf Pferden oder diesen Tieren, die sich für Ysaye nicht von Pferden unterscheiden ließen, andere auf kräftigen Tieren mit Geweihen, die an Hirsche erinnerten.

Ysaye hatte noch nie zuvor lebende Pferde gesehen. Sie waren ein Spielzeug für die Reichen und Mächtigen. Es faszinierte sie, wie die Tiere sich mit zielbewussten Schritten durch den Schnee bewegten, kaum schneller, als ein Mensch gehen konnte, und auf wie komplizierte Weise ihre Harnische zusammengesetzt waren. Eine Weile beobachtete sie sie. Wie konnte sich jemand *so viele* Pferde leisten? Und wie langsam und mühselig musste man mit etwas so wenig Leistungsfähigem auf einer langen Reise vorwärts kommen! Dann sagte sie sich vernünftig, dass die Bewohner einer Welt, auf der sie das allgemein übliche Transportmittel waren, natürlich eine andere Einstellung zu Pferden hatten. Allmählich sah es aus, als sei das hier der Fall. Aber an jenem ersten Abend hatte Kermiac doch von Segelflugzeugen gesprochen!

Hatten die Leute hier wirklich niemals den Verbrennungsmotor oder die Dampfmaschine erfunden oder die Kenntnisse darüber bewahrt? Wenigstens war dann die Luft des Planeten sauberer, und Ysaye hatte seit ihrer Ankunft hier noch nichts Schädlicheres gerochen als den Rauch von Holzfeuern. Tatsächlich roch die Luft besser als jede andere Luft, an die Ysaye sich erinnerte, irgendwie vitaler, lebendiger. Aber wie bewältigte man beim Reisen oder in der Kommunikation große Entfernungen? Ob man hier eine bessere Lösung gefunden hatte?

Ysaye wandte sich vom Fenster ab. Vor ihr lag das Zimmer, in dem sie und ihre Gefährtinnen sich eingerichtet hatten, und sie nahm eine bewusste Analyse der Möbel und der Ausstattung vor. Sie hatten hier nicht wenig Zeit verbracht, während sie sich von ihren Strapazen erholten. Vier große Betten standen da. In zweien davon schliefen ihre Freundinnen noch. Sie waren mit der Axt aus Holz getischlert, Stricke hielten die Matratzen, und die Bettwäsche sah wie handgesponnen und handgewebt aus. Auch die Teppiche, groß und farbenprächtig, waren Handarbeit. Ysaye war dankbar für diese Teppiche, denn das Zimmer wurde nur mit einem unzureichenden Feuer geheizt, das matt in einem aus Ziegelsteinen gebauten Kamin brannte. Es gab zwei hölzerne, handgearbeitete Kommoden. Die Tür, die in ein sehr kaltes, aber vollständig ausgestattetes Bad führte, zeigte immer noch geglättete Meißelspuren. Die Bewohner mussten zumindest das Konzept »moderner« Sanitäranlagen bewahrt haben – das Bad hatte so etwas wie fließendes Wasser, warm und kalt, und eine Wanne. Ysaye versuchte, sich ins Gedächtnis zurückzurufen, was sie über mittelalterliche Badezimmer-Einrichtungen gelesen hatte. Soweit sie sich erinnerte, wurde so selten gebadet, dass es keine fest eingebauten Wannen gab, und die primitive Entsorgung war einem Außenabort kaum überlegen. Das war hier anders. Allerdings hatten schon die Kreter »moderne« Sanitäranlagen gehabt.

Es klopfte an der Tür, und eine Frau trat ein. Über den Armen trug sie die Kleider der Terranerinnen, die offenbar gewaschen und getrocknet worden waren. Ysaye lächelte voller Dankbarkeit und nahm sie der Frau ab, die ihrerseits schüchtern lächelte. Die Uniformen fühlten sich warm an und rochen gut. Ysaye war außerordentlich erleichtert, ihre eigenen Sachen zurückzubekommen, nachdem sie so lange in einer fremdartigen Kostümierung herumgelaufen war, und Aurora, die sich im Bett aufgesetzt hatte, rief: »Unsere Uniformen? Oh, wunderbar! Bin ich froh, meine Hose wiederzuhaben! In diesen Röcken bin ich mir so unbeholfen vorgekommen. Für einen oder zwei Tage war es lustig, aber der Reiz des Neuen ist inzwischen dahin.«

Die Frau lächelte von neuem, neigte den Kopf in einer Art Verbeugung und ging. Aurora stieg aus dem Bett und zog die Uniform an. »Nett von den Leuten, uns Kleider zu leihen. Trotzdem sind mir meine eigenen lieber. Wahrscheinlich liegt das allein daran, wie man es gewöhnt ist, aber ich habe mich darin einfach nicht wohl gefühlt. Nicht wie ich selbst.«

Elizabeth dagegen legte die Eingeborenenkleidung an, die ihr die Dienerinnen gegeben hatten. Auf Ysayes fragenden Blick hin zuckte sie die Achseln. »Ich nehme an, sie haben uns unsere Sachen zurückgegeben, weil sie meinen, dass wir uns erholt haben und bereit sind, wieder unsere normalen Funktionen auszuüben. Lord Aldaran ist jedoch bestimmt daran gewöhnt, Frauen in diesen Röcken zu sehen«, stellte sie ruhig fest. »Vielleicht sollte ich mich, solange ich mit ihm sprechen muss, kleiden, wie er es als schicklich betrachtet. Es könnte ihm die Aufgabe erleichtern, mit mir zu verhandeln.«

»Nun, du bist Anthropologin, und da du als Dolmetscherin arbeitest, ist es bestimmt gut, dass du vor den Augen dieses Mannes nicht anstößig erscheinst«, stimmte Ysaye ihr zu. »Ich werde allerdings anziehen, was ich für richtig halte, und wenn es ihm nicht passt, soll er sich jemand anders zum Ansehen aussuchen.« Dann lachte sie. »Wie merkwürdig er mich am ersten Abend angesehen hat! Wahrscheinlich komme ich ihm so fremdartig vor, dass es keine Rolle spielt, was ich trage. Er wird mich in einem Rock oder in einem Vainwal-Tanzschurz oder in einem Raumanzug ebenso eigentümlich finden.«

Ein paar Minuten später, als sie fertig angezogen waren, klopfte es wieder an der Tür, und eine andere Frau trat mit einem Frühstückstablett ein. Sie schürte das Feuer und erkundigte sich durch Zeichen, ob die Terranerinnen sonst noch etwas wünschten. Ysaye begutachtete das schwer beladene Tablett und schüttelte den Kopf. Es war mehr als genug für sie alle da: Brot aus Mehl, das mit Nüssen oder einer ähnlichen Zutat gestreckt war und sehr herzhaft schmeckte, eine große Schüssel mit geschmortem Obst, noch warm, etwas wie Käse und eine Schüssel mit gekochten Eiern, die von normalen Hühnereiern nicht zu unterscheiden waren – eine Abwechslung von dem Nussbrei, den sie zuvor bekommen hatten.

»Sie haben also Vögel und domestizieren Geflügel«, bemerkte Elizabeth. »Da sie offensichtlich eine Verlorene Kolonie sind, haben sie vielleicht eine erfolgreiche Hühnerzucht mit den Exemplaren betrieben, die jedem Kolonistenschiff als lebendes Inventar mitgegeben werden.«

»Ich habe Pferde gesehen oder wenigstens Tiere, die wie Pferde aussahen«, berichtete Ysaye. »Eine Gruppe von Männern kam heute Morgen darauf angeritten.«

»Das ist der endgültige Beweis«, nickte Elizabeth. »Eine Erklärung, warum sie zu neunzig Prozent menschlich sind, wäre schwer genug zu finden. Menschen und Pferde können nur damit erklärt werden, dass sie von Terra stammen. Wir hätten kaum schneller in ihre Gesellschaft eingeführt werden können als auf die Weise, dass wir gezwungen waren, von ihrer Gastfreundschaft Gebrauch zu machen.«

Zum Frühstück gehörte auch ein Krug mit dem Bitterschokoladengetränk, das es anscheinend zu jeder Mahlzeit gab, und Ysaye war überrascht, wie gut es ihr allmählich schmeckte. Auch wunderte sie sich, dass es sie so schnell wach machte, und sie schloss daraus, es müsse die hiesige Version von Kaffee sein – jede Gesellschaft, ob »menschlich« oder nicht, besaß eine. *Also werden sie sich doch nicht allzu sehr von uns unterscheiden,* dachte sie vergnügt, *wenn sie ihr Koffein brauchen, um am Morgen wach zu werden!*

Elizabeth sah sich die eindrucksvollen Mengen der Nahrungsmittel an und drängte Ysaye und Aurora, sich satt zu essen. In ihren Xenoanthropologie-Vorlesungen habe sie gehört, dass sich mit dem Essen starke Emotionen verbänden. Auf fremden Planeten sei es gut, alles zu verzehren, was man vorgesetzt bekam. Deshalb taten sie ihr Bestes. Dann erschien die erste Frau wieder und führte sie die Treppe hinunter in einen großen Raum. Ysaye war sich nicht sicher, ob es der gleiche war, in dem sie sich am ersten Abend versammelt hatten, oder ein anderer. Die Sonne strömte zu den kleinen Fenstern herein, und Form und Größe des Saals wirkten anders, aber die Möbel waren die gleichen.

Ihre männlichen Kollegen warteten bereits auf sie. Sie trugen ihre Uniformen und wirkten beinahe ebenso erfreut wie die Frauen, dass sie ihre eigenen Sachen zurückbekommen hatten. Die Männer waren in einem Mannschaftsquartier untergebracht worden, was bei den Terranern die Vermutung wachrief, es müsse Brauch sein, ein stehendes Heer oder etwas in der Art zu unterhalten. Dort, wo die Männer schliefen, war leicht Platz für fünfzig oder sechzig.

»Elizabeth, warum tragen Sie heute Morgen Ihre Uniform nicht?«, fragte Commander Britton. Alle anderen fühlten sich offensichtlich viel wohler in der vertrauten, bequemen Kleidung.

»Diese Sachen entsprechen dem Klima«, antwortete Elizabeth. »Und ... ich hielt es für eine gute Idee, im Eingeborenenkostüm zu bleiben. Ich habe hier noch keine Frau in einer anderen als einer häuslichen Funktion gesehen, deshalb wollte ich mich ihnen wenigstens in meiner äußeren Erscheinung weiterhin anpassen. Auf Terra hat es auch solche Zeitabschnitte gegeben, und einige der früheren Verlorenen Kolonien hatten diese Art von sozialer Struktur aufgegriffen. Ich möchte nicht, dass unsere Gastgeber – und sei es unterbewusst – denken, mir sei es gleichgültig, ob ich mich in ihrer Gesellschaft schicklich benehme.«

»Sie reden, als planten Sie immer noch, sich hier niederzulassen«, sagte Evans verächtlich. »Darauf würde ich keine Zeit verschwenden, wenn ich in Ihren Schuhen steckte. Jetzt, da wir alle wieder auf den Beinen sind, ist das Erste, was wir tun müssen, zum Wrack der Fähre zurückzukehren und uns über Funk mit dem Schiff in Verbindung zu setzen. Wir brauchen ein richtiges Team hier unten, da uns der erste Kontakt aufgezwungen worden ist. Und dann können wir uns endlich an die Arbeit machen und zunächst einmal bewerten, was es hier gibt. Es ist lange her, dass wir eine neue Welt gefunden haben, die wir erschließen können.«

»Falls wir diese überhaupt erschließen können«, warnte Elizabeth. »Das habe ich Ihnen schon einmal zu erklären versucht. Die Behörden könnten entscheiden, den Planeten zu sperren, um die Eingeborenen zu schützen. Das Niveau ihrer Kultur ...«

»Kommen Sie mir nicht damit«, unterbrach Evans sie unhöflich. »Haben Sie nicht behauptet, dies sei eine Verlorene Kolonie? Das bedeutet, die Planetenbewohner haben als Terraner Anspruch auf den Status einer Kolonie. Sie müssen nur noch auf den Stand anderer Kolonien gebracht werden. Das ist ihr gutes Recht.«

»Aber sie sind in einer vorindustriellen Gesellschaft stecken geblieben«, argumentierte Elizabeth hartnäckig. »Wenn sie Aliens wären, würde ihre Gesellschaft geschützt werden, damit sie sich auf ihre eigene Weise entwickeln könnten – nicht auf unsere. Ich finde, ihre Welt sollte nicht leiden müssen, weil sie ein System entwickelt haben, das sich so grundlegend von dem unterscheidet, das sie verlassen haben! Wenn sie Nachfahren der Kolonisten auf dem Schiff sind, haben sie Terra ja verlassen, um von uns wegzukommen – um das Niveau ihrer Technologie zu *senken,* nicht zu erhöhen! In der Geschichte wird jede primitive Gesellschaft, die einer weiter fortgeschrittenen begegnet, ausgelöscht. Und wenn es hier nichtmenschliche intelligente Rassen gibt ...«

»Nun passen Sie einmal auf. Die Definition einer Spezies ist die Möglichkeit der Kreuzung«, dozierte Evans. »Sollte es hier eine eingeborene Spezies geben, die sich mit Menschen gekreuzt hat, würde die juristische Definition sie, so absurd das scheint, als menschlich erklären. Wesen, die sich mit Menschen kreuzen können, sind zu neunzig Prozent menschlich.«

»Da bin ich anderer Meinung«, erwiderte Elizabeth. »Ich mag diese Gesellschaft und diese Leute. Ich möchte nicht, dass sie durch einen kulturellen Unfall ausgelöscht werden, und von diesem Streit, den wir schon die ganze Woche führen, bekomme ich Kopfschmerzen.«

Evans rollte die Augen zum Himmel, als flehe er um Hilfe. »Warum gehen Sie davon aus, dass wir sie auslöschen würden?«, höhnte er. »Zum Teufel, Elizabeth, Sie stellen uns als Piraten hin! Sie sprechen vom Raumdienst. *Wir* haben das Buch über primitive Kulturen und Kulturschocks geschrieben. Tun Sie nicht so, als seien wir Weltenzerstörer. Sie wissen, es gibt sehr strenge Gesetze gegen die Einmischung in eine Kultur. Wir sind durchaus fähig, eine bestehende Gesellschaft zu schützen ...«

Er bequatscht sie, dachte Ysaye. *Er meint kein Wort ernst. Seiner Meinung nach ist dieser Planet ein ... ein Garten voller Obstbäume. Er wird sich irgendwie einige der besten und reifsten Früchte aneignen, und es ist ihm vollkommen egal, wem die Welt gehört.*

Und im nächsten Augenblick wunderte sie sich, warum sie sich seiner Motive und Pläne plötzlich so gewiss war.

Aber sie bekam keine Gelegenheit, der Sache auf den Grund zu gehen. Evans verstummte, denn Mariel und Felicia betraten den Raum, und Letztere kam sofort zu Elizabeth und lächelte sie freundlich und ermutigend an.

Evans bedachte Elizabeth mit einem Blick, den sie sich nicht zu deuten wusste, und kehrte zu Commander Britton zurück. Schon allein dieser Rettung wegen war Elizabeth froh, dass Felicia gekommen war.

Kermiac hat mich aufgefordert zu tun, was ich kann, um euch zu helfen, sagte sie zu Elizabeth. Die Worte waren nicht zu verstehen, aber diese ungesprochene »Sprache« war so deutlich wie das reinste Terra-Standard. *Wir würden gern wissen, was für Pläne ihr gemacht habt, jetzt, da ihr wieder auf den Beinen seid.*

»Ich danke Ihnen für Ihr Angebot«, antwortete Elizabeth laut, weil es zu schwierig war, nur mit ihren Gedanken zu sprechen. »Ich muss Rücksprache mit meinem ... äh ... Vorgesetzten nehmen«, setzte sie hinzu.

Das leuchtete Felicia wohl ein – und die Seitenblicke, die die Dame auf Aurora und Ysaye warf, überzeugten Elizabeth, dass sie recht daran getan hatte, weiter die Kleidung der Eingeborenen zu tragen. Sie winkte Commander MacAran zu sich und berichtete: »Die Dame sagt, Lord Aldaran möchte wissen, welche Pläne wir haben, Sir.«

»Wir wollen uns natürlich mit dem Schiff in Verbindung setzen und es herunterholen«, antwortete MacAran.

»Evans hat übrigens Recht: Der erste Kontakt ist inzwischen so gründlich vermurkst worden, dass nichts, was wir tun, noch einen wirklichen Unterschied machen wird. Sowie der Sprachcomputer und die Hypno-Lehrgeräte funktionieren, werden wir nicht länger von Ihnen und dieser Form der Kommunikation abhängig sein. Sie können es Telepathie nennen, wenn Sie derart leichtgläubig sind, aber ich habe andere Vorstellungen.«

»Ich kann nicht warten«, erklärte Elizabeth müde.

Sie drehte sich zu Felicia um und suchte nach Wörtern und Konzepten, von denen sie glaubte, dass die Frau sie begreifen würde. »In unserem beschädigten Schiff befindet sich ein Kommunikationsgerät. Wir müssen uns mit den anderen unserer Art in Verbindung setzen. Sie werden sich Sorgen um uns machen, und wahrscheinlich werden sie Ihren Lord kennen lernen wollen. Es gibt vieles, worüber unser Leiter und Ihr Lord diskutieren sollten.«

Felicia gab ihre Zustimmung ohne ein Wort mit einem Nicken bekannt. Ihre seltsamen Augen waren voller nachdenklicher Schatten.

Elizabeth wandte sich wieder MacAran zu. »Für was halten Sie es denn, wenn es keine Telepathie ist? Sie können mich leichtgläubig nennen, aber welche Erklärung haben Sie?«

MacAran zuckte die Achseln. »Evans könnte Recht haben. Vielleicht werden wir von irgendwelchen elektronischen Geräten beobachtet. Wissen Sie, was ein PSE ist – ein *psychic stress evaluator?* Das ist ein Gerät, das psychische Belastungen misst. Solche Dinger könnten sie besitzen. Commander Britton meint dagegen, es sei einfacher. Sie kennen alle diese alten Volkslieder, Sie und David, und wissen, was sie bedeuten. Vielleicht verstehen Sie auf unterbewusster Basis, was diese Leute sagen, und nennen es ›Telepathie‹, weil Ihr Bewusstsein darauf besteht, dass Sie die Sprache unmöglich beherrschen können. Rechnen Sie die Fähigkeit dazu, die Körpersprache sehr genau zu deuten, und Sie haben etwas, das wie Telepathie aussieht.« Elizabeth schüttelte den Kopf. »Das bezweifele ich. Geräte wie ein PSE würden bedeuten, dass die Leute hier über eine sehr exakte und miniaturisierte elektronische Technik verfügen, und ehrlich, Sir, noch keiner von uns hat einen Hinweis darauf gesehen, dass ihre Technik über dem Niveau des Mittelalters liegt! Was Commander Brittons Idee angeht – ich mag um den Inhalt einiger Lieder wissen, aber das heißt nicht, dass ich die einzelnen Wörter kenne! Und es würde auch nicht erklären, warum die Einheimischen mich verstehen und Sie nicht. Und wie ist es mit den Namen? Wie sollten sie oder ich Eigennamen ableiten?«

»Das ist bestimmt nicht einfach – obwohl ich, offen gestanden, denke, dass Sie Ihr Unterbewusstsein und Ihre Intelligenz zu gering einschätzen. Zugeben muss ich allerdings, dass mir bisher nichts aufgefallen ist, was auf eine elektronische Technik hinweist, ob miniaturisiert oder nicht.« MacAran seufzte. »Ich werde froh sein, wenn ich all dies dem Kapitän übergeben kann.«

»Ich wüsste nicht, was er tun könnte, wir aber nicht«, sagte Elizabeth. »Doch es wird eine gute Sache sein, die Kortikatoren hier unten zu haben. Wenn Sie selbst mit den Leuten reden können, werden einige von uns vielleicht anfangen, mir wegen der Telepathie zu glauben, und ...«

Eine Bewegung an der Tür fing ihren Blick ein. Sie brach ab und sagte: »Oh, hier kommt noch jemand. Sieht aus, als würden sie die schwere Artillerie auffahren.«

Während Elizabeth und MacAran diskutierten, hatten sich die Türen der Halle weit geöffnet. Ein junger Mann in einer Kleidung, die wie eine Uniform wirkte, grün und schwarz, zog an der Schwelle sein Schwert und intonierte: »*Dom* Lorill Hastur, Erbe von Hastur.«

Der dramatische Eintritt lenkte die Aufmerksamkeit aller auf sich, auch die Ysayes, und sie fragte sich, was die Ankunft eines weiteren hochrangigen Eingeborenen zu bedeuten haben mochte. Nachrichten mussten hier schrecklich schnell reisen, wenn man bedachte, dass der Transport angeblich auf Pferderücken erfolgte!

Ysaye empfing die telepathischen Obertöne, die ihr verrieten, dass »Hastur« nicht nur ein Name, sondern auch ein Titel, und dazu ein wichtiger, war. Lorill Hastur, der durch die Tür schritt, als gehöre sie ihm, erwies sich als ein ziemlich großer junger Mann, rothaarig, kräftig gebaut, obwohl weder so groß noch so breit wie MacAran. Ysaye erkannte an den Farben seiner Kleidung, dass er unter den Leuten gewesen war, die sie gleich nach Sonnenaufgang hatte einreiten sehen. Er hielt im Saal Umschau und ging sofort zu Felicia.

»*Domna* ...« Er verbeugte sich ganz leicht und ignorierte Elizabeth. »Ich bin erst heute Morgen nach einem Zehntageritt von Thendara eingetroffen. Lord Aldaran war so freundlich, mir zu erzählen, dass Personen bei Euch weilen, die niemandem gleichen, den wir je gesehen haben. Tatsächlich führt mich das Wissen um diese Menschen her. Ihr habt die Fremden in Eurer Obhut?«

»Durch die Gunst meines eigenen Lords, *vai dom*«, antwortete Felicia mit einem tiefen Knicks. Ihre Sprache und ihr Verhalten zeigten, dass sie von dem jungen Mann völlig überwältigt war. »Wir wurden von der *leronis* unseres Turms benachrichtigt, dass Menschen auf Aldaran-Land in Gefahr waren. Wir suchten die Fremden und fanden sie, von einem Schneesturm in der Reiseunterkunft festgehalten. Dann hatten wir den Vorzug, sie herzugeleiten, ihnen Essen und Trinken und Musik anzubieten. Wie Ihr seht, Sir ...« Sie streifte die Terraner, die Uniform trugen, mit einem Seitenblick. »... sind sie in der Tat sehr merkwürdig. Sie sprechen weder *casta* noch *cahuenga,* weder die Handelssprache noch die Sprache der Trockenstädter. Dann entdeckten wir, dass ihnen einige unserer ältesten Lieder bekannt sind – wie durch Magie. Oder vielleicht können sie unsere Gedanken lesen, obwohl Lord Aldaran sagt, die meisten von ihnen seien kopfblind. Er gewährte ihnen die Gastfreundschaft von Aldaran. Hätten wir anders handeln sollen?«

»Auf gar keinen Fall«, beruhigte Lorill sie. »Die Gastfreundlichkeit gegen Fremde ist es, die den Menschen vom Tier unterscheidet. Es gibt sogar ein altes Sprichwort dieses Sinnes unter unserem Volk – und so viel ich weiß, auch unter Eurem und unter dem dieser Fremden. Trotzdem müssen wir wissen, wer und was sie sind und woher sie kommen. Und warum.«

Ysaye wurde es schwer, dem zu folgen, denn er benutzte keine Telepathie, sondern normale Sprache. Sie bekam nur den ungefähren Sinn mit, indem sie sich sehr stark konzentrierte. Es war, als lausche sie einer Unterhaltung, die in einem entfernten Zimmer stattfand – sie verstand gerade so viel, dass sie sich zusammenreimen konnte, um was es ging.

Doch selbst Commander MacAran konnte Lorills neugierigen Blicken auf die Terraner folgen und sich denken, dass der Hastur-Erbe sich nach ihnen erkundigte.

Lorill Hastur sah Elizabeth fragend an, und Ysaye überlegte, ob er sie wohl für eine Eingeborene hielt. In Ysayes Augen gab es nichts, was Elizabeth von den übrigen Anwesenden in der Halle unterschied, solange sie schwieg. War Elizabeth dem Wunsch erlegen, als eine von ihnen zu erscheinen und sich von ihren terranischen Kollegen abzusondern? Schon wirkte sie beinahe so, als sei sie hier zu Hause und eine Parteigängerin – und als schäme sie sich deswegen ein bisschen. Wer aus dem Raumdienst zu den Eingeborenen überging, trug so etwas wie ein Schandmal. Man hielt solche Leute für zu schwach, um ihre Aufgabe zu erfüllen, für zu leicht von einer primitiven Lebensweise zu beeindrucken. »Lotusesser« wurden sie genannt. Sie waren zu schnell bereit, ihre eigene Welt, ihr eigenes Leben in dem Traum von einer »einfacheren« Existenz zu vergessen.

Ysaye hoffte, dass dies auf Elizabeth nicht zutraf. *Vielleicht ist sie einfach zu lange im Raum gewesen,* dachte sie. *Und sie hat immer eine Vorliebe für Unterlegene gehabt. Das wird es sein. Sie versucht nur, etwas zu schützen, das sich gegen die Evans des Universums unmöglich zur Wehr setzen kann.*

Nach einer im Flüsterton geführten Beratung mit Felicia trat Lorill auf Elizabeth zu und fragte: »Sprecht Ihr für diese Leute?«

»Eigentlich nicht«, antwortete sie. »Ich bin so etwas wie eine Vermittlerin. Das ist mein Vorgesetzter.«

Sie drehte sich zu MacAran um. »Commander MacAran, er möchte mit Ihnen sprechen. Dies ist Lorill Hastur, und anscheinend ist er in dieser Gegend eine ganz besonders wichtige Persönlichkeit. Soweit ich es beurteilen kann, hat Lord Aldaran ihm die Erlaubnis gegeben, mit uns zu sprechen.«

Kann er dem, was ich sage, wirklich folgen?, fragte sie sich. Kermiac war dazu fähig gewesen oder hatte zumindest diesen Eindruck erweckt, aber ...

Natürlich kann ich das. Lorill Hasturs Gedanke war beinahe selbstgefällig. *Ich bin entsprechend ausgebildet worden. Und Ihr habt Recht. Kermiac von Aldaran würde sich meinen Wünschen niemals widersetzen.*

Elizabeth schluckte. Plötzlich war ihre Kehle trocken geworden. »Sir, er versteht, was ich zu Ihnen sage, und umgekehrt. Sprechen Sie.«

Ysaye schüttelte leicht den Kopf, denn jetzt fing sie schon Gedanken von ihren Kollegen auf! Sie hörte MacAran denken: *Sie ist also überzeugt, dass dieser Neuankömmling ihre Gedanken direkt lesen kann. Hübsche Geschichte, aber sie glaubt es, und irgendetwas geht hier vor. Wie dem auch sei, es wäre jetzt ganz verkehrt, sich zu streiten.*

MacAran räusperte sich und blickte verlegen drein. »Wenn er hier eine wichtige Persönlichkeit ist, könnten Sie ihm von unserer Bruchlandung erzählen. Sehen wir mal, ob er uns mehr Glauben schenkt, als es dieser Aldaran getan hat.«

»Nur spaßeshalber möchte ich doch einmal ausprobieren«, setzte Evans hinzu, »wie gut er Sie versteht, wenn Sie ihm von mir ausrichten, er möge zum Teufel gehen.« Commander MacAran brachte ihn mit einem finsteren Blick zum Schweigen.

Felicia schnappte bei dieser Frechheit nach Luft. Sie sagte jedoch nichts, sondern entfernte sich schnell. Ysaye wusste, was das bedeutete. Sie zumindest *hatte* es verstanden.

Bevor Elizabeth die Worte wiederholen konnte oder auch nur zu einem Entschluss gekommen war, ob sie diese wiederholen sollte oder nicht, war es bereits zu spät. Lorill hatte ihren Gedanken entnommen, was sie bedeuteten. Die feinen Züge seines schmalen Gesichts spannten sich.

Einen Augenblick lang fürchtete Elizabeth, er werde etwas tun – sie hatte keine Ahnung, was es sein könnte, aber bei dem Ausdruck seiner Augen überlief es sie kalt.

Stattdessen sagte er: »Ihr könnt Eurem törichten Landsmann sagen, dass ich es verstanden habe. Ich will Euch die Verlegenheit ersparen, es zu wiederholen. Es ist ganz natürlich, dass die Kopfblinden mich zu prüfen wünschen, falls die meisten Leute in Eurem Land so halb verkrüppelt und ohne *donas* sind.«

Er hielt inne. Dann setzte er, nur mental, hinzu: *Mir fällt kein Weg ein, wie ich ihm seine Beleidigung zurückgeben könnte, ohne Euch in die Zwangslage zu bringen, eine ebenso flegelhafte Bemerkung wiederholen zu müssen. Er kann mich überhaupt nicht verstehen, und Ihr würdet nur in den Verdacht geraten, es selbst erfunden zu haben. Aber sobald wir eine gemeinsame Sprache besitzen, werden wir sehen, ob der sechsvätrige Bastard Mut genug hat, seine Beleidigungen vor jemandem zu wiederholen, der sie direkt versteht.* Er lächelte seidig. *Und vielleicht, wenn er die Konsequenzen einer solchen Beleidigung begreift, wenn ihm klar wird, dass ich ihn zum Duell mit dem Schwert oder dem Messer herausfordern könnte, weil er solche Worte gesprochen hat, wird er, dessen bin ich sicher, sehr höflich werden. Sagt inzwischen Eurem Commander, dass Aldarans Männer ihn zu seinem beschädigten Fahrzeug führen und es ihm ermöglichen werden, das Kommunikationsgerät zu benutzen. Und ja, ich glaube Eure Geschichte. Ich bin im Besitz von Informationen, die Aldaran nicht hat.*

Elizabeth wiederholte das, was sie konnte, und MacAran nickte.

»Ich weiß nicht, wie Sie das alles mitbekommen haben, indem Sie den Mann lediglich anstarrten«, meinte MacAran, »aber ich habe den Eindruck, was Sie sagen, stammt von ihm. Sagen Sie ihm meinen Dank.«

Elizabeth tat es, erleichtert, dass ein hässlicher Zwischenfall vermieden worden war.

Einige von Aldarans Männern wurden von ihrem Anführer zusammengerufen und führten MacAran nach draußen. Commander Britton begleitete sie. Er winkte Evans, bei den Frauen zu bleiben. Felicia und Lorill Hastur gingen in die entgegengesetzte Richtung davon und ließen die Terraner allein zurück.

Evans sah Lorill Hastur mit seinem gewohnheitsmäßigen verächtlichen Gesichtsausdruck nach.

»Evans, seien Sie vorsichtig«, sagte Elizabeth müde. Zwar war sie überzeugt, dass Evans sie ignorieren würde, aber warnte sie ihn nicht, würde sie sich schuldig fühlen, wenn etwas passierte. »Er hat Ihre Beleidigung verstanden. Ich fürchte, Sie haben sich einen Feind gemacht. Er mag in Ihren Augen noch sehr jung sein, aber er ist bei seinem Volk ein Mann von ungeheurer Bedeutung, und er hat die Macht, Sie ... zur Rechenschaft zu ziehen, wenn es ihm beliebt.«

»Oh, sicher hat er sie verstanden«, spottete Evans. »Sie glauben aber auch alles. So etwas wie Telepathie gibt es nicht. Doch wahrscheinlich hat er Ihnen vorgemacht, dass er all diese Macht besitze.« Sein böser Blick weckte in Ysaye den Gedanken, dass sie gar keinen Feind unter den Eingeborenen brauchten. Sie hatten bereits einen in Evans. »Er ist nichts als ein junger Snob, der die Fremden pieken wollte, um zu sehen, ob sie zusammenzucken. Sobald wir alles in die richtige Ordnung gebracht haben, werde ich dafür sorgen, dass er herausfindet, wer hier wirklich das Sagen hat.«

Evans stolzierte davon. Elizabeth seufzte. »Was ist los, Liz?«, fragte Ysaye. *Vielleicht ist es besser, ich tue weiter so, als könne ich nicht* hören, *was vor sich geht,* dachte sie. *Es könnte nützlich sein.*

»Er ist wahnsinnig. Du hast doch gehört, wie er den Hastur-Lord beleidigt hat«, erwiderte Elizabeth. Ysaye fragte sich, warum sie sich in dieser Form ausdrückte und nicht einfach »Lorill Hastur« sagte. »Wahrscheinlich glaubt er, ich hätte die Beleidigung dem Mann ins Gesicht hinein wiederholt. Er weiß, dass er den Hastur erzürnt hat, aber er möchte mir die Schuld in die Schuhe schieben.«

»Dabei ignoriert er bequemerweise die Tatsache, dass du den Mund nicht aufgemacht hast, bis du Lorill Hasturs Antwort für Commander MacAran übersetztest«, betonte Ysaye.

»Du hast Recht«, sagte Elizabeth überrascht. »Das habe ich nicht getan. Und Lord Lorill ist zornig, *richtig* zornig. Er nannte Evans einen sechsvätrigen Bastard und deutete an, er könne Evans zum Duell fordern, wenn er es wage, seine Worte zu wiederholen.«

Ysaye dachte darüber nach. »Eine interessante Beschimpfung. ›Bastard‹ war in vielen Gesellschaften ein kränkender Ausdruck. Aber was könnte ›sechsvätrig‹ bedeuten?«

»Ich vermute, es ist eine Verunglimpfung der Tugend seiner Mutter – oder vielleicht ihrer Vorfahren«, antwortete Elizabeth zweifelnd. »Eigentlich möchte ich es gar ich wissen, aber nach dem Ton zu schließen, war es etwas nicht sehr Nettes. Jedenfalls würde ich nicht herumlaufen und diesen Mann grundlos beleidigen. Wenn es hier einen Duell-Kodex gibt, der Teil des hiesigen Rechts ist, könnte das Imperium ihn anerkennen. Und in dem Augenblick, als Evans den Fuß auf Boden setzte, der den Planetenbewohnern gehört, hatte er sich nach *ihren* Gesetzen zu richten.«

»Ich würde hier nicht herumlaufen und *irgendwen* grundlos beleidigen, auch dann nicht, wenn das Imperium einen Duell-Kodex *nicht* anerkennt«, erklärte Ysaye. »Evans hatte überhaupt keinen Anlass, diese Show abzuziehen. Das hätte einen ernsthaften diplomatischen Zwischenfall hervorrufen können. Außerdem sind die Leute hier uns gegenüber sehr gastfreundlich gewesen.«

»Ganz bestimmt. Und da ist immer noch die Frage, woher sie wussten, dass wir in dieser Hütte und in Schwierigkeiten waren«, setzte Elizabeth hinzu, an die Sache mit der Telepathie denkend. »Ich meine, wie hätten sie ohne die Fähigkeit, Gedanken zu erspüren, von uns wissen können?«

Doktor Lakshman gesellte sich zu ihnen. »Eine gute Frage«, bemerkte Aurora. »Wenn sie uns auf diese Weise gefunden haben, lässt sich daraus schließen, dass irgendwer eine ziemlich große Reichweite hat.«

»Jawohl«, stimmte Ysaye ihr zu, »und es erhebt sich die Frage, bei wem von uns sie die Gedanken lesen können und wie viel sie von uns erfahren, ohne dass wir es wissen.«

Das war eine äußerst beunruhigende Frage – und die Antworten darauf waren noch beunruhigender. Die drei Frauen wechselten unbehagliche Blicke. Jede von ihnen durchforschte ihr Gedächtnis nach Gedanken, die sie in Schwierigkeiten bringen könnten.

»Haben sie etwas über Kadarin oder Felicia gesagt?«, fragte Aurora, das Thema wechselnd. »Ich bin gar zu neugierig auf eine Erklärung über sie.«

»Und sowohl Felicia als auch Raymon sind alte terranische Namen«, bemerkte David. »Welche Art von Erklärung gibt Evans dafür? Oder ist er doch zu dem Schluss gekommen, dies sei eine Verlorene Kolonie?«

»Offensichtlich«, antwortete Elizabeth.

»Ich wette ein Jahresgehalt, dass er sich etwas einfallen lässt, um das Gedankenlesen zu erklären«, sagte Ysaye. »Wahrscheinlich etwas ganz Seltsames. Der Mann kennt sich mit der Botanik und mit Drogen aus, aber für alles andere ist er praktisch nutzlos, wenn nicht ein Klotz am Bein.«

»Ich werde froh sein, wenn Kapitän Gibbons das Schiff landet«, sagte Aurora. »Wollt ihr die Wahrheit hören? Auf eine Weise freut es mich, dass die Standard-Prozeduren für den ersten Kontakt nicht eingehalten worden sind. Es macht alles so viel einfacher.«

Einfacher vielleicht, dachte Ysaye nüchtern, *aber auf keinen Fall leichter.*

13

Die bloße Existenz der zerschmetterten Fähre, die unmöglich nachzubauen und zweifellos da war, verwandelte Kermiac Aldaran von einem Skeptiker zu einem begeisterten Gläubigen. Der Wechsel war bemerkenswert. Er war mit seinen Männern ausgezogen, um das »Fahrzeug« der Fremden anzusehen, und möglicherweise auf nichts Exotischeres vorbereitet gewesen als einen beschädigten Karren oder Wagen, wenn er auch etwas völlig Abartiges nicht ganz ausgeschlossen hatte. Im ersteren Fall hätte er, wie Ysaye vermutete, seine Gäste wahrscheinlich in ein sichereres Quartier eskortieren lassen, wo das hiesige Gegenstück zu einem Psychiater sich mit ihren Halluzinationen hätte befassen müssen. Im letzteren Fall war sie sich nicht sicher, was geschehen wäre. Nach allem, was sie bisher gesehen hatte, lag es nahe, dass er sie als übernatürliche Besucher behandelt hätte.

Aber er bekam weder einen Karren noch okkulte Phänomene. Stattdessen fand er sich wieder, wie er etwas begutachtete, das offenbar von Menschenhand geschaffen, aber unendlich komplizierter als alles war, was seine Leute herzustellen vermochten. Und es war ein ganz aus *Metall* bestehendes Fahrzeug. Er gestand David, schon das allein würde ihn überzeugt haben. Aus dem Inneren ließ sich genug Metall ausschlachten, um seine Krieger der nächsten drei Generationen mit metallenen Waffen auszurüsten.

Das hatte beiden Parteien eine Verhandlungsbasis gegeben. Für die Erlaubnis, das große Schiff herunterzurufen, einen Platz, auf dem es landen konnte, und die Zusage, Gespräche über den Bau eines Raumhafens zu führen, übertrug Kapitän Gibbons dem Herrn von Aldaran die Bergungsrechte an der gesamten nichttechnischen, unbrauchbaren Ausrüstung des Wracks und an der Hülle selbst. Es hatte keinen Sinn, auch nur zu versuchen, irgendetwas außer den elektronischen Geräten der Fähre zu retten. MacAran war mit der Erklärung zurückgekehrt, sein Kopf habe wohl einen härteren Schlag abgekriegt, als er geglaubt hatte, wenn er gesagt habe, allein das beschädigte Fahrwerk hindere sie daran, wieder zu starten. Mit den großen Rissen an den Seiten der Fähre gab es keine Möglichkeit, sie von neuem raumtüchtig zu machen.

Aldarans Männer kletterten darauf herum und rissen jedes Stück ab, das sie mit ihrer primitiven Ausrüstung losbekommen konnten. Es überzeugte Evans endlich davon, dass die Terraner nicht mit irgendwelchen »geheimen elektronischen Geräten« ausspioniert wurden, denn die Arbeiter zeigten weder Interesse an, noch Verständnis für beschädigte elektrische und elektronische Instrumente, abgesehen von dem Metallgehalt. Sie schlachteten jedoch jedes Stückchen Kupfer aus. Keines, und sei es noch so klein, wurde übersehen. Rechnete man den Wert des Metalls um, dachte MacAran, hatte Aldaran – zumindest in den eigenen Augen – bei dem Handel besser abgeschnitten.

Einen Tag später landete eine weitere Fähre und brachte eine Mannschaft mit, die das Wrack aufschneiden und die noch übrigen verwendbaren Geräte entfernen sollte. Aldarans Männer verbrachten den Tag damit, Metallstücke wegzuzerren, die noch heiß von den Schweißbrennern waren. Am Abend wies nur noch der zertrampelte Schnee darauf hin, dass die Fähre hier gelandet war. Sogar winzige Plastikreste waren eingesammelt und weggebracht worden. Ysaye sah später, dass einige der Dorfbewohner und sogar »Comyn«-Frauen in Aldarans Burg sorgfältig gefasste und polierte Plastikstückchen als Schmuck trugen.

Zwei Tage danach landete das Sternenschiff auf einem großen leeren Platz außerhalb eines Dorfes, das Lord Aldaran *Caer Donn* nannte. Es erzeugte sein eigenes Null-ge-Feld und senkte sich auf den Schnee nieder wie eine riesige Feder. Alle Leute aus der Burg und die meisten der Dorfbewohner waren anwesend, und die ganze Vertrautheit mit den beiden Fähren hielt die Burgleute nicht davon ab, den Mund ebenso vor Erstaunen aufzureißen wie die Bauern.

Ysaye war sehr froh, das Schiff zu sehen. Sie hatte die Kälte, die qualmenden Feuer und das fremdartige Essen sterbenssatt. Noch lästiger war die ständige Gefahr, von einer Allergie befallen zu werden. Schon zweimal hatte sie Aurora um eine Notbehandlung bitten müssen. Das eine Mal hatte sie Sauerstoff bekommen. Eine der Wirkungen einer schlimmen Attacke war Atemnot, und sie hatte sich auf dem Fußboden von Auroras improvisiertem Krankenrevier sitzend wiedergefunden, schwindelig, schwach, benommen und nicht ganz sicher, wo sie war. Ein gefährlicher Zustand ...

Noch gefährlicher war eine Toxikämie und die Möglichkeit, buchstäblich allergisch gegen sich selbst zu werden. Ysaye freute sich, wieder in die kontrollierte Umgebung des Schiffes zu kommen.

Mit Hilfe dessen, was sie nur als ihre neu erwachte Fähigkeit der Telepathie betrachten konnte, hatte sie die Anfangsbegriffe der Sprache – *casta* – gelernt, deren sich Lord Aldaran bediente, und Elizabeth begleitet, die damit begonnen hatte, das Niveau der Kultur in dem Dorf Caer Donn und in der Aldaran-Burg zu erforschen. Aber sie sehnte sich nach ihren Computern und Bildschirmen, ihren Sensoren und Datenspeichern. Ganz gleich, wie interessant dies alles war, sie war es müde, es aus erster Hand zu erleben, und wünschte sich ihre Computer als Puffer zwischen sich und dieser allzu realen Realität.

Bisher wies alles, was sie und Elizabeth gesehen hatten,

darauf hin, dass die Kultur genau das war, was sie vermutet hatten: eine vorindustrielle Gesellschaft ohne große Produktionskapazität auf einer metallarmen Welt mit einer brüchigen Ökonomie und einer noch brüchigeren Ökologie, die hauptsächlich auf einfacher Landwirtschaft beruhte. Falls nicht noch etwas entdeckt wurde, das auf den Feldern wuchs und den Export lohnte, hatten diese Leute wenig mehr als handgearbeiteten Krimskrams anzubieten. Natürlich gab es einen ganz regen, wenn auch beschränkten interstellaren Handel in solchen Dingen. Gegenstände aus Holz, Leder, Pelz ... Kunstgegenstände ... sogar Musik und Musikinstrumente ... all das fand seinen Weg in die Luxusgeschäfte. Deshalb war es durchaus möglich, dass Handelsbeziehungen aufgebaut werden konnten. Doch was den eigentlichen Reichtum des Planeten ausmachte, war seine Lage. Das Terranische Imperium würde die Bewohner sehr gut für das Privileg bezahlen, hier einen Raumhafen bauen zu dürfen.

Ysaye und Elizabeth hatten in dem Dorf einen Grobschmied gesehen, einen Juwelier und eine Bäckerei, zu der alle Leute kamen, um ihre eigenen Brotlaibe zu backen. Kombiniert war sie mit einer einfachen Imbissstube, wo ein Mann Fleisch kochte und briet, während seine Frau und seine Töchter die Kunden bedienten. Sie sahen auch ein öffentliches Badehaus, von dem Elizabeth vermutete, es diene daneben dem Zweck eines Versammlungssaals und eines Bordells (Ysaye hoffte, es werde dazu nicht gleichzeitig benutzt und freute sich schon darauf, im Schiff wieder einmal warm zu duschen), weiter eine Gaststätte, ein kleines Freiluft-Theater, das dunkel und verlassen dastand, obwohl man ihnen sagte, Akrobaten und Balladensänger und dergleichen kämen ziemlich häufig her, eine Metzgerei und ein Geschäft mit einfachen Kleidungsstücken, Lederstiefeln und Verpackungsmaterial wie Beuteln und Säcken. Elizabeth hatte laut Überlegungen darüber angestellt, was der Einfluss terranischer Waren und Dienstleistungen diesen Leuten antun würde. Ysaye dachte bei sich, das wisse sie schon: Es würde sie für ihre eigenen Waren verderben. Sie brauchte nur einmal ein heftiges Feilschen um ein Stück Plastikfolie aus der Fähre zu sehen, um zu erkennen, wie hoch die Einheimischen terranische Dinge einschätzen würden, ganz gleich, ob dies von den führenden Kräften begrüßt oder missbilligt wurde.

Und sobald sich ein Schwarzmarkt etabliert hatte, dachte Ysaye angewidert, würde Evans zweifellos mittendrin sein, falls er ihn nicht selbst ins Leben rufen würde.

Das Schiff hatte Botschaften nach Terra gesandt, und Elizabeth wartete ganz zappelig auf die Ergebnisse. Kapitän Gibbons und seine Offiziere würden sich den Finderlohn für diese Welt teilen. Das war die normale Prozedur, und nicht darüber machte Elizabeth sich Gedanken. Sie sorgte sich, wie diese neue Welt klassifiziert werden würde.

Wenn die obersten Stellen des Raumdienstes entschieden, es gebe keinen Grund, dem Planeten Beschränkungen aufzuerlegen, und man könne ihn im Gegenteil als Offene Welt voll in das Terranische Imperium aufnehmen, durfte er erkundet und auf verschiedene Arten genutzt werden.

War er hingegen eine Welt, die als Sperrgebiet geschützt werden musste, würden alle auf das Schiff zurückkehren und innerhalb eines Monats wieder abgereist sein. David und Elizabeth bekämen keine Gelegenheit mehr, die Arbeit zu tun, die sie als so lohnend ansahen, und natürlich bedeutete es, dass sie ihre Heirat zu verschieben hatten.

All das hing von einer Entscheidung ab, die nach einer Anhörung durch eine Imperiumszentrale gefällt wurde.

Ysaye wäre es im Grunde nur recht gewesen, wenn alle ihre Sachen zusammengepackt hätten und zu der nächsten Welt aufgebrochen wären. Sie wusste jedoch, dass Elizabeth sich leidenschaftlich wünschte, bleiben zu dürfen. Das Schlimmste war, dass Elizabeth hin und her gerissen wurde, weil sie gleichzeitig den Status einer Offenen und den Status einer Gesperrten Welt für das Beste hielt. Wurde der Planet für offen erklärt, konnten sie und David sich hier niederlassen und sich einer Kultur widmen, die sie nicht nur faszinierte, sondern die sie liebten. Aber dann wurde die Welt verwundbar gegenüber Menschen wie Evans, die immer nur berechneten, welchen Gewinn ihnen das, was sie sahen, einbrachte. Eine Sperrung würde den Planeten davor bewahren – aber das bedeutete nicht nur, dass Elizabeth und David ihn wieder verlassen mussten, sondern auch, dass seinen Bewohnern die beträchtlichen Vorteile entgingen, die eine Mitgliedschaft im Imperium mit sich brachte.

Die zweite Fähre war von Kapitän Gibbons selbst befehligt worden. Der Kapitän war ein kleiner schlanker Mann mit zottigem Haar und zerknitterter Haut. Ysaye hatte keine Ahnung, wie alt er war. Er schien alterslos zu sein. Sie hatte gehört, er habe seine Laufbahn als Ingenieurassistent begonnen, denn als ein kleiner Mann konnte er an Stellen gelangen, wo für größere Männer kein Platz war. Zu der Zeit hatte es noch keine Frauen im Raumdienst gegeben, und selbst jetzt gab es nur wenige, die sich für eine Karriere als Ingenieur entschieden. Kapitän Gibbons kannte sich immer noch in jedem Winkel des Schiffs aus, und es hieß, wenn irgendetwas an Bord nicht von ihm repariert werden konnte, dann war es überhaupt nicht zu reparieren. Er hatte lebhaftes Interesse an allen mechanischen und elektrischen Dingen, und er hatte die Entscheidung gefällt, die erste Fähre müsse abgeschrieben werden.

Jetzt, nach der Landung, brauchte der Kapitän sich weniger um das Schiff zu kümmern als um das, was das Team, durch das de facto der erste Kontakt hergestellt worden war, in Erfahrung gebracht hatte. Es überraschte Ysaye gar nicht, als er alle zu einer »inoffiziellen Abschlussbesprechung« in sein Büro einlud.

Ysaye überließ Elizabeth den größten Teil der Berichterstattung. Sie war zu glücklich, wieder an Bord zu sein, warm und frisch nach einer warmen Dusche und in einer sauberen Uniform. Dazu atmete sie Luft, die zumindest nicht nach irgendetwas roch: Rauch, kochendem Fleisch, Lampenöl, Tierkot, Schweiß.

Der Kapitän hörte sich ihre Berichte an und zeigte Interesse an dem, was Elizabeth über die Telepathie sagte.

»Nun, der Nachrichtendienst hat die Wahrscheinlichkeit immerhin hoch genug eingeschätzt, dass er Sie und David an Bord schickte«, stellte er gelassen fest. »Wir können so etwas nicht völlig ausschließen.«

Als der Kapitän Evans nach seiner Meinung fragte, bekam er eine völlig andere Ansicht zu hören.

»Oh, kommen Sie, Käpt'n, wen wollen diese Leute eigentlich verschaukeln? Telepathie, die nur bei bestimmten Personen funktioniert? Kann ich mir nicht vorstellen!«, höhnte Evans. »Das ist eine gute Entschuldigung, wenn man jemanden nicht versteht, den man nicht verstehen will.« Er raffte an Geräten zum Sammeln von Proben so viel zusammen, wie er tragen konnte, und verschwand. Überhaupt hielt er sich nicht mehr viel im Schiff auf. Ysaye hatte den Eindruck, er richte sich irgendwo draußen sein eigenes kleines Labor ein – obwohl es ihr ein Rätsel war, warum er das draußen und nicht an Bord tat, wo es ausgezeichnet geeignete Räume und Instrumente gab. Es sei denn, überlegte sie, er hatte etwas Ungesetzliches vor ...

Aurora dagegen war froh über das reichhaltige Zubehör der Sprachcomputer und Kortikatoren und nahm sie zusammen mit David in Betrieb, meistens innerhalb des Schiffes, aber zuweilen auch in einem Raum in Kermiac Aldarans Burg, so dass einige von den Eingeborenen Terra-Standard lernen konnten, wenn sie wollten. Das war ein erfreuliches Nebenerzeugnis des verpfuschten ersten Kontakts: An diesem Punkt war die Entwicklung so weit vom Programm abgewichen, dass es nicht mehr darauf ankam, was sie den Eingeborenen zeigten beziehungsweise welchen Dingen sie sie aussetzten.

Kadarin – war er nun ein Mensch oder nicht? – hatte sich als erster Freiwilliger für die seltsam aussehenden Maschinen gemeldet, und das zu begrüßende Ergebnis war, dass sie jetzt nicht nur einen Mann unter den Eingeborenen hatten, der Terra-Standard sprach, sondern auch ausgezeichnete Aufnahmen, die es den Terranern ermöglichten, sowohl *casta* zu lernen als auch eine andere Sprache, *cahuenga* genannt, die bei vielen der Bauern im Gebrauch war. Nachdem Kadarin seinen Kampf mit dem Kortikator überlebt hatte, fing er auf der Stelle an, sich mit Britton und dem Kapitän über technische Fragen zu unterhalten, und er hatte sich dafür stark gemacht, einen Platz zu finden, auf dem weitere Schiffe landen könnten.

Niemanden überraschte es sonderlich, dass er Caer Donn als den perfekten Ort für weitere Landungen betrachtete. Kapitän Gibbons stimmte ihm zu. Hier, sagte sich Ysaye, würde der Terranische Raumhafen entstehen, wenn er überhaupt gebaut werden sollte, nahe dem Einflussbereich Aldarans. Ob sich die Pläne verwirklichen ließen, lag allerdings noch im Schoß der Zukunft verborgen.

Manchmal war Ysaye überzeugt, die Bewohner von Cottman IV würden sich wünschen, eine terranische Kolonie wie jede andere zu werden. Es kam ihr so logisch vor – schließlich *waren* diese Leute Terraner. Verdienten sie dann nicht die Vorteile, die es mit sich brachte, Terraner zu sein? Doch natürlich würde erst die Imperiumszentrale darüber entscheiden müssen.

In der übrigen Zeit fürchtete sie, der Planet werde sich in

eine terranische Kolonie verwandeln, ob es den Eingeborenen gefiel oder nicht. Obwohl es kaum vorstellbar war, sahen sie in den Dingen, die ihnen das Imperium zu bieten hatte, keine »Vorteile«. Es beunruhigte Ysaye, vor allem dann, wenn sie hörte, wie Evans mit Kadarin Pläne schmiedete.

Kaum hatte Kadarin Standard gelernt, als Evans ihn dazu anstellte, ihn herumzuführen und ihm beim Tragen von Sachen zu helfen, und Ysaye bemerkte, dass sie in ihrer Unterhaltung oft plötzlich das Thema wechselten, wenn andere Leute in ihre Nähe kamen. Einiges von dem bisschen, was sie aufgeschnappt hatte, machte sie sehr unruhig. Sie hielt es nicht für ethisch, Exportgeschäfte zu planen, bevor ein endgültiger Bericht von Ökologen, Psychologen und Soziologen über die Gesellschaft erstellt worden war.

Die Gesetze des Terranischen Imperiums verlangten einen solchen Bericht vor der Aufnahme von Handelsbeziehungen. Doch schon jetzt herrschte beträchtliche Begeisterung für die Idee. Zumindest war über den Bau des Raumhafens, über die Beschäftigung hiesiger Arbeitskräfte und die Belieferung einiger Personen vom Raumschiff mit frischen Lebensmitteln diskutiert worden – was der Land- und Volkswirtschaft zugute kommen würde, so hatte Kermiac von Aldaran ihnen zu verstehen gegeben. Und er hatte angedeutet, welche Gefälligkeiten er von den Terranern dafür erwartete, dass er ihnen erlaubte, den Raumhafen auf seinem Land zu errichten.

Kermiac wollte Waffen, und Ysaye wusste nicht, ob das gestattet war. So viel sie von der Materie verstand, würde das eine Einmischung in die lokale Politik darstellen, was nie eine gute Idee war, wenn man bedachte, was lokale Politik war. Aldaran war wie ein unabhängiges Königreich, und Lorill Hastur repräsentierte ein anderes Königreich im Süden, wo das Klima wesentlich angenehmer war. Das Standardvorgehen wäre gewesen, beide Gesellschaften zu prüfen und sich die Beziehungen zwischen ihnen gründlich anzusehen, bevor man Entscheidungen über den Verkauf von Waffen, auch Low-Tech-Waffen, traf.

Schließlich hatte sie Lorill Hastur daraufhin angesprochen – ganz diplomatisch, bildete sie sich ein. Lorill war bei allem, was geschah, im Hintergrund geblieben, hatte beobachtet, aber sich niemals eingemischt und nur selten einen Kommentar abgegeben.

Ihr müsst wissen, hatte Lorill Hastur in dieser ungesprochenen Sprache erklärt, *dass wir von den Domänen der Meinung sind, rechtmäßig die Oberherrschaft über Aldaran zu besitzen. Aldaran gibt es nicht immer zu, aber wir sind seine Herren. Alles, was Aldaran tun kann, um seine Unabhängigkeit von uns zu festigen, wird er tun.*

Wenn das stimmte, warf es ein ganz anderes Licht auf die ganze Angelegenheit, besonders auf Aldarans Wunsch nach Waffen. Es widersprach strikt der Imperiumspolitik, in einem lokalen Streit Partei zu ergreifen oder ein Urteil abzugeben, auch wenn es um etwas ging, das in den Augen der Terraner so bedeutungslos war wie in Swifts *Gullivers Reisen* der Krieg zwischen den Stumpfendern und den Spitzendern. Im Terranischen Imperium gab es ein allgemein bekanntes Sprichwort: *Es ist nicht unsere Sache zu entscheiden, an welchem Ende andere Leute ihre Eier aufschlagen sollen.* Unglücklicherweise gab es viele Beispiele, in denen dieses Gesetz mehr durch den Bruch als durch die Befolgung geehrt worden war.

Ysaye hielt es für das Beste, was sie in dieser Situation tun könne, sich aus der Sache herauszuhalten, und machte sich daran, die Statusberichte des Computers zu überprüfen. Zu ihrer großen Erleichterung war es während ihrer Abwesenheit zu keiner Katastrophe gekommen. Sie kehrte in ihre Kabine zurück, genoss den Luxus eines wirklich warmen Raums, auf den sie wochenlang hatte verzichten müssen, und zog das

Keyboard ihres Musik-Synthesizers hervor. Sie stellte es auf Cembalo ein und spielte Bachs *Zweistimmige Inventionen*, bis ihre Finger wieder geschmeidig waren.

Am nächsten Morgen kam Elizabeth mit der Neuigkeit zu ihr, sie und David hätten sich entschlossen, schon einmal zu heiraten, mit Kindern aber zu warten, bis die Entscheidung über den Status des Planeten getroffen war. »Wir sind des Wartens einfach müde«, sagte sie. »Wir sehen keinen Sinn mehr darin. Ich frage mich: Ist es denn wichtig, ob diese Welt erschlossen oder gesperrt wird? Ich weiß nicht einmal mehr, warum wir überhaupt so lange gewartet haben. Es kommt uns jetzt ziemlich töricht vor. Und, Ysaye«, fragte sie, »willst du meine Brautjungfer sein?«

»Natürlich!« Ysaye umarmte sie. »Wo und wann?«

Elizabeth erzählte ihr, sie hätten sowohl mit Kapitän Gibbons als auch mit dem Geistlichen gesprochen, die beide berechtigt waren, Schiffspersonal an jedem Ort des Imperiums zu trauen, und sich für den Geistlichen entschieden. Dieser verlangte von ihnen, die traditionellen drei Tage zu warten, »um abzukühlen«, und so sollte die Hochzeit in drei Tagen stattfinden. »Auf drei Tage kommt es nicht mehr an, wenn man drei Jahre gewartet hat«, hatte David philosophisch gemeint. Dieser Ansicht war auch Ysaye.

So hatten sie und Elizabeth außer ihren anderen Pflichten auch noch eine Hochzeit vorzubereiten. Es sollte keine große Feier werden. Dies war schließlich kein Bollwerk des Gesellschaftsregisters, sondern ein Erkundungsschiff. Aber so gut wie jeder auf dem Schiff würde kommen wollen, und alle würden arg enttäuscht sein, wenn es nicht irgendeine Art von Feier gab. Die meisten Leute kannten Elizabeth nur flüchtig, denn sie lebte zurückgezogen, aber David war überall beliebt.

Noch ein Problem, dachte Ysaye bei sich.

Aber Elizabeth war glücklich und auffallend weniger angespannt. Endlich war Schluss mit dem Warten.

Dann kam eine Entwicklung, mit der Ysaye nicht gerechnet hatte: Die Eingeborenen zeigten Interesse an der Zeremonie. Aldaran und Felicia stellten viele Fragen über terranische Hochzeitsbräuche und boten sogar die Große Halle und die Diener der Burg für die Feier an. Das war ein unerwarteter Bonus für Elizabeths Arbeit, denn sie hatte angefangen, sich als Vermittlerin zwischen den beiden Kulturen zu sehen, und sie war gern bereit, die Eingeborenen an diesem Teil ihres Lebens teilnehmen zu lassen.

Die Hochzeit würde das erste Ereignis sein, das für die Schiffsgesellschaft auf der neuen Welt stattfand, und es war doch nur gut und richtig, dass es eine Zeremonie wurde, die beide, Terraner und Eingeborene, einschloss.

Nachdem sie es mit David und Ysaye diskutiert hatte, nahm Elizabeth die Einladung Aldarans an, die Zeremonie in seiner Großen Halle abzuhalten. Jetzt, da er und die Schiffsgesellschaft eine gemeinsame Sprache besaßen, hatte er keine Zeit verloren, jede Menge von Einladungen auszusprechen, aber diese bot eine praktische Lösung und hatte die geringste Zahl metaphorischer Anhängsel. Elizabeth verbrachte ihre Zeit damit, jede Einzelheit der Hochzeit zu planen und jede neue Facette der Eingeborenen-Kultur, auf die sie stieß, zu erfassen. Und in kleinen Abschnitten von Freizeit fand man sie, wie sie glücklich Volkslieder katalogisierte und mit den Aufzeichnungen in der Bibliothek verglich, sich über jede veränderte halbe Note aufregte, über jede Dur-Tonart, die sich irgendwie im Laufe der Jahre in Moll verwandelt hatte, Lautenklänge auf dem Synthesizer produzierte und neue Klänge für den Synthesizer aufzeichnete.

Als Ysaye sie fragte, warum sie so viel Zeit mit dem Katalogisieren von Musik verbrachte, protestierte sie, das sei doch wesentlich für ihr Spezialgebiet. Volkslieder und ihre Veränderungen, behauptete Elizabeth, wiesen auf tief verwurzelte Veränderungen in der Gesellschaft und in der Psyche der Menschen hin. Sie erläuterte, von der überwältigenden Zahl alter gälischer Lieder, die vom Meer handelten, habe kaum ein Einziges in der gegenwärtigen Eingeborenen-Kultur überlebt. Wahrscheinlich lag dies daran, dass diese Leute nichts mit einem Meer oder etwas Ähnlichem zu tun hatten, denn sie waren von Bergen umgeben. Elizabeth erwähnte besonders ein altbekanntes Lied über Seemöwen, das zu einem traurigen Liebeslied geworden war. Die Worte hatten sich irgendwie aus einem Refrain, der auf den Schreien der Möwen aufbaute, zu dem traurigen Rauschen des Windes in den Bäumen und den Schreien von Raubvögeln verwandelt. Der Refrain lautete: »Wo bist du jetzt? Wo wandert mein Geliebter?«

Ysaye zuckte die Achseln. »Ich hoffe, die Imperiumszentrale empfindet ebenso«, warnte sie ihre Freundin, »denn andernfalls wirst du dich wahrscheinlich wundern, wenn du deine nächste Beförderung erwartest.«

Aber irgendwie glaubte sie nicht, dass das für Elizabeth sehr wichtig war, jedenfalls im Augenblick nicht.

Am Morgen des Hochzeitstages stand Ysaye in der Großen Halle und zeigte den Dienern, wo sie den Tisch aufstellen sollten, der, mit einer Bahn fleckenlos weißer Polyseide bedeckt, als Altar dienen sollte. Die ganze Schiffsgesellschaft und die meisten von Aldarans Leuten würden anwesend sein.

Als Ysaye gefragt hatte, warum so viele seiner Leute – die nicht einmal die Sprache verstanden, in der die Zeremonie abgehalten wurde – teilnehmen wollten, hatte Aldaran mit listigem Augenzwinkern geantwortet: »Jeder Vorwand ist recht für ein Fest, eine Hochzeit ebenso wie irgendein anderer und besser als die meisten.«

Er hatte Elizabeth noch ein weiteres Angebot gemacht. »Ich werde Euch in die Ehe geben, wenn niemand von Euren Verwandten anwesend ist.«

Elizabeth hatte ihm gedankt und abgelehnt. Sie erzählte ihm, es sei bei ihnen nicht der Brauch, dass eine Braut von ihren Verwandten in die Ehe gegeben werde. »Ich persönlich«, gestand sie Ysaye unter vier Augen, »finde den Brauch herabsetzend, als sei man keine Person, sondern ein Stück Eigentum. Natürlich hätte ich das niemals zu Lord Aldaran gesagt, denn ich weiß, er hatte die Absicht, mir eine große Ehre zu erweisen.«

An dieses Gespräch musste Ysaye denken, als Lord Aldaran eintrat und sich erkundigte, ob alles zu ihrer Zufriedenheit sei. »Ja, Sir«, antwortete sie und betrachtete den erstaunlichen Pflanzenschmuck, der nicht nur aus immergrünen Zweigen aus dem Wald, sondern aus richtigen Blumen bestand, die den Angaben eines Dieners zufolge aus einem Treibhaus stammten. »Alles ist wunderschön. Wir sind Ihnen für Ihre Freundlichkeit und Großzügigkeit zutiefst dankbar.«

Ein letztes Mal blickte sie rundum und überprüfte die Einzelheiten. Vielleicht würde Lord Aldaran ein solches Fest bald wieder veranstalten, dachte sie. Das Mädchen Mariel, das an dem Abend ihrer Ankunft bei Felicia gewesen war – war sie seine Tochter? Nein, dafür war sie zu alt, sie musste seine Schwester, eine Nichte oder Cousine sein. Dauernd steckte Mariel mit Lorill Hastur zusammen. Was mochte sich zwischen ihnen abspielen? Sie verbrachten eine Menge Zeit damit, sich kichernd in irgendwelchen Ecken herumzudrücken.

Ein ungebetenes Bild stieg vor ihrem geistigen Auge auf, und Ysaye unterdrückte ein Lächeln: Aldaran knöpfte sich den jungen Hastur vor und verlangte wie ein Patriarch in einem Drama aus alter Zeit zu wissen, welche Absichten er verfolge.

Und wenn Aldaran es tat? Was würde dieser arrogante junge Aristokrat wohl antworten? Ging es sie, Ysaye, überhaupt etwas an?

Sie blickte hoch und bemerkte, dass Aldaran sie merkwürdig musterte.

»Ich werde mit Lorill Hastur reden«, sagte er. Sein Gesicht verriet nichts. Dann machte er auf dem Absatz kehrt und ließ Ysaye mitten in der Halle stehen.

Sie sah ihm nach, beunruhigt von dem plötzlichen Wechsel in seinem Verhalten. In einer unbewussten Geste der Beunruhigung flog ihre Hand an ihre Lippen. Sie erkannte, dass dieser Wechsel ihren Gedanken über den Hastur-Jungen und das Mädchen Mariel auf den Fersen gefolgt war.

Hatte Aldaran ihre Gedanken gelesen?

Und wenn ja, was würde er tun?

14

Leonie hatte sich erschöpft ins Bett gelegt und keinen anderen Gedanken mehr fassen können als *Schlaf.* Sie hatte nicht einmal bemerkt, ob ihr Bett angewärmt worden war. Sie spürte nicht, wie ihr Kopf das Kissen berührte. Ganz gewiss hatte sie heute Abend kein Interesse an den Fremden auf Aldaran, nicht nach dem Arbeitstag, den sie gerade beendet hatte.

Vor Tagen – war es schon zehn Tage her? –, als Fiora sie entdeckte, wie sie im Garten herumtrödelte und den beiden jüngeren Mädchen beim Schaukeln zusah, hatte die Bewahrerin sie gefragt, ob sie nichts anderes zu tun habe. Leonie hatte sich den beiden jüngeren Mädchen ein bisschen überlegen gefühlt, weil ihr von neuem gestattet worden war, in den Relais zu helfen. Fioras Frage hatte sie deshalb überrascht.

»Nein«, hatte Leonie wahrheitsgemäß geantwortet. Da hatte Fiora gelächelt und sie freundlich (*zu* freundlich, dachte Leonie heute) gefragt, ob sie, Leonie, sich zutraue, die übliche Ausbildung einer *leronis* in beschleunigter Form hinter sich zu bringen. »Du hast mir doch gesagt, dass es dein Ziel ist, Bewahrerin zu werden«, fuhr Fiora fort. »Möglicherweise brauchen wir eine neue Bewahrerin früher, als wir gedacht haben. Und tritt der Fall nicht ein, nun, dann kann es nicht schaden, wenn eine Bewahrerin zur Verfügung steht, die einspringen kann, wo sie gebraucht wird.«

Fiora verriet nicht, *wo* und *wie bald* die neue Bewahrerin gebraucht wurde. Es war ja durchaus vorstellbar, dass in einem Turm mehr als eine Bewahrerin wirkte. Tatsächlich war das ein wünschenswerter Zustand, obwohl er heutzutage nicht oft erreicht wurde. Viele der jungen Comyn-Frauen wurden aus den Türmen weggeholt, um zum Vorteil ihrer Familien verheiratet zu werden und weitere Söhne und Töchter für ihre Kaste zu gebären. Leonie glaubte jedoch nicht, dass Fiora im Sinn hatte, sie zur Unter-Bewahrerin für eine andere zu machen. Etwas an Fioras sorgfältig bewachten Gedanken vermittelte ihr den Eindruck, es gehe sehr viel mehr vor sich, als Fiora bereit war, ihr mitzuteilen.

Fiora hatte diesen Vorschlag mit der neuen Ausbildung als Herausforderung formuliert und angedeutet, dies könne Leonies Chance sein, sich nicht nur vor Fiora, sondern vor allen Arbeitern in allen Türmen zu beweisen. Und Leonie hatte die Herausforderung angenommen.

Sie hatte keine Ahnung, was Fiora im Schilde führte. Erst hatte sie zu wenig zu tun gehabt, und jetzt hatte sie viel zu viel zu tun, und ein einziger Tag hatte diese Veränderung bewirkt.

Wie jede andere Erwachsene tat sie regelmäßig Dienst in den Relais, und bei den täglichen Unterweisungen im Gebrauch ihrer Fähigkeiten musste sie das doppelte Pensum absolvieren wie ihre Mitschülerinnen.

Mehr als das doppelte Pensum, denn sie bekam *speziellen* Unterricht, und jetzt wusste sie aus eigener Erfahrung, was die Bewahrerin von Dalereuth gemeint hatte, als sie Leonie an jenem Tag im Garten schalt. In den letzten paar Tagen hatte Leonie mehr Schmerzen erlitten als in ihrem ganzen Leben zuvor. Fiora hatte sie in Zucht genommen und ihr innerhalb eines einzigen Tages erbarmungslos das Überwachen beigebracht. Dann war sie zu der Spezialausbildung fortgeschritten, die nur eine Bewahrerin erhält. Leonies Hände waren bereits mit einigen der kleinen Narben bedeckt, wie Fioras Hände sie trugen, Folgen der Methode, ihr rigoros beizubringen, wann und wen sie nicht berühren durfte. Die Narben auf ihrer Seele gingen tiefer, auch wenn sie unsichtbar waren.

Und Leonie war fester denn je entschlossen, die karmesinrote Robe einer Bewahrerin zu tragen.

Neben anderen Pflichten überwachte Leonie jetzt routinemäßig, während eine der anderen *leroni* heilte. Heute hatte sie ihren ersten Patienten als Heilerin gehabt. Es war eine Kleinigkeit gewesen, ein Kind, bei dem sich eine Stichwunde entzündet hatte. Leonie hatte das Gift aus der Wunde abgezogen, den Organismus des Kindes vom Fieber gereinigt und es, wie man es sie gelehrt hatte, vom tiefsten Punkt nach außen geheilt. Die *leronis,* die ihre Lehrerin und Überwacherin war, hatte ihre geschickte und sichere Behandlung gelobt. Nicht mehr lange, hatte sie gemeint, dann werde Leonie nicht nur Patienten heilen dürfen, ohne dass man sie dabei beaufsichtigte, sondern auch bei richtigen Operationen mitarbeiten können.

»Wir riskieren es nicht oft«, hatte die Frau gesagt, »aber manchmal muss es geschehen, denn es gibt Fälle, in denen nichts anderes hilft. Im Dorf ist ein Mann, der in seinem Körper ein Stückchen von der Klinge eines Räubers mit sich herumträgt, das Schmerzen verursacht und eines Tages herausgeholt werden muss. Wenn du soweit bist, soll er dein erster Patient sein.«

Leonie hatte geglüht von dem Lob, obwohl sie sehr gern eine Pause gemacht hätte, als sie mit dem Kind fertig war. Sie konnte sich nicht vorstellen, wie es sein würde, zu operieren ... aber je mehr eine *leronis* sich übte, desto leichter wurde ihr alles. (Nichts, hatte Fiora gesagt, als Leonie sie fragte, wird jemals *leicht,* aber es ist immer möglich.)

Leonies Tagewerk war jedoch nach der Behandlung des Kindes noch nicht vollbracht gewesen. Es gab eine weitere Lektion, diesmal im Destillierraum. Fiora hatte vor drei Tagen angeordnet, sie müsse alles lernen, was mit dem Heilen zu tun hatte, ob man dazu *laran* brauche oder nicht. »Eine Bewahrerin muss diese Dinge wissen«, hatte sie erklärt. »Wie könnte sie sonst andere ausbilden?«

Das leuchtete Leonie ein. Sie hatte sich Fioras Willen gebeugt und angefangen zu lernen, wie man Kräutermedizinen und -tränke herstellt. Zu ihrer eigenen Überraschung fand sie bald heraus, dass diese Arbeit sie außerordentlich interessierte, denn sie besaß eine lebhafte Neugier und ein gutes Gedächtnis. Ihre Lehrerin in diesem Fach lobte sie, weil sie ebenso schnell wie genau war. Heute hatte auch diese Lehrerin gesagt, vielleicht werde man ihr eines Tages Operationen anvertrauen, eine Aufgabe, die für gewöhnlich auf die geschicktesten und aufmerksamsten Techniker beschränkt wurde.

Kaum hatte sie ihre Lektion in Heilkräuterkunde beendet, als es auch schon Zeit war, ihren Platz in den Relais einzunehmen. Und am Ende ihrer Schicht hatte sie überhaupt keinen anderen Gedanken mehr als den an Essen und Schlaf. Sie war niemals richtig hungrig, aber Fiora kam und drängte ihr Essen auf. Matrix-Arbeit, sagte sie, dämpfe den Appetit, und Leonie müsse essen, auch wenn sie keine Lust dazu habe.

Leonie entdeckte schnell, dass Fiora Recht hatte. Erst hatte sie jeden Krümel des klebrigen Obst-und-Nuss-Riegels verschlungen, den Fiora ihr gebracht hatte, und dann war sie in die Küche hinuntergestiegen, um sich eine komplette Mahlzeit einzuverleiben. Doch danach war sie müder als vorher. Sie fiel beinahe in ihren Teller und musste sich anstrengen, die Augen offen zu halten. Jemand, sie erinnerte sich nicht, wer es gewesen war, half ihr auf die Füße und in ihr Zimmer. Irgendwie hatte sie sich allein ausgezogen – ihre neue Robe machte es leicht –, war ins Bett gesunken und sofort in tiefen und traumlosen Schlaf gefallen.

Irgendwann nach Mitternacht erwachte sie aus ihrem Erschöpfungsschlaf und spürte den vertrauten, drängenden Zug der Gedanken ihres Zwillingsbruders. Ihre erste Regung war, ihn zu ignorieren. Aber der Kontakt wurde stärker, und schließlich gab sie nach. Sie legte sich auf den Rücken, unterdrückte einen verzweifelten Seufzer und öffnete ihm ihren Geist. Sie wusste, dass es Lorill war, denn sie kannte seine »Stimme« ebenso gut wie ihre eigene.

Um sie herum herrschte im Turm die Stille von Schlafenden, deren Geist durch nichts beunruhigt wurde. Nicht einmal die *leronis,* die ihren Dienst in den Relais tat, störte den Frieden.

Lorill?, fragte Leonie verdrossen zurück. *Wo bist du? Was willst du zu dieser nächtlichen Stunde? Ich habe geschlafen.*

Ich bin auf Aldaran, wo sollte ich denn sonst sein? Hast du mich nicht hingeschickt? Es klang, als sei Lorill von irgendetwas ebenso belustigt wie beunruhigt.

Das verschlechterte Leonies Stimmung nur noch. Was konnte so wichtig sein, dass er sie mitten in der Nacht rufen musste?

Jetzt war sie aus dem Schlaf gerissen und ärgerte sich über jemanden, bei dem sie dies nie für möglich gehalten hätte: über ihren Bruder. *Und da du mich hergeschickt hast,* fuhr er fort, *folgt daraus, dass du für das, was geschehen ist, die Verantwortung trägst.*

Das machte sie hellwach. *Was ist denn nun geschehen? Sag es mir sofort! Bist du in Schwierigkeiten? Haben die Fremden ...?* Was hatte er angestellt? Hatten die Leute von den Monden an irgendetwas Anstoß genommen?

Lorill war voll von widerstreitenden Gefühlen – Unruhe, überlagert von leichtsinnigem Gelächter, das ihr ganz unangebracht zu sein schien. Sie fragte sich, ob er zu viel Wein getrunken hatte. *Oh, es hat nur einen ziemlichen Wirbel wegen Kermiacs Schwester gegeben. Diese Mädchen aus den Bergen sind nicht wie die in Carcosa. Sicher, ich hätte klüger sein sollen, aber es war niemand da, der es mir hätte sagen können.*

Wirbel wegen *Kermiacs* Schwester? Wie, im Namen Avarras, war Lorill mit ihr zusammengeraten? *Was hätte er dir sagen sollen?,* verlangte Leonie zu wissen. Daran hatte sich jedenfalls nichts geändert – Lorill konnte so nervenzerfetzend begriffsstutzig sein!

Dass die Mädchen kokett sind, antwortete Lorill unbekümmert. *Sie probierte ihre Reize an mir aus, und ich muss zugeben, dass ich sie nicht mit der flachen Schwertklinge weggetrieben habe. Nun, ich vermute, der alte Domenic hat mich mit ihr gesehen, und Kermiac kam wie ein erboster Vater in einem sehr schlechten Schauspiel angestürmt.* Wieder kicherte Lorill nervös. *Du hättest darüber lachen müssen, Leonie, das schwöre ich dir. Ich brauchte meine ganze Selbstbeherrschung, um mein Gesicht ausdruckslos und meine Gedanken abgeschirmt zu halten.*

Was wollte er?, fragte Leonie, die das gar nicht lustig fand. Man konnte sich darauf verlassen, dass Lorill sich an das unpassendste Mädchen auf der ganzen Welt heranmachte, das noch dazu die Schwester seines Gastgebers war!

Er fragte mich feierlich nach meinen Absichten *gegenüber dem Mädchen! Als könne ein Hastur ihr gegenüber andere Absichten haben als ein bisschen Spaß, bei dem mitzumachen sie gern bereit war.* Die Arroganz, die in diesen Worten lag, gab Leonie einen Stich. Sie war inzwischen selbstkritisch genug, um eine Eigenschaft, die sie selbst bei mehr als einer Gelegenheit gezeigt hatte, an ihrem Bruder zu erkennen. Sie glaubte, in einen Spiegel zu blicken und ein hässliches Mal zu sehen, von dem sie nichts geahnt hatte. Trotzdem, Lorill war ihr Zwillingsbruder, und in jedem Streit würde sie seine Partei ergreifen.

Und was hast du darauf gesagt?, verlangte sie heftig zu wissen. *Welche Antwort hast du ihm gegeben?*

Was hätte ich deiner Meinung nach denn sagen sollen?,

fragte Lorill in einem Ton zurück, als zucke er die Achseln. *Ich teilte ihm höflich mit, ich böte ihr lediglich die Bewunderung, die sie verlangt habe. Offenbar glaubte er, ich hätte daran denken sollen, das Mädchen zu heiraten.*

Heirat – nein, unmöglich. Nicht mit ihrem Bruder, dem Erben von Hastur.

Lorill empfand ebenso. *Ich kann mir nicht vorstellen, warum, es sei denn, weil eine Hochzeit in der Luft lag. Heute hat hier eine Trauung stattgefunden. Ein Paar der Fremden, die behaupten, von einem Ort zu kommen, der nicht auf unserer Welt liegt, von einem anderen Stern, sagen sie.*

Das überraschte Leonie von neuem. Die Fremden kamen also tatsächlich von den Sternen! Das kam Leonies Behauptung, sie kämen von den Monden, so nahe, dass sie darin eine Bestätigung ihrer Kräfte und des Wissens, das sie ihr vermittelten, erblickte. Sie hatte Recht gehabt! Und diese Fremden heirateten ganz wie normale Menschen ... das hätte fast gereicht, sie abzulenken.

Aber nicht für lange. Sie musste mehr über die Situation erfahren, in die Lorill sich gebracht hatte. Und was war genau zwischen ihm und Kermiacs Schwester vorgegangen?

Was hat Aldaran gesagt?, fragte sie.

Lorills Gedanken zeigten eine Spur von Missmut und Ärger, die vorher nicht vorhanden gewesen war. *Kermiac sprach zu mir auf eine Weise, die ich ihm nur schwer verzeihen kann. Schließlich fragte ich ihn: »Wollt Ihr mir erzählen, Eure Schwester sei eine behütete Jungfrau?« Ich meinte es ironisch, aber er fasste es als ernsthafte Frage auf. Oder er hatte die Absicht, mich auf eine Weise zu beleidigen, die mir keine Möglichkeit einer Vergeltung ließ. Denn er fragte: »Ist Eure Schwester keine?«*

Leonie konnte nicht wissen, wie Kermiac das gemeint hatte, aber die Unverschämtheit einer solchen Frage machte sie zornig. Wie konnte der Mann es wagen, ihre Ehre zu verunglimpfen? *Und?*, drängte sie Lorill. *Was hast du darauf erwidert?*

Ich sagte: »Doch, aber meine Schwester wird in einem Turm behütet, wie es sich schickt, und wedelt nicht vor jedem Mann, der sie ansieht, mit ihren Röcken.« Es klang, als sei Lorill recht angetan von seiner eigenen Klugheit.

Klugheit? Nun, er hatte sich nicht monumental dumm verhalten, aber es war auch nicht die intelligenteste Antwort, die Lorill hätte geben können. Kein Wunder, dass Aldaran zornig war. Lorill hätte wirklich seinen Stolz beiseite schieben sollen. Aber wer war sie, dass sie ihn deswegen kritisieren sollte! Leonie vergaß ihren eigenen Zorn. Jetzt hörte sich der Streit nach nichts anderem mehr an als nach zwei kleinen Jungen, die Beleidigungen austauschten. Wie war sie in ein paarmal zehn Tagen um so viel älter geworden als ihr Zwilling? Oder war sie immer älter als er gewesen? *Oh, Lorill, das war ganz ungewöhnlich töricht. Wolltest du ihn schockieren? Was hat er dann gesagt und getan?*

Das setzte Lorill einen kleinen Dämpfer auf. *Er lachte mir ins Gesicht, obwohl man sah, dass er wütend war, und erklärte, ein Mann von Ehre wisse, was er in dieser Angelegenheit tun müsse, da es vor meiner Ankunft nicht den Hauch eines Geredes über Mariel gegeben habe. Über dieses Thema verbreitete er sich immer weiter. Ich hätte sie mit meinen Tiefländer-Worten getäuscht, ihr mit meinem Rang den Kopf verdreht und vielleicht sogar mein* laran *benutzt, um sie zu beeinflussen. Deshalb musste ich ihm schließlich sagen, ich sei erst fünfzehn und könne niemanden ohne die Zustimmung des Rates heiraten.*

Er hatte sich über die Anschuldigungen nicht aufgeregt, aber hinter diesem letzten Satz steckte eine ganze Menge Aufregung. Das also hatte ihn wütend gemacht: Er hatte eingestehen müssen, wie jung er noch war, und er war doch so stolz darauf gewesen, wie ein Erwachsener ausgesandt worden zu sein. Aber Leonie hörte auch einen Unterton von Selbstgefälligkeit heraus, der ihr nicht gefiel. Er bildete sich etwas darauf ein, dass er so schnell und mühelos einen Weg gefunden hatte, sich vor einer Verpflichtung zu drücken, die er nicht anerkennen wollte. *Er sagte zu mir: »Hier in den Bergen ist man der Auffassung, wenn ein Mann alt genug ist, um ein anständiges Mädchen zu kompromittieren, ist er auch alt genug, das wieder gutzumachen.« Das machte mich erst richtig wütend, und was konnte ich ihm anderes erwidern, als dass ich nach der Art, wie sie sich benimmt, nie auf den Gedanken gekommen wäre, Mariel sei ein »anständiges« Mädchen.*

Plötzlich breitete sich in Leonie eine große Stille aus. Diese paar Worte hätten zu Blutvergießen zwischen den Domänen und Aldaran führen können, und Lorill ahnte nicht, wie glücklich er sich preisen konnte, dass Kermiac ihn nicht auf der Stelle zum Duell gefordert hatte. Irgendwie musste sie ihm das begreiflich machen, bevor er etwas tat, das Aldaran keine andere Wahl mehr ließ, als ihn zu fordern. Wie kam es nur, dass die Männer es dem Zorn erlaubten, stärker zu werden als der gesunde Menschenverstand, vor allem, wenn Frauen im Spiel waren? *Lorill, sie ist Comyn und die Schwester des Lords von Aldaran. Wie konntest du so etwas auch nur denken, ganz zu schweigen davon, dass du es ausgesprochen hast?*

Lorill dachte, seine Schwester gebe weiblichen Hirngespinsten nach. *Leonie, ich schwöre dir – oh, sieh selbst!* Er bewies seine Worte mit Erinnerungen an Mariel, die Leonie wirklich den Eindruck vermittelten, sie sei schrecklich kokett ...

Aber so etwas galt in der Welt der Domänen als kokett, nicht in den Bergen, und Leonie erkannte zumindest eines: Mariel, die ganz anders erzogen worden war als sie und ihr Zwillingsbruder, hatte nicht kokett sein wollen. Es lag eine

Unschuld in ihrem Lächeln und ihren Blicken, in ihren freundlichen Worten, die nicht vorgetäuscht sein konnte.

Lorills Ton nahm jetzt noch mehr von dieser Selbstgefälligkeit an, die Leonie nicht gern hörte. *Diese Mädchen aus den Bergen sind schamlos, und ich habe von ihr nicht mehr genommen, als sie angeboten hat.*

Dabei handelte es sich, wenn Lorill sein Gedächtnis nicht trog, um nicht mehr, als dass er mit ihr getanzt hatte, umgeben von ihrer ganzen Verwandtschaft, und bei den paar Gelegenheiten, wenn er mit dem Mädchen allein gewesen war, ihre Fingerspitzen gehalten hatte. Wenigstens hatte Lorill so viel Verstand, dass er eine Lady von Aldaran nicht wie ein Dienstmädchen behandelte, das er besteigen konnte.

Nun fühlte sich Leonie von widerstreitenden Empfindungen hin und her gerissen. Sie nahm an, dass ihre Reaktion zum Teil durch Neid auf Mariels Freiheit verursacht wurde. Während ihres ganzen Lebens war sie eine behütete Tiefland-Lady gewesen. Sie war niemals ohne Anstandsdame und ohne eine Gänseherde von anderen Mädchen und *deren* Anstandsdamen irgendwohin gegangen. Von ihrem Bruder abgesehen, hatte sie niemals allein mit einem unverheirateten Mann gesprochen. Zu tun, was Mariel getan hatte, mit einem ledigen Mann zu sprechen, sogar zu tanzen ...

Für Leonie war es eine seelische Erschütterung. Sie fühlte ein merkwürdiges Prickeln, als höre sie eine anrüchige Klatschgeschichte, und empfand doch Unbehagen und Angst. Und wenn die Mädchen aus den Bergen so etwas taten, sollten sie dann nicht die Folgen tragen, auch wenn das bedeutete, dass jemand wie Lorill sie missverstand? War das nicht nur gerecht?

Sie war zu verwirrt, um eine überlegte Antwort zu geben, und sagte das Erste, was ihr in den Sinn kam. *Natürlich kann keine Frau von Aldaran hoffen, in unsere Sippe einzuheiraten.*

Leonie versuchte immer noch, Ordnung in ihre gegensätzlichen Gefühle zu bringen. *Du kannst eine Frau, die sich so schamlos betragen hat, nicht zur Gemahlin nehmen, und es ist sogar möglich, dass sie dich in eine Falle locken wollte. Jedenfalls kannst du dir eine solche Affäre nicht leisten – so würden unser Vater und der Rat sagen.*

Nein, eine solche Allianz würde niemals gestattet werden, selbst wenn dadurch die Zwietracht mit den Aldarans noch verschärft wurde – was so gut wie sicher war.

Ich würde mir keine zu großen Sorgen machen, meinte Lorill leichtfertig. *Kermiac sagte mir, ich solle mich von seiner Schwester fernhalten, machte ein paar Bemerkungen in dem Sinne, ich sei noch ein Kind, und stolzierte davon. Vielleicht hat auch nur der Wein aus ihm gesprochen. Es wurde wegen dieser Sternenleute und ihrer Heirat ein großes Fest gefeiert.*

Leonie entspannte sich. Das mochte durchaus der Fall sein. Männer sagten manches, wenn ihnen der Wein zu Kopf gestiegen war, was sie zu keiner anderen Zeit sagen würden. Und oft wurde das, was unter dem Einfluss von Alkohol gesprochen worden war, ebenso ignoriert oder sogar vergessen, wie das, was sich unter den vier Monden abgespielt hatte. Mochte Lorill sich ruhig beleidigt fühlen, weil Kermiac ihn als törichtes Kind betrachtete. Es war dann unter Kermiacs Würde, ihn seiner Torheit wegen zu fordern. Geschehen war geschehen, und alle Schmiede in Zandrus Höllen können ein zerbrochenes Ei nicht wieder flicken. Was daraus auch entstehen mochte, es ließ sich nicht mehr ändern.

Aber Leonie war jetzt hellwach und daran erinnert worden, aus welchem Grund sie Lorill gebeten hatte, nach Aldaran zu reisen.

Ich wünschte, ich könnte diese Leute von den Monden sehen, sagte sie sehnsüchtig.

Lorill schnaubte. *Ich kann nicht glauben, dass du nicht*

fähig sein solltest, Kontakt mit ihnen aufzunehmen, wenn es dein Wunsch ist. Dein laran *ist schließlich stärker als meins.*

Das ist wohl wahr, gab Leonie widerstrebend zu. Aber ihr war bei dem Gedanken, Verbindung mit den Fremden aufzunehmen, nicht wohl zu Mute. Als die Fremden in der Schutzhütte gewesen waren und sie Kontakt mit ihnen gehabt hatte, war sie nicht im Stande gewesen, diesen Kontakt zu *kontrollieren,* und es gab keine Garantie, dass es ihr jetzt besser gelingen würde.

Vielleicht später. Auch dieses Eingeständnis widerstrebte ihr. *Für den Augenblick musst du meine Augen unter ihnen sein. Und pass auf, dass du von den Aldarans nicht in eine Falle gelockt oder kompromittiert wirst. Denke daran, es wäre für sie eine große Genugtuung, wenn die Hasturs in ihrer Schuld stünden – oder, noch schlimmer, in ihrer Gewalt wären. Wenn sie einen der Hasturs in ihrer Familie hätten, könnten sie uns die größten Schwierigkeiten machen.*

Daran brauchst du mich nicht zu erinnern, dessen bin ich mir voll bewusst, antwortete er ruhig. *Und ich werde es so schnell nicht wieder vergessen.*

Leonies Gedanken wanderten zu den Fremden zurück, da Lorill jetzt wenigstens eingesehen hatte, dass er großes Unheil anrichten konnte, wenn er weiter den Narren spielte. *Die Sternenleute – kann einer von ihnen deine Gedanken lesen?*

Aus irgendeinem Grund sind die meisten von ihnen kopfblind, berichtete Lorill. *Eine oder zwei der Frauen und vielleicht einer der Männer sind es nicht. Ich vermute, dass ihr* laran *sich von dem meinen unterscheidet, aber* laran *ist es trotzdem.*

Er machte nicht den Eindruck, als unterhalte er sich mit großer Begeisterung über die Sternenleute. Leonie konnte nicht sagen, ob es daran lag, dass er müde war, oder daran, dass sie nicht die richtigen Fragen stellte. Vielleicht beunruhigte ihn die Geschichte mit Kermiac auch stärker, als er selbst zugeben wollte.

Doch sie musste mehr erfahren. *Wie kann das sein? Wie ist es möglich, dass einige von ihnen* laran *haben und andere nicht?*

Sei vernünftig, Leonie, sagte er ärgerlich. *Haben alle Bauern* laran? *Oder auch nur alle Comyn? Warum sollte das bei den Sternenleuten anders sein? Außerdem haben sie Geräte, mit denen sie Dinge tun, die im Turm ausgebildete Personen mit* laran *vollbringen. Ich habe einige davon gesehen. Vielleicht brauchen sie kein* laran. *Und jetzt bin ich müde und möchte gern schlafen.*

Bevor sie ihn weiter ausquetschen konnte, schmolz ihre Verbindung und ließ sie wach und enttäuscht mit hunderttausend unbeantworteten Fragen zurück.

Auf diese Fragen musste sie die Antworten unbedingt selbst finden.

Dazu bekam Leonie den ganzen Tag keine Gelegenheit, denn inzwischen waren ihr mehr als die normalen Pflichten im Turm übertragen worden. Fiora hatte anscheinend nicht die Absicht, ihr die Arbeitslast zu erleichtern. Aber wenn ihr, was selten geschah, die Muße blieb, einen Gedanken auf Fioras Tun zu richten, erkannte sie, dass Fiora ebenso viel oder mehr leisten musste als sie selbst. Wahrhaftig, Fiora erzog sie dazu, die Verantwortung einer Bewahrerin auf sich zu nehmen. Diese Überlegung allein genügte, die Fremden aus ihrem Gehirn zu verbannen.

Aber als der Tag zu Ende ging, war sie wieder allein in ihrem Zimmer, und diesmal war sie nicht so erschöpft, dass sie auf der Stelle einschlief.

Angespornt von ihrer halb vergessenen Neugier langte sie mit ihren Gedanken hinaus, um mit einem von den Sternenleuten Kontakt herzustellen. Endlich wollte sie ergründen, woher sie in Wahrheit stammten. Dass sie von den Monden gekommen waren, klang schon unglaublich – aber von den Sternen?

Beinahe sofort hatte sie eine Verbindung hergestellt. Es bestand kein Zweifel, dass es jemand von den Sternenleuten war, denn der Verstand war vollgestopft mit verwirrenden Bildern von Maschinen, überflutet von Konzepten mit seltsamen Namen wie *Computer* und *Kortikator, Meteorologie* und *Astrogation.* Leonie entdeckte schnell, dass es sich um die Frau handelte, von der Lorill gestern Abend gesprochen hatte, die Frau, die an jenem Tag verheiratet worden war.

Doch Leonie konnte die Verbindung nicht lange aufrechterhalten, denn der Verstand der Frau war nicht nur voll von diesen fremdartigen Wörtern und Konzepten, sondern auch noch von anderen Dingen, die einer jungfräulichen Kandidatin auf das Amt einer Bewahrerin ebenso fremdartig waren.

Vielleicht war die Zeit zum Schlafengehen nicht der beste Augenblick gewesen, um den Kontakt herzustellen ... Die Frau dachte an ihre Liebe und an ihre neue Beziehung zu ihrem frisch angetrauten Ehemann. Die fleischlichen und sinnlichen Bilder beunruhigten Leonie und vielleicht ängstigten sie sie auch ein bisschen.

Trotz ihres beschleunigten Lernprogramms reichte Leonies Erfahrung nicht aus, um die Gedanken der Frau nach dem, was sie wissen wollte, zu sieben. Dauernd drängten sich andere Dinge hinein, und schließlich erkannte Leonie, dass die Frau sehnsüchtig auf ihren Mann wartete, damit er zu ihr ins Bett kam.

Das funktioniert nicht, dachte sie und brach den Kontakt ab. Besser, sie suchte nach dem Verstand, mit dem sie schon einmal kommuniziert hatte, dem Verstand, der sich mit Musikinstrumenten beschäftigte. Dieser Geist war dem Leonies ähnlicher – sie hatte den Eindruck einer Art Turm oder von einem Bauwerk erhalten, über den die Jungfrau herrschte. Etwas ... weiß wie Knochen oder Elfenbein. In diesem Geist mochte es fremdartige Konzepte geben, aber keine störenden sexuellen Bilder.

Es war leichter, die Frau zu finden, als sie es sich vorgestellt hatte. Leonie ergriff die Gedanken und benutzte sie, näher heranzukommen. Und als sie den Kontakt einmal hergestellt hatte, fand sie vieles, was sie reizte und interessierte. Zum Beispiel war die Frau eine von der fremden Art. Bei einem Blick in den Spiegel hatte ihre unfreiwillige Wirtin ihr gezeigt, dass ihre Haut dunkler war, als Leonie sie je bei einem Menschen gesehen hatte.

Von großer Bedeutung war das nicht. Leonie war mit Geschichten über die *chieri* groß geworden, auch wenn sie nie eines der Wesen gesehen hatte. Ysaye – den Namen fand sie, als sie ein bisschen diskret herumstocherte – war in ihren Gedanken durch und durch menschlich. Sie war Jungfrau, jawohl, und würde es wahrscheinlich auch bleiben – Männer interessierten sie nicht, und Frauen ebenso wenig. Aber Leonie erfuhr zu ihrem Entzücken, dass Ysaye tatsächlich eine Art von Bewahrerin war, eine Bewahrerin von Wissen, und ihr Turm (Ysaye bezeichnete ihn in ihren Gedanken als »Elfenbeinturm«) war eine von diesen *Maschinen,* eine, die Informationen speicherte und mit einer Geschwindigkeit, die Leonie schwindelig machte, bekannt gab. Sie stellte in Ysayes Geist fest, wie viel an Information das war, und bei dem bloßen Gedanken daran blieb ihr die Luft weg. Alle Bibliotheken auf der Welt konnten nicht ein Zehntel von dem enthalten, was der *Computer* in seinem Inneren barg!

Und das war noch längst nicht alles. Der Computer war der Schlüssel zu riesigen Schatzkammern mit anderen Dingen. Er konnte sogar Musik machen, völlig ohne Musiker, wie durch Zauberei ...

Die Begeisterung brachte Leonie beinahe dazu, sich von Ysaye entdecken zu lassen.

Die Frau wählte Musik aus, die der Computer ihr zum Einschlafen vorspielen sollte. Neugierig, wie sie war, blieb Leonie und hörte sich einiges davon an. Etwas, das *Mozart* genannt wurde, fesselte sie und erfüllte sie mit Ehrfurcht. Die Fremden könnten eine Menge zu bieten haben, wenn sie fähig waren, solche Musik zu erschaffen.

Ysaye entspannte sich, und nun prüfte Leonie die Zufallserinnerungen, die ihr durch den Kopf gingen: eine Sonne, viel heller als ihre eigene und von grellem Weiß, ein einziger kalter weißer Mond. Schattige Bäume an einem See und der Abenddämmerungsflug von seltsamen, schönen, rosenfarbenen Vögeln, die vom Wasser hochflatterten ...

Die Arbeit, die Ysaye als Bewahrerin ihres Computer-Turms tat ...

Zu Leonies Verwunderung arbeitete sie als Gleichberechtigte mit Männern zusammen. Nun, das hätte sie eigentlich nicht überraschen dürfen, denn das war auch in den Türmen, die Leonie kannte, der Fall, und sie würde ebenfalls eine solche Stellung einnehmen, wenn sie ein bisschen mehr Erfahrung gesammelt hatte. Der Reichtum an Wissen, der Ysaye zur Verfügung gestanden hatte, überwältigte Leonie, und sie war umso mehr beeindruckt, als sie entdeckte, dass Ysaye aus ganz bescheidenen Verhältnissen stammte. Ihre Familie hatte beinahe Not gelitten. Und doch war es ihr ermöglicht worden, all das zu lernen. Sie hatte sogar Unterricht in der Musik erhalten, die das Vergnügen der Reichen war, wie Fiora betont hatte.

Die Feststellung, dass Ysaye von armen Leuten abstammte, löschte sämtliche Bedenken aus, die Leonie vielleicht noch davon abgehalten hätten, in den Gedanken und Erinnerungen der Fremden herumzustöbern. Obwohl Leonie bereits den ersten der *Laran*-Eide, die man Telepathen abverlangte, geleistet hatte – niemals ohne Erlaubnis in die Gedanken eines anderen einzudringen und niemals zu einem anderen Zweck, als zu helfen oder zu heilen –, bezog sich der Eid in ihren Augen kaum auf jemanden wie Ysaye. Die Frau war erstens ein Alien und gehörte zweitens nicht zu Leonies Kaste.

Da Ysaye außerdem von dieser Erforschung nichts wusste, redete Leonie sich ein, würde ja auch kein Schaden angerichtet werden.

Und selbst wenn sie es wüsste, wäre sie wahrscheinlich mit Freuden bereit dazu, sagte sich Leonie. *Wie könnte sie es nicht sein? Sie dient dem Wissen, und ich lerne von ihr und ihrem Volk.*

Sie lernte mehr als genug, um nun sicher zu sein, dass alles, was Lorill erfahren hatte, die Wahrheit war. Diese Leute kamen von einem anderen Stern. *Terraner* nannten sie sich.

An diesem Punkt schlief Ysaye ein. Leonie glitt leicht und unauffällig aus dem Kontakt. Sie war entschlossen, bei ihrem Vater und dem Rat ihren ganzen Einfluss zu Gunsten dieser Sternenleute geltend zu machen. So vieles von dem, was sie besaßen, war nützlich, und manches andere war einfach wünschenswert.

Und Ysaye war Leonie ähnlicher als beinahe jeder andere Mensch, den sie je kennen gelernt hatte. Vielleicht sogar ähnlicher als ihr Zwillingsbruder.

15

Endlich kam eine Nachricht von der Imperiumszentrale. Man hatte die Situation diskutiert, und der Schluss lautete: Cottman IV war vom Terranischen Imperium ein Status verliehen worden, und entgegen allen Befürchtungen war es einer, der sowohl Elizabeth und David als auch Kapitän Gibbons freute – Ryan Evans jedoch nicht. Es bereitete Elizabeth Lorne ein gewisses Vergnügen, Evans' saures Gesicht zu sehen, als der Bescheid bekannt gegeben wurde.

Der Planet wurde nicht gesperrt – was bedeutet hätte, dass sie ihre Projekte hätten einstellen, alle Dinge terranischen Ursprungs einsammeln, zusammenpacken, an Bord des Schiffes gehen und abreisen müssen. Aber er wurde auch nicht zur Offenen Welt erklärt, was die Eingeborenen und ihre verwundbare Ökonomie der Gefahr einer rücksichtslosen Ausbeutung ausgesetzt hätte. Stattdessen hatte man die selten benutzte Kennzeichnung *Bestimmten Beschränkungen unterliegend* gewählt. MacAran hatte Überraschung geäußert, ebenso Britton, der etwas murmelte wie »Das hat es zu meiner Zeit nicht gegeben ...« Tatsächlich kam es sehr selten vor. Elizabeth hatte nicht einmal gewusst, dass es diesen Status gab, und musste den Ausdruck nachschlagen. Bei dem, was sie fand, wäre sie am liebsten in Jubel ausgebrochen.

Für eine bestimmten Beschränkungen unterliegende Welt gab es strenge Begrenzungen des Handels und des Kontakts mit den Eingeborenen. Den Terranern würde erlaubt werden, einen Raumhafen zu bauen, *falls* die Eingeborenen zustimmten und bereit waren, ihnen das Land zu übertragen. Aber für jedes einzelne Geschäft musste die Initiative von den Eingeborenen ausgehen, es war die Einwilligung der lokalen Regierung dazu notwendig, und Terranern war der Aufenthalt außerhalb des Raumhafens und der Handelsstadt, die um den Raumhafen errichtet wurde, verboten, wenn nicht eine ausdrückliche Erlaubnis der Eingeborenen vorlag.

Danach war es Terranern nicht möglich, ohne Begleitung in der Landschaft umherzustreifen. Die Rohstoffe, zum Beispiel die Hartholz-Wälder oder die paar Metalle, deren sich dieser arme Planet rühmen konnte, würden seinen Bewohnern nicht weggenommen werden. Evans bekam keine Chance, nach Waren zu suchen, die er hier billig einkaufen und anderswo in Credits aufwiegen lassen konnte. Und sollte er doch so etwas finden, erhielt der eingeborene Lieferant einen Teil des Gewinns. Natürlich mochte der Eingeborene, der mit Evans Geschäfte machte, ein ebenso großer Halunke sein wie Evans selbst, aber wenigstens war er ein Eingeborener, und dem Planeten würde etwas von dem Profit in Form von Steuern und zur Ankurbelung des Absatzmarktes zufließen.

Soweit es Elizabeth betraf, war es die beste aller möglichen Lösungen. Sie selbst würde nur von wenigen oder gar keinen Beschränkungen betroffen werden. Sie und David waren überall in Caer Donn, in Aldarans Burg und auf seinem Land willkommen. Als Musikerin war sie sich auch ziemlich sicher, dass sie überall auf dem Planeten willkommen sein würde. Aber Leute wie Ryan Evans, die den meisten Eingeborenen auf die Nerven gingen, würden sich wahrscheinlich auf Terranisches Hoheitsgebiet beschränkt sehen. Es war äußerst zweifelhaft, dass Evans irgendjemanden fand, der bereit war, ein Handelsabkommen vorzuschlagen, gegen das der Terranische Legat keinen Einspruch erheben würde. Vielleicht war dieser seltsame Freund Kermiacs, der sich Raymon Kadarin nannte, willens, ihm zu helfen, aber Evans' allgemeine Verachtung für die Eingeborenen machte es unwahrscheinlich, dass sonst irgendwer seine Partei ergriff.

Für Kapitän Gibbons und seine Crew würde natürlich der Finderlohn höher ausfallen, weil der Planet als Basis sowohl für einen beschränkten Handel als auch einen Raumhafen dienen durfte. Deshalb war der Kapitän glücklich, und Elizabeth kam der Gedanke, er sei vielleicht derjenige gewesen, der die »Bestimmten Beschränkungen« vorgeschlagen hatte. Zwar hätte er mehr verdient, wenn der Planet zur Offenen Welt erklärt worden wäre, aber Elizabeth wusste, dass für einen so anständigen Menschen wie Kapitän Gibbons die Credits nicht an erster Stelle kamen.

Und inzwischen konnten Elizabeth und David, während alle anderen Vorbereitungen für den Raumhafen und die Siedlung trafen, mit der Gründung der Familie anfangen, auf die sie so lange gehofft, die sie so lange diskutiert hatten ...

Sobald der Status bekannt gegeben worden war, hatte Elizabeth die Ärztin aufgesucht und ihr empfängnisverhütendes Implantat entfernen lassen. Als Aurora fragte, ob Elizabeths Pläne für Kinder nicht warten könnten, bis sie sich an ihre neue Umgebung angepasst habe, antwortete Elizabeth, sie habe bereits drei Jahre gewartet, und das sei lange genug!

Auch Kapitän Gibbons hatte sofort etwas zu erledigen. Er suchte Kermiac auf, schloss sich mit ihm für einen halben Tag ein und verhandelte im Namen des Imperiums mit ihm, während Lorill Hastur vor Langeweile fast umkam und keine Ahnung davon hatte, was innerhalb der Burg vor sich ging. Als er es erfuhr, war es zu spät. Die Vereinbarungen waren getroffen, und der neue Terranische Raumhafen und die Handelsstadt würden auf Aldaran-Land entstehen.

Lord Aldaran gab seine Erlaubnis und übertrug den Terranern ein Stück seines Grundbesitzes. Dafür erhielt er Privilegien, für die Elizabeth sich nur wenig interessierte. Ihr war es wichtiger, dass der Bau der neuen Siedlung und des Raumhafens sofort begann. Sie und David, die frisch verheiratet waren und eine Familie gründen wollten (was durch die Entfernung des Implantats signalisiert wurde), hatten Anrecht auf das erste Einfamilienhaus der Bauplanung. Elizabeth hatte gehört, was anderen widerfahren war, wenn sie in einer solchen Situation mit Kindern »besonnen« gewartet hatten: Man setzte sie ans Ende der Warteliste, und während an den Raumhafen und die Raumhafenstadt dauernd neue Anforderungen gestellt wurden, rückten sie immer weiter nach hinten. Sie hatte sogar von Paaren gehört, die gezwungen gewesen waren, das erste Jahr mit ihrem Neugeborenen in einem Einzimmer-Apartment in der Unterkunft der Verheirateten zu verbringen. So etwas würde ihr und David nicht passieren, sagte sie sich entschlossen.

Heute wollten sie und David sich ansehen, wie weit die Arbeit an ihrem Haus fortgeschritten war. Terranische Maschinen lieferten aus hiesigem Rohmaterial hergestellte Baustoffe, und man benutzte der Landschaft angepasste terranische Pläne. Aber es waren eingeborene Arbeiter, die die Gebäude unter terranischer Aufsicht errichteten. Die neue Siedlung wuchs auf unbebautem Boden in der unmittelbaren Nachbarschaft von Caer Donn. Die Terraner hatten dort die Fundamente gelegt für ein Dorf mit Wohnheimen für Verheiratete und Ledige, die bleiben würden, wenn das Schiff wieder startete, und das Lorne-Haus war das erste völlig private Gebäude. Schon gab es ein biologisches Labor, ein Sprachlabor, eine Schule (David Lornes Sonderprojekt) und mehrere andere einfache Fachwerkbauten zu sehen, die als Hauptquartier des Imperiums dienen würden, bis das normalerweise eindrucksvolle Regierungs-HQ gebaut werden konnte. Dazu wollte man hiesigen Stein verwenden (»Daran herrscht bei uns kein Mangel«, hatte Kermiac launig gemeint), sobald das Wetter sich besserte und in den Steinbrüchen wieder gearbeitet werden konnte.

Die eingeborenen Bauarbeiter hatte Kermiac von Aldaran

besorgt. Sie waren zu dieser flauen Jahreszeit froh über die Verdienstmöglichkeit und hatten anscheinend keine Skrupel, Terranern zu dienen. Die Terraner hatten sich einverstanden erklärt, sie in Rohmetallen und metallenen Werkzeugen zu bezahlen, und man hatte ein Tauschsystem entwickelt, das offenbar alle zufrieden stellte.

Elizabeth schmiegte sich an Davids Schulter und seufzte glücklich. Ihr neues Haus erhob sich ganze drei Stockwerke hoch und hätte auf Terra leicht als Herrensitz gelten können. Hier war es einfach ein großes Haus, und die einzige Sorge würde sein, wie man es heizte. Aber das stellte für die terranische Technologie kaum ein Problem dar. »Ein solches Haus hätten wir daheim nie haben können. Es ist groß genug für ein dutzend Kinder, wenn wir so viele haben wollen.«

»Groß genug für alle deine Instrumente, meinst du wohl«, neckte David sie. »Ich habe die Sammlung gesehen, die du zusammenträgst. Und ich zweifele überhaupt nicht daran, dass du irgendwo einen eingeborenen Handwerker finden wirst, der einen Versuch wagen will, unsere Instrumente zu kopieren. Als Nächstes wirst du dann vermutlich ein Klavier haben wollen.«

Sie lachte ihn an. »*Natürlich,* wenn ich jemanden finde, der es baut! Man hat hier bereits Harfen, und was ist ein Klavier schließlich anderes als eine Harfe in einem Resonanzkasten?«

»Du bist ganz schön respektlos«, meinte er.

Kermiac von Aldaran hatte sich so sehr gefreut, seinen Leuten diese Arbeit verschaffen zu können, dass niemand, nicht einmal Elizabeth, Veranlassung hatte, ihren Mit-Terranern vorzuwerfen, sie beuteten die Eingeborenen aus.

»Gelernte Handwerker haben zu dieser Jahreszeit keine Arbeit«, hatte Kermiac gesagt. »Und was die ungelernten Arbeiter betrifft, so sind viele der kleinen Höfe in den Bergen zu Schafzuchtbetrieben zusammengelegt worden, und die ehemaligen Kleinbauern wissen nicht, was sie anfangen sollen. Sie werden glücklich sein, eine Beschäftigung zu finden, und wenn ihr bereit seid, sie gleichzeitig in einem anderen Beruf auszubilden ...«

Dieses Versprechen konnte Kapitän Gibbons leicht erfüllen. Bis die Gebäude fertig waren, würden die hiesigen Arbeitskräfte Erfahrung in allem, von der Ziegelfertigung bis zur Verkabelung haben. Erstaunlich, dass nur wenige Eingeborene Kenntnisse vom Ziegeleihandwerk hatten, obwohl es hier doch Material sowohl für die Ziegel als auch die Brennöfen gab. Vielleicht lag es daran, dass Stein so reichlich vorhanden war. Aber sobald die Leute einmal erkannt hatten, welche Vorteile Ziegel im Vergleich zu Stein boten, würden die in ihrer Herstellung ausgebildeten Arbeiter auf große Nachfrage stoßen.

Die Eingeborenen wussten, welche Rohstoffe zur Verfügung standen. Sie konnten den Ingenieuren, die das Abwassersystem entwarfen, Ratschläge für dieses besondere Klima geben. Die Werkzeuge, mit denen sie bezahlt wurden, waren auf Aldaran verzweifelt knapp, und wenn der Rest der Welt so arm an Metallen war wie diese nördlichste Domäne, herrschte daran wahrscheinlich überall Mangel.

Gold kam anscheinend selten vor, doch merkwürdigerweise wurde es außer bei zahnärztlichen Arbeiten und manchen ornamentalen Einlegearbeiten wenig geschätzt. Zuweilen wurde es in der alten Legierung, die die Ägypter »Elektrum« nannten, mit Silber gemischt und zu zeremoniellen Messern und Gefäßen verwendet. Ansonsten galt es als zu weich, um von Nutzen zu sein, denn es bog sich zu leicht und konnte nicht geschärft werden. Silber hatte, obwohl es anläuft, einen höheren Wert, denn es war härter. Einige kleinere Münzen wurden daraus hergestellt, darüber hinaus Schmuck und Einlegearbeiten.

Ein Großteil des Geldes und der Schmucksachen bestand aus Kupfer. Das Geld hatte entweder die Form von großen Münzen oder von Ketten aus genau abgewogenen Gliedern, die man aufbiegen und einem Kaufmann geben konnte.

Eisen war knapp, und Stahl gab es nicht, die Waffen von Kermiacs privater Leibwache ausgenommen. Was das gewöhnliche Volk an Eisen besaß, wurde hauptsächlich für Hufeisen reserviert.

Einfache Eisen- und Stahlwerkzeuge stellten den eigentlichen mobilen Reichtum der Eingeborenen dar. David hatte gesehen, dass ein altes Hufeisen, das man bei Rodungsarbeiten für den Raumhafen fand, ein kleines Stück Metall, beinahe aufgefressen vom Rost, geborgen wurde, wie ein Terraner mit einem Fund aus Platin oder sonst einem seltenen und kostbaren Metall umgegangen wäre.

Der Dorfschmied hatte ihnen erzählt, im Tiefland kämen Metalle etwas häufiger vor. Elizabeth hatte nicht ganz verstanden, wie sie abgebaut wurden, aber auf jeden Fall war der Vorgang ungeheuer kompliziert – und eigenartig. Er hatte gesagt, es sei heute schwieriger als zu Zeiten seines Großvaters. Viele Gegenstände, bei denen Terraner vorausgesetzt hätten, dass sie aus Metall hergestellt wurden, bestanden aus gehärtetem Holz, Keramik oder sonst einem alternativen Material.

Elizabeth erfuhr außerdem, dass in längst vergangener Zeit alles einfacher gewesen sei. *Laran* – so nannten die Eingeborenen die Telepathie – hatte damals Dinge möglich gemacht, die es jetzt nicht mehr gab. Sie hätte gern gewusst, was davon Märchen über die »gute alte Zeit« waren und was auf Tatsachen beruhte.

Für Evans wären das wahrscheinlich nur Phantastereien gewesen.

David ließ sie mit ihren Betrachtungen über ihr neues Haus

allein, weil im Sprachlabor Leute auf ihn warteten, um die er sich kümmern musste. Nicht alle Eingeborenen waren so gefällig wie Kadarin. Ihre Sprache musste auf mühselige Weise eingefangen werden, ein Satz hier, ein Wort da, und manchmal hatten sie vor Davids Maschinen ein bisschen Angst. Oft musste er ihnen gut zureden, um nur ein paar Worte oder eine Geschichte aus ihnen herauszuholen.

Elizabeth wanderte auf ihrem Grundstück umher und blieb den Arbeitern aus dem Weg. Hier kam die Küche hin, dort das Musikzimmer. Der nächste Raum hatte im Augenblick noch keine Bestimmung, aber er war groß und würde im Winter die meiste Zeit Sonne haben. Vielleicht sollte sie das alte Konzept eines »Solariums« wieder aufgreifen, ein Raum, in dem eine Dame im Winter ihre Zeit verbrachte ... Elizabeth hatte ein Traumbild von sich selbst, wie sie in der Sonne auf einer Schoßharfe spielte und ein schlafendes Baby in einer Wiege neben ihr lag.

Nebenan würde Davids Büro hinkommen. Sie beide wollten, dass die Eingeborenen einen Raum im Haus fanden, der ihnen weniger bedrohlich vorkam als ein Labor im Hauptquartier. Kadarin hatte David geholfen, ihn zu entwerfen. Er sollte einem Zimmer in einem Haus von bescheidenem Wohlstand in Caer Donn möglichst ähnlich sehen.

Als hätten ihre Gedanken ihn herbeigerufen, sah sie Kadarin näher kommen.

»Wo seid Ihr gewesen?«, fragte sie ihn neugierig, nachdem sie ihn begrüßt hatte.

Er wies mit der Hand auf das Gebäude, das dem terranischen Nachrichtendienst übergeben worden war »Ein interessantes Angebot«, sagte er. »Euer Kapitän wünscht, mehr über diese Welt zu erfahren. Er möchte mich engagieren.«

Elizabeth hob die Augenbrauen. »Als ... äh ...«

»Als Agenten«, erklärte Kadarin seelenruhig. »Ich soll für

ihn in das Land jenseits von Carthon reisen und ihm Informationen über die Trockenstädter besorgen.«

Elizabeth stieß mit ihrem Zeh gegen einen Stein. »Warum Ihr?«, erkundigte sie sich.

»Das liegt auf der Hand«, antwortete Kadarin. »Ich bin einer der wenigen Menschen in diesen Bergen, die bereit sind, den Fluss Kadarin zu überqueren, die Trockenstädte zu besuchen und zu sehen, was sich dort abspielt. Euer Kapitän hat versprochen, mich in den Techniken zu unterweisen, mit denen ihr eure Landkarten herstellt, so dass ich dann dieses ganze Territorium aufzeichnen kann.«

»Und das macht Euch nichts aus?«, fragte Elizabeth vorsichtig und stieg über einen Stapel Ziegelsteine.

Kadarin zuckte die Achseln. »Überhaupt nichts. Ich kenne viele der Trockenstadt-Sprachen. Ich habe ein paar Freunde dort, und wegen meiner Größe und meiner Farben gehe ich dort als Trockenstädter durch. Nicht einmal in eurem Volk gibt es viele, die das schaffen würden, aber natürlich ist keiner von euch für die Aufgabe geeignet.«

Sie sah ihn nachdenklich an. Es war sehr wenig, was sie oder einer der anderen Terraner über ihn wusste. Er war Kermiac Aldarans Freund, und er war duldsamer gegen Evans als die übrigen Eingeborenen. Das war auch schon alles. »Seid Ihr von Trockenstädter Blut?«, fragte sie geradeheraus.

Kadarin musterte ihr Gesicht. Was auch immer er dort sah, es musste ihm irgendetwas bestätigen. Er lächelte leicht.

»Nein«, erwiderte er. »Ich war – sagen wir, ich sei eine Art Findelkind, obwohl ich meine Leute kenne. Sie legten mir nahe, mich anderswohin zu verfügen.«

Seine tonlose Stimme ließ immer noch Bitterkeit erkennen. »Wer sind Eure Leute?«, fragte sie kühn. Ihr war eingefallen, was Ysaye über sein Aussehen und die Schlussfolgerungen, die sich daraus ziehen ließen, gesagt hatte.

Er lächelte über ihre Vermutungen. »Hier in den Bergen ist es meines Alters und meiner Farben wegen für jeden offensichtlich, dass einige meiner Vorfahren unter dem alten Feenvolk zu suchen sind – den *chieri*. Kermiac dachte anfangs, Ihr kämet von ihnen. Als niemandes Verwandter bin ich natürlich die geeignetste Person, die Trockenstädte zu erkunden. Und später reise ich vielleicht in die Domänen, nach Thendara – als Gesandter sowohl Kermiacs als auch Eures Kapitäns.«

Elizabeth fuhr sich mit der Zunge über die Lippen. Das war nicht der Plan, den sie vor der Hochzeit gehört hatte. »Ich dachte, Lorill Hastur solle für Kermiac in die Domänen zurückgeschickt werden. Das ist doch das Land südlich von hier, richtig?«

»Ja. Aber Lorill ist im Moment nicht sonderlich gut gelitten.« Kadarin grinste. »Kermiac hat mit Lorill Hastur gestritten. Er bekam heraus, dass Lorill mit seiner Schwester Mariel Spiele getrieben hat, die dem Ruf des Mädchens schaden. Ich nehme an, nach euren Begriffen wäre das Ganze harmlos gewesen, und, um die Wahrheit zu sagen, ich denke, der Junge hatte nichts Böses im Sinn. Er ist schließlich noch sehr jung, und er ist an die freien Manieren der Mädchen hier in den Bergen nicht gewöhnt. Unten in den Domänen werden Jungfrauen aus guter Familie auf Schritt und Tritt von Anstandsdamen begleitet, bis sie verheiratet sind.«

Elizabeth schüttelte den Kopf. »Wir schockieren Euch sicher.«

»Mich?« Kadarin lachte spöttisch, als gebe es in seiner eigenen Vergangenheit Geheimnisse, neben denen die Sitten der Terraner zahm wirkten. »Mich kann man nicht leicht schockieren. Und Kermiac nimmt euch, wie ihr euch gebt, denn die Leute aus den Bergen sind an freiere Sitten gewöhnt. Aber in den Domänen würde man euch äußerst eigenartig und, offen gesagt, ziemlich abstoßend finden.«

Sein Lächeln war echt und ungezwungen, und es forderte sie auf, den Scherz mit ihm zu teilen. Sie lachte.

»Kermiac wird Lorill keine zweite Gelegenheit geben, mit Mariels Herzen zu spielen. Zurzeit ist er für Mariel weiter nichts als ein aufregender Fremder, aber Kermiac will jedes Risiko vermeiden. Deshalb kehrt Lorill morgen in seine Heimat zurück, allein und ohne einen Auftrag von Aldaran. Kermiac wird dem Jungen keine Botschaft anvertrauen. Es hat keinen Sinn, jemanden zum Gesandten zu machen, der nicht einmal gegenüber einem jungen Mädchen gesunden Menschenverstand walten lässt.«

»Das ist wohl wahr«, stimmte Elizabeth ihm zu. Sie entfernten sich von dem Haus, bahnten sich einen Weg durch Stapel von Baumaterial, von denen man manches, zum Beispiel Grünholz, Polyester-Isolation und Verbundplatten, noch nie auf dieser Welt gesehen hatte. Nichts konnte in einer solchen Zivilisation mehr Ärger bereiten, als wenn jemand mit den beschützten Frauen herumspielte. Elizabeth hatte hunderte solcher Gesellschaften studiert, und das war eine Konstante, die sich nie veränderte. Auch herrschte niemals ein Mangel an jungen Männern wie Lorill, die eifrig nach Frauen suchten, die sie ausnutzen konnten.

»Reist Ihr gleich nach den Trockenstädten ab?«, fragte sie. Und als sie es aussprach, kam ihr zu Bewusstsein, dass er ihr fehlen würde. Er war, Kermiac Aldaran selbst ausgenommen, der Einzige unter den Eingeborenen, der wirklich freundlich gewesen war. Alle übrigen hatten die Terraner als Wohltäter betrachtet, aber eine vorsichtige Distanz eingehalten.

»Nicht gleich, ich werde noch einige Zeit hier sein und Eurem Mann und ... anderen helfen«, antwortete er. »Kapitän Gibbons hat mir außerdem eine Reise in einem eurer Fahrzeuge versprochen. Sie könnte, wie er sagt, zu ... der Stadt gehen, die ihr auf dem Mond Liriel gebaut habt. Ich würde gern eure ...« Er zögerte, denn in der Eingeborenensprache gab es kein Wort für »Wetterstation«, und schließlich musste er es auf Terra-Standard sagen.

»Ihr habt unsere Sprache erstaunlich schnell gelernt«, beglückwünschte Elizabeth ihn. »Und mehr als die Sprache – Ihr habt auch die Konzepte begriffen. Das ist bewunderungswürdig.«

Es war ungewöhnlich für den Eingeborenen eines Planeten mit einem so niedrigen Technologie-Niveau wie diesem.

Für die Terraner mochte es noch etwas anderes bedeuten. Elizabeth und David hatten bereits mit Kadarin darüber diskutiert, ob die Planetenbewohner von der Crew und den Passagieren des Verlorenen Schiffes abstammen könnten. Er hatte es akzeptiert, wie er alles akzeptierte, was die Terraner ihm erzählten, ruhig, als eine weitere Tatsache. Doch er hatte sie gewarnt, dass die Idee seinen Landsleuten außerordentlich widerstreben würde.

»Betrachtet Kapitän Gibbons die Eingeborenen hier nicht als vollwertige Terraner?«, fragte Elizabeth. »Wenn er Euch einen Job als Agent anbietet und Euch Reisen zu unseren außerplanetarischen Einrichtungen verspricht, ist das doch ein Beweis dafür.«

Kadarin sandte ihr einen eigenartigen Blick zu. »Ich weiß wirklich nicht, was Euer Kapitän über diese Sache denkt. Gefragt habe ich ihn nicht. Schließlich kommt es auch nicht besonders darauf an.«

Elizabeth entging die Andeutung nicht. In ihren Augen war es offensichtlich – auch wenn sie zu höflich war, um es zu erwähnen –, dass Kadarin, er mochte sein, was er wollte, bestimmt kein normaler Mensch terranischen Ursprungs war.

Und welches fremde Blut auch immer in seinen Adern floss, es wurde offensichtlich von Felicia geteilt.

Kadarin lächelte, und er kniff die Augen zusammen, als folge er ihren Gedanken. Allerdings, vielleicht war es genau das, was er tat. Kermiac konnte schließlich auch von Geist zu Geist mit ihr sprechen.

»Ich spüre Neugier in Euch«, sagte er. »Ich bin mir meines Erbguts nicht völlig sicher. Gezeugt hat mich einer aus dem Waldvolk, der *chieri,* und meine Mutter war mindestens zur Hälfte von diesem Blut. Ich weiß nicht viel über sie, und ich weiß nicht, wie alt ich bin, aber ich habe gehört, meine Mutter sei eine Freundin und Verwandte von Kermiacs Großmutter gewesen. Ich war so eine Art Findling ... Nein, nicht so, wie Ihr denkt, ein Säugling in einem Korb ... Ich war schon älter, als ich unter den Menschen zurückgelassen wurde.«

Er sagte das, als betrachte er sich selbst nicht als Menschen – und wieder folgte er Elizabeths Gedanken.

»Ich konnte nicht bei den *chieri* bleiben, das hat man mir jedenfalls gesagt.« Von neuem war da diese Spur von Bitterkeit. »Weil ich nicht völlig von ihrer Art war, gab es Eigenschaften aus meinem menschlichen Blut, die nicht ... akzeptiert werden konnten. Ein gewisses Maß an unkontrollierter Aggression, sagten sie. Eine gewisse ... Instabilität nach ihren ziemlich übertriebenen Begriffen. Und ich bin ganz und gar männlich. Sie betrachten das als eine ziemliche Beschränkung, die dahin tendiert, das Verhalten auf eine Weise zu verzerren, die ihnen widerstrebt.«

Er war nicht akzeptiert worden, weil er »ganz und gar männlich« war? Was für Wesen waren diese *chieri,* irgendwelche Hermaphroditen? »Das hört sich an, als hätten sie ziemlich unrealistische Vorstellungen«, stellte Elizabeth trocken fest. »Aber ... Kermiacs *Großmutter* war die Freundin Eurer Mutter?«

Kadarin sah aus, als sei er höchstens Ende Dreißig. Elizabeth konnte nicht anders, als ihn anzustarren.

»So ist es. Ich bin viel älter, als ich aussehe. Beinahe wünschte ich mir jetzt, ich hätte die Jahre gezählt. Aber der Schnee vom letzten Jahr ist für immer dahin.« Er seufzte schwer. »Und die Jahre gingen sehr schnell vorbei, als ich jung war, und unter den *chieri* versucht niemand, sie zu zählen. Dann war ich plötzlich ... nicht länger erwünscht. Ich hatte etwas gesagt oder getan, ich weiß nicht, was, ich wurde dem Volk meiner Mutter überlassen, und ich war zu verwirrt, um nur zu merken, welche Zeitspannen verstrichen.«

Ich kann es mir vorstellen, dachte Elizabeth ein bisschen ärgerlich. *Armer Mann, Verstoßung und Kulturschock gleichzeitig. Wie kann jemand das einem Kind antun?* »Dann kam die Zeit, als die Verwandten meiner Mutter merkten, dass ich mehr *chieri* als Mensch war, und sie hätten mich am liebsten in den Wald zurückgeschickt. Es gab einige, die wollten die Aldaran-Domäne von mir befreien, und sie versuchten ...« Kadarin sprach halb zu sich selbst, und Elizabeth fragte sich, *auf welche Weise* sie versucht haben mochten, den jungen Mann loszuwerden. »Aber Aldarans Vater ließ es nicht zu, denn Kermiac hatte mich lieb gewonnen, und Aldarans Mutter hatte zwei andere Kinder verloren, klammerte sich an Kermiac und wollte nichts riskieren, was ihm schaden könnte. So wurde ich hier großgezogen, als fremdes Wesen behandelt, beinahe als Kermiacs Haustier. Ich hätte ... Ärger bekommen, wenn ich das Gebiet von Caer Donn verlassen hätte. Jetzt fühle ich mich von Eurem Volk eher akzeptiert als von dem einen oder dem anderen, dem ich angehöre. Könnt Ihr das verstehen?«

Elizabeth nickte. Sie hatte die Lippen vor Zorn über diese engstirnigen Menschen zusammengepresst. »Tatsächlich sogar sehr gut«, sagte sie. »Dann wurdet Ihr nach dem Fluss benannt?«

»O nein, eigentlich nicht.« Kadarin grinste, aber es lag keine

Belustigung darin. »In diesen Bergen ist es Brauch, jemanden, dessen Vater unbekannt ist, einen ›Sohn des Flusses‹ zu nennen. Ich habe aus diesem Brauch einfach ein Etikett gemacht, das niemand ignorieren kann.«

Und er meint, uns ähnlicher zu sein als den Leuten seiner eigenen Art, dachte Elizabeth. *Das wundert mich gar nicht. Sein bisheriges Leben muss schrecklich hart gewesen sein.*

Laut sagte sie: »Ich kann mir Eure ... Gefühle in etwa vorstellen. Wir müssen auf Euch den Eindruck machen, dass Ihr mit uns besser auskommen könntet als mit dem Volk Eures Vaters oder dem Eurer Mutter.«

Und es war gar keine Frage, dass jemand wie Kadarin für die Terraner von ungeheurem Nutzen sein würde. Seinem eigenen Volk entfremdet, voller Sehnsucht danach, eine Heimat unter Menschen zu finden, die ihn nicht auf der Stelle zurückwiesen – o ja, wenn Kapitän Gibbons über Kadarins Background halbwegs informiert war, musste er sofort erkannt haben, ein wie guter Agent dieser Mann werden könnte. Die Unwägbarkeiten – wie das Gefühl, irgendwo hinzugehören – waren oft bei weitem wichtiger für ein denkendes Wesen als Tatsachen wie die Abstammung.

»Ich frage Euch ungern«, begann sie zögernd. »Aber Ihr wisst inzwischen, dass meine Neugier unersättlich ist. Wie ist das Waldvolk? Wer und was sind diese Leute eigentlich?«

Er schüttelte den Kopf, spottete ein bisschen über ihren Forschungseifer. »Ah, das ist eine gute Frage. Niemand unter den Menschen weiß es genau, und ich war zu jung, als ich bei ihnen war, um es selbst zu wissen. In früheren Zeiten, so heißt es, kamen sie oft aus ihren Behausungen in den großen Wäldern heraus. Aber inzwischen sind in der Nähe der menschlichen Siedlungen viele Bäume gefällt worden, sie haben sich in den tieferen Wald und in die geheimen Stellen der Berge zurückgezogen und suchen immer weniger Kontakt mit den Menschen. Ich kann mich nicht erinnern, wann ich das letzte Mal einen gesehen habe, von dem ich *wusste*, dass er ein *chieri* war ... Sicher war ich damals noch ein Kind.« Sein Ausdruck zeigte, dass er darüber nachdachte. »Felicia ist ebenfalls von diesem Blut, so viel weiß ich. Es heißt, der alte Darriell – einer der Friedensmänner von Aldarans Vater – zeugte sie mit einer der *Chieri*-Frauen, und ein Jahr später, so erinnere ich mich, lag ein Säugling am Waldrand in der Nähe seines Hauses. Darriell hatte keine anderen Kinder und nahm das kleine Mädchen mit Freuden auf. Felicia passt auf eine Weise in diese Gesellschaft, die mir nicht möglich ist. Ich glaube, Felicias erstes Kind ist von Aldaran-Blut und vielleicht sogar Kermiacs eigenes. Aber sie ist ein Halbblut, und ich bin noch etwas weniger als das. Ich finde keine Ruhe. Sie dagegen hat genug Menschliches in sich, um hier ganz zufrieden zu sein.«

»Sie sieht wie Ihr aus«, bemerkte Elizabeth. »Ich dachte, Ihr wäret vielleicht miteinander verwandt.«

Kadarin zuckte die Achseln und lachte. »Ihr seid nicht die Erste, die so denkt. Wir kennen uns lange genug, dass wir uns als Bruder und Schwester betrachten. Schließlich haben wir beide keine anderen Verwandten.«

Interessant. Elizabeth hatte schon vermutet, Felicia sei Aldarans Mätresse, obwohl die Frau sich nicht aufspielte. Lady Aldaran ließ sich nicht oft blicken. Elizabeth hatte das Gefühl, sie sei nicht ganz gesund. Sie hatte Felicias kleine dunkelhaarige Tochter gesehen, die die gleichen seltsamen goldenen Augen wie ihre Mutter hatte.

Der Gedanke, dass Felicia die offizielle Mätresse Aldarans sei, schockierte sie nicht. Ein solches Arrangement hatte es in Terras Vergangenheit häufig gegeben, wenn die Ehe aus dynastischen und politischen Gründen geschlossen worden und es der Gattin ziemlich gleichgültig war, wo ihr Gatte sich sein Vergnügen suchte. Einige der alten terranischen Volkslieder enthielten sogar Hinweise darauf, dass Ehefrau und Mätresse gut miteinander auskamen – allerdings nur selten. Wahrscheinlich kam eine bessere Ballade zu Stande , wenn die eine oder die andere versuchte, ihre Rivalin zu töten.

»Dann ist Felicia mehr oder weniger Eure nächste Verwandte?«, fragte sie.

»Mehr oder weniger«, bestätigte Kadarin. »Sie hat sich nie für etwas anderes als ein Wesen von *Chieri*-Blut gehalten, obwohl sie nicht unter den *chieri* aufgewachsen ist. Ich glaube ehrlich, sie ist menschlicher, als ich es bin. Fremd zu sein ist manchmal sehr ermüdend. Ich weiß, wer und was ich bin, aber nicht, wer meine wirkliche Verwandtschaft, meine Sippe ist. Von meinen Familienangehörigen weiß ich nur, dass sie mich nicht wollten. Ich nehme an, mehr sollte ich über sie auch gar nicht wissen.« Jetzt war die Bitterkeit in seiner Stimme sehr stark geworden. »Zu wissen, man wäre nie geboren worden, hätte nicht ein Geisterwind geweht ...«

»Ein Geisterwind?«, fragte Elizabeth verwirrt. »Was haben Geister mit all dem zu tun?«

»Das haben Sie schon einmal erwähnt«, ertönte Evans' Stimme hinter ihnen, und Elizabeth fuhr zusammen. »Etwas über die Pollen von diesen Blumen.«

Kadarin nickte. »Ja, die Blumen, die ich euch gezeigt habe. *Kireseth*. Die in Blüte stehende Pflanze wird *cleindori* genannt und gibt die Pollen ab, der Wind nimmt sie und trägt sie fort. Die Pollen rufen ... eine Art von ... von Wahnsinn hervor. Jedenfalls führen sie bei Mensch und Tier zu einem seltsamen Verhalten. Unter anderem paaren sie sich außerhalb der richtigen Jahreszeit, Mensch und Tier, leidenschaftlich, ohne auf Feinheiten wie die zu achten, ob sie allein sind.« Er wandte sich achselzuckend an Elizabeth. »Die Ursache, versteht Ihr, von meiner und Felicias Geburt. Aus der Pflanze werden durch Fraktionieren und Destillieren Medizinen für gewisse Krankheiten hergestellt. Eins der Produkte ist als Aphrodisiakum bekannt und geächtet. Ein anderes ist nützlicher, weil es eine bestimmte Wirkung auf Telepathen hat. Diese Droge wird *kirian* genannt, und man benützt sie zuweilen in den Türmen und bei den Tests der jungen Leute.«

Evans schien diese Information sehr wichtig zu sein. »Also, etwas möchte ich überprüfen. Sollte das Zeug ein echtes Aphrodisiakum sein, ist es ein Vermögen wert. Auf Vainwal gibt es Leute, die morden würden, um es in die Finger zu bekommen. Und nicht nur impotente alte Männer. Madames zum Beispiel ... Was für eine Hilfe wäre es bei der Ausbildung!«

Elizabeths Gesicht musste ihr Entsetzen verraten haben, denn er grinste sie auf besonders unangenehme Weise an. »Ich wusste doch, auf diesem gottverlassenen kalten Felsen gibt es etwas, das den Abtransport lohnt! Blicken Sie nicht so erschüttert drein, Lizzie, die Leute hier haben massenhaft terranische Erzeugnisse gesehen, für die sie diese Pollen gern verkaufen werden. Ich wette, es dauert nicht mehr lange, und es fallen ihnen andere Dinge ein, die sie gern von dem Imperium hätten.«

Elizabeth runzelte die Stirn, und er lachte sie aus. »Elizabeth, ich dachte, die Ehe mit David würde Sie von dieser Prüderie kurieren! Nichts spricht dagegen, dass wir Drogen an Orten verkaufen, wo sie nicht verboten sind.«

»Nichts, bis auf die Grundbegriffe von Ethik und Moral«, protestierte Elizabeth.

»Damit hätte ich bei Ihnen wohl rechnen müssen«, erwiderte Evans sarkastisch. »Gott weiß, dass Sie die schlimmste Puritanerin auf dem Schiff sind, ausgenommen Ihre Heiligkeit, die vestalische Jungfrau Ysaye. Ihr seid von der gleichen Art, und es wundert mich nicht, dass ihr Freundinnen seid. Ich dagegen sehe alles nicht so eng. Wenn Leute bereit sind, sich zu amüsieren, und das legal und moralisch nennen, ist es für mich legal und moralisch genug.«

»Was ist mit der Suchtgefahr?« Elizabeth ließ sich nicht beirren. »Was ist mit Orten, wo man diese Drogen benutzt, um Menschen zu versklaven?«

»Das ist ihr Problem, nicht meins«, erklärte Evans unbekümmert. »Sie haben sich selbst in Schwierigkeiten gebracht. Hätten eben besser aufpassen sollen.«

»Zufällig bin ich nicht Ihrer Meinung«, gab Elizabeth hitzig zurück, »und, was schwerer wiegt, Kapitän Gibbons wird es auch nicht sein.«

Ryan Evans bekam vor Ärger einen roten Kopf. »Mir ist es schnurzegal, wie Gibbons' Privatmoral aussieht. Er hat nicht das Recht, sie mir aufzudrängen. Sie übrigens auch nicht, und so lautet das *Gesetz*, Lizzie. Wenn Sie in einer Kolonie leben möchten, die sich selbst Beschränkungen auferlegt, dürfen Sie das gern tun, aber Sie können die Crew nicht mit hineinnehmen oder von anderen verlangen, dass sie Ihre Wertbegriffe anerkennen. Angenommen, ich exportiere eine Entspannungsdroge, ein Aphrodisiakum, und verdiene gutes Geld. Angenommen, jemand treibt Missbrauch damit. Dann ist das sein Problem oder Karma oder wie Sie es nennen wollen. Nicht meins. Und warum soll nicht ich es sein, der das Geld verdient, denn irgendwer wird es tun, ganz gleich, wie es kommt.«

Er drehte sich um und ging auf das HQ-Gebäude zu. Elizabeth rieb sich den Nacken und sah Kadarin an, der nur die Achseln zuckte und ihm folgte.

Aber was hätte sie anderes von ihm erwarten können? Kadarin war Evans' Freund – und dies war im Grunde nichts als eine private Diskussion über Moralbegriffe gewesen. Sie hätte nicht darauf bauen dürfen, dass Kadarin sie unterstützte, vor allem dann nicht, wenn er bereits zugestimmt hatte, Evans' Geschäftspartner bei diesem Unternehmen zu werden.

Elizabeth machte sich auf die Suche nach David. Sie war doch sehr unruhig geworden.

16

Leonie kam von der Relais-Kammer herunter, und aus dem kleinen Zimmer am Fuß der Treppe rief Fiora leise nach ihr.

Leonie war noch nie in diesem Raum gewesen. Er war gemütlich, gut geschützt durch dicke Steinwände, von einer kleinen Feuerstelle beleuchtet und erwärmt. Ein Fenster hatte er nicht, aber schließlich brauchte Fiora auch keins. Hier befand sie sich buchstäblich im Herzen des Dalereuth-Turms.

»Leonie«, sagte Fiora bei ihrem Eintreten, »was würdest du denken, wenn ich sagte, du sollest uns hier in Dalereuth verlassen?«

Sie wies dabei auf eine Bank, die, mit einem dicken Schaffell bedeckt, ein weicher Sitz war, und Leonie nahm Platz. Viele Möglichkeiten schossen ihr durch den Kopf, doch einige davon waren unwahrscheinlich. Sie glaubte nicht, dass sie Fioras Unwillen hervorgerufen hatte – sie wurde nicht hinausgeworfen. Auch war nicht anzunehmen, dass Fiora etwas über ihren Kontakt mit dem Geist der Sternenfrau wusste, und falls doch, kannte sie die Einzelheiten nicht. Weiter hatte Fiora bestimmt keine Ahnung, welchen Anteil Leonie daran hatte, dass ihr Zwillingsbruder nach Aldaran gesandt worden war. Und man konnte sich kaum vorstellen, dass Fiora erst jetzt, nach so langer Zeit, Anstoß an Leonies Behauptung nahm, die Fremden stammten von außerhalb ihrer Welt.

Deshalb brauchte Leonie nicht zu fürchten, sie stecke persönlich in Schwierigkeiten. Wenigstens vorläufig noch nicht.

Die erste Frage, die ihr in den Sinn kam, war: Wohin wurde sie geschickt?

»Arilinn hat nach dir verlangt«, beantwortete Fiora den Gedanken, bevor er ausgesprochen worden war. »Du weißt doch, ich hatte dir erzählt, dass Geschwister nicht in demselben Turm sein dürfen. Nun haben bestimmte Ereignisse das beschleunigt, was wir sowieso hätten tun müssen. Dein Bruder kommt zur Ausbildung hierher, und du musst an einen anderen Ort gehen. Die Bewahrerin von Arilinn hat deine Fortschritte verfolgt und würde dich sehr gern unter ihre Fittiche nehmen. Bei mir hast du die Anfangsgründe gelernt, und du hast dich dabei ausgezeichnet. Jetzt bist du soweit, dass du dein Studium in der dazu notwendigen Isolation fortsetzen kannst.«

Leonie blinzelte überrascht. Es überraschte sie nicht nur, wohin man sie sandte, sondern auch, warum. Sie hätte nie gedacht, dass die Bewahrerin des berühmtesten Turms in den Domänen ihre Fortschritte überwachen würde. Schließlich hatte Fiora immer wieder erklärt, sie sei nichts als eine Anfängerin. »Das hat die Bewahrerin von Arilinn zu Euch gesagt, und sie hat von mir gesprochen?«

»Ja«, antwortete Fiora schlicht. »Sie zeigt großes Interesse an dir, seit ich das Intensiv-Programm mit dir durchführe. Sie hat mich beraten, als ich sie fragte, was ich mit dir anfangen solle. Sie empfahl, es dir so schwer wie möglich zu machen. Entweder würdest du unter der Anstrengung zusammenbrechen – oder dich zu einer wahrhaft bemerkenswerten Bewahrerin entwickeln. Du bist schließlich sehr spät zur Ausbildung hergekommen, und es gab einige Zweifel, ob du es so weit bringen würdest. Aber du hast dich hervorragend gehalten, und jetzt möchte sie dich in Arilinn haben.«

Leonie dachte sorgfältig über alles nach, was daraus folgte, aber nicht ausgesprochen worden war. »Die besten Bewahrerinnen werden in Arilinn ausgebildet, nicht wahr?«

»Das stimmt«, nickte Fiora. »Ich war fünf Jahre dort, bis ich in Dalereuth gebraucht wurde. Nur die Allerbesten gehen zur Ausbildung nach Arilinn.«

Und nur die Besten bleiben als Bewahrerinnen dort, dachte Leonie, behielt es aber für sich. Sie wusste, was Marelie von Arilinn im Sinn hatte, auch wenn sie es Leonie nie enthüllen würde. Marelie beabsichtigte, sich in Leonie eine Nachfolgerin für sich selbst heranzuziehen. Die Bewahrerin des Arilinn-Turms, der Gipfel des Ehrgeizes für jede Bewahrerin. Und ehrgeizig war Leonie unbedingt. Macht, die der Macht jedes Comyn-Lords gleichkam, und ein Sitz im Rat kraft eigenen Rechts würden ihr zufallen, wenn sie sich bewährte.

»Und wenn ich lieber hier bleiben möchte?«, fragte Leonie. »Wenn ich es für besser hielte, bei der Lehrerin weiterzulernen, unter der ich mein Studium angefangen habe?«

Fiora überdachte das, die Hände im Schoß gefaltet. Eine interessante Frage und eine, die, von diesem Mädchen gestellt, schon fast zu scharfsinnig war. Sprach daraus Angst vor dem Unbekannten oder eine gewisse Faulheit oder einfach ein Widerstreben vor der Veränderung? Oder hatte Leonie nur aus müßiger Neugier gefragt, um festzustellen, welche anderen Möglichkeiten ihr offen standen? »Ich wäre die Erste, die dir sagen würde, dass ich nicht die beste Lehrerin für dich bin. Und ich bin mir gar nicht sicher, dass ich fähig wäre, dich genügend herauszufordern, um dein volles Potenzial zu entfalten. Aber wenn das wirklich dein Wunsch sein sollte, könnte dein Bruder vielleicht statt nach hier nach Neskaya gesandt werden.«

Leonie schüttelte den Kopf. »Nein, ich gehe gern nach Arilinn. Ich wollte es nur wissen, Fiora. Heute empfinde ich viel mehr Achtung vor Euch als in der ersten Zeit meines Hierseins. Ihr seid gerecht gewesen und habt mehr als anständig gehandelt, als ich schrecklich ungezogen war. Bitte, haltet mich nicht für undankbar. Aber ich ... oh, ich wünsche es mir so, nach Arilinn zu gehen!«

Fiora hob ihre blinden Augen und lächelte. Es war also nur Neugier gewesen. Auch gut, denn vor dem Mädchen lagen sehr viel Arbeit, Schmerz und Opfer. »Ich danke dir, Leonie. Ich glaube, du wirst deine Sache in Arilinn sehr, sehr gut machen. Tatsächlich glaube ich, dass aus dir eine bemerkenswerte Bewahrerin wird. Wie bald kannst du abreisen?«

Leonie stand eifrig auf. Sie wünschte, sie wäre schon dort! »Wann immer es Euch beliebt.«

Fiora zupfte an der Wolle des Schaffells auf ihrer eigenen Bank und spürte die lockigen Fasern in ihren empfindsamen Fingern. »Du musst dich noch von den jüngeren Mädchen verabschieden, denn danach wird dir nicht mehr erlaubt sein, Freunde oder Verwandte zu sehen, bis deine Ausbildung kurz vor dem Abschluss steht – und das mag Jahre dauern.«

»Es tut mir Leid, von Euch Abschied nehmen zu müssen, Fiora.« Leonie blickte auf ihre Hände hinunter.

Wieder lächelte Fiora, und es war ein herzliches Lächeln. »Danke, dass du das gesagt hast, Leonie. Auch mir wirst du fehlen, meine Liebe. Du hast für mich eine ständige Herausforderung dargestellt, das versichere ich dir! Aber du bist zu begabt – und für uns in den Türmen zu wertvoll –, als dass wir dich vergeuden dürften, indem wir dir andere als die besten Lehrer geben.« Sie strich über die Falten ihres Gewandes und glättete nicht vorhandene Kniffe. »Du wirst bei Tagesanbruch mit einer Eskorte aufbrechen, die Arilinn geschickt hat. Die Bewahrerin von Arilinn ist Marelie. Sie ist eine deiner Verwandten, obwohl du sie nie kennen gelernt hast. Auch sie ist eine Hastur. Sie wird deine Erziehung zur Bewahrerin persönlich leiten. Ich muss dich warnen, dass das Studium noch härter sein wird, als du glaubst. Marelie ist von Natur aus strenger als ich, und sie meint, in deinem Alter hättest du schon seit mindestens vier Jahren in der Isolation sein müssen. Du wirst vieles nachzuholen haben, und es wird bestimmt sehr schwer für dich sein. Ich erinnere mich lebhaft an meine eigene Ausbildung, und ich habe im üblichen Alter damit angefangen. Was Marelie mit dir im Einzelnen vorhat, weiß ich nicht.«

»Wirklich, Fiora, es spielt keine Rolle«, erwiderte das junge Mädchen mit einer Festigkeit, die weder seinem Alter noch seiner gelegentlichen Impulsivität entsprach. »Dies habe ich mir so lange Zeit gewünscht. Ich ... ich weiß kaum, was ich sagen soll.«

Fiora lächelte vor sich hin. Es war ihr doch tatsächlich gelungen, Leonie sprachlos zu machen, und das passierte dem Mädchen vielleicht zum ersten Mal im Leben.

Es wird ihr noch öfters die Sprache verschlagen, sobald Marelie sie in ihre Obhut genommen hat. Ich bezweifele, dass die Bewahrerin von Arilinn es billigt, wenn jemand in ihrem Turm ohne Erlaubnis am Wetter herumpfuscht. Und ich bezweifele, dass sie darüber oder über Leonies kecke Art, sich ohne Überwachung in die Überwelt zu wagen, lachen kann.

»Es gibt auch keinen Grund, warum du etwas sagen solltest«, antwortete Fiora. »Aber ich muss dich warnen. Du bist bisher sehr nachsichtig behandelt worden, und es war vielleicht verkehrt, dass man dir alle deine Launen hat durchgehen lassen. Damit ist jetzt Schluss. Wir stehen alle unter Befehl, ich ebenso wie du. Der Tag wird kommen, wenn du – wie alle Bewahrerinnen – allein deinem eigenen Gewissen verantwortlich sein wirst. Vorerst musst du jedoch tun, was dir gesagt wird. Marelie ist eine harte Zuchtmeisterin und duldet keinen Ungehorsam. Du musst ihren Befehlen nicht nur dem Sinn nach gehorchen, sondern ebenso dem Buchstaben nach. Du darfst nicht auf eigene Faust deine *Laran*-Kräfte erproben, keine Ausflüge in die Überwelt machen und nicht ohne Befehl in das Wetter eingreifen. Und es wird dir nicht gelingen, dich herauszureden.« Fiora gestattete sich die Andeutung eines Lächelns. »Schließlich ist auch sie eine Hastur, und als Mädchen ist sie wahrscheinlich ähnlich wie du gewesen. Deshalb kennt sie wahrscheinlich all deine kleinen Tricks. Wie dem auch sei, ich habe nichts mehr damit zu tun. Der Comyn-Rat ist informiert worden und hat Marelies Bitte mit seinem Befehl unterstützt, was ich dir hätte sagen müssen, wenn du nicht hättest gehen wollen. Du müsstest eine Bittschrift an den Rat richten, um davon befreit zu werden – obwohl ich mir nicht vorstellen kann, dass du den Rat in dieser Sache beeinflussen könntest. Allerdings vermute ich, dass es dir bei früheren Gelegenheiten gelungen ist.«

»Ich bin bereit zu tun, was der Comyn-Rat befohlen hat«, erklärte Leonie korrekt, wie es sich für eine pflichtbewusste Tochter der Hasturs schickte. »Aber Ihr werdet mir fehlen!«, rief sie aus. »Ehrlich, Fiora, Ihr werdet mir fehlen! Ihr seid so viel freundlicher zu mir gewesen, als ich es verdiente!«

Fiora lächelte Leonie mit echter Herzlichkeit zu.

»Und Ihr werdet mir fehlen, *domna.* Bemüht Euch, uns dort Ehre zu machen«, sagte sie. »Und jetzt musst du gehen. Sag deiner Dienerin, dass sie deine Sachen packen soll – du weißt doch, dass sie dich nicht nach Arilinn begleiten darf? Dort gibt es keine menschlichen Dienstboten, weil sie nicht durch den Schleier gelangen können – durch die Fallenmatrix, die dich im Arilinn-Turm schützt.«

Fiora erinnerte sich gut an den Schleier und den Turm innerhalb des Schleiers. Aber nicht mit Beklommenheit, denn dank dem Schleier war der Arilinn-Turm der einzige Ort in sämtlichen Domänen, wo ein Telepath vollständig von dem »Lärm« der Gedanken draußen abgeschirmt werden konnte, ohne einen eigenen Schutzschirm errichten zu müssen. Niemals durchdrang ein verirrter Gedanke den Schleier. Marelie hatte gesagt, früher einmal hätten alle Türme eine solche

Schutzvorrichtung gehabt. Fiora wünschte sich manchmal, in Dalereuth gebe es sie noch. Ein Turm, der nichts enthielt als ausgebildete, disziplinierte Telepathen – diese Vorstellung hatte etwas so Friedliches.

Aber das werde ich niemals mehr bekommen, und deshalb hat es keinen Sinn, wenn ich mich danach sehne.

Diese Mitteilung war für Leonie ein kleiner Schreck, was Fiora nicht besonders überraschte. Die Hastur-Tochter hatte sich noch nie im Leben ohne eine Dienerin beholfen. »Muss ich mich dann allein anziehen?«, fragte sie und seufzte. Sie dachte an ihre komplizierten Kleider mit Verschnürungen auf dem Rücken, mit langen Reihen von Haken und Ösen oder Knöpfen, an Mieder, die so und nicht anders angezogen werden mussten, und an die Schichten von Unterröcken. Es war schwer, an sie heranzukommen, und noch schwerer war es, selbst mit Hilfe einer Dienerin, sie richtig zu schließen. »Schon gut, wenn Ihr es gelernt habt, werde ich wohl auch lernen, was sein muss.« Sie besaß einfachere Kleidung. Vielleicht kam sie ganz gut zurecht, wenn sie nur diese einpackte. Aber sie mochte es nicht, wenn sie unordentlich aussah, und bis sie sich daran gewöhnt hatte, sich selbst anzukleiden, würde sie wahrscheinlich unordentlich aussehen.

Fiora lachte vor sich hin. »Nein, Liebes, du wirst nicht wie ein halb angezogener Sausewind herumlaufen müssen. Es gibt reichlich Dienstboten dort, aber es sind alles *kyrri* – Nichtmenschen. Sie werden sich um dich kümmern. Außerdem sind die Roben einer Matrix-Arbeiterin und einer Bewahrerin einfacher als deine Hoftoiletten. Ich habe mich mein ganzes Leben lang allein angekleidet, und es kommen bestimmt Zeiten, in denen du gar kein intelligentes Lebewesen in deiner Nähe haben möchtest. Und du wirst nicht so viele Sachen brauchen, wie du jetzt trägst, denn im Arilinn-Turm ist es zu jeder Jahreszeit so warm wie an einem Hochsommertag.«

»Oh.« Von neuem war Leonie überrascht. Noch nie hatte ihr jemand so viel über Arilinn erzählt – wahrscheinlich weil nur wenige Leute, die sie kannte, dort gewesen und noch weniger bereit waren, über ihre Erfahrungen zu sprechen.

»Nun hör zu, denn ich muss dir erzählen, wie dein Leben in Arilinn aussehen wird«, sagte Fiora, und gehorsam setzte Leonie sich wieder.

In Arilinn musste es anders zugehen als hier, wenn Fiora sie eigens darauf vorbereitete. Zweifellos war das Leben dort härter. Aber es winkte ein unvergleichlicher Lohn.

»Erstens, man wird dir keinen Kontakt mit Menschen außerhalb des Turms erlauben«, sagte Fiora. »Das meine ich wörtlich, Leonie. Überhaupt keinen Kontakt. Nicht mit deinem Vater, nicht mit deinem Bruder, nicht mit deiner liebsten Freundin, nicht einmal, wenn deine ganze Familie im Sterben läge. Du sollst alle deine Gedanken auf das konzentrieren, was innerhalb des Turms vor sich geht, und lernen, dass das Geschehen draußen dich nicht zu kümmern braucht, bis du Bewahrerin geworden und fähig bist, eigene Entscheidungen zu treffen.«

»Das weiß ich«, antwortete Leonie. »Ihr habt es mir bereits erzählt. Das werde ich ertragen können.«

Doch sie dachte anders, obwohl sie Fiora das nie geradeheraus gesagt hätte. Man konnte sie nicht in ein Gefängnis sperren und Lorill draußen halten, solange sie das nicht selbst wünschte. Und er wiederum würde mit dem Rest der Welt in Kontakt stehen. *Ich werde nicht so isoliert sein, wie Fiora glaubt.*

»Du brauchst nicht alles einzupacken, was du mitgebracht hast«, fuhr Fiora fort. »In Arilinn hat man deine Maße, und du wirst die meiste Zeit Roben wie die meine tragen. Nimm ein Kleid oder zwei mit und ein paar Andenken, die zu behalten man dir in den ersten paar Wochen oder Monaten erlauben wird. Später wirst du auch diese wenigen privaten Dinge aufgeben müssen, und aller Besitz aus deinem früheren Leben wird eingelagert werden. Das gehört zu dem Prozess der Loslösung.«

»Der Loslösung?«, fragte Leonie neugierig. »Was ist das? Von so etwas habt Ihr mir noch nie erzählt.«

»Eine Bewahrerin darf keine anderen Bindungen haben als die an ihre Arbeit und ihre Mitarbeiter«, erwiderte Fiora ruhig. »Deshalb musst du alles aufgeben, an das du dich gebunden hast. Erst deine Verwandten und Freunde, dann deine Besitztümer. Damit soll dir bewusst gemacht werden, dass Besitztümer nichts bedeuten und deine einzigen *wahren* Verwandten die Menschen sind, mit denen du im Turm zusammenarbeitest. Deine Loyalität muss in erster Linie ihnen gehören, dann den Domänen als Ganzes und erst danach deiner Familie. Sogar dein Zwillingsbruder – vielleicht wird dir nicht erlaubt, ihn öfter als einmal im Jahr zu sehen, und bis zu diesem ersten Besuch wird nach deiner Ankunft in Arilinn ein volles Jahr verstreichen.«

Leonie schwieg nachdenklich, und Fiora lächelte ein bisschen traurig. Es würde keine leichte Aufgabe sein, Leonie zu unterrichten – aber, oh, welche lohnende Aufgabe, und welche Ehre würde dieses Mädchen seinen Lehrern schließlich machen!

Allerdings stellte Leonie ein Problem dar, das weit über Fioras eigene Fähigkeiten hinausging. Fiora war als Lehrerin kein Neuling, und ihre Fähigkeiten waren beträchtlich, aber mit Leonie wurde sie nicht fertig.

Marelie jedoch würde mit ihr fertig werden. Fiora zweifelte nicht daran, dass die Furcht einflößende Bewahrerin von Arilinn ein Katzenwesen zur Bewahrerin schulen konnte, wenn sie es sich in den Kopf setzte. *Deshalb,* dachte Fiora, *wird sie lernen, ob es ihr passt oder nicht.*

»Was ist mit meinem Bruder?«, wollte Leonie wissen. »Warum kommt er hierher?«

Das Letzte, was Leonie von Lorill gehört hatte, war, dass er sich immer noch in Caer Donn aufhielt. Er hatte nichts davon erwähnt, dass er nach Hause zurückkehren wollte. Wie konnte sie erfahren, was mit den Sternenleuten geschah, wenn Lorill in Dalereuth war?

»Dein Vater ist der Meinung, er solle eine gründlichere Ausbildung bekommen«, antwortete Fiora diplomatisch. »Er braucht noch Schliff, bevor er neue Aufträge für den Rat ausführt.«

Der ältere Hastur hatte ihr verzweifelt mitgeteilt, sein »junger Welpe« habe sich mit Lord Kermiac Aldarans eigener Schwester kompromittiert.

Lord Stefan Hastur war ziemlich zornig gewesen, ebenso auf sich selbst wie auf seinen Sohn. So viel war Fiora klar geworden.

»Er muss lernen, dass nicht jede Frau, die ihn ansieht, mit ihm flirten will. Er muss lernen, dass man Frauen nicht als Spielzeug behandeln darf. Ich denke, wenn er unter der Zucht einer Frau steht, während er sein *laran* unter Kontrolle bringt, wird er das begreifen.«

In Hasturs Gedanken waren Zweifel gewesen, ob sein Sohn sein *laran* – bewusst oder unbewusst – missbraucht hatte, um sich das Aldaran-Mädchen geneigt zu machen. Möglich war es. Zwar besaß Lorill bei weitem nicht die Kraft seiner Zwillingsschwester, doch das, was er besaß, war mehr als genug, um jeden Comyn-Vater zufrieden zu stellen.

Das musste ausgebildet werden, und zwar schnell, bevor der Missbrauch zur Gewohnheit wurde.

»Dein Vater sagte außerdem, und ich stimme dem zu, dass Lorill das volle Ausmaß seines eigenen *laran* kennen lernen müsse.« Leonie unterdrückte schnell das Aufwallen skeptischer Gedanken, und Fiora fuhr fort: »Ich weiß, es sieht nicht danach aus, als besitze er auch nur annähernd so viel wie du, Leonie, aber er hat mehr als genug, um sich als Erbe eures Vaters zu qualifizieren, und mehr als viele andere junge Comyn. Schließlich würden deine Gaben leicht für drei ausreichen. Jeder, den man mit dir vergleicht, wird schlecht abschneiden.«

Auch darüber dachte Leonie nach, und sie sah ein, dass es stimmte. Lorill *hatte* sie über den weiten Weg von Aldaran nach hier erreicht und sie obendrein aus festem Schlaf aufgeweckt. Deshalb konnte er unmöglich schwach sein.

»Dann bin ich froh, dass er endlich ausgebildet wird«, erklärte Leonie. »Wird er lange hier bleiben?«

»Nicht lange, wahrscheinlich nur zwei- oder dreimal zehn Tage«, sagte Fiora. »Schließlich muss er bald seinen Platz in der Kadettengarde in Thendara einnehmen. Dort wird er wahrscheinlich ebenso wenig Zeit haben, Verbindung mit dir aufzunehmen, wie du Zeit haben wirst, ihn zu erreichen, wenn du in Arilinn bist.«

»Wir beugen uns also beide der Pflicht.« Leonie stand auf. »Ich muss mich der meinen widmen, wenn ich morgen früh abreisen soll. Noch einmal: danke, Fiora!«

Das ist gut, sagte Leonie zu sich selbst, nachdem sie sich von der Bewahrerin verabschiedet hatte, und ging, ihre Sachen zu packen, *Lorill wird weiterhin im Mittelpunkt des Geschehens sein, und ich werde erfahren, was alles passiert. Ganz gleich, was. Denn ich glaube nicht, dass jemand, und sei es die Bewahrerin von Arilinn, mich an dem telepathischen Kontakt mit meinem Zwillingsbruder hindern kann, wenn es das ist, was wir wirklich wollen.*

Fiora hörte Leonies Schritte verhallen und lächelte. Das Mädchen hatte die Furcht einflößende Marelie noch nicht kennen gelernt, und Fiora hatte nicht gelogen, als sie ihr sagte, dass Marelie Leonie mit all ihren Streichen mehr als gewachsen sei.

Aber der einzige Weg, auf dem dieses Kind lernen wird, ist durch harte Erfahrung, dachte sie. *Die wird sie bekommen, und mehr als sie will, bevor Marelie mit ihr fertig ist.*

17

Man bringe zwei Weganer zusammen, und sie stiften eine Religion. Man bringe zwei Deltaner zusammen, und sie gründen eine politische Partei. Man bringe zwei Terraner zusammen, und sie bauen eine Stadt.

So lautete jedenfalls das Sprichwort, und nach Elizabeths Erfahrung stimmte es wahrscheinlich. Terraner – zumindest die vom Raumdienst – waren von dem Drang besessen, einer neuen Welt ihr Zeichen aufzudrücken, ein Stückchen Terra inmitten einer jeden fremdartigen Umgebung zu schaffen.

Als seien wir Tiere, die ihr Territorium mit einer Stadt an Stelle eines Geruchs markieren, dachte Elizabeth belustigt. Und diese spezielle Stadt war in Rekordzeit entstanden, in nicht viel mehr als einem Monat.

Im Zentrum des Komplexes erhob sich das Terranische Hauptquartier, sehr ähnlich den Terranischen Hauptquartieren auf jedem anderen Raumhafen der Galaxis. Sogar die Beleuchtung innerhalb der Stadt war die gleiche. Auf dem höchsten Punkt jedes Gebäudes des Imperiums und auf Pfosten und Pfählen brannten die vertrauten gelben Lichter Terras. Wohin ein Terraner in der Galaxis auch ging, er fand die ihm bekannten Arbeitsbedingungen vor. Zu viele psychische Probleme hatten sich aus dem ungewohnten, manchmal unbequemen Licht anderer Sonnen ergeben. Und es stimmte, die Gemüter beruhigten sich ein bisschen an dem Tag, als diese Lichter eingeschaltet wurden. Einer von der Crew sagte zu Elizabeth, es sei doch schön, wieder Gesichter zu sehen, die nicht wirkten, als seien sie in Blut gebadet.

Doch es gab einen Unterschied zwischen den hier entstandenen und den üblichen HQ-Gebäuden. Diese hier waren aus Holz, nicht aus Stein. Man musste noch warten, bis das Material zur Verfügung stand. Für die festeren Gebäude, die die vorläufigen Holzstrukturen so bald wie möglich ersetzen sollten, wurden schon Steine in den Steinbrüchen geschlagen und Ziegel hergestellt. Aber die Arbeiten auf dem Raumhafen waren nicht nach Plan gelaufen.

Für gewöhnlich gelang es den Terranern, einheimische Facharbeiter für den Bau des jeweiligen planetaren Äquivalents von guten Straßen einzustellen und von ihnen auch die ersten Landefelder des Raumhafens anlegen zu lassen. Die ersten Schiffe, die kamen, brauchten schließlich nicht viel mehr als ihr eigenes Landefeld, nämlich eine flache, feste Stelle, die das hohe Gewicht eines Schiffes tragen konnte, und ein gutes, sicheres Depot zum Auftanken. Sogar Kulturen, die noch in der Bronzezeit steckten, hatten ausreichende Kenntnisse im Straßenbau. Die Römer und die alten Chinesen hatten ausgezeichnete Straßen geschaffen und hätten mit einem Plan und der entsprechenden Anweisung einen brauchbaren Raumhafen anlegen können. Aber hier auf Darkover biss der Bauleiter unerwartet auf Granit.

Die Bewohner von Cottman IV – jetzt »Darkover« genannt, die beste Annäherung an den Namen, den die Eingeborenen für ihre Welt geprägt hatten – bauten keine sehr guten Straßen. Tatsächlich bauten sie so gut wie überhaupt keine Straßen. Straßen entstanden anscheinend rein zufällig. Irgendwelche Leute wollten sich an einen bestimmten Ort begeben und folgten Wildpfaden oder zogen quer über das Land. Wenn ihnen genug andere auf derselben Strecke an denselben Ort folgten und Pferde und *chervines* und menschliche Füße die Vegetation niedertrampelten, entstand eine Straße. Und wenn ein Hindernis wie ein Fluss oder eine Schlucht zu überwinden war, wurde vielleicht eine primitive Brücke geschlagen oder eine Furt geschaffen oder vielleicht sogar eine Fähre in Betrieb genommen.

Doch es gab überhaupt keine erdbewegenden Maschinen, nicht einmal als Konzept. Nie hatte jemand daran gedacht, Steine zu zerkleinern, um Straßen zu pflastern. Die Terraner konnten keine Leute auftreiben, die an Arbeiten dieser Art gewöhnt und leicht auszubilden gewesen wären.

Deshalb hatte die neue Siedlung als Erstes nicht etwa Spezialisten mitsamt Ausrüstung und eine Handelsdelegation angefordert, sondern Schwermaschinen und Personal zu ihrer Bedienung. In der Zwischenzeit musste sich der Bauleiter mit ungelernten Arbeitskräften behelfen, mit früheren Bauern, die wenigstens wussten, wie man den Boden ebnet, und mit zusammengebastelten Geräten, die das erste Landefeld planierten. Der Bauleiter war außer sich. Er musste jedem einzelnen Mann Anweisungen für jeden einzelnen Handgriff geben.

Der Kapitän hatte sich selbst zum Terminüberwacher des Projekts ernannt, da er sich noch am ehesten für diese Aufgabe qualifizierte.

Das brachte ihn in eine ganz seltsame Position: Imperiumspolitik war es, für so etwas einheimische Arbeiter anzustellen, weil es half, die Übergangszeit zu erleichtern und gute Beziehungen zu den Planetenbewohnern herzustellen. Die Bevölkerung erkannte, dass das Imperium keine Arbeitsplätze vernichtete, sondern neue schaffte. Und es war ja auch gelungen, alle Darkovaner, die von selbst gekommen waren, als ungelernte oder angelernte Kräfte unterzubringen. Doch hier gab es keinen Vorrat an Facharbeitern, niemand hatte auch nur mit den einfachsten Maschinen Erfahrung. Zum ersten Mal mussten die Terraner auf einer Welt, die eine Eisenzeit-Kultur besaß, Facharbeiter importieren. Der Kapitän schickte täglich Kommuniqués ab, in denen er dieses Abweichen von den Standard-Prozeduren begründete.

Er hatte angefangen, David wegen einer kreativeren Textgestaltung dieser Sendschreiben um Rat zu fragen, weil er hoffte, sie klängen dann dringlicher.

»Wer hätte gedacht, es könne einen Planeten mit Eisenzeit-Kultur geben, der nicht *irgendwelche* schweren erdbewegenden Maschinen hat?« Das war eine rhetorische Frage, die er David stellte. »Schon die Römer kannten von Pferden gezogene Bagger und Planierpflüge!«

»Seien Sie nicht ungerecht«, mahnte David. »Oberfläche und Klima sind hier von einer Art, dass beinahe jede schwere Maschine Land zerstörend, antiökologisch wäre. Es ist kaum zu glauben, wie verletzlich die darkovanische Ökologie ist. Sie ist Jahr für Jahr nur eine dünne Wurzelschicht davon entfernt, ganze Berghänge in Erdrutschen zu verlieren. Das ist einer der Gründe, warum so große Gebiete der Schafzucht dienen, und die Schafhirten passen auf, wie weit ihre Weiden abgefressen worden sind.« Er sah aus dem Fenster im Büro des Kapitäns und dachte daran, wie schnell die Einheimischen dabei gewesen waren, Grassoden und Sämlinge auf die nackte Erde der Baustelle zu bringen, kaum dass die Gebäude standen. Alle Bauarbeiter verschwanden, kehrten bald darauf mit Grassoden und Sämlingen aus Aldarans Treibhaus zurück, schwärmten über das ganze Gelände aus und ließen überall Grünzeug zurück. Auf die Idee wären die Terraner nie gekommen. »Denken Sie einmal darüber nach, Käpt'n. Unter solchen Umständen wären schwere Maschinen, auch von Pferden gezogene, überflüssig und sogar gefährlich. Deshalb haben die Leute hier nie versucht, sie einzusetzen.«

»Aber die Burg ...«, protestierte Kapitän Gibbons. »Bei dem Bau von Aldarans Festung muss doch Bedarf für eine derartige Ausrüstung gewesen sein! Und sie ist nicht das einzige große Bauwerk hier.«

»Ganze Scharen von Männern mit Hacken und Schaufeln,

ganze Scharen von Frauen und Kindern mit Körben, die die losgeschlagene Erde auf ihre Terrassengärten trugen«, erwiderte David ruhig. »Ein solches Vorgehen schließt aus, dass der Umwelt größerer Schaden zugefügt wird, und verursacht weniger Erosion. Die Leute haben gegenüber dem Bauleiter darauf bestanden, dass nacheinander auf Abschnitten gearbeitet wurde, die nicht größer waren als die Burg, und dass sie jeden pflastern wollten, bevor sie den nächsten in Angriff nahmen. Dahinter steckt der gleiche Gedanke.«

Der Kapitän verzog das Gesicht und schichtete die Papiere auf seinem Schreibtisch um. »Genau das ist ein weiterer Punkt, der mich stört. Menschen denken einfach nicht auf diese Weise. Keine Bevölkerung *beginnt* mit diesem ökologischen und planetaren Bewusstsein.«

David schüttelte bedauernd den Kopf. »Käpt'n, Sie gestatten sich eine fehlerhafte Logik. Offensichtlich *sind* diese Leute zu dieser Art von Bewusstsein gelangt, und deshalb kann man nicht gut behaupten, *niemand* tue es.«

»Aber woher haben sie es?«, fragte Gibbons ratlos. »Darüber zerbreche ich mir den Kopf.«

David lachte und machte eine Notiz auf einem der Einsatzbefehle des Kapitäns. »Ich hoffe, Sie haben diese Frage nicht an mich gerichtet, weil ich keine Antwort darauf weiß. Ich habe ebenso wenig eine Ahnung wie Sie.«

Kapitän Gibbons seufzte. »Schade. Ich hatte gehofft, Ihre Frau hätte in ihren Volksliedern etwas gefunden oder Sie bei ihren Gesprächen mit den Leuten. Da werde ich den Punkt wohl der Liste anfügen müssen, die unsere Soziologen durchackern sollen.«

»In ihrer reichlichen Freizeit«, ergänzte David.

Der Kapitän grunzte nur und widmete sich wieder der Aufgabe, eine Bitte um ökologisch unschädliche Planierraupen und der Umwelt gerecht werdende Hacken zu formulieren.

Bei Caer Donn entstand eine zweite »Stadt«, die sich wie ein Ring um das kompakte Zentrum der Terranischen Zone legte, außerhalb der Zäune der Enklave, aber auch außerhalb des alten Dorfes Caer Donn selbst. Sie wuchs ebenso schnell wie die Handelsstadt, und sie unterschied sich von keiner anderen Siedlung ihrer Art vom einen Ende der Galaxis zum anderen. Es gab einen universellen Namen dafür: das Eingeborenenviertel.

Wie überall wohnten dort diejenigen, die den terranischen Neuankömmlingen Dienste leisteten.

Diese so genannten Eingeborenenviertel neigten dazu, sich sehr ähnlich zu sehen, ganz gleich, wo in der Galaxis sie lagen. Als Erste zogen die ein, die angeworben waren, den Raumhafen und die Gebäude der Zone zu errichten. Es waren Bauern und Handwerker aller Art, von Aldaran-Land vertriebene Männer, die als Bauarbeiter und im Gebrauch schwerer Maschinen ausgebildet wurden. Ihre Unterkünfte, spartanisch nach allgemeinen Begriffen, wurden noch vor den Wohnheimen für das verheiratete und unverheiratete Personal erstellt. Die Terraner konnten im Schiff wohnen und taten das auch. Diese Männer hatten keinen anderen Ort, an den sie gehen konnten, denn im Dorf gab es nicht genug Betten für sie alle.

David spähte durch den Zaun auf die Häuser des Eingeborenenviertels. Ihm fiel auf, dass einem ein Schild entsprossen war, das heute Morgen noch gefehlt hatte. Ein Wirtshaus? Wahrscheinlich.

Und wo es Wirtshäuser und Männer gibt, dachte David ein bisschen traurig, *werden die Bordelle nicht lange auf sich warten lassen.*

Es war nur eine Frage der Zeit. Und ebenso war es nur eine Frage der Zeit, bis die Terraner – zum Beispiel die paar Facharbeiter – diese »Etablissements« ebenfalls benutzen würden.

Dieses halbe Dutzend terranischer Bau-Experten wohnte mit den anderen Terranern innerhalb des Zauns der Enklave zusammen, aber David hatte keinen Zweifel, dass sie bereits über die Kneipe Bescheid wussten. Vielleicht saßen sie im Augenblick sogar schon darin.

Wenn er daran dachte, wie Kapitän Gibbons heute Nachmittag reagiert hatte, hielt David es für eine gute Idee, im HQ-Gebäude vorbeizuschauen, bevor er nach Hause ging.

Nach Hause ... Das klang gut. Ihr Haus war jetzt fertig, obwohl die Hälfte der Zimmer noch unmöbliert war. Zum ersten Mal in fünf Jahren – drei auf dem Schiff, zwei in der Ausbildung – hatte David etwas, an das er als ein Zuhause denken konnte.

Ysaye saß, wie er erwartet hatte, an ihrem Computer. Sie hatte die Inbetriebnahme des HQ-Computers überwacht. David hoffte sehr, sie irgendwie zum Bleiben bewegen zu können, wenn das Schiff wieder startete. Elizabeth hatte nur wenige Freundinnen, und es würde sie schmerzen, Ysaye zu verlieren. Das Band zwischen den beiden Frauen war noch stärker geworden auf Grund dessen, dass sich einige der Terraner hartnäckig weigerten, an Elizabeths telepathische Kommunikation mit den Eingeborenen zu glauben.

Die Schwarze blickte bei seinen Schritten auf und lächelte. »Brauchst du den Computer, David?«, fragte sie.

»Ich hätte gern etwas nachgeschlagen, und zwar über ... hm ... ökologisch gesunde Prinzipien und lokale Mythologie«, antwortete er. »Ich weiß, das ist vage, aber ...«

»Aber ich kann es so formulieren, dass der Computer es verstehen wird«, beruhigte Ysaye ihn. »Nur erhoffe dir nicht zu viel, wahrscheinlich wird er nichts Besonderes dazu bringen. So reichliche Daten über die Einheimischen haben wir noch nicht.«

»Was tust du hier zu dieser Stunde?«, erkundigte David sich

neugierig und sah zu, wie sie seine Frage umformulierte und in das statistisch-soziologische Nachschlagprogramm eingab.

»Oh ... ich meinte, es würde wohl etwas passieren, und ich habe selbst ein paar vage Begriffe nachgeschlagen«, wich sie aus.

»Und vermutlich hat dir der Computer gesagt, dass etwas passieren wird«, lachte David und machte es sich bequem, während Ysaye die Frage durchlaufen ließ. »Oder hast du wieder einmal eine Vorahnung gehabt?«

»Hmm. Vielleicht.« Sie schielte aus dem Augenwinkel zu ihm hoch.

Aber dieser flüchtige Einfall löste in David eine andere Frage über Ysaye aus. »Du redest tatsächlich mit dem Computer, nicht wahr?«, forschte er.

»Was – du meinst, ich führe Gespräche mit ihm?« Sie runzelte die Stirn, doch er konnte nicht sagen, ob über seine Frage oder über einen eigenen Gedanken. »Ich spreche *zu* ihm. Das mag bei einem unschuldigen Zuschauer den Eindruck erwecken, als spräche ich mit ihm. Dabei handelt es sich größtenteils um das laute Verbalisieren von Gedanken.«

»Ich habe einmal geglaubt, so etwas wie ein Gespräch mit ihm geführt zu haben«, gestand David. »Es war ein sehr seltsames Erlebnis.«

»Oder einer von den Technikern hatte ihn programmiert, Sokrates mit dir zu spielen und dir auf Schlüsselworte hin Suggestivfragen zu stellen«, gab Ysaye trocken zurück. »Das hat man damals im 20. Jahrhundert gemacht. Wenn du ihm etwas mitteiltest wie: ›Einstein behauptet, alles sei relativ‹, verlangte er von dir: ›Erzählen Sie mir mehr über Ihren relativen Mr. Einstein.‹ Es war eine Imitation von Intelligenz, keine echte Intelligenz.«

»Diese Barriere der künstlichen Intelligenz haben wir immer noch nicht durchbrochen«, bemerkte David. »Ich erinnere mich nicht, wann jemand das letzte Mal versucht hat, KI zu schaffen.«

Ysaye lehnte sich auf ihrem Sessel zurück und blickte nachdenklich drein. »Das ist wahr. Lange Zeit ist es darum still gewesen. Aber manchmal frage ich mich, ob KI nicht vor unserer Nase entstanden ist. Wir können jetzt so viele Informationen speichern – und die Computer können sie so schnell verarbeiten. Wirklich, der Computer ist heute eine Art von Intelligenz.«

»Sollte er also Bewusstsein entwickeln, wäre er theoretisch im Stande, mit einer anderen Intelligenz zu kommunizieren?«, fragte David. »Nehmen wir doch einmal an, die andere Intelligenz könne Kontakt mit ihm herstellen – vielleicht durch ein Terminal.«

»Das stimmt schon, und wir haben im Augenblick keine Möglichkeit auszuschließen, dass die Computer es tun«, räumte Ysaye ein. »Da wir sie programmiert haben, nur auf eine Frage zu reagieren, können wir es nicht wissen. Dazu müssten wir schon fähig sein, auch die Gedanken des Computers zu lesen.«

David hob eine Augenbraue. »Hast du das jemals versucht? Ich weiß, dein Psi-Test war positiv, ebenso wie bei Elizabeth und mir – und ich muss dir sagen, seit wir hier unten sind, neige ich dazu, mich ebenso auf die Telepathie zu verlassen wie auf die richtige Sprache. Vielleicht mehr ...«

Ysaye stieß den Atem aus, den sie in einem Seufzer festgehalten hatte. »Ich dachte, vielleicht liege es an mir. Ich dachte – ich weiß nicht, was ich dachte. Ich habe es dem Kapitän nicht gesagt, ich habe es niemandem gesagt. Die Leute sollten mich nicht für verrückt halten. Aber ich habe mich nicht erst lange mit dem Kortikator aufgehalten. Ich brauchte ihn nicht. Warum sollte ich mir die Mühe machen, wenn ich mit Lorill Hastur und Kermiac Aldaran und Felicia reden konnte, ohne mir Kopfschmerzen zu holen und die Maschine zu ertragen?«

David nickte langsam. »Elizabeth sagte etwas Ähnliches. Ich bin nicht so ... aufnahmefähig, ich musste die Sprache auf die harte Art lernen. Meistens bekomme ich nur den ungefähren Sinn des Gesagten mit. Elizabeth sagt, sie habe mit Lord Kermiac, mit Felicia und mit Raymon Kadarin die gleiche Art von Kontakt gehabt.«

»Ich kann Kadarins Gedanken manchmal berühren«, gestand Ysaye zögernd. »Aber ich halte mich von ihm fern.«

Das überraschte David. Zu ihm war Kadarin nie anders als herzlich gewesen. »Du magst ihn nicht?«

Von neuem zögerte Ysaye. »Das stimmt nicht ganz«, erklärte sie nach einer Weile vorsichtig. »Er ist mir nicht unsympathisch. Was sollte an ihm auch unsympathisch sein? Er ist sehr liebenswürdig. Er hat nie etwas Unpassendes gesagt oder getan. Trotzdem habe ich ein bisschen Angst vor ihm. Ich habe das Gefühl, er ist kein guter Mann, wenn du das verstehst.«

Im Verlauf des Gesprächs hatte David gespürt, wie er sich immer mehr auf Ysaye einstimmte, und jetzt nahm er wahr, was Ysaye nicht laut aussprechen wollte: Die meiste Zeit ihres Lebens habe ein sechster Sinn sie vor Männern gewarnt, die sich ihr näherten, weil sie in ihr eine exotische Erscheinung sahen. Etwas in der Art musste sie in Kadarins Verhalten erkannt haben. Und als schaffe es ihr Unbehagen, auch nur an ihn zu denken, wechselte sie das Thema.

»Hast du Felicias Baby gesehen?«, fragte sie unvermittelt.

Das Baby war die Quelle geheimer Spekulationen gewesen, seit es vor einer Woche geboren worden war. So viel David wusste, hatte es noch niemand zu sehen bekommen.

»Nein«, antwortete er, und neugierig setzte er hinzu: »Es ist tatsächlich Aldarans Kind, nicht wahr? Ich habe gehört, dass so etwas hier zu Lande ziemlich oft passiert – ist Felicia so etwas wie seine Nebenfrau? Kein Mensch regt sich darüber auf. Es wird nur immer wieder betont, welch ein Glück es ist, dass das Baby gesund auf die Welt gekommen ist.«

»Ich weiß genau, dass Felicia und Aldaran in keiner Form einer Ehe miteinander verbunden sind«, erklärte Ysaye trocken. »Offenbar gilt es hier nicht als Schande, die offizielle Mätresse eines prominenten Mannes zu sein. Eine Schande ist es nur, wenn kein Mann die Verantwortung für die Vaterschaft auf sich nimmt.«

Wieder erkannte David den Sinn dessen, was in Ysayes Worten nicht enthalten war: Ihrer Meinung nach sollte Aldaran sich schämen, dass er ein solcher Weiberheld war, und auf seine Eroberungen nicht auch noch stolz sein. Außerdem bemitleidete sie Felicia, die eine willige Komplizin gewesen war – oder ein Opfer.

»Vielleicht hast du es noch nicht gehört«, sprach Ysaye weiter, »dass wir alle zu der Zeremonie der Namensgebung für das Kind eingeladen sind. Es findet am Mittwinterfest der Einheimischen statt – das ist kurz vor unserem Weihnachten.«

»Ist es ein Junge oder ein Mädchen?«, fragte David. »Glaubst du, dass man hier zu Lande rosa und blaue Geschenke kennt?«

Er hatte es als Scherz gemeint, um Ysaye aufzuheitern, doch sie nahm es ernst. »Ich bin mir nicht sicher, und es gehen Gerüchte um, dass es vielleicht etwas anderes ist.«

»Etwas anderes als ein Junge oder ein Mädchen?« Davids Augenbrauen wanderten in die Höhe. »Hmm. Nun, das geschieht manchmal auch auf der Erde, aber nicht sehr oft. Glücklicherweise. Und für gewöhnlich kann es bis zu einem gewissen Grad durch einen chirurgischen Eingriff korrigiert werden. Sollten wir den Eindruck haben, dass es schicklich ist, könnten wir zu gegebener Zeit diplomatische Nachforschungen anstellen. Aurora ist bestimmt qualifiziert, die Operation durchzuführen. Oder glaubst du, man würde uns unsere Einmischung übel nehmen? Schlimm für das Kind, wenn es ein ... ein Neutrum ist.«

»Ich weiß nicht recht, wie ich es beschreiben soll.« Ysaye krauste verwirrt die Stirn. »Anscheinend wird diese Möglichkeit hier als normal angesehen, und man betrachtet so etwas nicht als Unglück. Die Einheimischen nennen den Zustand *emmasca,* und wie ich es verstanden habe, ist es beides – und keins von beidem.«

Ysaye musste ebenso gut wissen wie er, welche Wurzel das Wort hatte. Deshalb verkniff David sich die auf der Hand liegende Bemerkung.

»Diese *emmasca* sind, wie ich gehört habe, ziemlich selten, und man hält sie für glücklich. Unter anderem sind sie sehr langlebig. Einer ihrer Könige – ein Hastur-König, hat Lorill mir erzählt – war einer. Die meisten sind allerdings steril.« Ysaye zuckte die Achseln. »Lorill versuchte, mir etwas sehr Kompliziertes über Genetik und die *emmasca zu* erklären, aber ich habe das meiste davon nicht mitbekommen. Seine Familie muss früher einmal bis über den Hals in Versuchen gesteckt haben, menschliche Blutlinien zu manipulieren, um bestimmte Eigenschaften zu fixieren, und das Ende davon war, dass sie eine ziemliche Anzahl von *emmasca* hatten. Wie dem auch sei, möglicherweise ist Felicias Kind *emmasca.* Und das hat wiederum etwas mit Aldarans Erbgut zu tun, das, ob du es glaubst oder nicht, seltsamere Dinge enthalten soll als Felicias Erbgut.«

David schüttelte den Kopf »Das kann man sich kaum vorstellen, aber bei einer einzigen Schiffsladung von Menschen, die jahrhundertelang Inzucht treiben, weiß Gott allein, was daraus entsteht. Wenn das arme Würmchen nun *emmasca* ist, wird es dann auch steril sein?«

»Die meisten sind es, nicht alle«, antwortete Ysaye. »Das

wird man erst erfahren, wenn das Kind in die Pubertät kommt, weil manche von ihnen dann doch noch männlich oder weiblich werden. Jedenfalls ist es eine gute Gelegenheit für ein Fest – und für dich eine unbezahlbare Gelegenheit, eins deiner kostbaren Kulturbänder aufzunehmen!«

Ihr Gespräch drehte sich von nun an um das harmlose Thema der Feier und der Goldmine an Information, die diese Feier darstellte, und David vergaß, was ihm vorangegangen war.

Das Mittwinterfest wurde in der großen Halle abgehalten, wo man sie am ersten Abend willkommen geheißen hatte. Was damals in ihren Augen primitiv und fremdartig gewesen war, kam ihnen jetzt vertraut und, auf seine Weise, gemütlich vor. Die Terraner hatten gelernt, sich dem Klima anzupassen, und wenn einige von ihnen hier und da einen Seufzer der Erleichterung ausstießen, weil sie am Ende des Tages in ihre eigenen zentralgeheizten Wohnungen zurückkehren konnten, erwähnte es doch keiner geradeheraus.

Lord und Lady Aldaran (sie war hochschwanger und trat selten öffentlich in Erscheinung) begrüßten alle Besucher persönlich und hießen sie willkommen.

»Es ist wie Weihnachten«, stellte Elizabeth entzückt fest. »Bis auf die Tannenzweige und den Duft von etwas wie ... wie Ingwerbrot!«

»Gewürzbrot«, sagte Lady Aldaran mit herzlichem Lächeln. Sie war eine klassische, zarte Rothaarige, hellhäutig und trotz ihrer Schwangerschaft erschreckend dünn. Die Massen ihres kastanienbraunen Haars waren zu einer kunstvollen Frisur aufgesteckt, die aussah, als könne ein Lufthauch sie in Unordnung bringen. Sie wirkte viel zu schwer für Lady Aldarans zarten Hals. »Ihr feiert dieses Fest auch?«

»Etwas sehr Ähnliches«, antwortete Elizabeth. »Um Euch die Wahrheit zu sagen, jeder Planet, von dem ich je gehört habe, kennt irgendeine Art von Mittwinterfest. Die menschliche Natur braucht wohl eine Feier, wenn die Sonne am trübsten und die Welt am dunkelsten und kältesten ist. Fast immer ist es eine Bestätigung der Hoffnung oder so etwas.«

»Und was ist der Anlass?«, erkundigte Lady Aldaran sich neugierig. »Hier ist es die Wintersonnenwende.«

»Für gewöhnlich ist es der Geburtstag des einen oder anderen Gottes ...«, begann Elizabeth, und dann errötete sie. »Ich bitte um Verzeihung. Ich hoffe, Ihr fasst das nicht als religionsfeindlich auf.«

»Kaum.« Die Lady lächelte. »Wir Comyn sind im Großen und Ganzen nicht besonders religiös. Ich persönlich habe ebenso viel Religion wie die Katze. Aber wir genießen unsere Feste von ganzem Herzen, ganz gleich, aus welchem Grund sie gefeiert werden, und sogar die *cristoferos* haben ein Sprichwort: *Der Arbeiter hat ein Recht auf seinen Lohn und seinen Feiertag.*«

Elizabeth lachte vor sich hin. »*Jeder Arbeiter ist seinen Lohn wert.*«

David würde sich freuen, diese Redensart seinem Datenspeicher hinzufügen zu können. Interessant war, dass hier mehrere Sprachen in Gebrauch waren, obwohl nur der eine Kontinent bewohnbar war, wenigstens soweit die Satellitenfotos es zeigten. Falls nicht doch irgendwo Menschen unter dem Schnee lebten und keine Spuren hinterließen, war das alles.

»Wir müssen später einmal Sprichwörter austauschen.« Lady Aldarans bedauerndes Lächeln sagte Elizabeth, wie sehr sie sich wünschte, jetzt Zeit dafür zu haben. »Aber ich muss mich um meine Gäste kümmern. Die Zeremonie der Namensgebung wird in Kürze beginnen.« Ihr Gesicht wurde weich. »So ein süßes Kind. Felicia hat sehr viel Glück gehabt.«

»Bei uns findet die Taufe – die Namensgebung – eines Kindes sofort statt«, bemerkte Elizabeth. »Mir kommt es ein bisschen merkwürdig vor, so lange zu warten. Es ist schon vor sechs Wochen geboren, nicht wahr?«

»Für gewöhnlich geben wir einem Kind erst dann einen Namen, wenn wir sicher sind, dass es am Leben bleiben wird«, sagte Lady Aldaran. Der Ausdruck ihrer Augen weckte in Elizabeth die Frage, ob sie selbst schon eines oder mehrere namenlose kleine Kinder begraben habe. Oder quälte sie die geheime Angst, das Kind, das sie erwartete, werde nicht lange genug leben? »Doch dieses hier macht einen sehr gesunden Eindruck. Ist ein Kind erst einmal sechs Wochen alt, erlebt es im Allgemeinen auch das Einsetzen des *laran.* Dieses hier wird gut zurechtkommen, soweit wir es beurteilen können. Und es ist ein so liebes Kind, es schreit nie länger als für einen Augenblick.«

Elizabeth fand es seltsam, dass Lady Aldaran so freundlich von einem Kind sprach, das ihr Ehemann mit einer anderen gezeugt hatte. Seltsamer noch war es, dass die Lady mit ihrer früheren Rivalin befreundet war. Doch natürlich konnte Elizabeth nichts dazu sagen. Sie bemerkte höflich, sie freue sich, dass das Kind gedeihe, zog sich zurück und gesellte sich zu Ysaye. Lady Aldaran ging, eine eben eingetroffene Gruppe von Gästen zu begrüßen, deren Überkleidung und Stiefel dick mit Schnee verziert waren.

Diese Neuankömmlinge mussten von einem anderen Zweig des Aldaran-Clans sein und von einem Ort kommen, den sie »Scathfell« nannten. Sie zogen ihre schneebedeckten Hüllen aus und reichten sie Dienstboten, die sie wegtrugen. Lady Aldaran begrüßte sie herzlich.

Auf ein Signal hin, das Elizabeth entgangen war, hörten die Musiker auf zu spielen, und alle Anwesenden versammelten sich um Mutter und Kind.

Lord Aldaran wartete, bis sich alle Blicke auf ihn richteten, von den neugierigen der Terraner bis zu den anerkennenden seiner Gemahlin. Dann nahm er Felicia das warm eingehüllte Kind aus den Armen.

»Ich erkenne dieses Kind Thyra als das meine an«, sprach er mit fester Stimme. »Und ich gelobe, die Verantwortung für seinen Unterhalt und seine Pflege zu tragen, bis es die Reife erreicht.«

Dann kam die eigentliche Überraschung, jedenfalls soweit es Elizabeth betraf. Lady Aldaran nahm ihm Felicias Kind ab und drückte es an ihre eigene Brust.

»Ich erkenne dieses Kind Thyra meiner lieben Freundin Felicia als das wahre und anerkannte Kind meines Gemahls Kermiac an.« Liebevoll blickte sie auf das Gesichtchen des Kindes nieder. »Und so übernehme ich die Verantwortung für seine Ernährung und Pflege unter seines Vaters Dach, bis es die Reife erreicht.«

»Lady Aldaran ist eine Heilige«, murmelte jemand in Elizabeths Hörweite. »Sie weiß doch besser als jeder andere, dass ein *Emmasca*-Kind die Reife vielleicht erst mit dreißig Jahren oder noch später erreicht. Dieses ›Kind‹ könnte sie überleben und immer noch ein Kind sein.«

Elizabeth tat ihr Bestes, nicht zu zeigen, dass sie die Bemerkung gehört hatte, aber es war eine erschreckende Enthüllung. Es erinnerte sie an etwas, das eine Freundin ihrer Mutter, eine große Vogelliebhaberin, einmal gesagt hatte: *Kaufe niemals einen Papagei, wenn du nicht jemanden hast, dem du ihn vermachen kannst.* Würde Lady Aldaran dieses Kind ihren eigenen Nachkommen »vermachen« müssen?

Aber Lady Aldaran fuhr fort, nachdem sie das Kind wieder seiner Mutter in die Arme gelegt hatte: »Zur Bestätigung dessen schenke ich, Margali von Aldaran, Felicia dieses Zeichen meiner Zuneigung.«

Sie legte Felicia eine wundervolle Kette aus Silber und den

Edelsteinen, die man »Feuersteine« nannte, um den Hals. Die Anwesenden applaudierten, und das Baby begann zu weinen. Felicia öffnete in völliger Unbefangenheit ihr Kleid und legte das Kind an die Brust.

Es saugte gierig und gab kleine Grunzlaute von sich wie ein glückliches Schweinchen, und alle begannen zu lachen und zu reden.

Elizabeth konnte die Augen nicht von dem perfekten kleinen Wesen abwenden, das wie eine rosa und weiße Puppe war. Mit Staunen und Freude sah sie den Winzling trinken. Zum nächsten Mittwinter hatte sie vielleicht ein eigenes Kind – ihr und Davids Kind. Es würde nicht mit einem Ritual wie diesem begrüßt werden, aber es würde unter dieser fremden Sonne geboren und deshalb ebenso ein Eingeborener sein wie Felicias Kind.

Wenn es ein Junge wurde, könnten sie es nach dem Kapitän nennen ...

Sie versank in Tagträume. Zeb Scott kam, setzte sich zu Felicia und sprach leise mit ihr.

»Ach du meine Güte«, flüsterte Ysaye und holte Elizabeth so in die Gegenwart zurück. »Das sieht nach mehr als nur einem freundschaftlichen Plausch aus.«

Elizabeth sah sich nun genauer an, wie Zeb sich zu Felicia vorbeugte, und nickte ein bisschen beunruhigt. »Das könnte zu Komplikationen führen ... Ich glaube, du hast Recht, Ysaye. Wenn zwischen Zeb und Felicia nicht jetzt schon etwas läuft, sieht das ganz so aus, als könne es in kürzester Zeit ernst werden. Und das wäre sehr gut für Felicia, Zeb Scott ist ein großartiger Mann. Aber es brächte unsere guten Beziehungen zu Lord Aldaran in Gefahr.«

Das überraschte Ysaye. »Wie denn das? Felicia ist nicht mit Lord Aldaran verheiratet – und auch mit keinem anderen, so viel ich weiß. Margalis Zeit ist bald da, und dann könnte die

Sache mit Felicia peinlich werden. Wird man nicht von Lord Aldaran erwarten, seiner Ehefrau und seinem legitimen Kind mehr Aufmerksamkeit zu widmen? Werden Margali und ihre Verwandten das nicht für seine Pflicht halten? Ich finde, er sollte froh sein, wenn ein anderer Mann ihm Felicia ... äh ... abnimmt.«

»Es könnte auch ganz anders kommen«, warnte Elizabeth. »Hier zu Lande funktioniert es offenbar nicht auf diese Weise. Die Bräuche weichen von unseren stark ab.«

Ysaye widersprach ihr. »Ich glaube nicht, dass die menschliche Natur sich so sehr verändern kann. Schließlich können wir uns in menschlichen Kulturen auf eins verlassen, und das ist der Besitzanspruch, der in den Ausdrücken ›mein Mann‹ und ›meine Frau‹ liegt. Und darauf, dass Verwandte scheel auf eine Beziehung blicken, die eine Bedrohung für die ›richtige Frau‹ darstellt. Ich kann mir nicht vorstellen, dass diese Welt sich davon so unterscheiden sollte.«

»Wahrscheinlich nicht«, erklang eine bekannte, aber unwillkommene Stimme. »Ich habe in keiner Kultur eine große Abweichung der menschlichen Natur festgestellt. Richtig schade, denn so bewundernswert ist die menschliche Natur nicht.«

Auch bei einem Fest konnte Ryan Evans nicht anders. Sein sarkastischer und ätzender Witz färbte alles, womit er in Kontakt kam, egal ob man ihn um seine Meinung gefragt hatte oder nicht.

Elizabeth drehte sich zu ihm um und setzte eine höfliche Maske auf. »Ach, Ryan«, sagte sie kühl. »Ich wusste gar nicht, dass Sie aus den – wie heißen sie gleich? – Trockenstädten zurück sind.«

»*Trocken*städte ist richtig«, antwortete Evans. »Nichts als Wüste und ungastlichere Ansiedlungen, als ich sie je wieder sehen möchte. Grauenhaftes Klima, Barbaren, nur eine Stufe über Höhlenbewohnern – es reicht, dass ich das bisschen Glauben an die menschliche Natur, das ich besitze, auch noch verliere.«

David tauchte rechtzeitig auf, um sie davor zu retten, sich eine höfliche Antwort einfallen lassen zu müssen. »Die Tatsache, dass sie sich überhaupt in einer solchen Gegend ansiedeln, spricht doch für die menschliche Natur«, erklärte David fröhlich. »Zumindest zeugt es von nicht zu entmutigendem Optimismus.«

»Optimismus!«, schnaubte Evans. »Sie können die Trockenstädter geschenkt haben, mitsamt ihrem Optimismus! Doch ich muss sagen, Kadarin ist zum Agenten wie geboren. Er beherrscht mehrere der Sprachen, und er kannte bereits viele der Leute, deshalb haben sie uns nicht auf der Stelle umgebracht. Die meisten hielten ihn sogar für einen ihrer eigenen Art.« Davids Augen leuchteten auf. »Darüber wollte ich mit Ihnen sprechen. Haben Sie Bänder von den Sprachen der Trockenstädter?«

»Einige«, erwiderte Evans. »Wahrscheinlich längst nicht so viele, wie Sie und Ihr Computer haben möchten. Es war verdammt schwierig, sie aufzunehmen – Sie würden es nicht glauben, was für eine Mühe es gekostet hat, die Leute dazu zu bringen, mit uns zu reden. Die Neugier steht da draußen nicht hoch im Kurs. Das ist der verschlossenste Menschenschlag, der mir je begegnet ist.«

Das überraschte David nicht. »So etwas ist bei einer Wüstenkultur zu erwarten«, meinte er. »Das bloße Überleben erfordert alle Kräfte, und ein Fremder könnte eine echte Bedrohung darstellen. Ganz bestimmt ist ein Fremder eine Belastung der eigenen Mittel, und Gastfreundschaft könnte tödlich sein. Das Zusammenhalten der einzelnen Clans gehört ebenfalls dazu.«

»Gut dargelegt«, sagte der Kapitän und stellte sich zu ihnen.

»Ich freue mich, dass Sie wieder da sind, Evans. Als Erstes möchte ich morgen früh Ihren Bericht sehen.«

»Die Hauptsache kann ich Ihnen in wenigen Worten mitteilen«, erwiderte Evans. »In verdammt wenigen Worten. Der Handel, den die Trockenstädte mit dem Rest der Welt treiben, ist minimal. Bei dem, was von dort kommt, handelt es sich zum größten Teil um ein paar Pflanzen für medizinische Zwecke. Edelmetalle: null. Gewöhnliche Metalle: null. Ebenso wie auf dem Rest des Planeten, vermute ich. Das, Sir, ist buchstäblich verdammt alles, was es zu berichten gibt. Ich hätte ebenso gut hier bleiben und in aller ... hmm, nicht gerade Bequemlichkeit leben können, aber immerhin wäre es mir erspart geblieben, mich wund zu reiten.«

Der Kapitän grunzte enttäuscht. »Dann gibt es dort nichts für das Imperium?«

»Abgesehen von dem, was ich bereits erwähnt habe, nämlich ein paar möglicherweise zu medizinischen Zwecken verwendbaren Pflanzen, absolut nichts. Es sei denn, man ist an exotischen Drogen interessiert.« Evans grinste. Der Kapitän runzelte die Stirn.

»Sie kennen meine Meinung zu diesem Thema. Drogen sollen dort bleiben, wo sie entstehen.«

Die Gesetze, die den Import und Export potenziell süchtig machender Substanzen regelten, waren nicht einheitlich. Im Allgemeinen war der Handel damit verboten, wobei die Gesetze der einzelnen Regierungen innerhalb ihrer Jurisdiktion Vorrang hatten. Zum größten Teil waren sie unglaublich streng. Jede lokale Regierung hatte das Recht, den Schiffer zu verfolgen, der verbotene Drogen in ihr Hoheitsgebiet brachte, wodurch das Schmuggeln zu einem außerordentlich teuren Geschäft wurde. Nicht nur der Schmuggler selbst konnte bestraft werden, sondern auch der Schiffseigentümer – und oft wurde gleich das ganze Schiff beschlagnahmt.

Deshalb war es möglich, den Drogenhandel innerhalb des Hoheitsgebiets stark einzuschränken, aber außerhalb davon sah es ganz anders aus. Manche Leute hätten am liebsten jede einzelne Substanz, die Einfluss auf die Stimmung hat, verboten, ganz gleich, wie mild sie war, bis hinunter zu Koffein und Schokolade. Aber die Durchsetzung stieß auf überwältigende Schwierigkeiten, vor allem auf Planeten wie Keef und Vainwal, wo es zu diesem Thema so gut wie gar keine Gesetze gab.

Die Imperiumspolitik ging dahin, dass es im interstellaren Raum so wenige gesetzliche Einschränkungen wie möglich geben sollte. Verbote gab es nur ganz wenige, und diese wurden rigoros durchgesetzt. Die paar verbotenen Drogen auf der Liste schädlicher Stoffe waren um mehrere Grade gefährlicher als diejenigen, die nur Wohlbefinden erzeugten.

Der Kapitän hatte eine eigene Meinung über den Schaden, der durch eine so minimale »Überwachung« entstand. Elizabeth und Ysaye teilten seine Gefühle. Evans tat es offensichtlich nicht.

Lieutenant Ryan Evans trat offen für die *Laissez-faire*-Haltung ein, die man auf Keef und Vainwal fand. Sicher, diese Planeten zogen eine bestimmte Sorte von Touristen an. Sicher, diese Touristen waren gewarnt und über die Risiken informiert. Und meistens – zumindest nach offizieller Lesart – dachte kein Mensch daran, jemandem diese Drogen mit Gewalt aufzudrängen. Natürlich gab es Gerüchte, dass Touristen gegen ihren Willen süchtig gemacht und gezwungen worden seien, mit ihren Körpern für die Beschaffung der unentbehrlich gewordenen Droge zu bezahlen, aber das waren nur Gerüchte, und noch nie war es gelungen zu beweisen, dass sie wahr waren. Das war Evans' Rechtfertigung. Er sprach verächtlich von »Autoritarismus« und »Bevormundung«. Er behauptete, schließlich werde kein Schaden angerichtet. Was sich abspiele, beschränke sich auf einverstandene Bewohner und Besucher des Planeten und werde nicht auf andere Welten übergreifen.

Dieses eine Mal war Evans jedoch nicht in der Stimmung, seine übliche Ansprache zu halten. »Ich kenne die Gesetze«, erklärte er, was Elizabeth überraschte, »und es hat keinen Sinn, über Theorien zu streiten. Sie kennen meine Einstellung dazu: je weniger Kontrolle eine Regierung über uns hat, desto besser.«

»Nun, ich teile sie ebenso wenig wie früher«, gab der Kapitän zurück. »Doch wir können bei anderer Gelegenheit über Prinzipien diskutieren.«

»Gut«, sagte Elizabeth und wandte sich ab. Ryan war Davids Freund, und es gab Zeiten, da fand auch sie ihn sympathisch – aber dann wieder missfiel ihr alles, wofür er eintrat. Das hier sollte eine Feier sein, und sie hatte wirklich keine Lust, in einen Streit hineingezogen zu werden, der nur böses Blut machen konnte. Dabei hätte sie am liebsten leidenschaftlich Stellung genommen.

Noch nie in ihrem zugegebenermaßen kurzen Leben hatte sie einen Fall gesehen, in dem Drogen keinen Schaden angerichtet hatten. Sogar Alkohol zerstört Gehirnzellen, selbst so etwas verhältnismäßig Harmloses wie Schokolade und Koffein erzeugt ein heftiges Verlangen, das, wenn es befriedigt wird, manchen Personen Schaden zufügt. Wenn ein informierter und ansonsten gut angepasster Mensch diese Drogen wissentlich gebrauchte, war das eine Sache – aber eine Flut exotischer Drogen auf Leute loszulassen, die wahrscheinlich nie eine Chance hatten, über die damit verbundenen Probleme gründlich nachzudenken – das sollte nicht erlaubt sein.

Die Verheerungen, die der Alkohol bei den eingeborenen amerikanischen und polynesischen Kulturen auf Terra angerichtet hatte, waren nur ein Beispiel für das, was geschehen konnte. Wenn Evans die »Freiheitsfahne« schwenkte, war das auf den ersten Blick sehr attraktiv für solche, die es nicht besser wussten. Seine hohe Intelligenz verstärkte seine Position gegenüber Leuten noch, die sich nicht klar machten, dass er weder Ethik noch Skrupel kannte.

Elizabeth unterdrückte einen Seufzer. *Menschen mit so scharfem Intellekt sollten in früher Kindheit Unterricht in der Ethik bekommen,* dachte sie.

Doch für Ryan Evans war es heute dazu viel zu spät. Es war unwahrscheinlich, dass in seinem Alter plötzlich sein Gewissen erwachen würde.

Das Kind schlief in Felicias Armen. Die Musiker stimmten eine Tanzweise an, und die Eingeborenen stellten sich zu einem Kreistanz auf. Ein paar von den abenteuerlustigeren Terranern, auch Zeb Scott war darunter, ließen sich überreden, daran teilzunehmen. Elizabeth, die sich nichts aus dem Tanzen machte, schlenderte zu den Musikern hinüber. Sie kam an einem mit Erfrischungen beladenen Tisch vorbei und nahm sich ein Glas mit weißem Bergwein. Der erste Schluck war angenehm, aber er hatte einen seltsam bitteren Nachgeschmack.

Genau wie ihr Gespräch mit Evans.

18

Nun?«, fragte Jessica Duval, ein Lieutenant der Schiffsbesatzung. Die Neugier stand ihr in ihrem Katzengesicht geschrieben. »Ist es einer oder nicht?«

Ysaye verzog das Gesicht. Jessicas unersättliches Verlangen nach Klatsch war ihr nie recht sympathisch gewesen, und nun kam es ihr geradezu abstoßend vor. »Ich weiß es nicht, und es interessiert mich auch nicht besonders«, sagte sie in der Hoffnung, Jessica damit den Mund zu stopfen.

»Aber Ryan Evans hat gesagt, das Baby sei eine Art Mutant«, bohrte Jessica weiter. »Er hat es Fähnrich Rogers erzählt, als er seine Sachen abstellte, bevor er zum Fest ging, und er sagte, das wisse er von Kadarin. Es ist schon auf dem ganzen Schiff herum.«

»Ich habe es auch gehört, aber ich habe mir nicht die Mühe gemacht nachzuforschen, ob es stimmt«, erwiderte Ysaye trocken. Hoffentlich sprach keiner der in der Nähe stehenden Eingeborenen fließend Terra-Standard oder war Telepath! »*Wenn Rogers sagt, dass Evans sagt, dass Kadarin sagt,* heißt das noch lange nicht, dass es wahr ist oder der Wahrheit auch nur nahe kommt. Ich habe nicht nach Einzelheiten gefragt. Wenn es für die Leute hier keine Rolle spielt, sollte es für uns ebenso wenig eine Rolle spielen. Manche Dinge lässt man besser im Dunkeln.« Sie maß Jessica mit einem vernichtend gemeinten Blick. Jessica zuckte die Achseln und machte durchaus nicht den Eindruck, als lasse sie sich einschüchtern oder als schäme sie sich.

»Diese Einstellung ist einer Wissenschaftlerin nicht würdig«, neckte David sie. »Wo kommen wir hin, wenn Wissenschaftler die Fragen nicht stellen, die sonst niemand stellt?«

Ysaye sah ihn stirnrunzelnd an, um ihm ganz deutlich zu verstehen zu geben, dass sie darin kein Thema für Frotzeleien sah. »Es gibt ein paar Dinge, die ich nicht einmal im Namen der Wissenschaft tun würde, und die Verletzung der Privatsphäre eines Menschen gehört dazu. Wenn du es wirklich wissen willst, kannst du entweder Felicia selbst fragen oder das Kind, sobald es groß genug ist.« Ihr Gesicht wurde noch finsterer. »Vielleicht ziehst du sogar Felicias Gefühle in Erwägung, bevor du es tust. Ich habe den Eindruck, dass ihre Position schwierig genug ist, aber wenn du die Chance wahrnehmen willst, sie in Verlegenheit zu bringen, ist das etwas, mit dem du wirst leben müssen.«

»Der Himmel verhüte es«, antwortete David, ernst geworden. »Ich muss gestehen, dass ich neugierig bin, so neugierig aber wieder nicht, und um nichts in der Welt möchte ich Felicia in Verlegenheit bringen. Sie hat sich jedes Mal, wenn ich sie um etwas bitten musste, außerordentlich hilfsbereit gezeigt. Das wäre ein schlechter Dank für ihre Güte.«

»Das gefällt mir an dir«, erklärte Ysaye herzlich, und ihre steife Haltung verschwand zusammen mit ihrer Missbilligung. »Du gibst zu, dass es Grenzen für Nachforschungen im Namen der Wissenschaft gibt.«

David reagierte mit einem offenen Lächeln. »Das muss wohl jeder zugeben, auch ein eingefleischter Wissenschaftler. Sicher, es gibt Fragen, die ein Wissenschaftler stellen sollte, wenn es sonst keiner tun will, aber es gibt ethische Grenzen für das, was ein Wissenschaftler tun darf. Zum Beispiel hatten einige dieser alten Experimente in genetischer Umstrukturierung, die durchgeführt wurden, kurz bevor bei uns von nennenswerter interstellarer Raumfahrt die Rede war, ziemlich tragische und bizarre Folgen.«

»Einen Augenblick!«, fiel Jessica ein und verlor ihre lässige Haltung. »Darüber dürfen Sie nicht derart engstirnig urteilen!

Die Ursache dieser *Folgen* war eine mangelhafte wissenschaftliche Grundlage – Leute taten Dinge, für die sie nicht qualifiziert waren und ohne ausreichende Schutzmaßnahmen! Ordnungsgemäß durchgeführte Experimente dieser Art haben uns überhaupt erst erlaubt, den Mars zu kolonisieren – und das führte zu den Kenntnissen, die es ermöglichten, viele andere Planeten ohne geeignete Atmosphäre zu terraformieren und zu kolonisieren!«

Ysaye schüttelte den Kopf. Das war ein weiteres Thema, über das sie und Jessica niemals einer Meinung sein würden. Ganz gleich, wie viel Gutes daraus entstanden war – was wäre geschehen, wenn die Terraner nicht eingegriffen hätten? »Ich bin mir nicht so sicher, dass sie überhaupt hätten kolonisiert werden sollen«, meinte sie zweifelnd. »Vielleicht hätten sie sich eines Tages ohne unsere Einmischung auf eine ihnen gemäße Weise entwickelt.«

Das war ein so alter Streit, dass David sich gar nicht erst hineinziehen ließ. Er kannte Ysayes Einstellung. Sie hatte oft mit Elizabeth darüber gesprochen. Seltsam, dass eine Wissenschaftlerin häufig einen antiwissenschaftlichen Standpunkt einnahm. Es mochte auf das zurückgehen, was sie als kleines Kind gelernt hatte, eine eigentümliche Doktrin unter dem Motto: »Du sollst nicht an der Natur herumpfuschen.« Was keinen Sinn ergab, weil Ysaye jedes Mal, wenn sie eine Spritze gegen ihre Allergien bekam, an der Natur herumpfuschte. Wie dem auch sein mochte, die Diskussion würde enden wie immer. Niemand bekehrte jemals irgendwen. Also wartete David auf eine Gefechtspause und fragte: »Was halten Sie von der Zeremonie, Jessica?«

Erleichtert griff Jessica den Themenwechsel auf. »Mir hat sie gefallen.«

Die Gesichter aller anderen in der Gruppe zeigten ähnliche Erleichterung, und David bedauerte, nicht früher eingegriffen zu haben. »Irgendwie war das rührend. Schade, dass die Menschen sich in unserer eigenen Kultur in solchen Situationen nicht ebenso zivilisiert benehmen, dann gäbe es keine Vaterschaftsklagen und keine schmutzigen Prozesse. Mir kam es nicht fremdartig vor. So etwas würde man von Terranern erwarten, wenn wir uns ein bisschen mehr Sorgen um das Wohlergehen unserer Kinder als um unseren eigenen Stolz und um unsere Bequemlichkeit machen würden.«

»Ich finde diesen Ort überhaupt nicht fremdartig«, stimmte jemand anders zu. »Das Fest und die Namensgebung hätten auch eine Kombination von Weihnachtsfeier und Taufe sein können.«

David lachte. »Darkover ist ja auch nicht besonders fremdartig. Zumindest die Bräuche sollten es nicht sein. Diese Leute stammen größtenteils von Terranern ab, noch dazu von Nordeuropäern.«

Jessicas Gesicht wurde nachdenklich. »Fühlen Sie sich da nicht fehl am Platz, Ysaye?«, fragte sie. »Ich bin gar nicht auf die Idee gekommen, Sie könnten das nicht so anheimelnd finden wie wir übrigen. Sollte irgendwer sich hier fremd fühlen, dann müssten Sie es doch sein.«

»So merkwürdig das klingt, es ist nicht der Fall«, erwiderte Ysaye. »Ich bin auf dem nordamerikanischen Kontinent aufgewachsen, in dem New-York-Baltimore-Megaplex, und da ist es ja nicht so, als käme ich aus ... na, Nigeria. Und schließlich bin ich ein Mensch, und die Planetenbewohner sind Menschen. Wir haben sehr viel mehr Gemeinsamkeiten als Unterschiede.«

Sie dachte an ihre Kontakte von Geist zu Geist mit Lorill Hastur und Kermiac Aldaran. Ihre Gedanken waren nicht die von Aliens gewesen. Tatsächlich hatte Lorill sich höflicher gezeigt als viele ihrer eigenen Bordkameraden und darauf geachtet, dass er sie nicht beunruhigte.

Aber was war mit diesem anderen, nebulösen Kontakt, den sie gespürt hatte – dem Geist, der sich in ihrem Gehirn herumgetrieben hatte, als sie ihre synthetisierte Flöte gespielt und im Archiv nach Musik für Elizabeth gesucht hatte? Es war, als wolle da draußen noch jemand – einer mit weniger Skrupeln als Lorill – ihre Gedanken »belauschen«. Ysaye war sich nicht *sicher* gewesen, was es war, und so hatte sie deswegen nichts gesagt oder getan. Aber wenn es hier Telepathen gab, ließ sich dann daraus folgern, dass jeder Einzelne von ihnen sich an die Regeln hielt?

Selbst wenn diese Präsenz nichts anderes gewesen sein sollte als ihre zu rege Phantasie, hatte sie sich nicht besonders fremdartig angefühlt – zumindest nicht fremdartiger als einige aus ihrer eigenen Crew. Die wenigen Hinweise, die sie aufgefangen hatte, erweckten die Vorstellung von einer sehr ... zurückgezogen lebenden Person. Nicht direkt einer einsamen Person, sondern von jemandem, der sich von anderen distanzierte. Etwas Ähnliches empfand auch sie oft. In mancher Beziehung fand Ysaye, wie es sich gerade im Gespräch mit Jessica wieder gezeigt hatte, ihre eigenen Bordkameraden fremdartiger als die Eingeborenen von Darkover.

David unterbrach ihre Gedanken. »Hast du Kadarin gesehen? Er ist aus den Trockenstädten zurückgekehrt. Evans tauchte kurz vor der Zeremonie auf, und Jessica sagte, Kadarin sei eine Stunde vorher dagewesen.«

»Nein«, antwortete Ysaye. Kadarins An- oder Abwesenheit war ihr herzlich gleichgültig. »Wieso?«

David wollte gerade antworten, als es Unruhe am Eingang der Halle gab. Erst entstand ein ziemlicher Lärm, dann senkte sich Schweigen über jenes Ende des Raums, ein Schweigen, das etwas Unheilverkündendes an sich hatte. Ysaye spürte die plötzliche Spannung und drehte sich um ...

Und das taten auch alle anderen in der Halle. Die Tanzenden blieben mitten im Reigen stehen, die Musik erstarb in einem Durcheinander von Tönen.

Ysaye verrenkte sich den Hals, um die Ursache der Störung zu erspähen. Die Menge der Tanzenden teilte sich plötzlich geräuschlos und schuf zwischen stummen, starrenden Zuschauern eine Gasse von der Tür bis zu dem Podest, auf dem Lord und Lady Aldaran und Felicia immer noch saßen. Zu Ysayes Überraschung schritt Lorill Hastur mit einem kleinen Gefolge diese Gasse entlang und ging auf Kermiac Aldaran und seine Lady zu.

Noch nie zuvor hatte Ysaye eine so überzeugende Illustration des Ausdrucks »betäubende Stille« erlebt.

Das einzige Geräusch machten die Schritte Lorills und seiner Männer auf dem hölzernen Fußboden.

Zu beiden Seiten der Hastur-Gesellschaft standen die Menschen dicht gedrängt mit verschlossenen oder feindseligen Gesichtern. Lorill tat nicht so, als bemerke er es nicht, aber Ysaye sah, dass sein eigener Ausdruck Entschlossenheit und Ernst verriet. Er kam ihr nicht wie ein junger Mann vor, der Ärger machen wollte.

Hoffentlich, dachte sie, gab es nicht trotz seiner guten Absichten Ärger.

Kermiac stand hoch aufgerichtet und kalt da. Sein Gesicht war wie aus Stein gehauen. Lady Aldaran war ganz starr, und auch Felicia regte sich nicht. Und Ysaye bildete es sich nicht ein: Viele der Männer hatten die Hände auf die Griffe ihrer Dolche gelegt, die gar nicht mehr wie amüsante Ornamente aussahen. Ysaye konnte sich beim besten Willen nicht vorstellen, was jetzt passieren würde, aber die Spannung im Raum verhieß nichts Gutes für Lorill Hastur.

Der junge Mann blieb ein paar Schritte vor Lord Aldaran stehen und verbeugte sich förmlich. Kermiac erwiderte dies mit einem leichten Nicken – nicht mit der tiefen Verbeugung, die Lorill ihm gewährt hatte. Seine Haltung forderte Lorill heraus. Sie besagte: *Dies ist mein Land, das sind meine Leute. Hier bist du mir nicht ebenbürtig.* Lorill errötete leicht, ließ sich jedoch nicht einschüchtern.

»Lord Aldaran«, sprach der Hastur-Erbe deutlich, »ich bin gekommen, mich zu entschuldigen. Mein Vater und die Bewahrerin von Dalereuth haben mich angewiesen, Euch zu sagen, dass ich ein außerordentlich törichter junger Mann bin, der als Euer Gast die Grenzen des schicklichen Benehmens überschritten und seinen Fehler noch schlimmer dadurch gemacht hat, dass er sprach und sich benahm, wie es nur ein Narr tun würde.«

Kermiac verlor ein kleines bisschen von seiner Strenge. »So?«, gab er zurück. »Und was sagt Ihr selbst, Lorill Hastur?«

»Dass mein Vater großzügig war, Sir«, gestand Lorill freimütig. »Ich war nicht nur töricht, ich war über die Maßen arrogant und dumm. Ich schwöre, dass ich Eurer Schwester nichts Übles wollte, aber da ich noch nie außerhalb der Domänen-Länder gewesen bin, missverstand ich, was bei Euch der Brauch ist, als das, was bei uns als Keckheit angesehen wird. Die Lady, Eure Schwester ...« Er verbeugte sich mit Anstand in Mariels Richtung. »... war nichts als freundlich zu einem Fremden. Es tut mir Leid, wenn meine Reaktion sie dazu brachte, mehr von mir zu erwarten. Die Bewahrerin von Dalereuth machte mir klar – auf verschiedene Weise und immer sehr eindrucksvoll –, welchen Irrtum ich mit meinen falschen Annahmen beging.«

Aus Lorills sich rötenden Ohren und seiner sorgfältigen Formulierung schloss Ysaye, dass seine »Bewahrerin«, wer das auch sein mochte, ihm eine ordentliche Standpauke gehalten hatte.

»Ich bin gekommen, um mich persönlich zu entschuldigen, denn eine von einem Boten überbrachte Entschuldigung wäre unter den Umständen nicht angemessen oder ausreichend. Ich hoffe, Ihr werdet meine Bitte um Verzeihung annehmen, Sir«, schloss Lorill, »und mit ihr die Namensgebungsgeschenke für Euer Kind, die Mutter und Eure Lady.«

Drei der Männer in Lorills Begleitung streckten Kermiac Päckchen in bunter Verpackung entgegen. Ysaye hielt den Atem an. Wenn Aldaran sie nur nicht zurückwies!

Für einen Sekundenbruchteil zögerte er, dann nickte er, und die drei Männer legten ihre Päckchen in die Hände der Damen. Felicia nahm auch das für das Kind bestimmte Geschenk entgegen.

»Eure Entschuldigung ist angenommen, junger Hastur«, erklärte Kermiac. »Oft sagt man in diesen Bergen, wenn Dummheit ein Verbrechen wäre, würde die Hälfte der menschlichen Rasse an den Kreuzwegen gehängt werden. Und ich will der Erste sein, Euch zu gestehen, dass ich ein solches Schicksal zwanzig- oder dreißigmal in meinem Leben verdient habe.«

»Was, Kermiac«, bemerkte ein alter Mann trocken, der gleich hinter ihm stand, »nur *dreißig*mal?«

Das rief Gelächter hervor, wenn es auch nervös klang, die Spannung in der Atmosphäre ließ nach und verschwand völlig, als Kermiac in das Gelächter einstimmte.

Aldaran schüttelte den Kopf und schlug dem alten Mann auf den Rücken. »Du hast mich die Früchte meiner eigenen Torheit viel zu oft essen sehen, als dass ich dir widersprechen könnte, alter Freund. Lorill Hastur, ich heiße Euch willkommen. Dies ist die Zeit des Jahres, zu der man verzeihen soll, jedenfalls erzählen uns das die *cristoferos.* Lasst uns unsere Bekanntschaft von vorn beginnen.«

Nun entspannte sich die Haltung aller Anwesenden. Diener kamen, um den Hastur-Leuten die Umhänge abzunehmen, Musik und Tanz wurden wieder aufgenommen. Lorill blieb einige Zeit im Gespräch mit Lady Aldaran und Felicia stehen und brachte beide mit Komplimenten, die Ysaye nicht hören konnte, zum Lächeln. Dann durchquerte er die Halle bis dahin, wo die Terraner neben dem Tisch mit den Erfrischungen in einer Gruppe beisammen standen. Offenbar war er sehr erleichtert, sie hier vorzufinden, und dazu hatte er guten Grund, dachte Ysaye. Sie stellten für ihn »neutrale« Bekannte dar, mit denen er sprechen konnte, ohne sich um die Hierarchie kümmern zu müssen oder Gefahr zu laufen, jemanden zu kränken.

Er begrüßte die Terraner langsam und bedächtig und lächelte entzückt, als David ihm auf *casta* antwortete. Sie sprachen eine Weile miteinander, und Ysaye entspannte sich innerlich, so dass sie dem Gespräch folgen konnte, indem sie Lorills Gedanken las. Nach ein paar harmlosen Bemerkungen über das Wetter zwischen hier und seiner Heimat und der Beschwerlichkeit der Reise erkundigte David sich, wie Lorills Leute die Neuigkeit über die Ankunft der Terraner aufgenommen hätten.

»Ihr wisst sicher, dass Eure Ankunft sämtliche Domänen in Aufregung versetzt hat«, sagte der junge Mann zu David. »Noch schlimmer wird es werden, wenn der Frühling kommt und alle, die fern von Thendara und außer Reichweite der Türme wohnen, erfahren, was geschehen ist.«

»Das ist nur natürlich«, meinte David. »Schon der Zustrom von metallenen Werkzeugen hat wahrscheinlich den hiesigen Handel aus dem Gleichgewicht gebracht oder wird es tun, wenn der Frühling kommt, der Handel von neuem beginnt und alle diese Werkzeuge unten in Eurem Land enden.«

»So ist es«, stimmte Lorill ihm zu. »Und allein diese Werkzeuge und die Dinge, die Ihr mir gegeben habt, haben einige Mitglieder des Comyn-Rates überzeugt, dass Ihr nicht etwa ein Märchen seid, etwas, das Lord Aldaran erfunden hat, um uns zu verwirren, oder Wesen von jenseits des Walles um die Welt. Bei einigen der kleinen Geschenke, die Ihr mir gemacht hattet, war es offensichtlich, dass sie von keiner Quelle auf unserer Welt stammen können. Jetzt wird über den weiteren Kontakt mit Euch gestritten. Einige sagen, Ihr dürftet nicht hier bleiben und wir müssten Euch Sternenvolk um jeden Preis meiden. Eure Ankunft bedeute eine zu große Gefahr für unsere Lebensweise.«

Ysaye nickte vor sich hin. Das konnte sie gut verstehen. Sie fragte sich, ob sie Lorill erzählen sollte, dass Kermiac ziemlich unverblümt Forderungen nach Waffen gestellt hatte. Doch ... nein, das würde die angespannte Lage nur noch verschärfen, und da die Terraner nicht die Absicht hatten, auf diese Forderungen einzugehen, kam es sowieso nicht darauf an. Der »beschränkte« Status von Darkover bedeutete, dass ständig ein Imperiumsschiff am Ausgangspunkt des Hyperraums stationiert sein würde. Alle eintreffenden Schiffe mussten in Zukunft eine Inspektion über sich ergehen lassen, bevor sie landen durften, und die gelöschte Fracht würde ein zweites Mal inspiziert werden. Wahrscheinlich kam es zu ein bisschen Schmuggel, aber nichts Größeres als eine Handwaffe konnte durchkommen. Und wie sollten ein paar Handwaffen einen Unterschied ausmachen, selbst in einer so primitiven Kultur?

»Das begreife ich«, sagte David zu Lorill Hastur. »Doch wenn jemand nach Eurer Meinung fragt, könntet Ihr darauf hinweisen, dass wir nun einmal hier sind und bereits einen Einfluss darstellen. Die Mitglieder Eures Comyn-Rates haben keine Möglichkeit, den Einfluss draußen zu halten. Sie sollten lieber versuchen, ihn auf andere Weise zu kontrollieren. Wir werden kooperieren, wenn wir können, aber wir können nicht kooperieren, wenn wir nicht teilhaben dürfen. Versucht, uns auszuschließen, und Ihr werdet mit Problemen enden, die zu beseitigen wir nicht helfen können, weil Ihr uns nicht helfen lasst.«

Lorill nickte, als stimme er David völlig zu. »Ich hatte gehofft, dass Ihr genau das sagen würdet. So werde ich antworten, wenn ich Gelegenheit dazu bekomme.« Er zuckte die Achseln. »Aber zuerst muss der Rat seinen Streit haben und den politischen Tanz aufführen, wie er es immer tut, bevor er bereit ist, sich etwas Neues anzuhören. Mein Vater meinte, ich solle in der Zwischenzeit herkommen und wieder gutmachen, was ich unabsichtlich verschuldet habe. Ihr, David, seht in mir einen traurigeren und weiseren Mann.«

Er lächelte schwach. David lachte vor sich hin. »Ihr habt mein Mitgefühl. Ich habe etwas ähnlich Dummes fabriziert, als ich in Eurem Alter war, und meine unverheiratete Tante putzte mich herunter. In aller Öffentlichkeit. Und dann machte meine Großmutter da weiter, wo sie aufgehört hatte.«

Lorill schüttelte sich. »Ich würde lieber wütenden, bewaffneten Trockenstädtern gegenüberstehen«, schwor er, »als älteren Damen mit scharfen Zungen, die das Recht auf ihrer Seite haben. Die Bewahrerin von Dalereuth muss so eine wie Eure Großmutter sein. Ich wundere mich, dass ich noch Haut übrig habe.«

David bemitleidete ihn, und Ysaye hielt den Mund. Sie persönlich war der Meinung, dass Lorill alles verdient hatte. Das Benehmen des jungen Mannes gegenüber Kermiacs Schwester war zu leichtfertig gewesen, und er hatte sehr arrogant angenommen, Kermiac habe keine Möglichkeit, ihn zur Rechenschaft zu ziehen. Offenbar hatte er inzwischen dazugelernt.

Dann wandte sich das Gespräch neutraleren Themen zu. Lorill und David tauschten noch ein paar Liebenswürdigkeiten aus, und der junge Hastur-Lord wandte sich Ysaye zu, die sich beinahe vorgekommen war, als sei sie unsichtbar. Sie hatte schon gezweifelt, ob Lorill und David sich überhaupt erinnerten, dass sie existierte.

»Und Ihr, Lady«, fragte Lorill mit einem Nicken, »habt Ihr unsere Sprache schon gelernt?«

.Sie schüttelte den Kopf. *Noch nicht sehr gut,* antwortete sie in Gedanken, denn sie wusste, dass er sie »hören« würde.

»Ah«, sagte er und fuhr von Geist zu Geist fort: *Sollen wir ein Stückchen zur Seite gehen, damit die Leute den Eindruck gewinnen, wir sprächen laut miteinander? Ich spüre, dass es Euch unangenehm wäre, wenn die anderen Sternenleute merkten, dass wir uns auf diese Weise verständigen können.*

»Ich würde mich gern an Euch üben«, erklärte Ysaye geradeheraus in stockendem und ungelenkem Darkovanisch. »Wenn es Euch nichts ausmacht.« Und antwortete ihm: *Das wäre mir wirklich lieber. Ihr habt Recht. Von meinen Vorgesetzten vermuten einige hinter der Behauptung, man könne auf diese Weise sprechen, eine Täuschung.*

Glauben sie, Ihr wolltet sie täuschen oder Euch selbst?, fragte er spitzbübisch.

Beides. Elizabeth wird von manchen Leuten für ... labil gehalten. Ysaye wusste nicht, wie sie ihm die Haltung derjenigen unter der Crew erläutern sollte, die Elizabeths Behauptung, sie könne einen telepathischen Kontakt herstellen, immer noch für das Wort einer Närrin oder einer Betrügerin hielten. Glücklicherweise verstand Lorill sie auch so.

Im Land der Blinden gilt einer, der sieht, als verrückt, äußerte er. *Kommt, gehen wir ein Stückchen beiseite.*

Mit Anstand nahm er ihren Arm und führte sie zu einem Alkoven, den Musikern nahe genug, um in voller Sicht von jedermann – und deshalb, nach hiesigen Begriffen, innerhalb der Grenzen der Schicklichkeit – zu sein, aber dunkel genug, um niemanden erkennen zu lassen, dass sich ihre Lippen nicht bewegten. Ysaye fragte sich, was er wollte. Er war sehr eifrig darauf bedacht gewesen, sie für sich allein zu haben!

Mit Eurer Erlaubnis, Lady, sagte er. *Ich hoffe, Ihr werdet mir in dieser Sache Nachsicht erweisen, aber meine Schwester hat mir streng befohlen, Euch mehrere hundert Fragen zu stel-*

len. Er verzog das Gesicht. *Ich habe ihr von euch Sternenleuten alles erzählt, was ich konnte, und wer sie am meisten fasziniert, das seid Ihr. Meine Schwester hat einen sehr starken Willen, und sogar mein Vater überlegt es sich zweimal, wenn er ihr etwas abschlagen will!*

Ysaye lachte vor sich hin. *Ich glaube, so sind die meisten Schwestern,* versicherte sie ihm *Fragt, was Ihr wollt.*

Schließlich konnte es nicht schaden, aber unter Umständen viel nützen. Wenn es ihnen bei der Kontaktaufnahme mit dem Rest des Planeten den Weg ebnete, dass sie sich den Fragen stellte, die Lorills Schwester hatte, war Ysaye bereit, dem Hastur-Erben Rede und Antwort zu stehen, bis er des Redens müde wurde.

Elizabeth hatte ebenso wie alle anderen bei Lorill Hasturs Auftritt den Atem angehalten und erleichtert geseufzt, als Kermiac Aldaran seine Geschenke und seine Bitte um Verzeihung akzeptierte. Sie hatte gar nicht gemerkt, dass Ryan Evans sich neben sie gestellt hatte, und sie erschrak, als er sie ansprach.

»Da ist ein kleiner Grenzkrieg elegant abgewendet worden«, sagte er.

Elizabeth fuhr zusammen. »Wie bitte?« Sie hatte das Gefühl, das Herz sei ihr in die Kehle gesprungen. »Was meinen Sie?«

Evans zuckte die Achseln. »Nun, der Junge war auf Burg Aldaran sehr schlecht angeschrieben. Er hatte Kermiacs Schwester beleidigt, und so etwas tut man hier einfach nicht. Mit ›beleidigt‹ meine ich, dass es ihm gelungen war, die Ehre des Mädchens zu verunglimpfen. Aldaran hätte dieses Verhalten zum Vorwand nehmen können, den übrigen Domänen den Krieg zu erklären. Wie ich hörte, ist so etwas schon mehr als einmal geschehen. Dieses kleine Taschenkönigreich und der Rest der Welt hegen irgendeinen alten Groll gegeneinander. Vermutlich hat Kermiac es nicht für notwendig gehalten, jemandem von Ihnen zu erzählen, um was es dabei geht. Kadarin war sehr viel entgegenkommender – wenigstens mir gegenüber.«

Elizabeths Augen wanderten zu Aldaran zurück, der mit einem Mann aus Lorills Entourage sprach, als hätten zwischen ihm und dem jungen Hastur nie andere als die herzlichsten Gefühle geherrscht. »Hat er aus diesem Grund angedeutet, er hätte gern Waffen von uns?«, fragte sie.

»Könnte sein«, erwiderte Evans unbekümmert. »Er wird sie aber nicht kriegen. Ich bin einer der eifrigsten Verfechter der individuellen Freiheit in der Welt, aber nicht einmal ich halte es für richtig, Primitiven Waffen zur Massenvernichtung in die Hände zu geben. Wie dem auch sei, es ist eine rein akademische Frage. Der Junge hat sich auf nette Art entschuldigt, Aldaran hat es akzeptiert, und nun ist alles wieder Friede, Freude, Eierkuchen.«

»Das steht zu hoffen«, meinte Elizabeth ein bisschen zweifelnd. »Wenigstens so lange, wie der Junge keine neue Dummheit anstellt ...«

»Er wird keine anstellen«, behauptete Evans entschieden. »Ich habe da draußen einiges von Kadarin gelernt. Er konnte mir nicht genau erklären, was diese ›Bewahrerinnen‹ sind, aber sie haben große Macht. Wenn eine von ihnen und dazu noch sein Vater ihm die Furcht Gottes beigebracht haben, wird er sich von nun an ordentlich benehmen. Sehen Sie doch, er zollt den hiesigen Frauen überhaupt keine Aufmerksamkeit. Er ist sofort auf Ysaye zugegangen. Und der Ruf unserer Frauen wird Aldaran keine Kopfschmerzen machen, nicht eine Minute lang.«

»Damit haben Sie wohl Recht«, lächelte Elizabeth. Ihr fiel auf, dass Evans sich große Mühe gab, charmant zu sein. Vielleicht war das eine stillschweigende Entschuldigung dafür, dass er vorhin beinahe einen Streit über die Drogenfrage mit ihr vom Zaun gebrochen hätte.

»Oh, Kadarin hat mir eine ganze Menge über die hiesigen Sitten und Gebräuche beigebracht«, sagte er. »Wahrscheinlich kenne ich mich darin jetzt besser aus als die meisten anderen von uns, weil er mich gezwungen hat, mich nach ihnen zu richten.«

»Wirklich?« Das erweckte Elizabeths Interesse. »David und ich haben die Erlaubnis für einen Feldeinsatz bekommen. Ich habe schreckliche Angst, dass ich irgendeinen fatalen Irrtum begehen werde.«

Evans' Lachen hatte nicht den üblichen sarkastischen Klang. »Na, na, Elizabeth! Wenn ich Sie nicht besser kennen würde, käme mir das wie eine Bitte um Hilfe vor.«

»Nun«, gestand sie widerstrebend ein, »eigentlich ist es das auch.«

Evans überlegte eine Weile und nickte dann. »Ich will Ihnen was sagen – hier möchte ich lieber nicht sprechen, weil man nie weiß, wer von diesen Eingeborenen genug Terra-Standard aufgeschnappt hat, dass er sich von irgendetwas, das ich sage, beleidigt fühlen wird. Können wir uns nicht in einer Viertelstunde woanders treffen? Dann dürfen Sie mich fragen, so viel Sie wollen.«

Elizabeth zögerte. Etwas an ihm schuf ihr Unbehagen – und warum konnte das Gespräch nicht während der Arbeitszeit stattfinden?

Dann schalt sie sich selbst: Das war Davids Freund! Sie hatte keinen Grund, in ihm eine Art von ... Bedrohung zu sehen. Und während der Arbeitszeit hatten sie beide zu tun. Vielleicht war dies ihre einzige Gelegenheit, sich ungestört zu besprechen.

»Wo?«, fragte sie.

»Oh ... da, wo es ruhig ist.« Es klang gelassen. »An einem

neutralen Ort. Hmm ... Ihr Haus ist zu weit weg, ebenso das Schiff. Wie wäre es ... wie wäre es mit meinem Gewächshaus? Sie wissen doch, wo es ist? Im Wissenschaftsgebäude. Ich habe ein paar Experimente mit hiesigen Pflanzen laufen, und ich hatte noch keine Chance, sie zu überprüfen. Wir können reden, während ich sie mir ansehe.«

Vor Erleichterung hätte Elizabeth beinahe aufgelacht. Offenbar hatte sie seinen Vorschlag missverstanden. Wenn er böse Absichten hegte, wäre bestimmt der letzte Ort, den er sich aussuchen würde, sein Gewächshaus im Laborkomplex!

»Das klingt ideal«, stimmte sie zu. »Danke, Ryan. Ich weiß nicht, wie ich das jemals wieder gutmachen soll.«

Er grinste. »Oh, keine Bange, mir wird schon etwas einfallen.« Damit wandte er sich zum Gehen.

Elizabeth, die nun noch fünfzehn Minuten Zeit hatte, machte sich auf die Suche nach David, um ihm zu sagen, wohin sie gehen wollte, doch ihr Mann war verschwunden.

Schließlich lief ihr Jessica Duval über den Weg, die wenigstens wusste, mit wem David zusammen war. »Dieser Kadarin ist aufgetaucht«, berichtete sie in Antwort auf Elizabeths Frage, »und David ist mit ihm weggegangen.« Angewidert krauste sie ihre perfekte Nase. »Ich kann mir nicht vorstellen, warum. Wenn ich den Mann sehe, läuft es mir immer kalt den Rücken hinunter.«

»Würden Sie David, wenn er wiederkommt, bitte sagen, dass ich mir ein paar von Ryans neuen Pflanzen ansehen will?« Davids Verschwinden ängstigte Elizabeth. »Ehrlich, jedes Mal, wenn ich ihn brauche, ist er davonspaziert und bleibt stundenlang fort.«

Jessica lachte nur. »Sie wussten, wie er ist, als Sie ihn geheiratet haben, Liz. Sicher, ich will es ihm gern ausrichten, aber wahrscheinlich werden Sie ihn eher zu Gesicht bekommen als ich.«

»Wahrscheinlich«, seufzte Elizabeth. Nun, sie hatte es versucht.

Niemand achtete auf sie, und es sah nicht danach aus, als werde sie irgendwer im Besonderen vermissen. Deshalb schlüpfte sie aus der Halle, ohne jemandem zu sagen, wohin sie gehen wollte. Sie ließ sich von einem der Diener ihren Mantel geben und trat in den Schneesturm hinaus.

Glücklicherweise war es bis zum Wissenschaftsgebäude nicht mehr weit, sobald sie den Caer-Donn-Komplex erreicht hatte. Und der computerisierte Wegweiser am Haupteingang informierte sie genau, wo Ryan Evans' Labor lag, auch wenn sie noch nie zuvor in diesem Teil des Gebäudes gewesen war. Er hatte eine Reihe von Räumen im obersten Stockwerk.

Das »Gewächshaus« befand sich auf dem Dach, zweckmäßigerweise, vermutete Elizabeth, denn er versuchte ja, hiesige Pflanzen zu züchten. Die Tür zum Dach stand offen, und als Evans ihre Schritte unten hörte, rief er die Treppe hinunter: »Elizabeth, sind Sie das?«

»Ja«, antwortete sie.

»Kommen Sie rauf! Die Pflanzen, die ich vor meiner Abreise gesetzt hatte, entwickeln sich prächtig. Ich glaube, sie werden Ihnen gefallen.«

Sie kletterte vorsichtig die enge hölzerne Treppe hinauf, die eher einer Leiter glich. Als sie den Kopf in das eigentliche Gewächshaus steckte, nahm sie einen schwachen süßlichen Duft wahr. Sie stieg ganz nach oben und sah sich neugierig um. Evans hatte für mehr Licht und Wärme gesorgt, so dass es hier einem Sommertag so ähnlich wie möglich war, und die Pflanzen hatten darauf mit unbändigem Wachstum reagiert. »Wo stecken Sie?«, rief Elizabeth leise.

»Hier entlang«, erklang Evans' Stimme und gab ihr die Richtung an. »Ganz hinten. Warten Sie, bis Sie diese Blumen sehen, Liz. Sie werden nicht glauben, dass sie aus dieser Gegend stammen.«

Elizabeth schlängelte sich an üppigen Zweigen vorbei. Der Duft wurde immer stärker, je weiter sie nach hinten vordrang. Schließlich fand sie Evans, wie er sich über eine Pflanzschale mit gewölbtem Klappdeckel beugte. Darunter entdeckte sie die Pflanzen, von denen Evans gesprochen hatte – Töpfe mit wundervoll zarten, fünfblättrigen blauen Blüten.

»Oh, wie entzückend!«, rief sie und stellte sich zu ihm. »Ryan, wie heißen sie?«

»Kadarin nennt sie Sternenblumen. An den hiesigen Namen erinnere ich mich nicht.« Evans tippte gegen den Schutzdeckel. Seine Augen glitzerten. »Sie brauchen ganz spezifische Bedingungen, wenn sie blühen sollen. Wie ich gehofft hatte, erwies sich mein Zeitplan als richtig, und die Knospen sind genau zu meiner Rückkehr aufgebrochen.«

»Duften sie ebenso gut wie sie aussehen?«, fragte Elizabeth sehnsüchtig. Sie war nicht fähig, die Augen von ihnen abzuwenden. Goldener Blütenstaub bedeckte die Innenseite jeder blauen Glocke, so dass sie zu leuchten schien. »Ich kann Ihnen gar nicht sagen, wie mir duftende Blumen fehlen ... Rosen, Lilien, Hyazinthen ...«

Evans zuckte die Achseln. Sein Mund zuckte ein bisschen. »Kadarin behauptet es, aber Sie kennen mich. Ich könnte nicht einmal meine Oberlippe riechen. Finden Sie es doch selbst heraus!«

Er brach die Siegel, die den Schutzdeckel festhielten. Elizabeth beugte sich vor und holte tief Atem.

19

Ysaye!« Jessica Duval klopfte ihr, um Entschuldigung bittend, auf die Schulter – glücklicherweise, denn sie und Lorill führten gerade ihre Gläser zum Mund. »Ich störe Sie ungern, aber haben Sie David gesehen?«

Ysaye drehte sich von Lorill Hastur weg und blinzelte. Jessicas Frage kam ihr ein bisschen merkwürdig vor. »Nein, seit der Namensgebung und Lord Hasturs Ankunft nicht mehr. Ich glaube, er ist mit Kadarin weggegangen, aber ich weiß nicht, wohin. Wieso?«

»Ich suche ihn, und ich dachte, Sie wüssten vielleicht, wo er steckt«, antwortete Jessica. »Wenn Sie ihn treffen, sagen Sie ihm doch bitte, Elizabeth sei in Ryans Gewächshaus gegangen, um sich irgendwelche Pflanzen anzusehen, ja? Sie kennen David – wenn er Elizabeth nicht finden kann, wird er anfangen, sich Sorgen zu machen. Ich kehre ins Schiff zurück, deshalb werden Sie ihn wahrscheinlich eher sehen als ich.«

Ein kalter Schauer lief Ysaye das Rückgrat hinunter, und eine böse Vorahnung überfiel sie. Pflanzen? Warum konnte man sich die nicht am Tag ansehen?

Es gab noch mehr Fragen, solche, die sie Jessica nicht stellen konnte. Warum hatte Evans nur Elizabeth allein mitgenommen? Im Wissenschaftskomplex würde niemand mehr anwesend sein, alle waren hier, beim Fest. So viel Ysaye wusste, hatte auch der unterste Techniker Vorkehrungen getroffen, dass er heute und morgen frei hatte, entweder, indem er für diese Zeit keine Arbeit einplante, oder er hatte sie gebeten, seine Experimente von dem Computer überwachen zu lassen.

Ryan Evans hätte kein ungestörteres Zusammensein einfädeln können, und wenn er der Kapitän gewesen wäre. Und

Ysaye konnte sich zu ihrem Entsetzen sehr gut vorstellen, weshalb er ungestört sein wollte.

Vielleicht war sie paranoid. Wenn ja, würde sie sich entschuldigen. Aber sie wollte sich lieber entschuldigen, als in die Situation geraten, dass sie David erklären musste, warum seine Frau von seinem besten Freund überfallen worden war.

»Danke, Jessica, ich werde es ihm sagen«, gab sie geistesabwesend zurück und versuchte, sich etwas einfallen zu lassen, das sie auf der Stelle unternehmen konnte. Irgendwie musste sie Zeit gewinnen. Elizabeth war noch nicht lange fort, und so hatte Evans sicher keinen großen Vorsprung. Vielleicht gelang es ihr, ins Gewächshaus zu gelangen, ehe etwas passierte. Welcher Vorwand bot sich dazu an?

Dann erinnerte sie sich: Evans hatte selbst gesagt, er habe seinen Bericht noch nicht abgegeben. Der Kapitän wusste, dass er hier war, und hatte sich stillschweigend einverstanden erklärt, bis morgen zu warten. Aber das entsprach nicht den Vorschriften, und der Computer hatte keine Ahnung, dass Evans nach Caer Donn zurückgekehrt war. Nach den Vorschriften musste er sich zumindest melden, und Aufgabe des Computers war es, dafür zu sorgen, dass er es tat. Ysaye brauchte dem Computer nur mitzuteilen, dass Evans sich an einem Ort aufhielt, wo er angerufen werden konnte, und alles Übrige besorgte dann der Computer.

Sie aktivierte ihren Kommunikator – sogar hier, auf dem Fest, war kein Mitglied der terranischen Crew ohne einen solchen – und stellte die Verbindung mit dem Computer her. In wenigen Augenblicken hatte sie eingegeben, dass Evans in Caer Donn war, was den Computer veranlassen würde, Evans so lange anzurufen, bis er sich meldete. Diesem aufdringlichen Gepiepe, das sowohl in seinem Labor als auch von seinem Armband-Kommunikator ertönen würde, konnte er nicht entfliehen.

Das würde ihn wenigstens eine Weile aufhalten – lange genug, dass Ysaye ins Gewächshaus gelangen und Elizabeth unter einem Vorwand von dort wegholen konnte.

Lady Ysaye, sagte Lorill Hastur in ihren Gedanken, *Ihr macht Euch Sorgen um Eure Freundin, und Ihr glaubt, sie werde bedroht. Kann ich irgendwie helfen?*

Ysaye glaubte nicht, dass er ihren Verdacht mitbekommen hatte, nur ihre Sorge, aber sie war gerührt und dankbar für das Angebot. Schlecht war der Junge bestimmt nicht!

Suchen Sie David, und sagen Sie ihm – sagen Sie ihm, Elizabeth brauche ihn. Damit hatte sie ihm das Minimum dessen mitgeteilt, was er wissen musste. *Dann kommen Sie ins Wissenschaftsgebäude und in Ryan Evans' Gewächshaus – passen Sie auf, ich zeige Ihnen, wo es ist.*

Sie war sich nicht sicher, warum sie diese Bitte hinzugefügt hatte, vielleicht aus dem Gefühl heraus, dass sie jemanden brauchte – ein männliches Wesen, ganz gleich wie jung, jemanden, den Evans nicht würde überwältigen können. Jetzt bereute sie, dass sie alle Gelegenheiten versäumt hatte, Selbstverteidigung zu lernen. Jessica Duval hätte es nicht nötig, nach der Hilfe eines Mannes Ausschau zu halten, und Aurora ebenso wenig. Doch im Augenblick wollte Ysaye keinen der anderen Terraner in die Sache verwickeln. Wie sollte sie ihnen erklären, dass sie von Befürchtungen überfallen worden war, Evans könne Elizabeth etwas antun? Man würde sie nur auslachen oder es ihr auszureden versuchen und mit beidem Zeit verschwenden. Evans war Terraner, einer ihrer Bordkameraden und der beste Freund von Elizabeths Mann. Warum sollte er sie belästigen? Bis es Ysaye gelungen war, jemanden zu überzeugen, mochte es zu spät geworden sein. Evans war nicht gerade beliebt, doch noch nie hatte ihn jemand einer Vergewaltigung oder des Versuchs einer Vergewaltigung beschuldigt. Lorill redete nicht lange, er nahm ihre Vorahnung als Tatsache hin. Etwas Besseres als ihn konnte sie nicht bekommen.

Diese gedankliche Kommunikation hatte einen Vorzug, den sie sich bis zu diesem Augenblick nicht einmal hatte träumen lassen: Sie war im Stande, Lorill genau zu zeigen, wo das Gewächshaus war. Er nickte, und bevor er sonst noch etwas tun konnte, drehte sie sich um und rannte auf die Tür zu, ohne auf die erstaunten Blicke der Leute in ihrer Nähe zu achten.

Elizabeth beugte sich vor und atmete den schweren, berauschenden Duft der Blüten ein. Da piepte Ryans Armband-Kommunikator los.

Er fluchte und drückte den Knopf, um das nervenzerreißende Geräusch abzustellen, doch es wollte nicht aufhören.

»Verdammte Computer-Vorrangschaltung«, murmelte er. »Bleiben Sie hier, ich bin gleich wieder da.«

Er lief durch das Gewächshaus und die Treppe hinunter in sein Büro und ließ Elizabeth allein.

Der Duft der Blüten war schwer und harzig wie eine Mischung aus Gardenien und Kiefern und ebenso überwältigend. Aber einen Sekundenbruchteil später fragte sich Elizabeth, wieso sie ihn überwältigend gefunden hatte. Er war gar nicht schwer, er war leicht und zart. Tatsächlich so leicht, dass ihr war, als hebe er sie in die Luft und lasse sie schweben.

Von dem Wein hatte sie ein bisschen Kopfweh bekommen. Das war jetzt verschwunden, und sie fühlte sich über alle Maßen wohl. War das der Grund, aus dem manche Leute sich so gern betranken? Sie setzte sich neben die Schale mit den Blumen und blickte zu dem Glasdach des Gewächshauses hoch. Über ihr brach sich das Licht zu Splittern und Scherben aus Kristall.

Zum ersten Mal überkam sie das von so vielen Mystikern beschriebene Gefühl des *Einsseins* mit der Welt, sogar mit den

Blumen neben ihr. Es war unglaublich. Sie empfand sogar, was die Blumen empfanden, wie sie nach dem Licht in die Höhe und nach Nahrung in die Tiefe griffen. Sie sehnten sich nach dem Sommerwind ebenso, wie sie sich gerade nach David sehnte ...

Sie brauchte ihn, wie sie noch nie irgendetwas anderes gebraucht hatte. Ihr Körper brannte vor Verlangen nach ihm.

Da hörte sie Schritte und glaubte, es sei David, der als Antwort auf ihr Verlangen gekommen war. Benommen stellte sie sich auf die Füße und drehte sich um ...

Nur war es nicht David, es war Ysaye.

Verwirrt runzelte Elizabeth die Stirn. Warum war es Ysaye? Sie wollte David! »Wo ist er?«, fragte sie und kicherte, als sie die Wörter aus ihrem Mund schweben und in der Luft hängen bleiben sah wie die der Raupe auf einem Bild aus einem der Alice-Bücher. »Wo ist David?«

»Er kommt, Elizabeth«, versicherte Ysaye ihr sofort, und wieder runzelte Elizabeth die Stirn, weil sie Ysayes Gedanken sah. Warum dachte Ysaye, Ryan wolle ihr Böses tun? Wie dumm ... Ryan hatte sie doch nur mitgenommen, damit sie sich diese entzückenden Blumen ansah ...

Ysaye blickte ihrer Freundin ins Gesicht, und ihre Entschlossenheit wuchs. Es gab gar keinen Zweifel, dass Elizabeth sich in einem extremen Stadium der Berauschung befand, und wahrscheinlich halluzinierte sie auch, so wie ihre Augen immerzu von einer Seite zur anderen rollten, als sehe sie etwas. Das war nicht weiter verwunderlich, wenn man Ryan Evans' kleines Hobby bedachte. Theoretisch wäre es also gar keine Vergewaltigung geworden. Elizabeth hätte gar nicht mitbekommen, was passierte. Doch niemand als Gott und Elizabeth selbst wussten, wie die Droge in ihren Körper geraten war. Vielleicht etwas auf dem Fest?

Darauf kam es nicht an. Wichtig war allein, dass sie Elizabeth hier herausholte, bevor Evans zurückkam.

»Komm, Elizabeth«, redete sie ihr zu. »David wartet auf dich.« Elizabeth schwankte auf ihren Füßen. Ysaye trat dicht an sie heran, legte ihr den Arm um die Schultern, um sie zu stützen, und geriet dabei unabsichtlich tiefer in die Wolke aus Duft und Pollen hinein, die über einer Schale mit blauen Blüten hing. Die goldenen Pollen legten sich auf ihre Kleidung und klebten dort fest. Ysaye nieste mehrmals, biss dann die Zähne zusammen und versuchte, so wenig wie möglich zu atmen. Zur Hölle mit Evans und seinen blöden Pflanzen! Zu allem anderen würde sie jetzt auch noch eine Allergiespritze brauchen, wenn das hier vorbei war! Sobald sie wieder in ihrem Zimmer war, musste sie die Uniform sofort in den Reinigungsschacht stopfen oder am besten ganz wegwerfen.

Sie würde dafür sorgen, dass die Ärztin Evans mit den Kosten für die Spritze belastete. Das geschah ihm recht.

Ysaye führte ihre unsicher gehende Freundin aus dem Gewächshaus, die Treppe hinunter und in die Eingangshalle, bevor das Geräusch von schnellen Schritten – sie näherten sich aus dem Flur, nicht aus dem Labor und Büro – sie aufblicken ließ.

Es waren Lorill Hastur und David. Noch nie in ihrem Leben hatte Ysaye sich so sehr gefreut, zwei menschliche Wesen zu sehen.

Ich habe ihm gesagt, Elizabeth sei krank, erklang Lorills Stimme in ihrem Kopf, und sie dankte ihm wortlos aus ganzem Herzen dafür, dass er sich so schnell etwas hatte einfallen lassen.

»David, ich glaube, Elizabeth reagiert auf etwas in den Erfrischungen«, rief Ysaye den Männern entgegen. »Sie benimmt sich irgendwie seltsam. Du bringst sie am besten nach Hause.«

»Wenn irgendwer über allergische Reaktionen Bescheid weiß, bist du es wohl«, antwortete David dankbar. »Gott segne dich, Ysaye! Jeder andere hätte gedacht, sie sei ...«

»Betrunken oder etwas Schlimmeres, und er hätte es ignoriert«, warf Lorill unbefangen ein. »Vielleicht war es eine der Delikatessen beim Fest. Aldaran hätte damit rechnen sollen, dass ihr Sternenleute von euch so fremden Gewürzen und dergleichen krank werden könntet. Eine Nacht in der Geborgenheit ihres Bettes wird sie sicher kurieren.«

David drückte seinen Dank nur durch ein Nicken aus, denn in diesem Augenblick gaben Elizabeths Knie nach, sie fiel und zog Ysaye mit sich zu Boden. David fing sie beide auf und hob Elizabeth wie ein kleines Kind hoch.

»Ja, das Beste wird sein, dass ich sie ins Bett stecke.« Er warf einen ängstlichen Blick in das Gesicht seiner Frau. Elizabeth kicherte verschlafen. »Jetzt zahlen sich all die Jahre des Gewichthebens doch noch aus.«

Ysaye fühlte sich allmählich selbst schwindelig, aber sie beherrschte sich eisern, bis David außer Sicht war. Lorill war jedoch nicht so hartgesotten, wie er schien, und nicht so gleichgültig, wie sie gedacht hatte. Bevor sie schwanken und das Gleichgewicht verlieren konnte, war er neben ihr.

Ysaye, ich glaube, du bist selbst krank. Kann ich helfen?

Ich ... ich bitte dich ungern ...

Lorill lächelte. *Betrachte es als Dank für deine Geduld mit den Fragen meiner Schwester. Darf ich dich in deine Unterkunft bringen?*

Das Schiff ... das Schiff war so weit weg ... sie traute sich nicht zu, es bis dahin zu schaffen, auch wenn Lorill ihr half. Dies war keine allergische Reaktion der üblichen Art. Um jeden Gegenstand schimmerten Regenbogen, und ihr war, als habe sie eine ganze Flasche Wein allein ausgetrunken.

Aber halt ... sie hatte ein Zimmer im Wohnheim der Unverheirateten, das sie kaum einmal benutzte, außer wenn sie hier im Wissenschaftsgebäude zwei Schichten hintereinander arbeitete.

Ich bringe dich hin. Lorill folgte ihren Gedanken mit einer Leichtigkeit, um die sie ihn beneidete. Und gleich darauf trug er sie so mühelos auf seinen Armen davon, wie David es mit Elizabeth gemacht hatte.

Der Korridor schaukelte um sie, und Ysaye schloss die Augen. Dann kamen sie ins Freie und gingen zwischen den Gebäuden hindurch. Der Schnee auf ihrem Gesicht belebte sie ein bisschen, aber sobald sie das warme Wohnheim betraten, überkam sie die Euphorie von neuem.

Es muss etwas im Essen gewesen sein oder im Wein ... etwas, das er uns beiden eingegeben hat. Könnte er es auch noch anderen Frauen eingegeben haben? Uns allen?

Doch was kam es darauf an? Ysaye hatte sich noch nie so wohl gefühlt. Lorill öffnete die Tür ihres Zimmers und schloss sie hinter sich. Das Licht ging automatisch an. Er blickte erschrocken drein, und sie kicherte.

Das ist nicht gerade höflich, Lady, schalt er sie grinsend. *Schließlich habe ich diese Wunder der Sternenleute nie zuvor gesehen.*

Ysaye kicherte noch mehr, Lorills Grinsen wurde noch breiter, und dann begann er zu lachen. Er setzte sie auf das Bett, sah an den Wänden hinauf, und irgendetwas kam ihm so komisch vor, dass er in einem richtigen Lachkrampf neben ihr zusammenbrach.

Ysaye konnte seine Gedanken nicht genau lesen, aber den Sinn erfasste sie. Ihr Zimmer sah in seinen Augen einer Zelle in so etwas wie einem Mönchskloster ähnlich.

Und aus irgendeinem Grund brachte das auch sie zum Lachen. Sie fielen gegeneinander, hilflos vor Gelächter, klammerten sich aneinander, damit sie nicht umkippten. Niemand konnte weniger nach einem Mönch aussehen als Lorill ...

Plötzlich klammerten sie sich aus einem ganz anderen Grund aneinander, und Ysaye brannte vor Verlangen nach seinen Händen auf ihrer Haut. Es war gleichgültig, dass sie noch nie in ihrem Leben einen Mann so berührt hatte. Es war gleichgültig, dass Lorill um Jahre jünger war als sie. Nichts spielte eine Rolle, außer dass er männlich war und sie weiblich und über sie beide ein Sturm hinwegtobte, über den sie keine Macht besaßen.

Wie im Wahnsinn rissen sie sich gegenseitig die Kleider herunter, jeder so intim vertraut mit den Gedanken des anderen, dass die fremdartigen Verschlüsse kein Hindernis darstellten. Als sie auf das Bett zurückfielen, war von ihrer Vernunft nichts mehr übrig. Nichts als Leidenschaft beherrschte sie.

Lorill erwachte als Erster und fand sich in einem seltsam kahlen Zimmer wieder. Dann erinnerte er sich, wo er war.

Und was er gerade getan hatte. Er hatte eine Jungfrau des Sternenvolkes verführt und war von ihr verführt worden, und diese Frau war mit ihrer Hautfarbe und ihren Gedanken so fremdartig, wie es ein *chieri* gewesen wäre.

Aber warum? Er hatte sich benommen ... wie ein brünstiges Tier! Oder wie ein armer Teufel, der in einen Geisterwind geraten war. Und Ysaye auch. Aber sie waren nicht im Freien gewesen!

Stirnrunzelnd dachte er nach. Übrigens ... Elizabeth hatte den gleichen Eindruck gemacht.

Ganz vorsichtig hob er Ysayes Kleider auf. Und ja, sie hatten einen schwachen, harzigen Geruch nach *kireseth* an sich!

Er schleuderte sie von sich. Nein, zweimal hintereinander

ließ er sich nicht davon überrumpeln! Aber was sollte er mit den Sachen anfangen?

Ysayes Erinnerungen, die er unabsichtlich geteilt hatte, gaben ihm die Antwort. Er sammelte die Kleider wieder ein, wobei er Acht gab, dass er die immer noch daran klebenden *Kireseth*-Pollen nicht losschüttelte, und stopfte sie in eine Luke. Der Schacht dahinter führte zu einer Art Wäscherei, wo die Kleider von Maschinen gereinigt und sterilisiert und dann an Ysaye zurückgeschickt würden. Eine neue Ansteckung war nicht mehr möglich.

Aber was für Folgen mochten die letzten paar Stunden haben? Was würden ihre Leute tun, wenn sie erfuhren, was er Ysaye angetan hatte? Würden sie es erfahren? Sie war Jungfrau gewesen – hatte sie ihrer Arbeit wegen ein Gelübde abgelegt gehabt? Offensichtlich hatte sie nicht die Konditionierung einer darkovanischen Bewahrerin, denn in dem Fall wäre er jetzt tot. Aber würde der Verlust ihrer Jungfräulichkeit ihre Gesundheit gefährden? Würden ihre Vorgesetzten es sofort merken, wenn sie wieder an ihre Arbeit ging? Und wenn sie nun ein Kind von ihm bekam?

Er wand sich bei dem Gedanken, was sein Vater – und Fiora – über seinen Mangel an Selbstbeherrschung und seine Geschichten mit Frauen zu sagen haben würde. Er wollte es sich gar nicht erst ausmalen – ob mit oder ohne *kireseth!*

Aber wenn ihn niemand hier fand und es keine körperlichen Folgen gab, bildete Ysaye sich vielleicht ein, es sei alles ein Traum gewesen. Das wäre schließlich das Beste, auch wenn es der Ausweg eines Feiglings war. Sollte sie schwanger sein, verlangte seine Ehre natürlich, dass er das Kind anerkannte.

Schnell zog er sich an und öffnete seinen Geist den zufälligen Gedanken der Menschen, die sich in der Nähe aufhielten. Hoffentlich gelang es ihm, ungesehen wegzukommen, ihretwegen ebenso wie seinetwegen. Er war sich nicht sicher, was bei ihren Leuten als schickliches Benehmen für eine unverheiratete Frau galt, aber das, was heute Nacht passiert war, gehörte bestimmt nicht dazu.

Lorill wartete, bis sich draußen im Flur niemand aufhielt, schlüpfte aus der Tür, schloss sie hinter sich und begann schon, sich eine Geschichte auszudenken, mit der er seine Abwesenheit vom Fest würde erklären können.

Vielleicht ... ein Besuch in der Gastwirtschaft. Er sollte hingehen, damit es nicht ganz gelogen war. Und günstigerweise lag sie nicht weit von hier.

Ohne Zwischenfall erreichte er die ins Freie führende Tür und verschwand in der schneeglänzenden Dunkelheit.

Als Ysaye erwachte, hatte sie ganz andere Sorgen als die verworrenen Erinnerungen an einen seltsamen – und ziemlich peinlichen – Traum von Lorill Hastur. Ihr Magen war ein einziger Knoten, ihre Nebenhöhlen fühlten sich an, als habe jemand Bowling-Kugeln unter ihre Wangenknochen gestopft, ihr war schwindelig, und sie war schwach auf den Beinen. Mühsam schleppte sie sich unter die Dusche und drehte das heiße Wasser ganz auf. Das klärte zwar ihren Kopf nicht, aber es linderte die Magenkrämpfe ein bisschen.

Vielleicht erklärten diese Krämpfe das Blut auf ihrem Bettlaken. Ihre Periode war immer unregelmäßig gewesen, aber sie war nie mit empfängnisverhütenden Mitteln dagegen angegangen. Sie war gezwungen, ihrem Körper so vieles anzutun, dass sie ihm ein weiteres Medikament nicht mehr zumuten wollte. Außerdem wäre sie wahrscheinlich auch dagegen allergisch gewesen. Und ganz gewiss brauchte sie keine Empfängnisverhütung, um eine Empfängnis zu verhüten. Der Zölibat brachte weniger Misserfolge und hatte keine Nebenwirkungen.

Sie nahm eine saubere Uniform aus dem Schrank, zog sie an und löschte entschlossen alle Träume von Lorill Hastur aus ihren Gedanken. Diese schrecklichen Halluzinationen hatten bestimmt etwas mit der Droge zu tun, die Ryan Evans ihr und Elizabeth gestern Abend eingegeben hatte. Wenigstens hatte sie dafür gesorgt, dass Elizabeth mit ihrem eigenen Mann zusammen war, nicht mit Evans.

Nun, wenn sie *beweisen* konnte, dass Evans das getan hatte, war es mit seiner Karriere zu Ende. Der Raumdienst mochte eine Menge durchgehen lassen, aber er ließ es nicht zu, dass ein Mann weibliches Personal unter Drogen setzte und verführte.

Doch als Erstes musste sie zu Aurora gehen und sich eine Allergiespritze geben lassen, bevor sie so krank wurde, dass sie zu gar nichts mehr fähig war.

Ysaye zog ihren Mantel an und schaltete das Licht in ihrem Zimmer hinter sich aus.

Zimmer? Es ist wie eine Büßerzelle in Nevarsin!

Sie fuhr zusammen. Woher war dieser Gedanke gekommen? Und übrigens, wo und was war Nevarsin?

Dann schüttelte sie den Kopf, um ihre Gedanken zu klären, und wagte sich in den Schnee hinaus. Beinahe taumelnd schlug sie die Richtung zum Schiff und Auroras ausgezeichneter Krankenstation ein. Wahrscheinlich ging es bei Nevarsin um etwas, das sie gestern Abend gehört hatte. Und so schwindelig, wie sie sich fühlte, sollte sie gerade jetzt auf gar nichts vertrauen, was ihr Gehirn zu Tage förderte. Während ihrer Allergieattacken war sie nie ganz rational.

Das Schiff schien eine Million Meilen entfernt zu sein, und es machte ihr Schwierigkeiten, einen Fuß vor den anderen zu setzen. Glücklicherweise kam eine von Auroras Technikerinnen vorbei, als sie die Rampe erreicht hatte, sah ein zweites Mal zu ihr hin und hielt sie an.

Ysaye fand sich wieder, wie sie durch einen Nebel aus Kopfschmerzen in Auroras Gesicht aufblickte.

»... sieht mir ganz nach einem ihrer Allergieanfälle aus«, hörte sie die junge Technikerin sagen. »Ich war das letzte Mal dabei.«

»Ich glaube, Sie haben Recht, Tandy«, bestätigte Aurora. »Danke, dass Sie ein medizinisches Team die Rampe heruntergeholt haben. Bei ihrem Zustand wäre sie vielleicht zusammengebrochen, bevor sie es nach oben geschafft hätte.«

Aurora beugte sich über Ysaye und versuchte, ermutigend dreinzublicken. »Du bist in ein paar Tagen sicher wieder in Ordnung, Ysaye, aber im Augenblick bist du ziemlich krank.« Ysaye hörte ein leises Zischen. Jemand machte ihr die Allergiespritze, aber alles schien verschwommen und weit weg zu sein.

Sie hätte ihnen von Evans berichtet, wäre das Sprechen keine so große Anstrengung für sie gewesen.

Auroras Stimme verklang in der Ferne: »... Schließen Sie diese Monitore an, und lassen Sie die Untersuchungen anlaufen. Finden Sie heraus, was diesen Anfall ausgelöst hat ...«

»Ysaye?« Auroras Stimme kam wieder näher. »Ysaye! Kannst du mich hören?«

Ysaye öffnete die Augen und fand Auroras Gesicht nur Zentimeter von ihrem eigenen entfernt. Sauerstoffschläuche liefen über ihre Wangen in ihre Nasenlöcher Sie versuchte zu sprechen, aber ihr Mund war trocken, und sie brachte nichts als einen Laut zu Stande, der zwischen einem Krächzen und einem Stöhnen lag. Das Ende eines biegbaren Schlauchs wurde ihr zwischen die Lippen geschoben. »Hier, trink das – es ist in Ordnung, Ysaye, das ist bloß Wasser. Du hast vier Tage lang fast nichts gehabt, deshalb fühlst du dich so durstig und schwach.«

Das Wasser befeuchtete ihren Mund, aber als es im Magen ankam, rebellierte dieser sofort. Jahrelange Übung ermöglichte es Ysaye, sich auf die Seite zu rollen und nach dem Becken zu fassen, das in der Krankenstation neben jedem Bett stand. Aurora hielt ihr das Becken und stützte sie. Von hinten brachte ein Paar Hände den Schlauch in Sicherheit, den sie fallen gelassen hatte, und hielt ihre Zöpfe aus dem Weg. Als ihr Magen sich vollständig geleert hatte, war Ysaye immer noch übel. Mit Willenskraft bezwang sie das trockene Würgen. Aurora legte sie sanft auf ihr Kissen zurück.

»Kannst du uns gar *nichts* sagen, Ysaye? Die Attacke läuft nicht so ab wie bei dir üblich. Nach der ersten Spritze sah es aus, als würdest du dich gesundschlafen, doch nach zwanzig Stunden warst du immer noch nicht wieder aufgewacht. Deshalb gaben wir dir eine zweite Spritze. Du reagiertest nicht darauf, und wir fingen mit intravenösen Flüssigkeiten an – nichts, was du nicht schon früher erhalten hättest –, um der beginnenden Dehydrierung entgegenzuwirken. Doch das, was diese Attacke ausgelöst hat, muss immer noch in deinem Körper sein.« Aurora sah sich zweifelnd im Zimmer um, und Ysaye erkannte, dass sie in der Isolierkammer lag. In diesem Raum befand sich ganz bestimmt nichts, gegen das sie allergisch war. Deshalb war es nicht in dem Zimmer, es war nicht in der Luft (hier kam sie durch Spezialfilter herein), es war nicht in den intravenösen Flüssigkeiten und auch nicht im Wasser.

»Versuche, dich zu erinnern, Ysaye«, drängte Aurora. »Du warst bei dem Bankett auf Aldaran – hast du irgendetwas gegessen, das dir merkwürdig vorkam?«

Ysayes Erinnerungen kehrten langsam zurück. »Elizabeth ... geht es Elizabeth gut?«

Das verblüffte Aurora. »So viel ich weiß, ja. Jedenfalls habe ich sie nicht in der Krankenstation gesehen.« Sie blickte zu der

Technikerin auf Ysayes anderer Seite hinüber. »Überprüfen Sie die Eintragungen der letzten Woche, Tandy.«

Eine Minute später erklang Tandys Stimme: »Negativ. Sie ist nicht hier gewesen.«

Der Sauerstoff klärte Ysayes Kopf gerade genug, dass sie bei einem Gedankengang bleiben konnte, wenn sie sich große Mühe gab. »Das Bankett ... Evans' Gewächshaus ... der Blütenstaub ... Klebt noch Blütenstaub in meinem Haar?«

»Das werden wir herausfinden«, antwortete Aurora. »Holen Sie eine Saughaube, Tandy.«

Ysaye spürte ein Teilvakuum um den oberen Teil ihres Kopfes und hörte dann Tandys Stimme: »Hier sind tatsächlich Spuren von so etwas wie einem gelben Staub.«

»Er war gelb ... eigentlich golden«, murmelte Ysaye.

»Bringen Sie ihn zur Analyse ins Labor«, befahl Aurora.

Tandy ging, Aurora sah auf Ysayes Haar und seufzte. »Was hieltest du davon, wenn wir dir den Kopf rasieren würden?«

»In diesem Klima?«, entsetzte sich Ysaye.

»Ein Punkt für dich. Du wirst zwar eine ganze Weile hier bleiben müssen, aber ich will nicht hoffen, so lange, bis dein Haar wieder nachgewachsen ist.« Aurora suchte Instrumente aus verschiedenen Schränken zusammen. »Ich werde dir eine Ganzgesichtmaske aufsetzen und deine Haut bis zum Hals zudecken. Dann werde ich höchstens zwei Stunden brauchen, um jeden einzelnen deiner Zöpfe aufzuflechten und das Zeug, was es auch ist, auszuwaschen. Was tue ich nicht alles für meine Freundinnen!«

»Ich danke dir, Aurora«, sagte Ysaye leise. »Das weiß ich wirklich zu schätzen. Es tut mir Leid, dass ich dir so viel Arbeit mache.«

»Darüber mach dir keine Gedanken«, wehrte Aurora leichthin ab. »Ich hatte für den Rest des Tages sowieso nichts vor.

Und es ist eine solche Erleichterung für mich, dass du wieder wach bist. Möchte doch wissen, was, zum Teufel, das für ein Zeug ist.«

Am nächsten Morgen wachte Ysaye garantiert pollenfrei auf. Aurora erzählte ihr, die letzten Spuren hätten ihren Blutkreislauf während der Nacht verlassen. Doch kaum versuchte Ysaye, sich aufzusetzen, da wurde sie schon wieder von Übelkeit überwältigt.

»Leg dich flach hin und beweg dich nicht«, riet Aurora ihr. Sie rannte ins Nebenzimmer und kehrte gleich darauf mit einem Päckchen gesalzener Cracker zurück. »Knabbere daran. Mal sehen, ob sie helfen.«

Seltsamerweise halfen sie. Fünf Minuten später war Ysaye im Stande, sich aufzusetzen. Erst jetzt bemerkte sie, wie schwer und wund ihre Brüste sich anfühlten. »Aurora, bist du sicher, dass du mit den intravenösen Flüssigkeiten nicht des Guten zu viel getan hast? Ich bin ja ganz aufgebläht!«

Aurora lachte. »Bei jeder anderen Frau, die von solchen Symptomen berichtet, würde ich einen Schwangerschaftstest machen.«

Ysaye saß ganz still, Erinnerungen an sich selbst und Lorill Hastur rasten durch ihren Kopf. »Mach ihn.«

Aurora sah sie erstaunt an, hielt jedoch den Mund, nahm ihr schweigend eine Blutprobe ab und verließ den Raum.

Ein paar Minuten später kehrte sie zurück.

»Du hast Recht. Du bist schwanger. Möchtest du darüber reden?«

Ysaye schüttelte den Kopf, legte die Hände schützend über ihren flachen Bauch. Sie konnte nicht einmal denken und reden schon gar nicht.

Aurora seufzte. »Wenn du zu dem Schluss kommst, dass du gern reden möchtest, ich bin da. Doch in der Zwischenzeit müssen wir das, ob es uns gefällt oder nicht, dem Kapitän melden.«

Bei den Worten der Ärztin schnappte Leonie nach Luft. Schnell führte sie ihre eigene Untersuchung durch. Und es stimmte. Diese Sternenfrau namens Ysaye trug ein Kind, ein Stäubchen, das vor ein paar Stunden noch gar nicht existiert hatte.

Lorills Kind.

Es war ihr gelungen, sich lange genug vor ihren Pflichten zu drücken, dass sie Lorill hatte folgen können, als er mit seiner Bitte um Verzeihung vor Kermiac Aldaran erschien. Dieser Bußgang hatte sie mit bösen Vorahnungen erfüllt. Sie hatte Angst gehabt, ihm werde etwas passieren, wenn er sich in Aldarans Händen befand, und so hatte sie alle Vorgänge überwacht.

Aber es war nichts anderes passiert, als dass Lorill sich demütigte. Das tat weh, wenn sie auch zugeben musste, dass er es verdiente – und dass ihr Vater Recht gehabt hatte, als er von ihm verlangte, sich persönlich zu entschuldigen. Die Domänen konnten einen Konflikt mit Aldaran nicht riskieren, vor allem jetzt nicht, da diese Fremden hier waren.

Außerdem war Leonie immer noch neugierig, was das Sternenvolk anging. Die paar Tatsachen, die sie aus dem Geist ihrer Kontaktperson erfahren hatte, waren enttäuschend unvollständig. Sie wollte detailliertere Informationen, und solange Lorill auf Aldaran weilte, hatte sie eine Möglichkeit, sie zu bekommen, ohne selbst entdeckt zu werden.

Deshalb war sie bei ihm geblieben, bis er – wie sie ihn gebeten hatte – mit Ysaye, der seltsamen dunklen Frau, zu sprechen begann. Dann war sie zu dem Geist der Sternenfrau übergewechselt. Lorill stellte ihr Fragen, die seine Schwester ihm vorgegeben hatte, Ysaye beantwortete sie, und währenddessen las sie Ysayes Oberflächengedanken. Die fremde Welt, die sich ihr dabei kundtat, faszinierte sie – eine Welt, wo es so viel Luxus und doch so wenig Genuss gab. Eine Welt, in der eine merkwürdige Art von Enthaltsamkeit beachtet wurde, in der die Einzelpersonen aber großen Reichtum besaßen. Ysaye selbst hatte so viel Freiheit – und andererseits so selten eine freie Wahl. Darin und in ihrer Liebe zur Musik hatten sie große Ähnlichkeit miteinander.

Es war verwirrend und äußerst spannend.

Leonie löste den Kontakt mit Ysaye, als sich die Sternenfrau Sorgen um das Wohlergehen ihrer Freundin machte – und als sie Ysayes Geist von neuem berührte, fand sie fremde und sinnliche Bilder darin vor, die sie abstießen. Sie wich schnell zurück, ohne nachzusehen, wer der Mann bei Ysaye war. Auf die Idee, es könne ihr eigener Bruder sein, war sie nicht gekommen.

Doch dann rief Lorill sie, gestand, dass er die Sternenfrau verführt hatte, und flehte sie an, sich zu überzeugen, dass alles in Ordnung und nichts herausgekommen sei. Er hatte das Gefühl, die Sternenleute würden keinen mildernden Umstand darin sehen, dass es unter dem Einfluss von *Kireseth*-Pollen geschehen war, denn davon verstanden sie nichts.

Voller Unruhe über die heikle Situation, in die Lorill sich gebracht hatte, tat Leonie, was er verlangte. Gerade stieg Ysaye aus ihrem Bett und taumelte auf das Schiff und die Heiler dort zu. Leonie erkannte, dass die Sternenfrau ihre Begegnung mit Lorill für nichts weiter als einen Traum hielt, der von ihrer Krankheit herrührte.

Erleichtert atmete Leonie auf, doch pflichtgetreu blieb sie in Ysayes Geist, bis die Heilerin sich der Sternenfrau annahm. Sie war überzeugt, dass damit alles erledigt sei.

Bis zu diesen Worten.

Hastig zog Leonie sich zurück.

Lorills Kind. Das erste Hastur-Kind dieser Generation, unendlich kostbar, und das umso mehr, als Ysaye offensichtlich im Überfluss mit *laran* begabt war und das Kind wahrscheinlich ebenso begabt sein würde. Sie, Leonie, würde niemals ein Kind gebären. Es war Lorills Sache, die Hastur-Linie fortzusetzen. Durch *Nedestro*-Kinder, wenn nötig, obwohl viele Kinder, in einer rechtmäßigen Ehe *di catenas* mit einer Frau aus den Domänen gezeugt, vorzuziehen waren. Aber auch jedes andere Kind aus Hastur-Blut würde freudig begrüßt werden, vor allem in diesen Tagen, da so wenige über *laran* in vollem Ausmaß verfügten.

Leonie richtete ihre Willenskraft auf Lorill, der in der Gäste-Suite auf Burg Aldaran schlief, und weckte ihn. Schläfrig versuchte er, sie wegzuschieben, aber ihre Nachricht erschreckte ihn so, dass er sofort wach wurde.

Deine Torheit mit der Sternenfrau hat ein Kind zur Folge, teilte Leonie ihm knapp mit. *Jetzt kann das, was geschehen ist, nicht mehr ignoriert werden, nicht von ihnen, nicht von uns. Du musst zu Vater gehen und es ihm sagen, dann nach Aldaran zurückkehren und deinen Anteil an der Situation gestehen.*

Lorill versuchte, seine nach allen Richtungen davonflatternden Gedanken zu sammeln. *Wie? Wie können sie wissen, dass ich ...*

Sei nicht dumm, fuhr Leonie ihn an. Sie kam sich furchtbar viel älter und klüger als ihr Zwillingsbruder vor. *Dieses Kind ist ein* Hastur, *wir können nicht so tun, als existiere es nicht! Außerdem erinnert sie sich an einiges von dem, was geschehen ist. Wenn sie wieder ganz bei sich ist, wird sie erkennen, dass es kein* Kireseth-Traum *war, sondern du. Übrigens, wie konnte sie sich von Kopf bis Fuß mit Pollen einstäuben?*

Das weiß ich nicht, irgendwo in dem Gebäude müssen Pollen gewesen sein. Diese andere Frau, diese Elizabeth, benahm sich auch so, als habe sie in einem Geisterwind gestanden. Lorill war ganz benommen. *Was soll ich tun?*

Das Kind verlangen, natürlich!, antwortete Leonie ungeduldig. *Was sonst? Es ist ein Hastur, wir müssen es aufnehmen und angemessen erziehen ... vielleicht zusammen mit ...*

Aber wenn Ysaye es behalten will?, fragte Lorill zu Leonies Verwunderung.

Sie hat nicht das Recht ... begann Leonie.

Das sind nicht unsere Leute, erinnerte Lorill sie scharf. *Sie richten sich nicht nach unseren Gesetzen. Nicht einmal ein Hastur kann befehlen, dass die Tochter einer Entsagenden in seine Obhut gegeben wird, und nach den Gesetzen der Sternenleute könnte es so sein, dass allein die Mutter über das Kind verfügen darf. Wenn es ihr Wunsch ist, das Kind zu behalten und selbst großzuziehen, sind wir dagegen machtlos. Sie kann es sogar zu den Sternen mitnehmen – wahrscheinlich ist es genau das, was sie tun wird. Ihr gefällt es hier nicht besonders.*

Der bloße Gedanke erschütterte Leonie bis ins Innerste. Eine Frau sollte ein Kind von Hastur-Blut nicht nur für sich selbst beanspruchen, es nicht nur von seinem Vater fernhalten, sondern es noch dazu an einen Ort bringen, wo es nicht auf angemessene Weise großgezogen und unterrichtet werden konnte ...

Da gab es nur eins: Sie musste sich Ysaye entdecken, musste Freundschaft mit der Frau schließen und sie dazu bringen, dass sie ihr das Kind gab, sobald es geboren war. Das bedeutete einen engen Kontakt mit dem Geist der Fremden. Es bedeutete vielleicht, Zeugin von unangenehmen – vielleicht sogar Angst erregenden – Dingen zu werden. Gedanken, die ihr so fremd wie die eines Nichtmenschen waren. Und sie musste sich die größte Mühe geben, Ysaye so zu lieben, als sei sie ihre beste Freundin – von Geist zu Geist konnte man nicht lügen, und Leonie spürte, etwas so Kostbares wie ihr Kind würde

Ysaye nur jemandem überlassen, den sie mochte und dem sie vertraute.

Nichts durfte ihr zu schwer sein. Ein Hastur-Kind stand auf dem Spiel.

Leonie wappnete sich, brach den Kontakt mit ihrem vernichteten Bruder ab und bereitete sich darauf vor, von neuem Ysayes Geist zu berühren.

Die Ärztin hatte etwas getan, um ihren Zustand ein wenig zu verbessern. Ysaye war aufgeregt, aber ihre Gedanken waren viel zusammenhängender und nicht länger desorientiert. Die Ärztin hatte sie für einen Augenblick allein gelassen.

Jetzt oder nie war die Zeit, sich zu entdecken.

Ysaye? fragte Leonie behutsam. Ysaye, erschrocken über die Stimme in ihrem Kopf, fuhr zusammen. *Du kennst mich nicht, aber ich bin Lorills Zwillingsschwester, und es gibt vieles, über das wir reden müssen.*

20

Ich kann es nicht glauben!«, sagte Elizabeth benommen. »Ysaye? Schwanger? Aber wie? Von wem?«

»Glaube es ruhig«, riet Aurora ihr grimmig. »Sie ist ebenso schwanger wie du. Nach dem Computer habt ihr mit wenigen Stunden Abstand empfangen. Was das ›Wie‹ und ›Mit wem‹ angeht, so hatten wir gehofft, du könntest es uns sagen. Schließlich ist sie deine beste Freundin.«

Aurora hatte wenigstens die Höflichkeit, nicht auszusprechen, was Elizabeth selbst dachte, dass nämlich nichts von all dem passiert wäre, hätte Ysaye das empfängnisverhütende Implantat nicht aus »religiösen Gründen« abgelehnt.

Auroras Kollege Dr. Darwin Mettier besaß weder so viel Nächstenliebe noch so viel Takt.

»Wenn der Raumdienst beiden Geschlechtern die Implantate zur Pflicht machen würde, bis ein Paar die Erlaubnis bekommt, eine Familie zu gründen, könnte so etwas nicht vorkommen«, stellte er kalt fest. »Und wenn diese Frau zuerst an ihre Sicherheit und ihre Pflicht statt an ihre religiösen Skrupel gedacht hätte ...«

»Hat sie gar nichts erzählt?«, unterbrach Elizabeth ihn. Sie war immer noch ganz bestürzt über die Neuigkeit und empfand bei der zornigen Tirade wachsendes Unbehagen.

»Nichts Zusammenhängendes.« Das war wieder Darwin, der Facharzt für Innere Medizin. »Sie redet ständig mit jemandem, den sie ›Leonie‹ nennt, und wir wissen nur, dass sie felsenfest entschlossen ist, das Kind auszutragen.« Offensichtlich billigte er das nicht. »Das ist gut und schön für eine Frau wie Sie zum Beispiel, die darauf vorbereitet ist, eine Familie zu gründen und eine Weile an ein und demselben Ort zu bleiben. Aber sie wird auf diesem Schiff gebraucht. *Uns* ist sie verpflichtet, nicht irgendeiner flüchtigen Leidenschaft.«

»Diese Hartnäckigkeit überrascht mich angesichts ihres Psychoprofils nicht«, setzte Aurora hinzu. »Und angesichts ihrer Herkunft. Offen gesagt, ich rechnete schon damit, dass sie uns bitten würde, ein großes rotes ›A‹ auf alle ihre Uniformen zu nähen.«

»Das ginge nur, wenn sie verheiratet gewesen wäre«, wandte Elizabeth geistesabwesend ein. Sie war so verwirrt, dass ihr der Kopf vor lauter banalen Dingen schwirrte. »Ich kann es nicht glauben. Was wird sie mit einem Kind anfangen? Das Leben ist schwer für eine allein stehende Mutter im Raumdienst.«

»Sag lieber ›unmöglich‹«, korrigierte Aurora sie scharf.

Elizabeth überlegte bereits, ob sie und David anbieten sollten, das Baby zu adoptieren. Sie wusste, Ysaye verabscheute diesen Planeten ebenso sehr, wie sie, Elizabeth, ihn liebte, und das Kind würde Ysaye für zwei Jahre oder länger an diesen Ort binden. Dr. Darwin hielt es für pflichtvergessen, wenn Ysaye nicht mit dem Schiff abreiste ... Zwei Kinder würden doch nicht so viel mehr Arbeit machen als eines. Während der neun Monate ihrer Schwangerschaft musste Ysaye schon dableiben, aber sollten die Verhandlungen und die Bauarbeiten ins Stocken geraten, mochte das Schiff durchaus so lange aufgehalten werden.

»Das soll die geringste unserer Sorgen sein«, erklärte Darwin barsch. »Mir geht es jetzt darum, dass ich sie überhaupt am Leben halte. Haben Sie eine Ahnung, wie schlimm ihre Allergien sind? Selbst wenn wir schon bald den Befehl erhalten sollten, diese Schwangerschaft zu unterbrechen, übersteht sie es vielleicht nicht.«

Elizabeth wurde blass. »Steht es so schlecht?« Ihre Stimme zitterte.

Darwin, ein muskulöser blonder Mann, der aussah, als gehöre er eher auf ein Stauerdock, zuckte die Achseln. »Sie leidet unter einer schweren Allergieattacke, und wir können wenig für sie tun, ohne den Embryo zu töten oder Missbildungen hervorzurufen. Ehrlich, meiner Meinung nach – Aurora teilt sie noch nicht – reagiert sie allergisch auf die Hormonflut, die den Embryo ernährt, und ebenso auf das, was den Anfall ausgelöst hat.«

»Ich kann mir nicht vorstellen, wie das möglich wäre«, widersprach Aurora. »Nirgendwo in der Literatur wird ein solcher Fall erwähnt. Wie kann sie eine Reaktion auf Hormone haben, die die ganze Zeit in kleineren Dosen in ihrem Körper existieren? Frauen haben jahrtausendelang Kinder ohne allergische Reaktionen auf die natürlichen Chemikalien bekommen, die es uns ermöglichen, die Kinder auszutragen!«

»Aurora, Sie wissen, wie krank sie jeden Monat ist! Sehen Sie nicht ein ... Für mich liegt es auf der Hand, dass da ein Zusammenhang ... Ach, lassen wir das.« Darwin zuckte die Achseln und wandte sich wieder an Elizabeth. »Können Sie uns bestimmt gar nichts erzählen? Der Vater, wer er auch sein mag, sollte zumindest erfahren, was vor sich geht.«

Elizabeth nahm seinen unausgesprochenen Gedanken deutlich wahr, und sie konnte nicht umhin, ihm zuzustimmen. *Der Vater sollte dafür zur Rechenschaft gezogen werden. Auch er trägt Verantwortung.*

»Ich weiß absolut nichts«, erwiderte sie. »Nur, dass ich an diesem Abend selbst nicht ganz klar war.« Sie errötete, erinnerte sich an ihren Rausch und die unglaubliche sexuelle Erregung, die ihm gefolgt war. »Es muss etwas im Wein gewesen sein ...«

»Da ist noch etwas. Du bist mit Ryan Evans weggegangen, nicht wahr?«, fragte Aurora scharf. »Hat er dir etwas gegeben? Etwas zu essen oder zu trinken?«

»Nein!«, wehrte Elizabeth erschrocken ab. Sie konnte sich nicht denken, warum Aurora diese Frage stellte. »Nein, er wollte mir nur ein paar Tipps für den Umgang mit den Eingeborenen geben. Wir trafen uns in seinem Gewächshaus, und er zeigte mir Blumen, und dann ging sein Pieper los. Ich war nur ganz kurze Zeit mit ihm zusammen. Wieso?«

Aurora gab ihr keine Antwort, sondern wich aus: »Nicht wichtig. Ich bezweifele, dass es etwas anderes als eine Halluzination war. Vielleicht habt ihr beide als Einzige unter uns auf irgendetwas reagiert. Bei Ysayes Veranlagung zu Allergien kann ich mir das gut vorstellen. Und bei dir könnte die Attacke die Form einer Euphorie angenommen haben.«

Wieder las Elizabeth Gedanken, diesmal die von Aurora, und sie waren nicht so deutlich. Etwas in dem Sinne, Ysaye bestehe darauf, Ryan Evans habe ihr, Elizabeth, eine Droge eingegeben! Mit der Absicht, sie zu verführen!

Das musste eine Halluzination sein. Ryan war Davids Freund. Aber Ysaye konnte ihn nicht leiden und traute ihm nicht. Wahrscheinlich war das der Grund, warum sie sich so etwas einbildete. Bei Halluzinationen verwandelt sich ein leichter Verdacht schnell in eine grässliche Überzeugung.

»Darf ich sie besuchen?«, fragte Elizabeth schüchtern. Aurora war zwar außerhalb der medizinischen Abteilung ihre Freundin, doch in der Krankenstation war die Ärztin nichts als eine professionelle Respektsperson. Und Darwin war ebenso reserviert, wenn nicht noch reservierter.

Aurora schüttelte den Kopf. »Ich weiß es nicht. Vielleicht wäre es keine gute Idee.« Ihr Blick forderte Darwin auf, das zu bestätigen.

Darwin lehnte entschieden ab. »Wir möchten, dass sie isoliert bleibt. Sie redet mit dieser Phantasiegestalt Leonie und davon, sie höre ein Baby vor Schmerz weinen. Elizabeth, Sie mit Ihrem telepathischen Unsinn würden sie in diesen Einbildungen nur noch bestärken. Wir wollen, dass Ysayes Halluzinationen schwächer werden, und nicht dass sie an Kraft gewinnen.«

»Aber wenn es nun ...« Elizabeth brach mitten im Satz ab. Wenn Ysaye nun tatsächlich telepathisch mit einer »Leonie« sprach? Hatte Lorill Hastur, der heute Morgen nach den Domänen abgereist war, nicht erwähnt, so heiße seine Schwester? Lorill und Ysaye hatten bei dem Fest viel miteinander geplaudert. Vielleicht hatte das eine Brücke für Leonie geschaffen, um direkte Verbindung mit Ysaye aufzunehmen. Er hatte Elizabeth auch erzählt, seine Schwester sei eine viel stärkere Telepathin als er. Da war es doch gar nicht so abartig anzunehmen, dass Leonie und Ysaye in Kontakt miteinander standen, vor allem, wenn Leonie neugierig auf die sternenreisenden Terraner war! Und was als Neugier begonnen hatte, mochte sich in Mitgefühl für Ysayes schwierige Lage verwandelt haben, in den Wunsch, im Geist ihre Hand zu halten, da die Ärzte sie von ihren Freunden getrennt hatten.

Und dass sie ihr ungeborenes Kind hörte – es gab zahllose Beispiele von werdenden Müttern, die mit dem Kind in ihrem Leib kommunizierten. Natürlich waren das lauter subjektive Erfahrungen, auch wenn sie gut dokumentiert waren, und Elizabeth fürchtete, der ach so logische Dr. Darwin würde sie kaum überzeugend finden. Was würde ein Darkovaner davon halten? Wenn sie das nur wüsste!

Darwin und Aurora sahen sie an, als erwarteten sie von ihr, dass sie ihren Satz beende. Deshalb fragte sie das Erste, was ihr in den Sinn kam.

»Aber wenn es nun nicht besser mit ihr wird?«

»Dann müssen wir die Schwangerschaft unterbrechen«, antwortete Aurora unglücklich.

Elizabeth machte eine kleine protestierende Geste mit der

linken Hand, denn die rechte lag schützend auf ihrem immer noch flachen Bauch.

»Es wird dann keine andere Wahl geben, Elizabeth«, setzte Darwin hinzu. »Einem produktiven Mitglied des Raumdienstes steht ein Klümpchen Protoplasma gegenüber, das noch nicht mehr als eine Möglichkeit darstellt. Der Raumdienst hat seine Vorschriften. Als Sie ihm beitraten, haben Sie ihn für Fälle wie diesen *de facto* zu Ihrem nächsten Verwandten und gesetzlichen Vertreter gemacht. Das steht im Vertrag. Im Interesse des Raumdienstes und in Ysayes Interesse werden wir die Entscheidung fällen, wenn sie gefällt werden muss, ganz gleich, was Ysaye will. Sie ist sowieso nicht bei klarem Verstand.«

Und damit waren sie mit Ysaye und mit allem, was Ysaye wünschen mochte, fertig. Elizabeth verließ die Krankenstation in einem Aufruhr der Gefühle. Sie hatte Angst um Ysaye, sie war wütend darüber, auf welche Weise ihr die Entscheidung abgenommen wurde ...

... und sie fühlte sich ernüchtert, weil die beiden Ärzte Recht hatten. Es gab keine andere Wahl.

Für keinen von ihnen.

Leonie hätte vor Enttäuschung weinen mögen. Sie wusste noch so wenig über die Kunst des Heilens. Wenn sie mehr Unterricht darin oder wenigstens mehr Zeit gehabt hätte, das Problem auszuarbeiten, wäre es ihr vielleicht möglich gewesen, etwas für Ysaye zu tun. Ysayes ganzer Körper reagierte auf die physischen Veränderungen der Schwangerschaft, als sei eine Krankheit in ihn eingedrungen.

Aber Leonies Ausbildung als Bewahrerin nahm den größten Teil ihrer Zeit in Anspruch, und die kurzen Spannen, die sie mit Ysaye verbringen konnte, zeigten ihr nur, dass der Zustand der Sternenfrau sich von Augenblick zu Augenblick verschlechterte.

Noch nie zuvor hatte Leonie sich hilflos gefühlt. In jeder unangenehmen Situation hatte sie etwas tun können, um die Lage zu bessern – oder um sie zumindest so zu verändern, dass sie ihr besser gefiel. Jetzt war sie hilflos. Ysayes Überzeugung, das Kind müsse ausgetragen werden, war ebenso stark wie die Leonies, vielleicht sogar stärker. Leonie spürte, dass Ysaye mit dem Kind kommunizierte, was bedeutete, dass es bereits Funken eines mächtigen *laran* zeigte. Aber damit war es nicht getan. Leonie sah sich vielschichtigen Problemen gegenüber. Wie sollte sie Ysaye überzeugen, dass Lorill – oder notfalls ein anderer guter Telepath – bei der Geburt anwesend sein musste, damit das Kind nicht sich selbst und seine Mutter mit seiner Angst und seinen Schmerzen tötete? Und wie sollte sie Ysaye überzeugen, dass nur die Hasturs das Kind richtig großziehen konnten?

In beiden Fällen standen Leonies Aussichten schlecht. Ysaye verbrachte immer mehr Zeit damit, in Halluzinationen dahinzutreiben, und ihre eigenen Pflichten hinderten sie daran, mit dem Geist der Sternenfrau beständig Kontakt aufzunehmen.

Wenigstens hatte Ysaye eingesehen, dass sie selbst real und keine Halluzination war.

Im Unterricht durfte Leonie sich nicht die geringste Unaufmerksamkeit zu Schulden kommen lassen, erstens, weil sie dann auffallen und gerechterweise bestraft würde, und zweitens, weil es Fragen nach sich zöge, um was sie sich eigentlich Sorgen mache. Das wiederum würde zum Vorschein bringen, dass sie die Gedanken der Sternenleute erforscht und weiterhin mit Lorill in Verbindung gestanden hatte, obwohl ihr beides verboten worden war. Sie war in diesem ersten Jahr in der Isolation. *Nichts* aus der Außenwelt sollte ihre Aufmerksamkeit von ihren Studien ablenken, nichts aus der Außenwelt sollte sie irgendwie berühren. Hatte sie ihre Ausbildung erst einmal abgeschlossen und war sie Bewahrerin von Arilinn, durfte sie nichts anderes als unparteiisch, leidenschaftslos, emotionslos sein. Für etwas anderes würde sie zu viel Macht in Händen halten.

Das war ihr bereits eingebrannt worden, und sie hatte nicht die Absicht, diese besondere Lektion zu wiederholen.

Deshalb musste sie Lorill, Lorills Kind und die Sternenfrau in eine Ecke ihres Geistes stopfen und ebenso ihre ganze Sorge um diese drei. Sie musste heitere Gelassenheit zur Schau stellen und damit ihr Inneres maskieren. Leonie wusste nicht, was die Bewahrerin von Arilinn tun würde, wenn sie ihren Betrug entdeckte, aber angenehm würde es gewiss nicht sein und den Problemen, die sie bereits hatte, nur neue hinzufügen.

Am Ende des Tages konnte sie endlich Zuflucht in ihren Räumen nehmen (die jetzt von jedem Andenken gereinigt waren, das sie mitgebracht hatte) und ihren erschöpften Geist zwingen, Verbindung mit Ysaye aufzunehmen.

Da war nichts.

Oder vielmehr, da war ein Nebel aus drogenbetäubtem Schlaf, wo Ysayes Geist gewesen war, ein so tiefer Schlaf, dass Ysaye nicht träumte und sich nicht in der Überwelt aufhielt. Ihre Leute besaßen keine Drogen, die einen so todesähnlichen Schlaf bewirkten. Ysaye war sich nicht einmal bewusst, was um sie herum vorging, ein Zustand, den zu erzeugen sogar für eine ausgebildete Heilerin schwierig war. Der Geist ist mächtig und wehrt sich dagegen, ausgelöscht zu werden, auch wenn es nur um den Schlaf geht.

Schnell suchte Leonie nach einem Geist, der Ysaye körperlich nahe war, einen, in den sie eindringen konnte, um zu sehen, was vor sich ging. Sie fand einen. Der Mann war nicht so sensibel wie Ysaye, und er akzeptierte sein eigenes *laran* nicht.

Doch das machte ihn umso geeigneter. Er würde Leonies

Anwesenheit in seinem Geist nicht bemerken, weil er es nicht konnte.

Sie fing einen Namen von der Heilerin zu seiner Rechten auf: *Darwin.* Sie erkannte die Frau neben Darwin als die Heilerin, der Ysaye vertraute und die man Aurora nannte. Darwins Konzentration war unglaublich, alle seine Gedanken richteten sich auf ein Ziel allein, die vor ihm liegende Aufgabe. Eine Bewahrerin hätte ihn um eine so grimmige und ausschließliche Konzentration beneiden können.

Dann erkannte Leonie, was sie vorhatten, und wich schaudernd zurück. Wie erstarrt sah sie zu, als die beiden Vorbereitungen trafen, Ysaye ihr Kind zu nehmen – und sie *emmasca* zu machen.

Leonie grauste es. Für Zorn war es noch zu früh. Später würde sie Zorn auf diese Menschen empfinden. Jetzt war sie zu entsetzt.

Dieser Mann Darwin hatte eine Menge Gründe, warum es getan werden sollte. Ysaye würde sterben, wenn sie versuchte, das Kind auszutragen, und das Kind mit ihr. Das Gleiche war zu erwarten, wenn sie von neuem schwanger würde, und deshalb erwiesen sie ihr nicht nur eine Freundlichkeit, wenn sie sie *emmasca* machten, sondern es war auch medizinisch ratsam.

Es gab noch andere Gründe. Ihm war es *befohlen* worden, und zwar von dem Kapitän, der für Ysaye die Stellung einnahm, die der König in den Domänen hatte. Und von Leuten, die im Rang über dem Kapitän standen und Befehle erteilen konnten, denen ungehorsam zu sein niemand aus dem Sternenvolk wagte.

Es kam nicht darauf an, ob Ysaye zustimmte oder nicht.

Leonie wäre geflohen – aber irgendetwas, eine quälende Vorahnung warnte sie. *Pass auf,* raunte eine innere Stimme. *Hör zu. Eines Tages wirst du das brauchen.*

Die in alten Zeiten durchgeführte Operation, die eine Frau *emmasca* machte, war sowohl verboten als auch in Vergessenheit geraten. Oh, die Bewahrerin von Arilinn, ein paar Priesterinnen Avarras und einige andere besaßen die Kenntnisse *vielleicht* noch, aber Leonie bezweifelte, dass sie dieses Wissen jemals an ihre Nachfolgerin weitergeben würden. Das Verbot bestand zu Recht – und doch mochte es Gründe geben, zwingende Gründe, warum die Operation durchgeführt werden musste. Wenn Leonie sich von ihrem Zorn und ihrer Entrüstung darüber, dass man Ysayes Willen und ihrem eigenen Gewalt antat, erholt hatte, würden ihr die Gründe klar werden.

Vielleicht kam eines Tages eine Frau zu Leonie, und Leonie würde erkennen, dass sie ihr dieses schreckliche Geschenk machen musste. Für diese Frau mochte es keine Vergewaltigung bedeuten, sondern Freiheit ...

Deshalb blieb sie, zwang sich zu der eisigen, gefühllosen Ruhe einer Bewahrerin und dieses Heilers.

Und als es vorbei war, floh sie.

Ysaye erwachte mit klarem Kopf und mit Schmerzen. Sie erfasste, was geschehen war, bevor irgendjemand es ihr sagte. Das lag nicht an den Wunden, die man ihrem Körper zugefügt hatte, sondern an der Tatsache, dass sie allein war.

Von dem Augenblick an, als sie erfahren hatte, dass sie ein Kind erwartete, war sie sich der Präsenz in ihrem Leib bewusst gewesen. Es war keine Person, sondern eine Präsenz, ein Funke von Leben. Eines Tages konnte er zu dem kleinen Mädchen werden, das sie in ihren Träumen gesehen hatte. Zu einem Kind, in dessen Schönheit, von ihren und Lorills Genen geschaffen, sich das Beste ihrer beiden Völker vereinigte. Es litt unter den Schmerzen seiner Mutter, doch es war bereit, diese Schmerzen zu ertragen.

Jetzt war es fort, und Ysaye blieb allein und leer zurück. Sie spürte dieses neue Leben nicht mehr, und ihr Kummer war noch zu frisch für Tränen. *Meine Tochter. Sie wollte nicht sterben – wo ist sie jetzt?*

Die Tür ihres Zimmers öffnete sich. »Ysaye, wie fühlst du dich?«

Es war natürlich Aurora, und sie zeigte gerade genug von beruflicher Haltung gedämpfter Sorge, dass Ysaye nicht zornig auf sie sein konnte.

Falls sie sich zu einer so aktiven Emotion wie Zorn hätte aufschwingen können. »Ihr habt mir das Baby genommen, nicht wahr?«

»Wir haben einen lebensbedrohlichen Zustand beendet«, berichtigte Aurora sie. »Wenn wir es nicht getan hätten, wärest du ganz bestimmt gestorben und das Baby mit dir. Wir hatten zu wählen zwischen dem Tod für euch beide und dem Tod nur für das Kind, und ich folgte den Befehlen, die ich von dem Kapitän wie auch vom Raumdienst hatte.«

Einem schwachen Zorn gelang es, kurz aufzuflackern. »Das ist eine Lüge, Aurora. Wir können Gliedmaßen regenerieren, es gibt keinen Grund, warum ...«

»Eine erstklassig ausgerüstete Klinik kann ein Glied regenerieren, Ysaye.« Aurora reagierte auf Ysayes Zorn mit Kälte. »Eine erstklassig ausgerüstete Klinik auf irgendeinem anderen Planeten. Hier gibt es keine. Du hättest die Reise zu einer solchen Klinik nicht überstanden – vorausgesetzt, der Kapitän wäre bereit gewesen, eine neue Siedlung und all die wichtigen Verhandlungen im Stich zu lassen, um eine einzige illegal schwangere Frau ohne Erlaubnis und zu unglaublichen Kosten hinzubringen. Du bist ein wertvolles Mitglied der Crew, und für dich gelten Vorschriften, die du praktisch mit deinem Zustand verletzt hast. Der Raumdienst hat beträchtliches Interesse daran, dich am Leben und bei guter Gesundheit zu erhalten.«

Ysaye machte sich in ihrem Bett ganz klein. Sie fühlte sich gleichzeitig schuldig und missbraucht. Ihr kurzer Zorn erstarb. Aurora hatte Recht, wenn sie sie an ihre Verantwortung, ihre Pflichten, ihren Platz im Raumdienst und in der Crew erinnerte. Und es stand ihr nicht zu, die Vorschriften zu kritisieren.

»Du hast Recht«, sagte Ysaye dumpf. »Es tut mir Leid, Aurora. Ich ...« Sie war nicht fähig fortzufahren, Tränen schnürten ihr die Kehle zu.

Das erweichte Auroras Herz. »Auch mir tut es Leid, Ysaye. Es tut mir Leid, dass wir dir das antun mussten, aber keiner von uns hatte die Wahl. Entweder hätten wir dich verloren oder ... Ysaye, ich muss dir noch etwas erzählen. Du warst in so schlechtem Zustand, dass wir eine Totaloperation vornehmen mussten. Was auch immer dies ausgelöst hat, es hat dich im höchsten Grade allergisch gegen Östrogen gemacht.«

Das war seltsamerweise gar nichts, verglichen mit dem Verlust des Kindes. Ysaye hatte sich nie als richtig *weiblich* betrachtet – mehr als eine Art Fortsatz des Computers. Als neutral und als Neutrum.

Auf gewisse Weise war das angemessen. Ein passendes Opfer für das Leben, das jetzt niemals mehr sein sollte.

Ysaye traten Tränen in die Augen, und sie machte sie fest zu, zwang die Tränen mit dem Einzigen zurück, was ihr jemals ein Gefühl des eigenen Wertes vermittelt hatte. Ihre Identität als *Frau*, als *Mutter* war verloren, bevor es ihr vergönnt gewesen war, als eines von beidem Erfahrung zu sammeln. Nur eine Identität war ihr geblieben, die Einzige, die für den Raumdienst Sinn oder Bedeutung hatte. Der Raumdienst gab und nahm, ob sie es wollte oder nicht.

»Wann kann ich wieder arbeiten?«, fragte sie, und jedes Wort tat ihr weh. »Inzwischen muss sich eine Menge Unerledigtes angesammelt haben.«

Erstaunt hob Aurora eine Augenbraue. »Nun, jetzt, da wir deine Allergien wieder unter Kontrolle haben, spricht nichts dagegen, dass du vom Bett aus arbeitest. Ich möchte, dass du alle zwei Stunden aufstehst und ein bisschen herumgehst. Ansonsten bleibst du für eine Woche oder so liegen, aber das behindert dich ja nicht. Wenn du es willst – ich hätte gedacht, dir sei es lieber, dich auszuruhen.«

Ysaye schüttelte den Kopf. »Ich möchte arbeiten. Nachdem ich allen so viel Verdruss gemacht habe, sollte ich besser tun, was ich kann.«

Aurora half ihr, sich mit einem Luftkissen im Rücken aufzusetzen. Ysaye ignorierte den Schmerz im Magen, die dumpfen Stiche aus der Gegend des Einschnitts. Es war nicht so schlimm, wie sie gedacht hatte. Aurora musste ihr eine partielle Rückenmarksblockade gegeben haben.

Als sie endlich in der richtigen Position war und man ihr ein Terminal auf einer fahrbaren Konsole hingestellt hatte, ließ Aurora sie allein.

Ysaye arbeitete ununterbrochen, vergaß sich selbst und die Schmerzen dabei. Nur wurde sie nach einer Weile ungeduldig, weil man so viele Einzelheiten für sie liegen gelassen hatte, die leicht von den ihr unterstellten Technikern hätten erledigt werden können. Was war mit diesen Leuten los? Wie Aurora gesagt hatte, war sie, Ysaye, nicht unersetzlich! Was hätten sie angefangen, wenn sie so krank geworden wäre, dass sie sich wochen- oder sogar monatelang nicht um all diese Dinge hätte kümmern können?

Früher hätte sie die Probleme einfach selbst gelöst. Jetzt ärgerte sie sich. Sie leitete jede einzelne Bagatellsache an ihre Techniker zurück und verteilte die Last gerecht auf alle. Als sie mit den paar Aufgaben fertig war, die über die Fähigkeiten ihrer Mitarbeiter hinausgingen, legte sie sich wieder hin, ruhelos und unzufrieden.

Nach einer Weile spürte sie, dass Leonie sie suchte. Erst hatte sie ebenso wenig Lust, dem Mädchen ihren Geist zu öffnen, wie sie weiter mit Aurora hatte sprechen wollen. Sie war es leid, noch mehr Entschuldigungen zu hören, und es widerstrebte ihr, Leonie zu erklären, warum das kostbare Kind ihres Bruders hatte vernichtet werden müssen. Andererseits wusste sie, dass die junge Darkovanerin sich inzwischen auf sie verließ, ob das nun durch die kurze Verbindung im Fleisch oder durch die gemeinsame Liebe zur Musik entstanden war. Einen Kontakt wie mit ihr konnte die zukünftige Bewahrerin mit niemandem sonst herstellen, ob er ihr durch verwandtschaftliche Bande nahe stand oder physisch in ihrer Nähe weilte. War diese Abhängigkeit eine Schwäche Leonies, oder war sie lediglich auf ihre Einsamkeit zurückzuführen? Ysaye machte sich nicht die Mühe, darüber nachzudenken.

Seufzend öffnete sie dem Mädchen ihren Geist. Sie fühlte sich alt und von Schmerzen ausgelaugt.

Hallo, Leonie. Was gibt es?

Die Gedanken des Mädchens verrieten Unruhe. *Es nützt dir nichts, wenn ich dir sage, dass es mir Leid tut, Ysaye, aber es ist wahr. Und ich weiß, dass es nicht deine Schuld ist.*

Wie großzügig von ihr, dachte Ysaye ironisch – aber wahrscheinlich war es das wirklich. In Anbetracht ihrer Kultur und ihres eigenen Stolzes mochte das ein bemerkenswertes Eingeständnis sein. Es war durchaus möglich, dass die meisten Darkovaner ihr allein die Schuld an dem gegeben hätten, was gegen ihren Willen geschehen war.

Ich danke dir, antwortete sie. *Auch mir tut es Leid.* Sie brauchte nicht zu sagen, wie sehr, das lag wie eine klaffende Wunde vor Leonies Augen. *Kann ich etwas für dich tun?*

Ein Augenblick des Zögerns. *Dürfte ich etwas von deiner Musik hören?* fragte das Mädchen vorsichtig. *Ich kann nicht schlafen ... Ich habe dir doch erzählt, dass ich deiner Musik durch dich gelauscht habe, erinnerst du dich? Vielleicht würde die Musik auch dir Ruhe bringen.*

Das war ein guter Gedanke und von Leonies Seite ein erstaunlich freundlicher.

Aber vielleicht ist dir bei all deinem Kummer nicht danach, Musik zu hören.

Wieder wunderte Ysaye sich. Das war beinahe das erste Mal, dass Leonie sich Gedanken um etwas anderes machte als das, was sie selbst betraf. Sogar das Kind war für sie nur von Wert gewesen, weil es von Hastur-Blut war.

Ich weiß, beantwortete Leonie den Gedanken. *Du musst mich für sehr selbstsüchtig gehalten haben.*

Das rührte Ysaye mehr als die beiläufige Besorgnis Auroras. *Wenn ich das getan habe,* erwiderte sie ruhig, *so habe ich mir dabei doch gesagt, dass junge Leute immer ein bisschen selbstsüchtig sind. Das hängt wohl mit dem Willen zum Überleben zusammen, dass sie sich den stärkeren und mit einem stärkeren Willen ausgerüsteten Erwachsenen widersetzen. Sie müssen zuerst an sich selbst und ihre eigenen Bedürfnisse und Wünsche denken, die im Widerspruch zu denen der Erwachsenen stehen mögen.* Tatsächlich ermunterte sie das Gespräch ein wenig. *Was die Musik angeht, so denke ich, es wird mir gut tun, etwas anderes zum Nachdenken zu haben.*

Leonie freute sich über die Maßen, dass Ysaye ihr den Gefallen tun wollte. *Du bist so gut zu mir – und ich bin so ein selbstsüchtiges kleines Biest.* Hinter dem Gedanken standen andere. Leonie hatte Ysaye tatsächlich auf jedem Schritt des Weges begleitet, hatte jeden Augenblick des Leidens mit ihr geteilt, und das, was ihr angetan worden war, hatte Leonie überdeutlich vor Augen geführt, ein wie privilegiertes Leben sie selbst führte.

Nein, Leonie, sagte Ysaye freundlich. *Ich halte dich nicht für selbstsüchtig. Nur für jung.*

Leonie fiel kurz aus dem Rapport. Offenbar dachte sie über Ysayes Worte und ihre Reaktionen nach. Als sie zurückkam, hatten ihre Gedanken eine Färbung von neuer Demut. *Das haben meine Lehrerinnen versucht, mir beizubringen. Und ich war so töricht, dass ich glaubte, ich müsste mit einem Mal perfekt sein und alles wissen.*

Das griff Ysaye seltsam ans Herz. Es ging ihr durch den Sinn, dass sie, wären die Umstände anders gewesen, ein Leonie sehr ähnliches Mädchen als Tochter hätte haben können.

Nein. Das war unwiderruflich vergangen. Es war genug, dass diese arroganteste aller jungen Frauen an etwas anderes als ihre eigenen Wünsche dachte. Und es war genug, dass sie irgendwie einen Platz als Leonies Mentor gewonnen hatte. Keiner von ihnen würde es nützen, wenn sie sich selbst mit ungesunder Selbstbeobachtung quälten.

Welche Musik möchtest du gern hören, Leonie? Wagner?

Leonies Gedanken strahlten auf. Offenbar hatte sie eine Vorliebe für Heldenmusik, große Orchester und alles Überlebensgroße. *Wenn du so freundlich sein willst,* antwortete sie.

Ysaye konnte die in diesem Zimmer gespielte Musik über das Computer-Terminal kontrollieren. Sie rief das Musikprogramm auf und gab den »Walkürenritt« ein. Danach sollte der Computer eine Zufallsauswahl treffen.

Was sind Walküren, Ysaye?

Kriegerjungfrauen. Ysaye gab ihr ein geistiges Bild von Brünhilde in voller Rüstung, mit Zöpfen, geflügeltem Helm und allem. *Sie stammen aus germanischen Sagen, die die Grundlage für diese Oper bilden.*

Leonie erwiderte mit einem Bild einer tüchtigen, muskulösen Frau mit kurz geschnittenem Haar (der erste Hinweis auf kurzes Haar bei Frauen, den Ysaye in dieser Kultur bekommen hatte) und einem kurzen Schwert, bekleidet mit so etwas wie einem geteilten Rock und einer roten Jacke.

Wie unsere Entsagenden, erklärte Leonie. *Tapfer und von niemandem abhängig. Manchmal wünsche ich mir, eine von ihnen zu sein.*

Ich manchmal auch, gestand Ysaye sehnsüchtig. Eine Kriegerjungfrau, unberührt – bewaffnete Engel, denen die Welt nichts anhaben konnte.

Der Computer wählte Berlioz, und Leonies Freude war deutlich wahrzunehmen. Dann kam einer der Bach-Choräle, als versuche der Computer, sie durch die Auswahl ihrer Lieblingsstücke zu trösten, und dann der letzte Satz von Beethovens *Neunter* mit der »Hymne an die Freude«. Ysaye merkte, dass Leonie mit dem deutschen Text nichts anzufangen wusste, und lieferte ihr eine moderne Übersetzung, die sie selbst im College gesungen hatte.

Die Worte waren selbst nach Ysayes nicht sehr hochgeschraubten Ansprüchen banal, aber die Magie von Beethovens Musik hatte sie ihr mit einer sehr realen Inspiration eingeprägt. Mit einem Gefühl schmerzlichen Verlustes dachte sie an die junge Idealistin, die diesen Text gesungen hatte – doch wie weit entfernt lag das Banale von dem Archetypischen? Tränen liefen ihr über die Wangen, als das Finale einsetzte, Tränen, die sie bis jetzt nicht hatte vergießen können oder wollen.

Vielleicht hatten die Techniker Recht. Vielleicht war der Computer sich ihrer Person auf primitive Weise bewusst und wollte sie trösten, so gut er konnte. Einer Erleichterung durch Tränen hatte sie sich verweigert, bis die vom Computer ausgewählte Musik sie zum Weinen zwang.

Sie weinte leise, aber nicht länger mit Scham oder Angst, um alles, was sie in den letzten paar Tagen verloren hatte – tatsächlich alles von ihrer Unschuld bis zu ihrer Weiblichkeit. Und alles war unwiderruflich dahin.

Die Musik verklang und ließ nichts als Stille zurück. Ysaye bekam sich endlich wieder unter Kontrolle.

Die Stille war ebenso physisch wie mental.

Leonie?, rief sie. Das Mädchen konnte sie doch nicht so abrupt verlassen haben ... ohne ihr Lebewohl zu sagen.

Ysaye? Die mentale Stimme klang schwach und voller Panik *Ysaye! Ich bin der Musik gefolgt, ich wollte den Computer veranlassen, etwas auszusuchen, das dich aufheitert!*

Was? Was in aller Welt meinte das Mädchen?

Plötzlich begriff Ysaye. Offensichtlich hatte Leonie aus ihren Gedanken die »Personalisierung« des Computers übernommen und glaubte nun, er habe einen eigenen Verstand.

Irgendwie hatte sie sich in den großen Computer übertragen.

Und jetzt war sie, wenn das Ausmaß ihrer Angst ein Hinweis war, in dem Computer gefangen!

21

Anfangs hatte Leonie keine Ahnung, was mit ihr passiert war.

Für Ysaye war der Computer eine andere Art von Person, eine, die manchmal sogar fähig zu sein schien, ihre Gedanken zu lesen. Leonie wollte, dass der Computer aufhörte, Musik zu spielen, die Ysaye traurig machte, und stattdessen etwas Aufmunterndes auswählte. Deshalb hatte sie, statt sich in Ysayes Leid einzudrängen, eine direkte Verbindung von Geist zu Geist mit dem Computer herzustellen versucht.

Sie hatte ihr »Ich« auf ihn zubewegt, als schalte sie sich in die Relais ein, und er hatte sie gepackt, plötzlich und ohne Warnung.

Er *war* eine Intelligenz, wenn auch von einer Art, der sie noch nie zuvor begegnet war, und sehr mächtig. Tatsächlich mächtig genug, um sie in Angst und Schrecken zu versetzen. Sie kam sich wie eine Skorpion-Ameise vor, die zu der Sohle eines Stiefels hochblickt.

Gleich darauf gelang es ihr, die Panik zu bezwingen, denn der Computer ignorierte ihre Gegenwart, obwohl er sie hereingezogen hatte. Sie sah sich um. Nach all der Ausbildung zur Bewahrerin und den vielen Stunden Übung in den Relais und in der Überwelt fand sie es verhältnismäßig einfach, ihr Ich und das Bewusstsein ihrer Identität aufrechtzuerhalten.

Doch selbst für Leonie war dieser Ort, der kein Ort war, seltsam und beunruhigend. Sie meinte, in einer weiten und verlassenen Leere zu stehen, Energieströme summten überall um sie herum, und unsichtbare Landschaften, eine Schicht über der anderen, waren so gerade eben außer Reichweite.

Das hier hatte keine Ähnlichkeit mit der Überwelt. Die

Überwelt verhielt sich zu diesem Ort wie eine Schutzhütte zu Burg Hastur.

Leonie versuchte zu visualisieren, wie sie sich bewegte. In der Überwelt hätte sie gesehen, wo sie war und wohin sie ging. Es war ein Gefühl, *als ob* sie sich bewege, doch sie bewegte sich durch ein Grau ohne irgendeinen visuellen Anhaltspunkt. Und sie hatte auch keine Kontrolle über ihre Geschwindigkeit. Unvermittelt verlangsamte und beschleunigte sie. Ihre Desorientierung wuchs, und dazu wurde ihr ein bisschen übel. Sie nahm ihre ganze Willenskraft zusammen, um anzuhalten, und anscheinend funktionierte es, aber sie hatte keine Ahnung, wo sie begonnen hatte und wo sie gelandet war.

Dunkelheit erstickte sie. Es gab nichts, wonach sie sich richten konnte.

Das war noch schlimmer, als wenn jemand sich im Inneren einer Matrix befand.

Leonie nahm sich zusammen und konzentrierte sich darauf, ein ganz deutliches Bild ihrer selbst zu projizieren – Leonie Hastur, was sie wollte und wohin sie wollte. Was natürlich *raus hier* war.

Wo »hier« auch sein mochte.

Sie sagte sich, es gebe keinen Grund zur Panik, dies sei nicht mehr als ein sehr unerfreuliches Erlebnis. Schließlich war sie nicht körperlich hier. Ihr Körper ruhte sicher hinter dem Schleier von Arilinn, und nur ihr Bewusstsein, ihre Wahrnehmungsfähigkeit, war in den Computer gelangt. Ganz gleich, wie unangenehm es war, sie brauchte bloß zu warten, und schließlich würde sie in ihren Körper zurückkehren – oder zurückgebracht werden.

Oder nicht?

Wenn dieser Computer eine Intelligenz war, wie sie geglaubt hatte, sollte sie vielleicht mit ihm wie mit einer Intelligenz verhandeln. Sie müsste doch mit ihm kommunizieren können!

Mit aller Willenskraft formte sie ihre Gedanken zu einer ganz spezifischen Frage.

Wer bist du?

Nach langer Zeit traf aus dem Grau eine Antwort ein.

TE Modell S14C, Vielzweck-Multitasker.

Die Antwort hatte keinen Sinn, aber wenigstens hatte er ihr geantwortet. *Hilf mir!*, verlangte Leonie.

Nennen Sie die Art des Problems, summte die Stimme.

Art des Problems? *Ich will hier raus*, erwiderte Leonie.

Anfrage nicht ordnungsgemäß formuliert.

Das brachte sie nirgendwohin! Von neuem sah sie sich um. Sie meinte, im dunklen Grau schimmernde Linien zu erkennen, und da es nichts Besseres gab, was sie leiten konnte, entschloss sie sich, einer von ihnen zu folgen.

Vielleicht führte die Linie sie hinaus.

Kaum hatte sie daran gedacht, das zu tun, da sauste sie auch schon mit fürchterlicher Geschwindigkeit an einer der Linien entlang. Dann knallte sie – ein anderes Wort dafür gab es nicht – in ein riesengroßes Netz.

Es fühlte sich irgendwie metallisch an, gleichzeitig kalt und heiß, und es schleuderte sie von der Spur, der sie gefolgt war. Sie hatte einmal einen Überlauf an Energie von den Relais abbekommen, und genauso fühlte sie sich jetzt, es kribbelte, jedes einzelne Haar stand ihr zu Berge, und für einen Augenblick war sie benommen.

Und was sich nach derselben Stimme anhörte, einem nichtssagenden Summen, erwiderte tonlos: *Nennen Sie die Art des Problems.*

Nicht schon wieder!, stöhnte Leonie und kam sich immer hilfloser vor. *Ich sagte, dass ich hier raus will! Bitte, zeige mir den Weg hinaus!*

Diesmal kam ein summender Laut, aber die Stimme wiederholte: *Anfrage nicht ordnungsgemäß formuliert.*

Dann kam von weit her aus der Dunkelheit der Eindruck, dass jemand nach ihr suchte. Ysaye!

Verängstigt rief sie nach ihrer Freundin, und die Stimme aus der Dunkelheit wurde stärker. *Leonie? Leonie? Wo bist du?* Jetzt war die Stimme näher.

Ysaye versuchte, ihr zu helfen!

Leonie formte ihre ganze Niedergeschlagenheit zu einem einzigen Schrei: *Ysaye! Hilf mir! Ich habe mich verirrt, ich möchte hier raus!*

Obwohl sie ihn nicht angesprochen hatte, stellte sich der Herrscher dieses Ortes – was auch immer er sein mochte – wie eine hohe Mauer zwischen Leonie und Ysaye.

Nennen Sie die Art des Problems, summte er.

Geh weg! schrie Leonie ihn an. *Ich habe mich verirrt, ich muss einen Weg nach draußen finden!*

Auf der Stelle antwortete er: *Frage nicht ordnungsgemäß formuliert.*

Wütend und frustriert rief Leonie nach ihrer Freundin: *Ysaye! Ich bin hier im Computer, und ich kann keinen Weg nach draußen finden!*

Von neuem hatte sie das Gefühl, blitzschnell an einer unsichtbaren Linie entlangzusausen und so heftig, dass ihr schwindelig wurde, an etwas zu stoßen, das sich genau wie eine Mauer anfühlte. Leonie prallte von ihr ab, und jetzt hatte sie keine Kraft mehr, ihre Gedanken in Worte zu kleiden. Die summende, leidenschaftslose Stimme hatte sich zwischen sie und Ysaye gestellt.

Nennen Sie die Art des Problems. An dieser Stelle konnte Leonie sich nicht länger einreden, das Ganze sei nichts als ein Abenteuer, und sie verlor den letzten Mut.

Hilfe! schrie sie, nun vollständig von Panik übermannt.

Hilf mir! Ysaye! Ihr anderen! Helft mir hier heraus, ich habe mich verirrt! Bitte! Holt mich heraus!

Und wieder kam: *Frage nicht ordnungsgemäß formuliert.*

Eine Woge der Verzweiflung überschwemmte Leonie, und durch sie hörte sie Ysayes mentale Stimme.

Leonie, frag ihn, wer du bist.

Das war Unsinn. *Aber ich weiß doch, wer ich bin, protestierte sie, und er weiß es auch. Ich habe es ihm ein dutzend Mal gesagt!*

Leonie, er versteht dich nicht, oder vielmehr, er sieht dich auf eine andere Weise, als du dich selbst siehst, erläuterte Ysaye geduldig. *Frag ihn, für was er dich hält.*

Unsinn oder nicht, Ysaye kannte dieses Ding. Sie musste etwas wissen, das ihr Grund zu diesem seltsamen Befehl gab.

Na gut, dachte Leonie erschöpft. Sie wandte ihre ganze Aufmerksamkeit der grauen Formlosigkeit um sich herum zu und versuchte, sie zu personifizieren, damit sie sie anreden konnte.

Nenne es »Computer«, drängte Ysaye sie. *Frage: »Computer, wer bin ich?«*

Computer?, sagte Leonie zögernd und kam sich sehr hilflos vor. *Computer, wer bin ich?*

Die Antwort war prompt und hatte nicht mehr Sinn als die Identität, die er sich selbst gegeben hatte. *Prozess 392397642.*

Bei diesem Durcheinander von Buchstaben und Ziffern empfand Leonie nichts als Verzweiflung und Hoffnungslosigkeit, aber Ysaye jubelte laut.

Wunderbar! Wir haben es. Halt aus, Leonie!

Etwas blitzte an ihr vorbei, etwas, das einen Anflug von Ysaye hatte, vermischt mit dem Grau des Computers. *Lösche Prozess 392397642.*

Prozess gelöscht, erwiderte der Computer.

Leonie wurde jäh aus der Maschine geschleudert – und zurück in ihren Körper, der in ihrem Bett in Arilinn lag.

Sie öffnete die Augen, alles tat ihr weh, und sie hatte entsetzliche Angst. In ihrem Kopf hämmerte es so, als wolle er gleich explodieren, und ihr Magen verkrampfte sich.

Undeutlich, aus weiter Ferne spürte sie Ysayes Freude, dass alles gut war, und aus noch weiterer Ferne spürte sie Lorill – verwirrt und wissend, dass etwas seine Zwillingsschwester bedroht hatte, sich fragend, was in aller Welt da vor sich gegangen war.

Sie zitterte und weinte ein bisschen, und sie wusste, wenn sie sich bewegte oder sprach, würde sie anfangen zu schreien und nie mehr aufhören. Schließlich wichen die Furcht und die nervöse Reaktion der völligen Erschöpfung. Leonie zog die Bettdecke über sich, raffte die Reste an Würde und Disziplin zusammen, die sie noch finden konnte, und ließ sich in den Schlaf fallen – oder in die Bewusstlosigkeit.

Aber noch im Schlaf fasste sie einen unerschütterlichen Entschluss.

Niemals wieder.

Sie würde die seltsame »Technologie« dieser Sternenleute nicht erforschen. Sie würde anderen dringend davon abraten, es zu tun – und sobald sie die Macht besaß, ihren Willen durchzusetzen, würde sie die Befolgung ihres Edikts sogar erzwingen.

Die terranische Technologie muss den Terranern überlassen bleiben. Sie mögen vieles besitzen, was gut ist, aber alles ist für uns zu gefährlich. Keiner von uns darf daran rühren.

Das Leben ging weiter, ob es den Menschen recht war oder nicht. Ysaye erholte sich von der Operation und stürzte sich in die Arbeit. Sie fand darin wenig Trost, doch immerhin waren tagsüber ihre Gedanken beschäftigt. Nachts, wenn sie nicht schlafen konnte, setzte sie den Kortikator auf und lernte die Sprachen Darkovers. Sie bekam Kopfschmerzen davon, doch es bewahrte sie vor dem Grübeln. Und solange sie den Kortikator trug, wurde sie auch nicht von Träumen gequält.

Sie ging Elizabeth aus dem Weg. Ihre Freundin strahlte vor Glück über ihre Schwangerschaft, ihr neues Haus und ihre Arbeit, und Ysaye ertrug es nicht, das Skelett beim Festmahl zu sein. Sie verlor an Gewicht. Aurora schimpfte mit ihr und verordnete ihr schließlich eine spezielle Diät. Ihre Bordkameraden starrten neidisch auf ihre Essenstabletts, die mit frischem Obst, den besten Fleischstücken und kalorienreichen, üppigen Desserts beladen waren.

Niemand spielte je auf den Schwangerschaftsabbruch an. Man drückte nur Mitgefühl wegen ihrer Totaloperation aus, meinte dann aber leichthin: »Aber du bist ja nie ein Typ gewesen, der heiraten und Kinder haben wollte.« Eine oder zwei der Frauen sagten sogar, sie beneideten sie darum, dass sie nicht länger der Tyrannei der Hormone unterworfen sei.

Als diese Bemerkung das erste Mal fiel, war Ysaye sprachlos über einen so herzlosen Mangel an Takt. Aber dann sagte jemand anders etwas Ähnliches, das bestenfalls gedankenlos und schlimmstenfalls grausam gewesen wäre, wenn die Sprecherin von dem verlorenen Kind gewusst hätte. Anfangs dachte Ysaye, sie mieden alle das Thema ihrer Schwangerschaft und täten so, als habe es sie nie gegeben. Doch allmählich erkannte sie, dass die Leute einfach nicht wussten, was ihr widerfahren war. Soweit es die anderen Terraner betraf, hatte sie einen lebensbedrohenden Allergieanfall gehabt, und irgendwie hatte er Probleme hervorgerufen, die eine Totaloperation erforderten. Falls jemand wusste, wie unwahrscheinlich das war, sprach er nicht davon. Und die wenigen Leute, die über das Kind Bescheid wussten, waren entweder eingeborene Darkovaner oder Freundinnen, die schweigen würden, bis sie selbst davon anfing – oder der medizinische Stab, für den die Sache nur noch ein datengeschützter Bericht war.

Als Ysaye sich das alles zurechtgelegt hatte, war sie ebenso erleichtert wie ärgerlich. Auf gewisse Weise fühlte sie sich betrogen. Man müsste ihr zugestehen, zu trauern und ihrer Umgebung zu erklären, warum sie trauerte. Jetzt würde man ihr Verhalten für nichts weiter als eine törichte weibliche Reaktion auf den Verlust eines Organs halten, ohne das sie sehr gut auskommen konnte.

Eine Operation, auch eine große, zog nicht mehr eine lange Zeit der Erholung wie in früheren Zeiten nach sich. Innerhalb einer Woche war Ysaye wieder auf den Beinen und voll arbeitsfähig, und Schmerzen hatte sie kaum noch. Innerhalb von zwei Wochen erinnerte sie nur noch eine schmale rote Narbe daran, dass überhaupt etwas passiert war.

Auch deswegen fühlte sie sich betrogen. Ihr war etwas genommen worden, etwas Lebenswichtiges, und es hatte so gut wie keine Spur hinterlassen. Es hätte Schmerz da sein sollen, als eine Art Buße. Doch immerhin hatte sie ihre Aufgaben, und dabei musste sie oft umherlaufen, und es war ihre Pflicht, so schnell wie möglich gesund zu werden. Ebenso wie es die Pflicht des medizinischen Stabes war, dafür zu sorgen, dass sie schnell gesund wurde.

Leonie setzte sich nur einmal mit ihr in Verbindung, um ihr zu sagen, sie sei müde und sie hoffe, Ysaye gehe es gut. Sie sagte, sie sei mit irgendetwas sehr beschäftigt – zuerst hatte Ysaye gedacht, Leonie halte sich von ihr fern, weil sie immer noch böse über den Verlust des Kindes sei. Dann dachte sie, der Vorfall mit dem Computer habe das Mädchen zu sehr verängstigt. Aber als Leonie schließlich eines Nachts erschien und ihr mitteilte, sie sei bereit, sich von neuem mit ihr zu unterhalten, zeigte sie keine Spur von Furcht – und wenn es eine

Veränderung gab, dann die, dass das Band zwischen Ysaye und dem Mädchen stärker war als je zuvor.

Wo hast du dich die ganze Zeit versteckt?, fragte Ysaye und fügte hinzu: *Abgesehen davon, dass du hinter diesem »Schleier von Arilinn« gewesen bist.*

Oh, Ysaye, du weißt gar nicht, wie Recht du hast, erwiderte das Mädchen so müde, wie Ysaye es noch nie gehört hatte. *Ich hatte besonderen Unterricht, den nur eine Bewahrerin erhält. Jetzt, nachdem ich es gelernt habe ... Kein Mann wird jemals fähig sein, mir meine Jungfräulichkeit mit Gewalt zu nehmen.*

Das ist ein Trick, den viele Frauen gut brauchen könnten, bemerkte Ysaye.

Leonie seufzte. So *leicht ist es nicht. Und ich bezweifele, ob viele Frauen dies noch wollen, wenn sie wüssten, was die Ausbildung erfordert. Aber Bewahrerinnen müssen sich selbst schützen können, weil es nur wenige von uns gibt.*

Für mich klingt das wie die alte Sage, dass eine Hexe Jungfrau sein muss, um zaubern zu können.

Ysaye spürte, dass Leonie nickte. *Ganz ähnlich. Es steht eine lange Tradition dahinter, aber es ist ... es ist sehr schwer. Man muss dabei Energie durch den eigenen Körper leiten, und alles muss sich in perfektem Gleichgewicht befinden. Darum sind Bewahrerinnen immer Jungfrauen. Und darum müssen wir unsere Jungfräulichkeit verteidigen können. Ich dürfte mich nicht mit dir treffen, bis diese Verteidigung zu einem Reflex geworden ist.* Ysaye sah keinen Zusammenhang zwischen Jungfräulichkeit und dem Leiten von Energie durch den eigenen Körper, aber sie sagte nichts dazu. *Das hört sich nach mehr an, als ich gern tun würde.*

Ich habe außerdem gelernt, die spezielle Gabe meiner Familie zu kanalisieren. Die Hasturs sind wie lebende Matrices. Wir können ohne Matrix tun, was die meisten Leute nur mit einer Matrix fertig bringen. Bis letzte Woche wusste ich gar nicht, dass ich die Gabe besitze. Ysaye nahm auch den Hintergrund des Gedankens wahr und erkannte, dass diese »Matrix« so etwas wie ein Verstärker von Psi-Kräften war. Wenn Leonie ohne einen solchen arbeiten konnte, musste sie in der Tat über große Kräfte verfügen. Kein Wunder, dass sie einer so strengen Ausbildung unterzogen wurde!

Leonie machte einen viel älteren Eindruck als vor wenigen Wochen, als ob all dieser Unterricht ihre Entwicklung beschleunigt und ihr die Erfahrung einer viel längeren Lebenszeit verliehen hätte.

Ich glaube, du könntest etwas Musik brauchen. Das war alles, was Ysaye ihr geben konnte, sosehr sie sich wünschte, dem Mädchen ihr Mitgefühl auf bessere Art auszudrücken. Man stahl dem armen Ding doch die Kindheit! Matrices, Energonen – nichts davon hatte für Ysaye irgendeine Bedeutung außer der, dass Leonie, je mehr Verantwortung man ihr auferlegte, einem jungen Mädchen immer unähnlicher wurde. Sie war ... wie alt? Fünfzehn? Und sie nahm Pflichten auf sich, an denen ein Erwachsener verzagen würde, sie brachte Opfer, die sich ein Erwachsener ernstlich überlegen würde. Das war nicht gerecht.

Ich würde gern Musik hören, stimmte Leonie zu. *Hast du immer noch schlechte Träume?*

Ysaye rief die Musik ab – Ralph Vaughan Williams – und überlegte einen Augenblick, bevor sie sie spielen ließ. Sie hatte gedacht, da sie das Kind verloren hatte, würde sie auch nicht länger von ihm träumen – aber die Träume waren noch schlimmer geworden. Ysaye schlief oft nur ein, um sich in einer undeutlichen, nebelverhangenen Landschaft wiederzufinden. Und das Kind war da. Kein Baby mehr, sondern ein Kleinkind, ein kleines Mädchen, kaum alt genug, um zu laufen, und es weinte und weinte in der trüben Ferne. Doch wenn Ysaye versuchte, sich ihm zu nähern, wich es zurück und geriet außer Sicht. Nur das herzzerreißende Weinen blieb da. Dann wachte Ysaye auf und weinte selbst, als wolle ihr das Herz brechen.

Ja, antwortete sie schließlich. *Nur dann nicht, wenn ich den Kortikator trage.* Sie zeigte Leonie etwas von den Träumen und setzte ironisch hinzu: *Wahrscheinlich werde ich in einer Reihe von Fremdsprachen sehr gut sein, bevor dies zu Ende ist.*

Leonie schwieg eine Weile, und Ysaye spürte, dass sie nachdachte. Schließlich sagte Leonie: *Ich kann nur raten, aber diese Träume müssen einen Grund haben. Du wolltest dein kleines Mädchen, du wolltest es ins Leben bringen, und deshalb ist es immer noch an dich gebunden.*

Mystischer Unsinn? Das glaubte Ysaye nicht. Zu vieles, das als »mystischer Unsinn« abgetan worden war, stellte sich auf dieser Welt als sehr real heraus. *Wenn ich ... wenn ich sie gehen lasse, emotional gehen lasse, wird sie dann aufhören, mich in meinen Träumen heimzusuchen?*

Leonies Antwort kam zögernd. *Ich weiß es nicht, Ysaye. Ihr mögt so fest aneinander gebunden sein, dass sie dich nicht verlassen wird, bis du dich ihr anschließt.*

Kein ermutigender Gedanke, aber – auf seine eigene Weise – ein tröstlicher. Ysaye hatte das Kind gewollt, und obwohl es völlig sinnlos zu sein schien und sie es nicht begreifen konnte, wollte sie es immer noch.

Ihre Mutter hätte sie getadelt für das, was passiert war – ihre Mutter würde sich von ihr lossagen, sollte sie es je herausfinden. Ysaye verstand immer noch nicht, warum sie sich so benommen hatte. Es ergab keinen Sinn. Es war, als habe etwas in ihr alles bis auf ihre niedrigsten Instinkte abgeschaltet und gleichzeitig diese Instinkte entflammt.

Aber das erklärte diese Situation immer noch nicht ganz. Es blieb die ungelöste Frage, wie sie so berauscht hatte werden können – und warum Elizabeth ebenso berauscht gewesen war, obwohl es bei ihr kein alptraumhaftes Ende gegeben hatte. Ryan Evans spielte eine Rolle dabei, und keine geringe. Ysaye war überzeugt, dass er Elizabeth irgendwie unter Drogen gesetzt hatte, und vielleicht hatte er auch ihr von dem Zeug gegeben. Wenn sich das beweisen ließ, mochte sie einen *Grund* für das alles erkennen, einen anderen Grund als den, dass sie völlig den Verstand verloren hatte. Sie wünschte, es gebe einen Weg, Evans für all den Schmerz, den er verursacht hatte, bezahlen zu lassen – vorzugsweise mit seiner eigenen Haut.

Vielleicht würde sie nachts wieder schlafen können, wenn sie einen Grund, eine Ursache, entdeckte und dazu jemanden, den sie dafür anklagen konnte.

Vielleicht würde ihre Tochter dann aufhören zu weinen.

Ein paar Tage später war sie auf dem Weg nach unten zu einer der niedrigeren Ebenen des Schiffes, als sie einen ihr wohlbekannten Rücken sah.

»Kadarin!«, rief sie überrascht, denn diese schlaksige Gestalt konnte niemand anders sein. »Was tut Ihr auf dem Schiff?« Sie freute sich, dass sie fähig war, ihn auf *casta* anzusprechen. Zumindest darin trugen die unter dem Kortikator verbrachten Stunden Früchte. Wenn sie mit ihm reden konnte, ohne dass ihr Geist gezwungen war, seinen Geist zu berühren, wurde ihre Einstellung zu ihm möglicherweise ein bisschen freundlicher.

Kadarin blieb stehen, drehte sich um, sah, wer ihn in seiner eigenen Sprache angerufen hatte, und lächelte. Dann erlosch sein Lächeln so schnell, wie es gekommen war. Er beugte den Kopf vor ihr. *»S'dia shaya, domna.«* Er hielt inne. »Es hat mir Leid getan, von Eurem Kind zu hören«, fuhr er leise fort. »Kinder sind uns kostbar. Sehr kostbar.«

»Ich danke Euch«, murmelte Ysaye automatisch, doch dann

fragte sie erschrocken: »Wo haben Sie von meinem Kind gehört?«

Das setzte Kadarin in Verlegenheit, aber Ysaye erriet es, bevor er etwas sagen konnte. Die einzigen Personen, die außer den Medizinern und den Lornes Bescheid wussten, waren die Eingeborenen. Und ein Eingeborener im Besonderen. »Sagen Sie nichts. Lorill hat die Neuigkeit in ganz Caer Donn verbreitet.« Sie seufzte. »Und damit ist mein guter Ruf hin.«

»Durchaus nicht, *domna*«, protestierte Kadarin. »Er hat es nur Kermiac und Felicia erzählt, weil sie sich Ihrer Krankheit wegen Sorgen machten und keiner der *terranan* uns Auskunft darüber geben wollte. Felicia erzählte es mir und bat mich außerdem, Sie ihrer Teilnahme zu versichern. Das ist alles.« Er schüttelte den Kopf. »Und Sie müssen wissen, bei uns ist es keine Schande, ein Kind zu bekommen, solange der Vater bekannt ist. Man verübelt es einer Frau nur, wenn sie nicht sagen kann, wer ihr Kind gezeugt hat, oder wenn der Mann die Vaterschaft ableugnet.«

Ysaye biss sich auf die Zunge, damit ihr keine Bitterkeit entschlüpfte, aber eine ätzende Bemerkung konnte sie nicht zurückhalten: »Und ich bin sicher, Lorill denkt, jede Frau betrachtet es als Ehre, ihm ein Kind zu gebären. Deshalb sollte ich glücklich darüber sein, wenn er es den Leuten erzählt.«

»Jede Frau auf Darkover«, erklärte Kadarin ruhig, »würde sich geehrt fühlen, wenn sie ein Hastur-Kind bekäme. Und Mutter und Kind würden für den Rest ihres Lebens umsorgt und privilegiert sein. Sie hätten von Lorill alles verlangen können, was in seiner Macht stand, Ihnen zu geben. Sie könnten es noch – Sie haben Ihr Leben aufs Spiel gesetzt.«

Das ließ sich allerdings nicht abstreiten. Aber es war ein darkovanischer, kein terranischer Brauch, und Kadarin verstand offensichtlich nicht, warum es ihr unangenehm war, wenn über sie gesprochen wurde. »Da, wo ich herkomme«, erwiderte Ysaye traurig und hoffte, er werde begreifen, »soll eine Frau mit keinem Mann außer ihrem Gatten – wie lautet das Wort – *accandir.*«

Kadarin blinzelte überrascht. »Besitzt Ihre Sprache kein Wort für das Zusammensein von Mann und Frau, dass Sie unseres benutzen? Paaren Sie sich denn mit Maschinen?«

Ysaye schüttelte den Kopf. »Die Wörter, die ich dafür kenne, beschönigen entweder die Sache, so dass sie sich nicht richtig übersetzen lassen, oder sind Ausdrücke, die man in guter Gesellschaft nicht benutzt«, gestand sie. »Das zeigt Ihnen wahrscheinlich, wie bei uns eine Frau betrachtet wird, die sich zu einem solchen Benehmen hinreißen lässt.« Hilflos zuckte sie die Achseln. »Sogar ich empfinde so, Kadarin. Ich komme mir vor wie ... wie eine Frau, die nicht sagen kann, wer ihr Kind gezeugt hat. Oder wie eine, die ein Kind in ihr Bett geholt hat, denn nach unseren Begriffen *ist* Lorill noch ein Kind.«

Kadarin musterte sie scharf, und plötzlich kam Ysaye zu Bewusstsein, dass sie darunter gelitten hatte, keinen Erwachsenen zu haben, mit dem sie über ihre Situation sprechen konnte. Aurora redete ihr zu, »das alles hinter sich zu lassen«, Elizabeth verstand nicht und Leonie war ein weiteres Kind, Lorills Zwillingsschwester.

»Ich erinnere mich nicht einmal, *warum* ich es getan habe«, beichtete sie ihm. »Es war Wahnsinn. Ich werfe mich Männern nicht an den Hals, die um Jahre jünger sind als ich, wie ein – ein brünstiges Tierweibchen. Aber mir verschwimmt alles, wenn ich versuche, mich zu erinnern, warum es passiert ist und was ich gedacht habe.« Sie erschauerte. »Manchmal glaube ich, mit meinem Verstand ist etwas nicht in Ordnung, und dieser ... Vorfall mit Lorill ist nur ein Symptom.«

»Ich bezweifele, dass mit Ihrem Verstand etwas nicht in Ordnung ist«, tröstete Kadarin sie. »Ich bin einmal in einen Geisterwind geraten, und meine Erinnerungen an diese Zeit sind ganz nebelhaft. Lorill erzählte etwas über *Kireseth*-Pollen auf Ihrer Kleidung, und diese Pollen sind wahrscheinlich der Grund für alles.«

Ysaye sah ihn an, als habe er den Verstand verloren. »Geisterwind?«, fragte sie. »Pollen?«

»Ah, ich vergaß.« Er schüttelte den Kopf. »Ich habe mit ein paar anderen darüber gesprochen, aber nicht mit Ihnen, nur mit denjenigen, die mit mir in das Gebiet jenseits von Caer Donn reisen sollten. Manchmal, wenn es heiß wird – nach den hiesigen Maßstäben – und das Wetter so etwas wie einen kurzen Sommer außerhalb der richtigen Jahreszeit hervorbringt, bläst der Wind die Pollen der *Kireseth*-Blüten umher. Im Tiefland und in den Tälern geschieht das natürlich öfter als in den Bergen und hier in Caer Donn. Der Blütenstaub wirkt berauschend, erzeugt Halluzinationen und ... äh ... stimuliert den Paarungstrieb. Jeder, der in einen Geisterwind gerät, wird ein bisschen verrückt – und sieben Monate später werden im Allgemeinen nicht wenige Kinder geboren.«

»Oh.« Für Ysaye fügten sich viele unerklärliche Dinge zusammen und formten ein hässliches Bild.

»Niemand legt es darauf an, in einen Geisterwind zu geraten«, fuhr Kadarin fort, »weil ein Mensch unter dem Einfluss der Halluzinationen Dinge tun kann, die er bei vollem Verstand niemals tun würde. Außerdem gibt es Gesetze, die den Umgang mit den Blüten verbieten, und niemand, den ich kenne, übertritt sie.«

»Nie?«, fragte Ysaye ironisch.

»Nie. Nur die *leroni* können ohne Gefahr mit den Blüten arbeiten. Das versichern die Türme. Tatsache ist, *domna*«, setzte er ernst hinzu, »wenn diese Pollen Sie erwischt haben, ist das, was geschah, keine Schande. Niemand wird Sie dafür tadeln, und es lassen sich daraus keine Rückschlüsse auf Ihr normales Benehmen ziehen.«

»Kireseth.« Ysaye stand ganz still da, und ihr wurde alles klar. Sie schloss die Augen vor dem roten Nebel des Zorns, der ihre Sicht verschleierte, und zwang sich, leise und sorgfältig zu sprechen. »Sind das die Blumen, die Evans im Gewächshaus seines Labors gezüchtet hat? Die mit den kleinen, glockenförmigen blauen Blüten?«

»Ja, das sind sie«, bestätigte Kadarin. »Ich habe ihn gewarnt, der Blütenstaub könne umhergeweht werden, und als ich sie zuletzt sah, befanden sie sich unter Glas. Das mag der Ort sein, an dem Sie den Pollen ausgesetzt wurden, wenn die Knospen eher aufgebrochen sind, als zu erwarten war. Evans hat eine recht eindrucksvolle Zucht angelegt. Erstaunlich, wie gut sie in künstlicher Umgebung gedeihen.«

»Natürlich«, stellte Ysaye so beiläufig fest, wie sie es fertig brachte, »würden sie alle eingehen, wenn es zu warm würde.« *Das Feuer der Hölle wäre nicht heiß genug für Evans,* dachte sie grimmig.

Kadarin zuckte die Achseln. »Das weiß ich nicht, ich bin kein Pflanzenzüchter. Wahrscheinlich. Aber das wird auf dieser Welt wohl niemals ein Problem sein.«

»Nein«, antwortete Ysaye automatisch. »Sicher nicht.«

»Kadarin?« Zeb Scott erschien am Ende des Ganges. »Da sind Sie ja! Kommen Sie, das Shuttle ist gelandet. Nutzen Sie die Gelegenheit mitzufliegen, bevor Sie Elizabeth und David zu ihrer Feldarbeit begleiten.«

Er kam, nahm Kadarin beim Arm und zog ihn den Korridor hinunter. Ysaye sah ihnen eine Weile nach und machte sich auf den Weg nach draußen, zum Wissenschaftsgebäude und zum xenobotanischen Laboratorium.

Ysaye stand da und blickte auf die hübschen blauen Blüten unter dem fest verschlossenen Schutzdeckel hinab. Beim letzten Mal war der Schutzdeckel hochgeklappt gewesen, und Elizabeth hatte neben der Pflanzbank gestanden. Das Schloss des Schutzdeckels konnte nur mit einem bestimmten Fingerabdruck geöffnet werden. Kadarin hatte die Wahrheit gesagt. Als Pflanzenzüchter hatte Evans Eindrucksvolles geleistet.

Die monströsen kleinen Dinger gediehen ausgezeichnet, dachte Ysaye.

Aber nicht mehr lange.

Bei jedem Computer in diesem Komplex konnte sie eingegebene Befehle umgehen oder aufheben. Der Labor-Computer kontrollierte jede Pflanzbank in diesem Gewächshaus und ebenso das Gewächshaus selbst. Ysaye kehrte ins Labor zurück und befahl dem Computer, das Gewächshaus mit Quarantäne-Siegeln zu versehen. Über ihr fiel die Tür mit hörbarem Knall zu. Sie lächelte über das Zischen, mit dem die Siegel sich festklemmten.

Ysaye, was machst du da?, fragte Leonie in ihren Gedanken. *Dein Zorn hat mich sogar durch den Schleier erreicht!*

Ysaye erklärte es ihr kurz und spürte Leonies Überraschung und den nun auch bei ihr ausbrechenden Zorn.

Das ist ein Sakrileg!, rief das Mädchen. *Nur die Turmarbeiter können* Kireseth-*Blüten berühren, ohne Schaden anzurichten! Das also ist dir und Lorill widerfahren! Dieses schmutzige Tier ...*

Um den wird sich unser Kapitän kümmern, sobald ich hier fertig bin, versicherte Ysaye ihr grimmig. Der Duft der Blüten füllte das ganze Labor, obwohl das Gewächshaus jetzt versiegelt war. Deshalb befahl Ysaye dem Computer, das Labor vom Rest des Komplexes abzuriegeln und die Klimaanlage mit maximaler Leistung und vollem Dekontaminationsprogramm laufen zu lassen.

Das wird dafür sorgen, dass er nicht das ganze Gebäude vergiftet, sagte sie zu Leonie. *Und es wird dafür sorgen, dass keine weiteren Crew-Mitglieder schwanger werden.*

Sie gab den Befehl für die letzte Aufgabe ein: Die Temperatur sollte im Gewächshaus über den höchsten Punkt steigen, der jemals in den heißesten Wüstengebieten der Erde aufgezeichnet worden war, und außerdem sollte die Luftfeuchtigkeit abgesaugt werden. Das würde jede Blume da drinnen töten und doch den Beweis erhalten, den sie brauchte, um ganz bestimmte Anklagen gegen Ryan Evans zu erheben. Eingabe von berauschenden Mitteln ohne Einwilligung, Kultivierung einer der Überwachung unterliegenden Substanz, Verwendung einer unbekannten Droge ohne Genehmigung, Körperverletzung mittels Pharmazeutika und versuchte Vergewaltigung. Da konnte Evans sich nicht herauswinden. Um ganz sicherzugehen, schaltete sie sämtliche Kameras im Labor ein. Wenn Evans entdeckte, was geschah, sagte oder tat er vielleicht etwas, womit er sich noch weiter belastete.

Ysaye nahm Leonies Billigung wahr, als sie die Tür verschließen ließ. Jetzt waren die einzigen Personen, die den Gewächshausabschnitt des Labors betreten konnten, sie selbst und der Kapitän. Und sie allein war im Stande, dem Labor-Computer ein neues Programm einzugeben. Als Nächstes wollte Ysaye den Kapitän aufsuchen. Sie fühlte sich ein bisschen wie eine der Walküren aus der Sage.

Schon wandte sie sich zum Gehen, als die Labortür aufglitt und Evans eintrat.

Er blickte überrascht drein. »Was machen Sie denn hier?«, fragte er.

Ysayes Antwort kam einem Fauchen ziemlich nahe.

»Ich sterilisiere Ihr nicht genehmigtes Experiment«, erklärte sie durch zusammengebissene Zähne.

»Nein.« Evans schoss durch den Raum, riss sie von dem Terminal weg und schleuderte sie an die gegenüberliegende Wand. In größter Hast drückte er Tasten. »Das können Sie nicht tun! Haben Sie überhaupt eine Ahnung, was diese

Pflanzen wert sind? Sie besitzen Eigenschaften, die Sie sich nicht einmal vorstellen können.«

Weiß er nicht, dass du in jener Nacht hier warst?, fragte Leonie erstaunt.

Offenbar nicht, erwiderte Ysaye. Laut entgegnete sie grimmig: »Oh, ich glaube, dass ich es mir sehr gut vorstellen kann!«

Sie rieb sich die Schulter, die bei der Kollision mit der Wand das meiste abbekommen hatte. Aber sie vergaß die laufenden Kameras nicht und fragte: »Was hatten Sie überhaupt vor mit diesen ... Pflanzen?«

Ihr war es völlig rätselhaft, wie er im Labor hatte arbeiten können, ohne von den Blumen beeinflusst zu werden – oder war sein Gehirn von allen seinen anderen Begierden so durcheinander gewesen, dass er es nicht einmal bemerkt hatte?

Evans, der immer noch versuchte, Ysayes Befehle zu stornieren, sprach wie gehetzt über die kommerziellen Möglichkeiten des Blütenstaubs auf Keef, in den Bordellen und Lasterhöhlen. »Die Madames werden Unsummen dafür bezahlen!«, keuchte er. »Es wird die Kosten des Trainings und der Ausfälle senken, und die Mädchen und Jungen könnten eher anfangen zu arbeiten, was ihre nutzbringende Lebensspanne erhöhen würde ... Ysaye, was haben Sie hier gemacht? Wie kann ich das abstellen?«

Nutzbringende Lebensspanne?, fragte Leonie verwirrt. *Was meint er damit? Wie kann es so etwas wie eine nutzlose Lebensspanne geben?*

Ysaye dachte, Evans' eigenes Leben qualifiziere sich durchaus in dieser Kategorie, doch sie antwortete nur: *Glaub mir, Leonie, du wirst nicht wissen wollen, was er meint.*

Der Kameras wegen sagte sie laut zu Evans: »Haben Sie wirklich erwartet, Kapitän Gibbons werde Ihnen das alles durchgehen lassen?«

Evans gab den Versuch auf, in das Computerprogramm einzusteigen, und richtete die Augen mit dem Ausdruck übertriebener Unschuld auf sie. »Warum wohl habe ich dieses Experiment nicht in den Computer eingegeben? Seien Sie keine Spielverderberin, Ysaye.« Er ging zu einem schmeichelnden Ton über. »Es soll Ihr Schaden nicht sein. Wie wäre es mit fünf Prozent der Gewinne und acht Gramm zu Ihrem eigenen Gebrauch?« Mit lüsternem Grinsen sah er sie an. »Es würde sogar eine gusseiserne Jungfrau wie Sie dazu bringen, lockerer zu werden und das Leben zu genießen. Nun kommen Sie schon her und stornieren Sie, was Sie getan haben.«

Wollte er sie damit überreden? Ysaye war immer noch mit Leonie verbunden, der Evans' Benehmen die Sprache verschlagen hatte.

»Nur über meine Leiche bekommen Sie Ihre verdammten Drogen! Wenn ich nur daran denke, möchte ich Sie umbringen«, erklärte Ysaye kategorisch. Sie war sich nicht sicher, wie viel von dem Zorn ihr gehörte und wie viel Leonie. Beide waren sie außer sich.

Evans blinzelte. Dieser unerwartete Angriff verblüffte ihn, zumal er von so unwahrscheinlicher Stelle kam. Er warf sich in eine herausfordernde Positur. »Machen Sie sich nicht lächerlich, Ysaye. Sie könnten niemandem etwas tun. Sie sind eine Technikerin und keine Mörderin.«

»Keine Mörderin?« Die Wut löschte alle Vernunft in ihr aus. »Sie Schuft! Ihnen und Ihren verdammten Drogen habe ich es zu verdanken, dass ich genau das bin! Haben Sie sich gar nicht gefragt, wie Elizabeth in der Nacht des Festes den Weg aus Ihrem Gewächshaus gefunden hat? Ich war es, die Elizabeth herausgeholt hat, als Sie sie unter Drogen gesetzt hatten und planten, sie zu vergewaltigen! Und ich werde dafür sorgen, dass Sie den Rest Ihres unnatürlichen Lebens in einem Gefängnis verbringen!«

»Den Teufel werden Sie!«, schrie Evans, sprang sie an und packte sie bei der Kehle.

Vergeblich versuchte Ysaye, ihn abzuschütteln. Sie merkte, dass sie allmählich das Bewusstsein verlor.

Wie könnt Ihr es wagen, Hand an uns zu legen!, gellte Leonies Stimme. Die Bewahrerinnen-Reflexe übernahmen Ysayes Gehirn und Körper.

Feuer knisterte an den Nervenbahnen des gemeinsamen Körpers entlang und sprang auf den Mann über, der ihn hielt. Alle drei fielen in Krämpfen zu Boden und wanden sich auf dem kalten Vinylit.

Evans schrie, als das Feuer ihn verzehrte. Ysaye schrie, als Energie durch ihre überladenen Nerven floss, auf Widerstand traf und ihn wegbrannte. Leonie schrie, als sie den Schmerz von Ysayes Körper fühlte. Sie lagen Gesicht an Gesicht mit einem verkohlten Leichnam, und immer noch versengte die Kraft Ysayes Seele. Feueralarm heulte, und Notfall-Ventilatoren pumpten mit der höchstmöglichen Geschwindigkeit Luft durch die Entgiftungsfilter.

Die Geruchsmischung von verbranntem Fleisch und *Kireseth*-Pollen verflog. Die Turm-Überwacherin beugte sich über den zuckenden Körper, und Ysaye und Leonie versanken dankbar in Dunkelheit.

22

»Ich wünschte, wir hätten die Fähre noch erwischt«, meinte Zeb Scott sehnsüchtig und trieb sein Pferd einen Hang hoch, wie es nur ein geborener Reiter kann. Elizabeth beneidete ihn um sein Geschick. Sie hatte immer noch das Gefühl, wie ein Sack Korn im Sattel zu hocken. »Es wird eine Weile dauern, bis wir wieder zwei Plätze für den Flug zum Observatorium auf dem Mond bekommen.«

»Alles zu seiner Zeit«, erwiderte Kadarin philosophisch. Sein Pferd tat es Zebs Tier nach. »Und unser Verlust ist der Gewinn der Lornes, nicht wahr?«

Er grinste schalkhaft zu David und Elizabeth hinüber. David erwiderte das Grinsen, aber Elizabeth ertappte sich bei dem Wunsch, sie wäre mit David allein unterwegs. Schließlich konnten sie beide reiten, besaßen die besten Karten, die die Vermessungsabteilung ihnen hatte liefern können, sprachen ebenso gut *casta* und *cahuenga* wie Ryan Evans, und sie wollten nur eins von Lord Aldarans abgelegenen Dörfern besuchen. Einen Fremdenführer brauchten sie wirklich nicht.

In Anbetracht der Tatsache, dass der Kapitän ihnen keinen Urlaub für richtige Flitterwochen zugestanden hatte, wäre dies eine gute Gelegenheit gewesen, miteinander allein zu sein. Man konnte einfach nicht lange allein sein, wenn ständig irgendwer aus diesem oder jenem Grund ihren oder seinen Pieper aktivierte. Elizabeth war sogar in der Nacht des Festes zweimal angerufen worden – jedenfalls sagte David das. Elizabeth erinnerte sich nicht daran, und da in beiden Fällen das Anliegen nicht für so wichtig gehalten worden war, dass der Anrufer eine Botschaft hinterlassen hatte, besaß Elizabeth keine Aufzeichnungen.

Wenigstens hatten sie diesen kleinen Treck mit nur zwei anderen an Stelle der ganzen Crew. Deshalb gab sie sich mit dem bisschen zufrieden, was sie hatte, statt sich zu ärgern, dass es nicht mehr war.

David lächelte ihr zu, als habe er ihre Gedanken gelesen.

Kadarin, der ein Stückchen vor ihnen ritt, hatte bisher wenig gesprochen. Vielleicht hatte er ihr angemerkt, dass sie sich nach etwas Privatleben sehnte, und bemühte sich nach besten Kräften, dem frisch verheirateten Paar die Illusion zu verschaffen, ungestört zu sein. Kadarin war manchmal erstaunlich feinfühlig.

Und Zeb war zwar kein *guter* Freund, aber doch jemand, den sie beide kannten und dem sie vertrauten. Deshalb kam diese Reise in gewissem Sinne der Hochzeitsreise, die sie sich gewünscht hatte, näher als gedacht.

Aber so angenehm sie auch begonnen hatte, am späten Nachmittag wurde Elizabeth zunehmend von Nervosität geplagt. Den ganzen Abend und die Nacht über passierte nichts – und Zeb und Kadarin hatten ihr Lager weit genug entfernt aufgeschlagen, dass sie sich mit David allein fühlen konnte. Trotzdem blieb sie unruhig und irgendwie ängstlich, als stehe ihnen etwas Schreckliches bevor. Sie hatte Alpträume, und einmal wachte sie in der Nacht auf, und ihr Herz hämmerte vor Entsetzen.

Ein klarer und verhältnismäßig warmer Morgen brach an, und anscheinend hatte Elizabeth unter nichts anderem als Nachtangst gelitten. Sie packten ihre Sachen zusammen und machten sich wieder auf den Weg. Doch in der Mitte dieses zweiten Tages erhob sich ein merkwürdiger Wind.

Elizabeth schnüffelte. Ein seltsamer Duft, harzig und vage vertraut, umwehte sie.

»Ah, das trägt uns eine Verzögerung ein«, bemerkte Kadarin gleichzeitig, und irgendeine Gefühlsbewegung erhellte seine fremdartigen Augen. Elizabeth konnte nicht sagen, was es war. Belustigung? »Das ist eine Winterblüte. Wir müssen dafür sorgen, dass wir unter Dach und Fach sind, bevor der Wind uns erreicht.«

»Wind?«, lachte Zeb Scott. »Kadarin, ich bin ein Junge aus Arkansas. Ich habe dort Tornados und in der Arizona-Wüste Sandstürme durchgemacht, und bis heute habe ich mich noch nie vor einem Wind gefürchtet!«

Kadarin lächelte ein bisschen von oben herab. »Sie täten gut daran, diesen Wind zu fürchten, auch wenn Sie einer von den Terranern sind, deren Technologie alle Schwierigkeiten überwindet. Sogar Ihr Kapitän sollte lernen, den Wind einer Winterblüte zu fürchten.«

Kadarins Verachtung galt Zebs Annahmen, nicht Zeb selbst. Das brachte Elizabeth wieder auf etwas, über das sie seit dem Beginn dieser Reise nachgedacht hatte. Obwohl sie nicht versuchte, Kadarins Aufmerksamkeit zu erregen, musste er ihren Gedanken wahrgenommen haben, denn er zügelte sein Pferd und kam an ihre Seite.

»Ja, *domna?*«, sagte er. »Ihr habt eine Frage?«

Elizabeth lächelte scheu. »Das ist wieder meine Neugier, wenn Ihr es mir nicht verübelt. Ich wundere mich, warum Ihr Euch Zeb gegenüber immer so ehrerbietig verhaltet – und übrigens auch mir gegenüber. Ryan Evans hat im Terranischen Raumdienst einen viel höheren Rang, und ihm erweist Ihr nichts als normale Höflichkeit.«

Das verblüffte Kadarin. Er dachte schweigend nach, und dann antwortete er ihr von Geist zu Geist statt mit laut ausgesprochenen Worten. Anscheinend amüsierte er sich. *Danke, dass Ihr mich darauf hingewiesen habt. Da muss ich in Zukunft aufpassen. Ich glaube, von meiner Seite aus ist es ein ganz natürliches Verhalten. Zeb sieht aus wie ein Comyn, wie einer der mächtigen Hastur-Sippe. Beweist rotes Haar in eurem Volk nicht die Zugehörigkeit zu einer hohen Kaste?* Für Elizabeth war das etwas Neues. Der Raumdienst war vollkommen »farbenblind«, und ihr war nie in den Sinn gekommen, ein körperliches Merkmal könne einen Rang bezeichnen. *Nein, das tut es nicht,* antwortete sie Kadarin. *Bei uns gilt nur der Rang, den eine Person innerhalb des Raumdienstes durch ihre Verdienste erworben hat. Kapitän Gibbons nimmt unter uns den höchsten Rang ein.*

Kadarin nickte langsam. *Das ist so ähnlich wie in ... oh, in der Stadtgarde von Thendara. Ich hatte mich schon darüber gewundert, denn ich wusste nicht, warum ihr alle einem komischen kleinen alten Mann viel Respekt zollt. Also nimmt Zeb unter euch keine hohe Stellung ein?*

Elizabeth lächelte. *Nur die, dass er ein vertrauenswürdiger Mann ist. Was den offiziellen Rang angeht, ist er einer der Geringsten. Sogar David und ich stehen ein ganzes Stück über ihm.*

Wieder nickte Kadarin. *Und was ist mit Ryan Evans?*

Ysaye steht im Rang über ihm. Er nimmt etwa die gleiche Stufe wie David ein, und ich habe einen etwas niedrigeren Rang als er.

Kadarin hob eine Augenbraue. *Seltsam. Darüber muss ich nachdenken.*

Er trieb sein Pferd an, ritt von neuem nach vorn und kam Knie an Knie mit Zeb Scott. »Nun, Freund«, sagte er zu Scott, »Sie mögen nicht an Geister glauben, aber Sie täten gut daran, an das zu glauben, was wir den Geisterwind nennen. Zu dieser Jahreszeit trägt der Wind den *Kireseth*-Blütenstaub mit sich – und ob Sie ihn eine Droge nennen, wie manche es tun, oder Gift, wie die *cristoferos* denken, das ist einerlei. Er ist sehr gefährlich, auch für euch *terranan.*«

Bildete Elizabeth es sich ein, oder hatte er einen eigentümlichen und bedeutungsvollen Blick auf sie zurückgeworfen?

Zeb reagierte mit Faszination. »Geisterwind? *Kireseth?* Kadarin, Sie können es dabei nicht einfach bewenden lassen. Ist es nun eine Droge oder ein Gift? Ist es tödlich oder nicht?«

Kadarin schürzte nachdenklich die Lippen. »Das kommt auf die Betrachtungsweise an«, sagte er. »In den Türmen werden die Pollen tatsächlich benutzt, doch nicht als reines Harz, sondern vielmehr als destillierter Extrakt. In dieser Form ist es ein *kirian* genannter Likör und ein nützliches Mittel, um den Widerstand gegen die Telepathie herabzusetzen. Die reinen Pollen und alle anderen Bestandteile sind hier verboten. Die Türme glauben, einige der Nebenwirkungen seien zu gefährlich, und obwohl ich nicht völlig mit ihnen übereinstimme, neige ich zu der Meinung, dass das Zeug nichts für den Unkundigen ist. Unter dem Einfluss der Pollen und der anderen Extrakte können Menschen wahnsinnig werden, sagen die Türme – und die Pollen haben tatsächlich die Wirkung, dass Tiere den Verstand verlieren. Anscheinend ist nur *kirian* harmlos, weil der Likör nichts anderes bewirkt, als den Widerstand gegen einen telepathischen Kontakt herabzusetzen. Menschen, die keine Telepathen sind, macht er nur schläfrig.«

Zeb blickte skeptisch drein. »Telepathie? Ich weiß nicht ... Ich meine, ich bin nur ein Durchschnittsbürger, aber ich habe noch nie etwas gesehen, woraus sich schließen ließe, dass Telepathie möglich ist.« Er grinste verlegen zu David und Elizabeth zurück. »Entschuldigt, Leute, ich weiß, ihr beide sollt ganz ausgezeichnete Gedankenleser sein. Aber bevor ich daran glauben soll, müsste ich einen wirklich handfesten Beweis sehen.«

Kadarin zuckte die Achseln. »Dann bleiben Sie doch draußen im Geisterwind, und ich garantiere Ihnen, Sie werden Ihre Skepsis verlieren. Felicia wird sich freuen.«

Zeb nickte, und Elizabeth dachte beklommen, dass Kadarin ihn damit verspottete – oder zu etwas verleiten wollte, worauf er von selbst nie gekommen wäre. »Vielleicht werde ich genau das tun!«

»Auf Ihre eigene Verantwortung – ich will nichts damit zu schaffen haben.« Kadarin grinste boshaft. »Es gibt noch andere Nebenwirkungen, die Ihnen ebenso gut gefallen könnten. Vielleicht finden Sie sich wieder, wie Sie sich mit einem Katzenwesen oder mit einem *cralmac* amüsieren oder sogar mit einem Schaf!«

David und Zeb lachten, aber Kadarin schüttelte den Kopf. »Oh, lacht, wenn ihr wollt«, sagte er. »Ich bin älter, als ich aussehe, und habe in diesen Bergen viele seltsame Dinge erlebt.«

Und nun wich er Elizabeths Augen aus, als wisse er etwas, das sie nicht wissen sollte.

»Trotzdem möchte ich es riskieren«, prahlte Zeb. »He, ich bin Raumfahrer, und ich bin bekannt dafür, dass ich nach einer Nacht an Land schon neben ein paar recht seltsamen Dingen aufgewacht bin!«

Jetzt lachte Kadarin laut heraus. Es war ein scharfes Lachen, bei dem Elizabeth sehr unbehaglich wurde. »Das mag sein, aber ich möchte wissen, was Sie hinterher sagen werden, wenn Sie es wagen sollten. Und außerdem möchte ich wissen, was Sie denken werden, wenn Sie feststellen, dass Sie Stimmen in Ihrem Kopf hören. Aber ich finde, wir müssen wenigstens so höflich sein, dass wir die Lornes in ein Obdach bringen.«

David protestierte: »Nicht so eilig – Elizabeth ist immer eine bessere Telepathin gewesen als ich, und offen gesagt, ich wünsche mir, so gut wie sie zu sein. Mir würde es gefallen, in den Windschatten von etwas zu geraten, das mir in diesem Fach ein bisschen mehr Talent geben würde, als ich bereits habe. Liz, was meinst du? Könntest du nicht auch etwas brauchen, das deine telepathischen Fähigkeiten verstärkt?«

Etwas an dem süßen, harzigen Geruch in der Luft beunruhigte Elizabeth zutiefst, aber bevor sie etwas sagen konnte, antwortete Kadarin für sie.

»Meiner Meinung nach wäre das ein Fehler, und zwar ein schwerer. Elizabeth, es ist kein Geheimnis, dass Ihr ein Kind erwartet ...«

»Ich werde mein Kind nicht einer unbekannten Droge aussetzen«, erklärte sie entschieden und sah David bittend an. »Und ich möchte nicht allein sein, wenn dieses Zeug die Wirkung hat, dass die wildlebenden Tiere sich merkwürdig verhalten.«

»Bravo!« Kadarin lachte von neuem, und Elizabeth hatte den Eindruck, dass ein Teil von ihm ihr Beifall zollte, während ein anderer Teil sie aus irgendeinem Grund verhöhnte. »Zeb, wenn Sie wollen, können Sie das Experiment durchführen, aber ich muss Ihnen sagen, dass ich es nicht empfehle. Sie müssen es auf eigene Verantwortung tun.«

»Oh, aber jetzt haben Sie mich herausgefordert, und vor einer Herausforderung drücke ich mich nie«, erwiderte Scott. Elizabeth hatte befürchtet, dass er so reagieren werde. »Und wo können wir für die anderen ein Obdach vor Ihrem Geisterwind finden?«

Kadarin blickte zum Horizont, die Stirn in nachdenkliche Falten gelegt. »Auf Ihrer Karte, die nach Bildern aus der Luft gemacht ist, gibt es ein zerfallenes Gebäude. Das Dach ist abgedeckt, wohl von dem Eigentümer selbst, damit er für das Haus keine Steuern mehr zu bezahlen braucht. Wenn Sie die Zelte dort aufstellen und im Inneren der Mauern und Ihrer Zelte bleiben, wird Elizabeth vor den Pollen sicher sein. Und wenn Sie, David, den Geisterwind ausprobieren wollen, bleiben Sie doch einfach außerhalb der Mauern stehen. Sollten Sie Ihre Meinung ändern, werden die Zelte immer noch da sein, um Sie zu schützen.«

Elizabeth sog noch einmal die Luft ein. Der Wind war entschieden stärker geworden, ebenso der harzige Geruch in der Luft. »Wenn es das Beste ist, was wir an Obdach erreichen können, suchen wir es lieber schnell auf«, sagte sie. »Und, Zeb – ich glaube wirklich, dass auch Sie das tun sollten.«

Zeb lachte, und ihr schien es, als sei etwas von der Wildheit in Kadarins Lachen in seines gekrochen. »O nein, schöne Dame«, spottete er. »Es wäre kaum *männlich,* eine Herausforderung wie diese nicht anzunehmen!«

Darauf fand Elizabeth keine vernünftige Antwort und sie bezweifelte auch, ob er auf sie hören würde. Deshalb konzentrierte sie sich darauf, ihr Pferd hinter dem Kadarins von der Straße auf einen kaum sichtbaren Pfad zu lenken. Während der nächsten Stunde fragte sie sich mehrmals, wie in aller Welt Kadarin den Weg fand. Inzwischen wurde der Geruch noch stärker, und ihr wurde ein bisschen schwindelig. Dann kamen sie über eine Anhöhe. Elizabeth erblickte von dort die Mauern des in Trümmern liegenden Herrenhauses und seufzte erleichtert.

»Und hier verlassen wir euch«, verkündete Kadarin. »Zeb und ich reiten da oben hinauf.«

Er zeigte nach rechts, in die Berge hinein.

»Es gibt dort eine Wiese, wo, wenn ich mich recht entsinne, die *Kireseth*-Blumen oft blühen. Das ist wahrscheinlich die Quelle dieses Geisterwindes oder jedenfalls eine seiner Quellen.« Er grinste und drehte den Kopf seines Pferdes in die angegebene Richtung. Zeb Scott folgte ihm.

»Gleich an die Quelle, hmmm?« Zebs Augen leuchteten erwartungsvoll.

»Ich wünschte, Sie würden das nicht tun«, sagte Elizabeth noch einmal, aber die beiden Männer winkten ihr zum Abschied zu und ritten auf dem neuen Weg weiter.

»Wir holen euch wieder ab«, rief Kadarin über die Schulter

zurück. »Oder zumindest ich werde kommen«, setzte er witzelnd hinzu.

Dann verschwanden sie hinter einer Kuppe und ließen Elizabeth und David auf dem ursprünglichen Weg zurück. Elizabeth sah ihren Mann vorwurfsvoll an. David zuckte die Achseln.

»Er ist ein freier Mensch, Liz. Es wird ihm schon nichts passieren.«

Sie seufzte. »Vermutlich hast du Recht ...«

»Und das gibt uns endlich Gelegenheit, allein zu sein.« Er lächelte schalkhaft. »Vermutlich ist das mit ein Grund, warum sie davongeritten sind.«

»Ich glaube nicht, dass dieser Kleinjungen-Unsinn ›Du traust dich nicht‹ etwas mit uns zu tun hatte«, erwiderte Elizabeth missgestimmt. »Aber du hast Recht, wir sind nun allein. Deshalb sollte ich mich nicht beklagen.«

Sie folgten weiter dem Pfad, der zu der Ruine führte. Elizabeth fiel auf, dass es von Minute zu Minute wärmer wurde. Schon stapften die Pferde bis an die Fesseln durch schmelzenden Schnee, und rings um sie entfalteten sich Blätter und sogar Blüten. Sie konnten das Gespräch nicht fortsetzen, weil sie zu viel Mühe hatten, ihre Pferde unter Kontrolle zu halten, die ganz widerspenstig wurden und sich gegen das Zaumzeug wehrten. Aber obwohl Elizabeth ihr Pferd zu jedem Schritt zwingen musste – es zeigte großes Interesse an Davids Stute, und dabei war es ein Wallach! –, erhaschte sie Blicke auf Vögel und normalerweise scheue Tiere – eine Art Kaninchen, glaubte sie –, die wie betrunken herumhopsten.

Also hatte Kadarin mit diesem Blütenstaub Recht gehabt! Elizabeth hoffte nur, dass sie die Ruine erreichten, bevor er auch bei ihr und David Wirkung zeigte.

Das Pferd wollte ihr nicht gehorchen, und es gab keinen Zweifel, dass es, ob kastriert oder nicht, nur eins im Sinn hatte, und dies eine hatte nichts mit dem Erreichen eines Obdachs zu tun. Deshalb widmete Elizabeth ihrem Ziel keine Aufmerksamkeit, bis sie das bockige Tier durch die Überreste des Tors lenkte.

Dann blickte sie auf – und sah innerhalb der eingestürzten Mauern eine Gruppe von Zelten.

Was war das?

Wer würde hier, so weit entfernt von Caer Donn, Zelte aufstellen und versuchen, das Lager in einem verlassenen Gebäude zu verbergen?

Wer schon – abgesehen von Gesetzesbrechern, Banditen?

Furcht packte sie, als ihr klar wurde, dass sie diese Zelte schon gesehen hatte, letzte Nacht in ihren Träumen. Sie versuchte, ihr Pferd zu wenden, rief David voller Entsetzen zu: »David! Schnell weg hier!«

David zügelte sein Pferd, riss die Augen auf. Doch bevor sie etwas tun konnten, erschienen wilde, barbarische Gestalten aus allen Richtungen, umringten sie und ergriffen die Zügel. Elizabeth war wie gelähmt. Wie ein verängstigtes Tier duckte sie sich. Sie war kaum fähig zu denken.

Die Räuber waren menschlich, aber mit ihrer primitiven, ärmlichen Kleidung, den bärtigen Gesichtern und dem schmutzigen, zottigen Haar glichen sie keinen menschlichen Wesen, die Elizabeth je gesehen hatte.

Sie sahen genauso aus, wie man sich Räuber vorstellt.

Einer von ihnen, der ein bisschen besser gekleidet war als die anderen, zog den Kopf von Elizabeths Pferd nach unten und rief etwas in einer Sprache, die sie nicht verstand. Es kam ihr in den Sinn, dass Kadarin diesen Hinterhalt vorbereitet haben mochte. Er hatte so amüsiert gewirkt.

Aber warum sollte er so etwas tun? Und wie hätte er vorhersagen können, dass dieser »Geisterwind« auftreten würde? Andernfalls hätten sie keinen Grund gehabt, der Ruine in die

Nähe zu kommen. Ein Verrat würde seine Stellung bei den Terranern erschüttern, doch vielleicht interessierte ihn das nicht. Vielleicht hatte er die ganze Zeit etwas in dieser Art vorgehabt. Sie stellten für ... für so gut wie jeden ein Lösegeld in der Höhe eines Vermögens dar.

Bis zu diesem Augenblick hatte Elizabeth jedoch nie gedacht, Kadarin habe etwas Schlimmeres gegen sie im Sinn als ein bisschen Neckerei. Und noch nie hatte sie sich in ihrer Intuition über jemanden so vollständig geirrt.

Der Mann, der ihren Zügel gepackt hielt, wiederholte in scharf fragendem Ton etwas, worin mehrmals das Wort *Comyn* vorkam. Das war das einzige Wort, das sie erkannte, das Wort für die herrschende Kaste Darkovers. Ansonsten verstand sie überhaupt nichts. Dieser Räuber benutzte keine der darkovanischen Sprachen, die sie gelernt hatte.

Aber David antwortete dem Mann in derselben Sprache, deshalb musste David ihn verstehen. »Liz, anscheinend halten sie uns für Verwandte Aldarans – und der Mann ist kein großer Bewunderer von Kermiac. Sie wollen wissen, was wir ohne Eskorte hier tun.«

»Was?« Elizabeth war sprachlos. Hatte Kadarin von diesen Leuten nichts gewusst? War dies nichts als ein grässlicher, monströser Zufall?

David gab eine knappe Antwort. Der Mann radebrechte etwas. David hörte stirnrunzelnd zu. »Ich sagte ihm, wir seien nur Gäste von Lord Aldaran, und nun beschuldigt er uns, Verwandte von Lorill Hastur zu sein und für die Hasturs zu spionieren.«

Als Lorills Name fiel, verzog der Mann, der Elizabeths Zügel hielt, wütend das Gesicht, wiederholte »Hastur« und schüttelte die Faust. Elizabeth wich vor ihm zurück, denn er war ein großer Mann mit Kleidung, die etwas sauberer und weniger zerlumpt war als die der anderen, und dem grimmigen und wilden Aussehen eines Falken. Man konnte ihm zutrauen, dass er mit dem riesigen Messer an seiner Seite viel Schaden anrichtete. Und was noch schlimmer war, die Art, wie er dreinblickte, ließ darauf schließen, dass ihm so etwas auch noch Spaß machen würde.

»O Gott, David – und das gefällt ihm ebenso wenig!« Die Furcht ließ Elizabeths Herz schneller schlagen. »Sag ihm ... sag ihm, wir kennen überhaupt keine Hasturs! Sag ihm, wir haben nur ein Obdach vor dem Wind gesucht! Überrede ihn, dass er uns gehen lässt!«

»Ich will es versuchen«, versprach David. »Aber ich glaube nicht, dass irgendetwas, das ich ihm sage, besonderen Eindruck auf ihn machen wird.«

Ein neuer Schwall der harzigen Luft traf Elizabeth, so dass sich alles um sie drehte. Sie schloss die Augen. Und als der Schwindel nachließ, befand sie sich plötzlich innerhalb von Davids Geist. Es war ganz wie ... wie in jener Nacht, als ihr Kind gezeugt worden war.

Sie bekam jedoch keine Gelegenheit, darüber nachzudenken. Sie konzentrierte sich auf Davids Fragen und die Antwort des Räubers.

»Was habt ihr mit uns vor?«, fragte David. »Wir kamen her, weil wir Schutz vor dem Wind suchten. Wir wollten nicht in euer Lager eindringen, und wenn ihr es wünscht, gehen wir wieder.«

»Das glaube ich nicht«, erwiderte der Mann kurz. »Ganz gleich, wer ihr seid, ihr seid reich, ihr mit euren Pferden und feinen Kleidern und Packtaschen. Wir wollen Lösegeld für euch, bevor wir euch gehen lassen.«

David schüttelte stumm den Kopf. Elizabeth nahm seinen Gedanken wahr, dass sie irgendwie in die darkovanische Politik verwickelt worden seien.

Aber nein, dachte sie und zitterte so vor Angst, dass sie

auch dann nicht hätte sprechen können, wenn sie es gewollt hätte. Das hatte nichts mit Politik zu tun – es war Habgier. Diese Männer waren nichts anderes als Räuber. Sie wollten Geld. Und wenn sie es bekamen, gab es keine Garantie, dass sie sie und David freilassen würden.

David blieb jedoch bei seiner Annahme. »Ich bitte Euch um Verzeihung, Sir, aber Ihr versteht nicht. Wir sind keine Verbündeten Aldarans und haben auch keine Beziehung zu den Hasturs. Meine Frau und ich haben keinen Streit mit Euch oder Euren Leuten.«

Der Mann lachte hart auf. »Das mag wahr sein oder auch nicht, Fremder. Aber welches auch Eure Sippe ist, Euer rotes Haar und Euer *laran* weisen Euch als Verbündete der Hasturs aus. Und wir haben Euch. Da gibt es nur eins: Wir wollen das übliche Lösegeld. Ihr dürft nicht über den Fluss kommen, und tut Ihr es doch, habt Ihr das alte Abkommen gebrochen und müsst die uns rechtmäßig zustehende Zahlung leisten.«

David verzog das Gesicht. »Liz, ich werde es mit der Wahrheit versuchen. Diese Männer haben inzwischen sicher von uns erfahren.« Er wandte sich wieder dem Räuber zu. »Ich fürchte, Eure Falle hat nicht funktioniert, denn ich schwöre Euch, wir gehören weder zur Sippe der Aldarans noch zu der, die Ihr die Hasturs nennt. Wir sind hier Besucher, und wie Ihr vielleicht gehört habt, kommen wir von einer Welt, die einen der Sterne des Himmels umkreist ...«

Der Mann unterbrach ihn mit einer angewiderten Geste. »Für was haltet Ihr mich, für einen Dummkopf? Meint Ihr, mich mit irgendeiner phantastischen Geschichte verwirren zu können? Erwartet Ihr im Ernst, dass ich solchen Unsinn glaube? Sogar ich weiß, dass die Sterne nichts weiter als ferne Feuerkugeln sind!«

David wollte ihm antworten, aber der Mann schnitt ihm ungeduldig das Wort ab.

»Ich sehe, dass ich meine Zeit mit Euch verschwende. Ihr müsst mich für einen sabbernden Idioten ansehen, dass Ihr mich mit solchem Mist in die Irre führen wollt. Ich bringe Euch zu unserem Anführer, und meinetwegen könnt Ihr Euch für ihn eine glaubwürdigere Geschichte ausdenken.« Er grinste wölfisch. »Fangt nur nicht wieder mit diesem Gewäsch von einer anderen Welt an. Er ist ein *laranzu,* und er wird sofort erkennen, wenn Ihr versucht, ihn für dumm zu verkaufen.«

Ein *laranzu?* Schnell untersuchte David das ihm unbekannte Wort mit seinem linguistischen Verstand. Offenbar hatte es etwas mit *laran* zu tun, was bedeutete, der Mann besaß telepathische Kräfte wie Felicia und Kermiac.

»Er sagt, ihr Anführer sei Telepath«, sagte David zu Elizabeth. »Das ist wenigstens etwas, weil es unmöglich ist, einen Menschen mit *laran zu* belügen. Er wird erkennen, dass wir die Wahrheit sagen.«

»Hoffentlich glaubt er nicht nur, dass wir Besucher von einer anderen Welt sind, sondern auch, dass es terranische Politik ist, niemals Lösegeld zu bezahlen.« Elizabeth zitterte immer noch. »Wenn er begreift, dass nichts für ihn dabei herausspringt, lässt er uns vielleicht gehen.«

Die Räuber hielten die Zügel ihrer Pferde in festem Griff und ritten in eins der halb verfallenen Gebäude innerhalb der Umfassungsmauer ein. David schwieg die ganze Zeit. In Elizabeth, die hinter ihm kam, wuchs die Überzeugung, dass die Schwierigkeiten erst begannen und es so einfach nicht gehen werde.

Ihre Vorahnung war richtig. Ihr Führer hielt die Pferde vor einem Zelt an und machte sehr deutlich, dass man gern bereit sei, ihnen zu »helfen«, falls sie nicht freiwillig abstiegen. Pferde und Ausrüstung wurden fortgebracht – wahrscheinlich auf Nimmerwiedersehen –, und der Räuber stieß David und Elizabeth in das Zelt. Drinnen saß ein junger Mann, ähnlich gekleidet wie ihr gesprächiger Führer, mit gekreuzten Beinen auf einem Stapel zusammengefalteter Decken. Sein Haar war beinahe so rot wie das Davids, und er grinste ebenso wölfisch wie sein Vertreter.

»Nun, Vetter, was haben wir denn da?«, fragte er diesen.

»Einen Spaßvogel«, antwortete der Mann. »Kaum hatte er begriffen, dass wir ihn gefangen hatten, versuchte er, mir aufzutischen, er sei von einem der Sterne am Himmel heruntergefallen. Ich sagte ihm, er solle es mit dieser Geschichte einmal bei dir versuchen und sehen, was du davon halten wirst.«

»O Gott!«, fluchte David in Gedanken. Laut sagte er: »Wenn Ihr wirklich ein *laranzu* seid, werdet Ihr aus meinen Gedanken entnehmen, dass ich die Wahrheit spreche. Wir sind Besucher von einer anderen Welt, wir sind mit niemandem auf dieser Welt verwandt, und wir haben für niemanden irgendeinen Wert.«

Der Mann starrte David mehrere Sekunden lang an und spuckte dann aus. Er wandte sich dem ersten Räuber zu und erklärte, wobei er David und Elizabeth ignorierte: »Eins von zwei Dingen ist wahr. Entweder ist er ein armer Irrer, der glaubt, was er sagt, oder Aldaran und seine *laranzuin* haben eine Möglichkeit gefunden, seinen Verstand abzuschirmen. Dann wäre er ein *laranzu* mit so überragenden Fähigkeiten, dass er meint, uns von diesem Unsinn wirklich überzeugen zu können.«

»Oder davon, dass er verrückt und wertlos ist«, sagte der erste Räuber. »Denn wer würde Lösegeld für einen Irren bezahlen? Seine Angehörigen wären doch eher froh, die Bürde los zu sein.«

Der zweite Mann schnaubte. »Er hat aber nicht damit gerechnet, dass ich ein zu alter und listiger Fuchs bin, um sein Märchen nicht zu durchschauen.« Er winkte kurz. »Bringt sie in das Gefangenenzelt und stellt einen Dämpfer davor auf, damit sie ihre Verbündeten auf Aldaran nicht erreichen können. Sie sollen über ihre Geschichte ruhig ein Weilchen in Einsamkeit nachdenken. Vielleicht fällt ihnen dann etwas Besseres auf die Frage ein, woher sie stammen.«

Bevor sie sich bewegen konnten, hatten mehrere Männer David gepackt, und zwei hielten auch Elizabeths Arme fest. David begann zu fluchen und sich zu wehren, doch vergebens. Kurz darauf hatte man David unsanft in ein anderes Zelt geworfen und Elizabeth neben ihn gelegt. Die Männer gingen wieder, doch Elizabeth zweifelte nicht daran, dass einige von ihnen draußen Wache hielten. Sie spürte ein dumpfes Vibrieren, von dem sie Kopfschmerzen bekam. Das musste der »telepathische Dämpfer« sein, von dem der Räuberhauptmann gesprochen hatte. Der Beweis war, dass sie von Davids Gedanken nichts mehr wahrnahm.

»Jetzt haben wir die Bescherung.« David zog sich in eine sitzende Position hoch. »Als Kadarin und Zeb wegritten und uns allein ließen, dachte ich, jetzt seien wir in Schwierigkeiten – aber mit so etwas hätte ich nie gerechnet. Hast du eine Idee?«

Elizabeth schüttelte hilflos den Kopf und begann zu weinen. David rückte herum, damit er sie in die Arme nehmen und ein bisschen trösten konnte. Sie hatte seit der Landung auf dieser Welt als selbstverständlich vorausgesetzt, dass sie, sollte sie je in Gefahr geraten, Ysaye – oder auch einen der Eingeborenen – mit ihrer Telepathie rufen könne. Das war jetzt unmöglich geworden. Sie waren auf sich selbst gestellt und befanden sich in der Hand von Männern, die wahrscheinlich so tief in Gewalt und Hass versunken waren, dass sie vor nichts zurückschrecken würden, um zu bekommen, was sie wollten. Solchen Männern war Elizabeth bisher nur in Büchern und Aufzeichnungen begegnet, nie in der Wirklichkeit. Sie hatte keine Vorstellung, ob es überhaupt einen Weg gab, an sie zu appellieren, und falls ja, welchen. Offenbar hatte David auch keine. Sein behütetes und privilegiertes Leben und seine ganze wissenschaftliche Ausbildung hatten ihn ebenso wenig fähig gemacht, mit Verbrechern umzugehen, wie seine Frau.

Sie hatte Angst.

23

Leonie schwebte in einer warmen und beruhigenden Dunkelheit, als liege sie in einem tiefen Federbett. Doch da waren Stimmen, die die Dunkelheit störten. *Ich kann sie nicht beide retten,* hörte Leonie aus weiter Ferne. *Ich glaube nicht, dass ich viel für die andere tun kann, außer dass ich ihren Tod ein bisschen hinausschiebe, und wenn ich das tue, muss die Kleine die ganze Zeit leiden. Doch stirbt sie gleich, bekommt Leonie einen Schock, der sie schwächt, und dann muss sie mit ihrer Ausbildung aussetzen, mindestens zehn Tage lang.*

Leonie dachte auf seltsam losgelöste Art darüber nach. Ein bisschen Zeit zum Ausruhen war vielleicht gar nicht schlecht ...

Dann rette Leonie, schirme sie ab, so gut du kannst, und lass die andere sterben, erwiderte eine Stimme, die scharf vor Ungeduld und voller Autorität war. *Die Hauptsache ist, dass Leonie ihr Studium fortsetzen kann. Sie ist zu wertvoll – und die andere bedeutet uns nichts.*

Leonie war verwirrt. Das war so, als belausche sie die terranischen Doktoren, die über das Schicksal von Ysaye und ihrem Kind diskutierten.

Wenn ihre eigenen Leute ihr Leben nicht retten können, warum solltest du es auch nur versuchen? Leonie kannte diese Stimme. Sie gehörte Marelie, der Bewahrerin des Arilinn-Turms. Und jetzt kehrte die Erinnerung zurück, und sie wusste, wer die »andere« war.

Ysaye!

Als der Mann namens Ryan Evans sich auf Ysaye warf, waren Ysaye und sie so fest verbunden, dass Leonie auf den Angriff reagierte, als gelte er ihr selbst. Der Reflex wurde ausgelöst, der ihr in den letzten Wochen eingedrillt worden war.

Denn keine Bewahrerin konnte ihre Arbeit fortsetzen, wenn sie ihre Jungfräulichkeit verloren hatte – oder zumindest erst nach einer langen Zeit der Rekonditionierung und der Reinigung ihrer Kanäle. Deshalb hatten die Türme das Gesetz erlassen, an jedem Mann, der es wagte, Hand an eine Bewahrerin zu legen, müsse ein sofortiges und abschreckendes Exempel für andere statuiert werden, die eine solche Gewalttat im Sinn trugen. Jede Bewahrerin lernte die Verteidigung, die Leonie auf Evans losließ, eine Verteidigung, die buchstäblich im Körper des Mannes ein Feuer entzündete und ihn in wenigen Augenblicken bis auf die Knochen verkohlte.

Aber Ysaye war nicht länger Jungfrau und sowieso nie darin ausgebildet worden, die *Laran*-Energien durch ihre Kanäle fließen zu lassen. Deshalb war die Kraft auf Ysaye zurückgeschlagen. Sie hatte mit Ryan Evans gebrannt, und Leonie hatte ihre Qual geteilt.

Wie es schien, war allein die Verbindung zwischen ihr und Leonie Ysayes letzte Klammer zum Leben.

Als Leonie dies klar wurde, spürte sie auch, wie ihr die Kraft entzogen wurde – und wie die Erste Heilerin von Arilinn und die beste Überwacherin zusammenarbeiteten, um das Band langsam zu trennen.

»Nein ...«, flüsterte sie vor sich hin, doch man ließ ihr ebenso wenig eine Wahl wie früher Ysaye. Der letzte Faden, der sie zusammenhielt, riss, peitschte auf Leonie zurück, schleuderte sie aus der seltsamen Dunkelheit, in der sie erwacht war, und hinaus in die Überwelt.

Sie erkannte sofort, wo sie war. Da gab es den unruhigen grauen Nebel, die vagen Bilder des Arilinn-Turms, in dem ihr Körper lag, und der anderen, weiter entfernten Türme – Neskaya, Dalereuth, Corandolis, Thendara. Doch sie war nicht allein hier. Eine andere Frau stand vor ihr, eine sehr dünne, hoch gewachsene, dunkelhäutige Frau mit Gesichtszügen, die man bei keiner Darkovanerin fand.

Zu ihrem Schrecken erkannte sie Ysaye nach den paar flüchtigen Blicken, die sie mitbekommen hatte, wenn die Sternenfrau in einen Spiegel sah. Und an Ysayes Hand klammerte sich ein sehr kleines Mädchen, in dessen Gesicht Leonie sowohl Ysayes Erbe als auch das Hastur-Blut wiederfand. Beide, Ysaye und das Kind, waren leicht durchsichtig, und Leonie konnte den weit entfernten Neskaya-Turm durch Ysayes unstofflichen Körper sehen.

Du hattest Recht, Leonie, sagte die Erscheinung.

Leonie schüttelte den Kopf. Sie hatte sich immer noch nicht von dem Schock erholt, plötzlich in die Überwelt geschleudert zu werden. *Recht, womit?*, fragte sie.

Damit, dass mein Kind nicht aufhören werde zu weinen, bis ich zu ihm käme. Ysaye wirkte sehr ruhig, sehr distanziert – auf eine Art, die Menschen nicht gegeben ist. Menschliche Sorgen betrafen sie nicht länger *Du hast bei mir eine Blutschuld, weißt du. Wenn du nicht gewesen wärest ... dann wäre Lorill gar nicht erst nach Aldaran gekommen, er wäre nicht dorthin zurückgekehrt, und wenn ich gegangen wäre, Ryan Evans zur Rede zu stellen, hätte ich einen Mann vom terranischen Sicherheitsdienst mitgenommen.*

Leonie erschauerte. Damit konnte Ysaye praktisch jede Blutschuld einfordern, die sie wollte. Denn es war nur zu wahr, dass Leonie die gleiche Schuld an Ysayes Tod trug wie Ryan Evans. Vielleicht eine größere Schuld. Wenn Lorill niemals eine Rolle in dieser Tragödie gespielt hätte, wäre alles ganz anders gekommen. Und Lorill war nur deswegen nach Aldaran gereist, weil Leonie ihn dazu aufgefordert hatte.

Was verlangst du von mir?, fragte sie kleinlaut. Das war nicht die Ysaye, die sie kannte. Diese Ysaye war von allen

Eigenschaften entblößt, die sie menschlich gemacht hatten. Es ließ sich nicht voraussagen, was sie verlangen würde.

Meine Freunde Elizabeth und David sind von Räubern, die in dem alten Turm von Scorpion Point leben, gefangen genommen worden, antwortete Ysaye leidenschaftslos. *Du musst dafür sorgen, dass jemand davon erfährt, jemand, der es meinen Leuten weitermelden kann.*

Wem soll ich es sagen?, rief Leonie, froh, so leicht davongekommen zu sein. *Der Bewahrerin von Arilinn? Der Bewahrerin auf Aldaran?*

Ysaye schüttelte den Kopf, doch sie hatte den Blick bereits in die Ferne gerichtet, als sehne sie sich ungeduldig danach, anderswo zu sein. *Die meisten Terraner glauben nicht an* laran. *Einer solchen Quelle würden sie nicht glauben. Nein – Kadarin und Zeb Scott sind irgendwo in der Nähe des Ortes, wo man David und Elizabeth festhält, und da ein Geisterwind bläst, sind sie für eine Sendung so offen wie eine Relais-Arbeiterin. Sie werden die Wahrheit erkennen und für Hilfe sorgen.* Sie sah Leonie gerade in die Augen, und wieder erschauerte Leonie vor dem kalten Licht, das sie darin erkannte. *Genug,* sagte Ysaye. *Wir müssen gehen.*

Und damit hob sie ihr Kind hoch, drehte sich um und ging davon. Mit jedem scheinbar normalen Schritt legte sie eine unglaubliche Entfernung zurück, bis sie im Nebel verschwand. Leonie blieb stehen, wo sie die ganze Zeit gestanden hatte, wie gelähmt, unfähig, ihr zu folgen, selbst wenn sie den Mut dazu aufgebracht hätte.

Dann war da plötzlich das Gefühl, als reiße sie etwas zurück, und sie fand sich in ihrem Körper im Turm wieder, und das mütterliche Gesicht von Ysabet, Arilinns bester Heilerin, beugte sich über sie.

Leonie versuchte zu sprechen und konnte es nicht. Ihre Stimme kam nur als ein Krächzen heraus, und sie war so müde, so unglaublich müde, so vollständig ausgelaugt, als habe sie zehn Tage lang versucht, die Relais ganz allein offen zu halten.

»Sprich nicht, *chiya*«, sagte Ysabet ruhig. »Komm, ich helfe dir, das da zu trinken – was du jetzt brauchst, sind Ruhe und Schlaf …«

Leonie schüttelte den Kopf. Sie drehte das Gesicht von dem Becher mit irgendeinem Gebräu weg, das Ysabet ihr einflößen wollte, bis die Heilerin ihn schließlich mit dem Ausdruck der Verzweiflung hinstellte. *Na gut,* sagte die Frau von Geist zu Geist. *Was ist so dringend, dass es nicht warten kann?*

Ich muss eine Schuld bezahlen – eine Verpflichtung einlösen. Leonie berichtete ihr alles, ohne jedoch zu enthüllen, dass sie seit ihrer Ankunft in Arilinn in unerlaubtem Kontakt mit Ysaye gestanden hatte. Natürlich konnte sie von Geist zu Geist nicht lügen, aber sie ließ so viel aus, dass Ysabet den Schluss zog, Ysaye, eine unausgebildete und daher unberechenbare Telepathin, habe Leonies Geist festgehalten, als sie angegriffen wurde, nicht umgekehrt, und Leonie habe auf die unerwartete Doppel-Attacke reagiert, wie sie es gelernt hatte. Leonie, wund und offen, wie sie war, sah Ysabet all die erhofften Folgerungen ziehen und empfand müde Erleichterung. Sie sagte nichts von der Blutschuld, die Ysaye ihr auferlegt hatte. Sie stellte es so hin, als fürchte sie sich zu schlafen, solange diese Schuld noch nicht bezahlt war.

Das zumindest war nicht vorgetäuscht. Der Schlaf würde Träume bringen, die ganz bestimmt Alpträume sein würden. Leonie hatte in diesem Augenblick nicht die Kraft, sich ihnen zu stellen.

Widerstrebend willigte Ysabet ein, sie ein Weilchen ohne die Medizin ausruhen zu lassen, wenn sie still im Bett liegen bleibe. *Ich bringe dir gleich Obstsaft*, versprach Ysabet. *Jetzt muss ich diese Geschichte der Bewahrerin vortragen, und sie wird entscheiden, was zu tun ist. Hoffen wir, dass diese Sternenfrau die Einzige ihres Volkes mit so viel* laran *war.*

Damit ließ Ysabet sie wieder in die Kissen sinken, und Leonie schloss, zumindest nach außen hin gehorsam, die Augen.

Aber in dem Augenblick, als die Frau das Zimmer verlassen hatte, nahm sie das letzte bisschen an Kraft zusammen und schickte eine Gedankensonde in die Richtung von Aldaran. Sie suchte zwei Personen, deren Gedanken jetzt mit einem Geisterwind dahintrieben.

Zeb und Kadarin ritten wieder bergab, und Elizabeth und David waren hinter der Hügelkuppe außer Sicht geraten. Wahrscheinlich war es eine große Dummheit gewesen, dachte Zeb, dass er sich zu dieser kleinen Expedition hatte verleiten lassen. Er war mit einem unberechenbaren Alien allein, vollkommen allein – und er wollte die Wirkungen einer halluzinogenen Droge ausprobieren. Aus seiner Jugendzeit in Arizona wusste er ganz genau, dass ein »natürliches« Halluzinogen nicht schwächer sein muss als ein synthetisches. Das war den Peyotl-Kauern längst bekannt.

Von neuem fragte Kadarin, als spüre er Zebs wachsendes Unbehagen: »Sind Sie sicher, dass Sie nicht lieber Schutz vor dem Geisterwind suchen wollen?« Eine Andeutung von Spott in Kadarins Ton genügte, dass alle von Terra stammenden Macho-Instinkte Zebs sich auf die Hinterbeine stellten und an die Brust trommelten.

»Nichts da, Freund«, antwortete Zeb. »Ich fürchte mich vor keinem Wind, auch nicht vor Geistern oder irgendeiner Droge, die es je gegeben hat.«

Ihm war, als höre er im Hintergrund seiner Gedanken seinen Großvater sagen: *Es gibt kein Pferd, das nicht geritten werden kann, aber es gibt auch keinen* Mann, *der nicht abgeworfen werden kann. Deshalb denke lieber daran, bevor du einen Mustang zwingen willst, dass du vielleicht nicht der Mann bist, der dieses Pferd reiten kann.*

Doch nun war es zu spät für einen Rückzieher. Hinter der nächsten Kuppe stiegen sie ab und banden ihre Pferde an. Der Wind blies ihnen genau ins Gesicht. Der Geruch des Blütenstaubs war schwer und harzig, und für einen Augenblick fiel es Zeb schwer, Atem zu holen.

Er hatte schon mit Drogen experimentiert, auf Keef und in den Raumhafenstädten von einem dutzend anderen Welten, und er zweifelte nicht im Geringsten daran, dass dies eine sehr starke Droge war, sowohl psychedelisch als auch berauschend. Die Wirkung trat beinahe sofort ein.

Zuerst spürte er hauptsächlich Euphorie, eine unglaubliche Beschwingtheit. Er setzte sich in das weiche, lange Gras und sah den Himmel über sich in Splitter und Scherben aus Licht aufbrechen. Kadarin hockte sich neben ihn, und er spürte die wachsamen, amüsierten Blicke des Alien.

Die Wirkung war anscheinend bei Kadarin nicht so stark wie bei Zeb. Und das erinnerte Zeb an etwas, das er vor ein paar Tagen erlebt hatte. Seltsam, dass Kadarin so ganz wie ein Mensch aussah, wenn doch alles, was er sagte und tat, bewies, dass er keiner war.

Zeb hatte überall im Terranischen Imperium mit Nichtmenschen gelebt und gearbeitet. Manchmal war er der einzige Mensch in einem Erkundungstrupp gewesen, wenn man knapp an Personal war. Er war bekannt als ein Mann, der dem Ideal, keinerlei Vorurteile zu haben, so nahe kam, wie es bei einem Menschen überhaupt möglich ist. Das machte ihn zu einem begehrten Kandidaten für solche Einsätze. Doch in diesem Augenblick fiel ihm auf, dass die anderen Crew-Mitglieder überhaupt nicht gemerkt hatten, *wie* fremdartig Kadarin war.

Das war nichts, was sich an der Oberfläche zeigte, obwohl

eine eingeborene Spezies im Allgemeinen entweder vollständig menschlich oder offensichtlich etwas anderes ist. Und man brauchte Felicia nur anzusehen, um zu erkennen, dass sich diese Spezies – sie mochte sein, was sie wollte – mit Menschen kreuzen konnte, was nach der biologischen Lehrmeinung gar nicht möglich sein durfte. Und zu allem anderen kam, dass Felicia ein Kind von Aldaran bekommen hatte, und das bewies, auch die Hybriden konnten sich mit Menschen kreuzen ...

Allerdings hatte das Baby sechs Finger an jeder Hand und Augen wie gelber Bernstein. Nicht gerade die Merkmale, die in menschlichen Familien allzu oft auftreten.

Das führte zu einer weiteren Frage. Seltsam, wie sein Verstand eine Frage nach der anderen aufwarf, während sein Körper vollständig zufrieden damit war, hier zu sitzen und diesen erstaunlichen Blütenstaub einzuatmen. Konnte sich *Kadarin* mit Menschen kreuzen?

Ich bin mir nicht sicher, sagte Kadarin, ohne den Mund zu öffnen. *Ich habe keine Kinder – und das liegt nicht daran, dass ich es nicht oft genug versucht hätte.* Nun lachte er ironisch, wozu er den Mund doch öffnen musste. *Ich bin viel älter, als ich aussehe. Das sind alle von meiner Art. Wusstest du, dass ich ein Gutteil älter als Kermiac bin? Ich bin in demselben Jahr geboren wie Kermiacs Urgroßvater, und das kannst du glauben oder es auch sein lassen, wie immer es dir gefällt. Vermutlich bin ich etwas Ähnliches wie ein Maultier. Jeder Pferdezüchter kann dir sagen, dass ein Maultier steril ist.*

Dazu nickte Zeb. Sein Großvater hatte Maultiere für das Touristengeschäft gezüchtet.

Und hin und wieder kann man in einem Zoo Kreuzungen von anderen Spezies sehen. Von Löwen und Tigern zum Beispiel. Nicht oft – aber manchmal ähneln sich diese Spezies genug, dass die Nachkommen fruchtbar sind. Deshalb bin ich vielleicht ein Maultier, und Felicia ist eine Tigerlöwin. Sie ist eine normale Frau, aber sie ist viel jünger als ich.

Plötzlich fiel Zeb auf, dass dies entweder eine Halluzination oder Telepathie sein musste. Aber wenn es eine Halluzination war, woher hatte Kadarin dann das Konzept von »Tigerlöwen«? Tiger und Löwen waren terranische Tiere. Er konnte das nur aus Zebs Gehirn entnommen haben.

Deshalb musste es Telepathie sein. Vielleicht war Elizabeth doch nicht so einfältig, wie Zeb geglaubt hatte. Er bedeckte die Augen mit den Händen, um das Lichterspiel auszuschalten und besser denken zu können. Also: Gab es jetzt die Telepathie oder gab es sie nicht?

Nein – ein Lebensalter an Skeptizismus ließ sich nicht abschütteln. Vielleicht war es trotz allem eine Halluzination. Es erforderte keine Telepathie, ihn *glauben* zu machen, Kadarin rede mit ihm.

»Wie bringst du es fertig, immer noch ungläubig zu sein?«, fragte Kadarin, diesmal mit richtigen Worten. Zeb nahm die Hände weg und vergewisserte sich, dass der Mund des Mannes sich bewegte. »Gibt es nichts, was es dir über jeden Zweifel hinaus beweisen könnte?«

War *das* der Grund für all diesen herausfordernden Machismo? Wollte Kadarin ihn in eine bestimmte Position manövrieren, wo er einen angeblichen Beweis erhalten sollte, der ihn zum Gläubigen machen würde? »Ich kann mir nichts denken«, antwortete Zeb.

»Dann werde ich wohl einfach warten müssen, bis es dir die Umstände beweisen«, sagte Kadarin. »Aber ich muss dir sagen, Zeb, es schmerzt mich wirklich, dass du mich für unehrlich hältst. Ich lüge nicht, niemand von meinen Leuten lügt. Wir sind ... die meisten von uns sind mit wenigstens so viel Telepathie begabt, dass wir wissen, wenn uns jemand anlügt.«

Er verstummte, und Zeb hörte von neuem diese Stimme in

seinem Kopf. *Ich sollte mich nicht darüber wundern, dass diese Kopfblinden an nichts glauben, was sie nicht sehen oder anfassen können.*

Die Luft war immer noch voll von dem schweren Duft der *Kireseth*-Blüten. Zeb sah rundum die kleinen Wesen, die im Gras und in den Bäumen leben, und auch auf sie hatten die Pollen Wirkung. Ein Eichhörnchen – oder vielmehr etwas, das einem Eichhörnchen sehr ähnlich sah – rannte behände einen am Rand des Wäldchens stehenden Baum hinunter. Zeb kam zu Bewusstsein, dass er empfand, was das kleine Tier empfand.

Das war entschieden merkwürdig, denn es bestand nur aus Gefühl, hatte keine richtigen Gedanken und war nichts, was Zeb selbständig hätte erfinden können. Die kleine Kreatur erfreute sich des warmen Tages und des schweren, aphrodisischen Geruchs in der Luft. Die Droge wirkte auf das Gehirn des Tierchens anders als auf seines. Es hatte jede Spur von Angst verloren, die Euphorie und die Desorientierung, die es hätten stören sollen, spielten überhaupt keine Rolle, und sein einziges Anliegen war im Augenblick, ein Weibchen zu finden. Und nicht einmal das war sehr wichtig. Wenn kein Weibchen von der richtigen Größe – ganz zu schweigen von der richtigen Spezies – vorbeikam, würde es sich im Gras herumrollen und wie ein Kätzchen mit den Sonnenstrahlen spielen.

Dies war eine schöne Welt. Anfangs hatte sich Zeb nicht viel aus ihr gemacht, denn sie war zu kalt, zu windig, zu gebirgig. Er hatte etwas von dem an sich, was sein Großvater lachend einen »Ökofreak« zu nennen pflegte, etwas, das sein Großvater teilte, und er war nur noch nicht fähig gewesen, sich für diesen Planeten zu erwärmen.

Aber nun schenkte die Welt sich ihm, und er erkannte, wie sehr sie ihm gefiel. Diesen anderen Teil von sich selbst hatte er beinahe vergessen gehabt, weil er so lange im Raum gewesen war. Der Blütenstaub hatte ihn von neuem geweckt, hatte ihn in Kontakt mit seinem eigentlichen Ich gebracht. Und er wünschte sich, Teil von dieser Welt zu sein, wie er es sich noch bei keiner Welt gewünscht hatte, nicht einmal bei der für ihn verlorenen Erde. Als er die Ranch seines Großvaters hatte verkaufen müssen, um die rückständigen Steuern zu bezahlen, hatte es ihm fast das Herz gebrochen. Er hatte Terra den Rücken gekehrt und war geradewegs in den Raum gegangen. Aber jetzt hatte sich dieser Ort für ihn geöffnet, und ihm war, als biete er sich ihm an Stelle seiner verlorenen Liebe an.

Und es gab hier auch Menschen, die ihn brauchten. Felicia und die kleine Thyra. Kermiac Aldaran würde nicht immer da sein, ebenso wenig seine Lady – und außerdem brauchte Klein-Thyra einen Papa, und Felicia war eines dieser sanften Wesen, die einen Mann und Beschützer brauchen. Nicht jede Frau brauchte einen, und das war Zeb sehr angenehm. Er sah ebenso gern eine stolze und unabhängige Frau wie einen frei laufenden Mustang, und er hielt es durchaus nicht für notwendig, einen von beiden an Zaum und Sattel zu gewöhnen.

Aber er ... nun, er brauchte das Gefühl, der Beschützer zu sein. Und die süße Felicia brauchte jemanden wie ihn.

Hatte Kadarin ihn deshalb hergelockt? Manchmal benahm sich Kadarin wie Felicias großer Bruder. Versuchte er, Zeb das ganze Bild dessen, was sich hier abspielte, vor Augen zu führen? Vielleicht, denn hätte er es nicht getan, wäre Zeb sehr wahrscheinlich nach Beendigung seiner Arbeit hier weitergezogen, wie er es auf jeder anderen Welt getan hatte.

Aber jetzt ... Diesmal würde er Wurzeln schlagen und bleiben. Und er hatte das Gefühl, dass die Welt um ihn seine Bereitschaft spürte und ihn ihrerseits aufnahm.

Ja, er würde bleiben, ebenso wie Elizabeth und David, und seine (und Felicias) Kinder würden mit ihren Kindern spielen, und alle zusammen würden Darkovaner sein.

Die Wiese vor ihm waberte und verschwand, und an ihrer Stelle sah er plötzlich die Mauern der Ruine, auf die die Lornes zugeritten waren. Nur war der Ort nicht verlassen. Er war voll von Männern, und er wusste ebenso genau, wie er seinen eigenen Namen wusste, dass diese Männer zu der gleichen Art von gesetzlosem Ungeziefer gehörten, das es einem ehrlichen Mann unmöglich gemacht hatte, in bestimmten Teilen des Alten Westens zu leben. Räuber, das waren sie ...

Und dann sah er mit äußerstem Entsetzen, dass sie David und Elizabeth gefangen genommen hatten.

Er und Kadarin mussten umkehren. Sie mussten Hilfe holen! Und sie mussten es tun, bevor es zu spät war. »Bob«, sagte er entschlossen, »ich muss zurückreiten!«

Kadarin stellte sich gemächlich auf die Füße. »Jederzeit.«

Zeb hörte Commander MacArans Instruktionen zu und ließ sich weder den Mangel an Schlaf noch den Überschuss an Adrenalin anmerken. Jetzt, da etwas getan wurde, breitete die Ruhe vor dem Einsatz wie jedes Mal eine weiche Decke über seine Nerven. Die Sache war ihm aus den Händen genommen und in die Hände seiner Vorgesetzten gelegt worden. Er brauchte keine Entscheidungen mehr zu treffen, er brauchte nur noch Befehle in Empfang zu nehmen.

Es war inzwischen dunkel geworden. Im Morgengrauen würden sie angreifen.

»Gut, soweit wir es beurteilen können, gibt es keinen Schleichpfad an diesen Ort und keine verborgenen Eingänge«, murmelte Ralph MacAran, der zum Leiter des Rettungsteams ernannt worden war. »Doch um ganz sicherzugehen, soll das Flugzeug niedrig über sie hinwegfliegen, damit sie die Lornes nicht in aller Eile hinten hinausbringen können.«

Er hatte wie alle anderen noch unter dem Schock über den grauenhaften Tod von Ysaye und Ryan Evans gelitten. Und dann waren Zeb und dieser Eingeborene Kadarin herangedonnert. Sie hatten die Pferde so angetrieben, dass sie zusammenbrachen. Eine Katastrophe nach der anderen.

Zeb Scott, der der Pilot sein würde, nickte knapp und ging zu der Maschine. In wenigen Augenblicken war sie gestartet. Der Plan war, dass sie auf Baumwipfelhöhe über den Horizont kommen sollte, sobald MacAran das Signal zum Angriff gab.

»Die Übrigen schwärmen aus und decken den Eingang. Kelly, Sie haben mit Lorne gearbeitet und beherrschen die Sprache besser als alle anderen. Deshalb nehmen Sie, sobald wir dort sind, das Megafon und sagen ihnen, dass sie umzingelt sind. Fordern Sie sie auf, sich zu ergeben. Lassen Sie ihnen fünf Minuten Zeit, und wenn sie nicht mit einer weißen Fahne herauskommen, ziehen Sie sich zurück. Dann werde ich ein paar Rauchbomben über die Mauer werfen, nur zur Warnung. Wenn das nicht klappt, sind Zeb und die Schützen an der Reihe. Und um die Räuber davon abzuhalten, durch die Hintertür zu entwischen, werde ich ein paar Brandgeschosse in den Wald schleudern.«

Er klopfte auf seinen tragbaren Granatwerfer. Commander Britton runzelte die Stirn.

»Halten Sie das wirklich für eine gute Idee?«, fragte er. »Wenn die Räuber nun drohen, die Lornes zu töten?«

MacAran zuckte die Achseln. »Imperiumspolitik! Wir zahlen kein Lösegeld, wir führen keine Verhandlungen mit Terroristen und Entführern, und wenn sie die Geiseln töten, töten wir sie.«

Britton verzog das Gesicht, sagte jedoch nichts.

Aurora Lakshman hob protestierend die Hand. »Ralph, mir gefällt es gar nicht, dass wir diese Leute, die nichts von Sprengstoffen wissen, mit einem Sperrfeuer eindecken sollen. So etwas hat man auf der Erde in früheren Zeitaltern allzu oft unterentwickelten Völkern angetan – wir sind dafür berüchtigt. Wollen wir das hier und jetzt wirklich wiederholen?«

»Das ist nur ein Knall und eine Menge Rauch. Damit soll ihnen nur Angst eingejagt werden, und wenn sie ein bisschen Verstand haben, werden sie sich auf der Stelle ergeben«, gab MacAran zurück. »Ich würde es auch nicht tun, wenn wir eine andere Wahl hätten. Doch die haben wir nicht, und ich habe meine Befehle.«

»Und wenn sie sich nicht ergeben?«, fragte Aurora. »Und wenn sie David und Elizabeth tatsächlich umbringen? Wollen Sie sie aus der Luft verbrennen? Warum ignorieren wir die Forderungen nicht einfach – tun so, als würde uns die Sache nicht interessieren? Früher oder später werden diese Männer die Lornes bestimmt gehen lassen!«

»Wenn wir die Lornes im Stich lassen«, fiel Kadarin ein, »werden die Räuber sie ganz bestimmt töten, sobald sie überzeugt sind, dass niemand bereit ist, ein Lösegeld zu zahlen. Es liegt nicht in ihrem Interesse, jemanden gehen zu lassen, der weiß, wer sie sind.«

MacAran bedachte den unaufgefordert abgegebenen Kommentar Kadarins mit einem Stirnrunzeln. Wenn es nach ihm gegangen wäre, hätte man Kadarin zu der Besprechung gar nicht erst zugelassen. Er hegte immer noch den heimlichen Verdacht, dass Kadarin etwas mit dem Überfall zu tun hatte – schließlich war es der Darkovaner gewesen, der den Lornes geraten hatte, an jenem Ort Zuflucht vor dem »Geisterwind« zu suchen. Obwohl die Frage, warum sie Zuflucht vor einem Wind suchen mussten ... Nun, das konnte ihm gleichgültig sein, doch es sprach Bände, dass Kadarins Einwand wie aus der Pistole geschossen kam. MacAran kam nicht von dem Gedanken los, dass Kadarin hinter dieser gleichmütigen Fassade über ihn lachte.

Er betrachtete den Rest seiner Truppe. Zähe Männer. Viele

von ihnen waren bei der Polizei oder in anderen Kampforganisationen auf verschiedenen Welten gewesen, bevor sie in den Raumdienst eingetreten waren.

»Gut, Leute«, sagte er. »Nehmt eure Stellungen ein. Mit etwas Glück werden die Räuber uns glauben und die Lornes freilassen, und das alles wird den Eingeborenen zeigen, dass wir uns bei Terroristen nicht anbiedern.«

Und wenn das Glück gegen uns ist, dachte er, *hoffe ich bei Gott, sie zwingen uns nicht, Ernst zu machen. Und ich hoffe, die Lornes sind noch am Leben.*

Elizabeth war es sehr kalt ohne den terranischen Schlafsack, den die Räuber beschlagnahmt hatten. Jeden Abend brauchte sie lange zum Einschlafen, und dann schlief sie unruhig und wachte oft auf. Jede Nacht hatte sie Alpträume. Und jeden Morgen, wenn die rote Sonne über die Berggipfel stieg und sich aus einem Meer von schweren, graurosa Wolken erhob, drehte sich ihr der Magen um.

Dieser Morgen, der vierte nach ihrer Gefangennahme, war nicht anders.

Elizabeth schob die Zeltklappe auf und ging an dem verschlafenen Wachposten vorbei zu dem primitiven und dem Zweck kaum genügenden Schuppen in einer Ecke des dachlosen Raums, der als ebenso primitives Badezimmer diente. Mit krampfhaftem Erbrechen beugte sie sich über den dort stehenden Topf, und sie konnte an nichts anderes denken als an die Ungerechtigkeit, dass ihre ersten Anfälle von morgendlicher Übelkeit hier und jetzt einsetzen mussten. In der dunklen Vergangenheit hatte es einmal eine medizinische Theorie gegeben, wonach Frauen, die an morgendlicher Übelkeit litten, nichts als ein psychisches Problem hätten und heimlich wünschten, nicht schwanger zu sein.

Eine von männlichen Ärzten aufgestellte Theorie, vermutete Elizabeth. Ebenso wie die, dass Frauen, die an Menstruationsbeschwerden litten, heimlich wünschten, keine Frauen zu sein. Oder Aufmerksamkeit erregen wollten.

Nun, das musste die ungeschickteste Methode sein, Aufmerksamkeit zu erregen!

Heute war der vierte Tag ihrer Gefangenschaft, und sie hoffte nur, Zeb und Kadarin hatten nicht den Verstand verloren, waren nicht von einer Klippe gestürzt und nicht in die Hände einer anderen Räuberbande geraten. Wenn sie von dieser Gruppe hier gefangen genommen worden wären, hätte sich der Anführer bestimmt keine Gelegenheit zu triumphieren entgehen lassen.

Endlich beruhigte sich ihr Magen. Elizabeth wischte sich den Mund ab, schlang sich die Daunenjacke um die Schultern und stolperte zitternd an dem grinsenden Wachposten vorbei in ihr Zelt zurück. Obwohl die Räuber ihnen zu essen gegeben hatten, war sie dauernd hungrig und fror. Und sie war schmutzig. Ihr Haar fühlte sich an, als sei es kurz davor, ihr von der Kopfhaut zu kriechen. Sie wäre im Augenblick bereit gewesen, ihre rechte Hand für ein schönes, langes, heißes Bad herzugeben.

Sie schob die Zeltklappe zur Seite und schlängelte sich wieder ins Innere. David, der aufgewacht war, als sie sich zu der primitiven Toilette aufmachte, fragte besorgt: »Alles in Ordnung, Liebes?«

»Alles wird in wenigen Monaten von selbst in Ordnung kommen«, seufzte Elizabeth und griff nach dem Wasserbecher, den David ihr reichte, damit sie den sauren Geschmack im Mund ausspülen konnte. »Das ist das einzig Gute an einer Schwangerschaft. Sie wird zu gegebener Zeit enden.«

»Es könnte schlimmer sein.« David versuchte, sie aufzumuntern. »Stell dir morgendliche Übelkeit bei Schwerelosigkeit vor.«

Elizabeth schüttelte sich. »Stell du es dir vor, ich lasse das lieber bleiben.«

Er zog sie an sich, und sie schmiegte sich in seine Arme, versuchte, ein bisschen wärmer zu werden. »Bist du sicher, dass alles in Ordnung ist?«, drängte er. »Mir gefällt es nicht, dass dir übel wird, und wir haben überhaupt keine medizinische Betreuung für dich. Dies ist der dritte Tag hintereinander, dass du das Frühstück von dir gegeben hast.«

»Nein, stimmt nicht«, widersprach Elizabeth. »Ich habe noch gar kein Frühstück gehabt. Und Frauen haben jahrtausendelang ohne ärztliche Hilfe Kinder bekommen und unter morgendlichem Erbrechen gelitten. Es wird schon alles gut werden.«

Er schloss sie fester in die Arme. »Ich wünschte, sie ließen uns einfach gehen – oder sonst etwas. Aber seit du den Kontakt mit Ysaye verloren hast, rechne ich nicht mehr jede Minute mit einer Befreiung.«

»Inzwischen wird Ysaye bestimmt Lärm geschlagen haben. Ich bin noch nie für so lange Zeit ohne jeglichen Kontakt mit ihr gewesen.«

David schüttelte den Kopf. »Wir hatten uns daran gewöhnt, ständig in Verbindung zu stehen, aber bevor wir hier landeten, war dieser telepathische Kontakt mehr oder weniger von Zufällen abhängig. Und wir wissen nicht, welchen Einfluss die Entfernung hat. Deshalb könnte Ysaye durchaus annehmen, du seist nur zu weit weg, um sie zu erreichen. Oder zu stark beschäftigt.«

Elizabeth biss sich auf die Lippe und versuchte, den Gedanken von sich zu schieben, dass er Recht hatte. »Kadarin und Zeb Scott sind ja auch noch da ...«

»Und Kadarin könnte dahinter stecken«, unterbrach David sie. »Aber selbst wenn das nicht so ist, bin ich nicht geneigt, allzu viel Vertrauen in ihn zu setzen. Er hat für meinen Geschmack einen gar zu eigenartigen Sinn für Humor. Vielleicht findet er diese Situation höchst amüsant.«

Das entsprach so sehr der Wahrheit, dass Elizabeth nicht widersprechen konnte. Sie verfiel in düsteres Schweigen. Nach ziemlich langer Zeit trat einer der Räuber mit dem ein, was als Frühstück galt, altbackenem Brot, getrocknetem Fleisch und zwei Bechern mit dem hiesigen Äquivalent für Kaffee.

Das Zeug war ebenso unappetitlich wie alle früheren Mahlzeiten. Elizabeth nahm sich eine Scheibe Brot und knabberte entmutigt daran. »Wenn sie uns doch nur etwas mitteilen würden!«, sagte sie, um das Schweigen zu brechen.

»Was denn zum Beispiel?« David kämpfte mit einem Brocken Fleisch.

»Irgendetwas!«, rief Elizabeth heftig. »Ob sie sich wenigstens mit Lord Aldaran in Verbindung gesetzt haben oder nicht. Was sie tun wollen, wenn sie zu ihm gehen und er die Nasen zählt und schlicht erklärt, er vermisse niemanden. Wo bleiben wir dann?«

»Vielleicht kommen sie dann auf die Idee, dass wir die Wahrheit gesagt haben.« David seufzte. »Aber Gott allein weiß, wie lange sie dazu brauchen würden.«

Irgendetwas erregte Elizabeths Aufmerksamkeit – ein Geräusch, das vorher nicht da gewesen war. Sie legte den Kopf auf die Seite. »David, hörst du nichts?«

Er unterbrach das Kauen und lauschte. »Das ist – nein, das ist nicht der Wind, oder?«, staunte er. »Das klingt wie ein Flugzeug! Auf dem Planeten kann es kein Flugzeug geben, das nicht von uns ist. Liz, sie kommen uns holen!«

Seine Stimme ging in dem Dröhnen eines Fliegers unter, der in geringer Höhe über die Mauern flog und wieder umkehrte.

»Hier spricht Captain Gibbons von dem Sternenschiff Min-

nesota!«, donnerte eine verstärkte Stimme von irgendwo außerhalb der Mauern.

»Nein, ist er nicht. Das ist Grant Kelly ...«, sagte David. Elizabeth brachte ihn zum Schweigen.

»*Wir haben euch umzingelt. Ihr haltet zwei Mitglieder der Crew des Sternenschiffs* Minnesota *gefangen. Wir geben euch fünf Minuten, sie freizulassen. Wir verhandeln nicht, wir zahlen kein Lösegeld. Wenn ihr sie freilasst, werden wir uns zurückziehen. Tut ihr es nicht, werden wir Waffen gegen euch einsetzen. Wenn ihr ihnen Schaden zufügt oder sie tötet, werden wir euch töten. Eure Zeit beginnt jetzt.*«

»Ja!« David sprang auf die Füße. »Der hat es ihnen aber gegeben!«

Elizabeth hatte Angst. »Nein!«, rief sie. »Das können sie nicht! Sie wissen nicht, dass er es ernst meint!«

»Dann werden sie es lernen müssen«, erklärte David herzlos. »So viel unsere Leute wissen, sind wir bereits tot.«

Die Minuten schleppten sich dahin. Dann kam das unmissverständliche Geräusch eines tragbaren Granatwerfers. Der durchdringende Geruch nach Rauch kroch heran, gefolgt von dem Dröhnen des Flugzeugs, das sich von neuem dicht über den Baumwipfeln näherte, und dem lauten Knattern von Schüssen.

Qualm waberte in das Zelt und nebelte alles ein. Elizabeth hustete und würgte, und David wurde kreidebleich. Weitere Schüsse fielen, die Zeltwände bebten.

Elizabeth stürzte zu Boden, David warf sich schützend über sie. Die nächsten paar Augenblicke herrschte das reine Chaos, gefüllt mit den Schreien von Männern und Tieren, erstickendem Brandgestank und Rufen: »Feuer! Der Wald brennt!«

Dann riss einer der Räuber die Zeltklappe auf und zerrte beide Gefangenen ins Freie. Sein Gesicht war eine Maske des Entsetzens. Er schob sie vor sich her durch den Rauchnebel bis dahin, wo einmal die Große Halle des Herrenhauses gewesen war.

Und Elizabeth sah über die zerklüfteten Mauern hinweg eine Flammenwand, wo vorher jahrhundertealte Bäume gestanden hatten.

Elizabeth rang nach Atem. Die Räuber schubsten sie zum Tor hinaus. Sie taumelte vorwärts, David neben sich, obwohl sie nichts sehen konnte, denn ihre Augen tränten und brannten von dem dichten Rauch. Einen Augenblick später lag sie in Aurora Lakshmans Armen.

Der Räuber hielt Davids Arm weiter fest. David wunderte sich über das Ausmaß von Zorn und Bitterkeit im Gesicht des Mannes.

»Ihr haltet uns für Barbaren«, sagte er. »Aber ihr seid es, die den Vertrag nicht achten. Ihr könnt unmöglich zivilisiert sein. Ein unvernünftiges Tier hat mehr Moral und Ethik als ihr.«

Er schob David seiner Frau hinterher und verschwand im Rauch.

Er geht, das Feuer zu bekämpfen, hörte David in seinem Kopf. Er drehte sich um und sah Kadarin, der darauf wartete, ihn zum Flugzeug zu führen. *In diesen Wäldern tut das sogar ein Räuber. Und nur ein Wahnsinniger würde eins legen.*

David blickte erstaunt auf. Kadarin nickte grimmig, machte kehrt und ging ihm durch den Rauch voran.

Epilog

Unter den Gefühlen, mit denen Lorill Hastur vor dem Comyn-Rat stand, herrschte das der Müdigkeit vor. Eigentlich hätte er angesichts so vieler wichtiger Leute vor Angst zittern müssen, doch er war nichts als erschöpft. Immer noch begriff er nicht, wie so viele Dinge hatten schiefgehen können, und er hatte keine Ahnung, wie er sie wieder in Ordnung bringen sollte. Vielleicht gab es dazu überhaupt keinen Weg. Er hatte einige wenige Tage damit verbracht, den Waldbrand zu bekämpfen, doch er kam sich um Jahre älter vor.

»Zusammenfassend möchte ich Folgendes sagen«, schloss er. »Obwohl ich nicht sehr alt und auch nicht sehr klug bin und obwohl der Wille Hasturs nicht mehr allein das Gesetz des Landes ist, weil jeder andere Comyn-Lord gleiche Rechte hat – wenn ihr mich fragen solltet, würde ich antworten: Wir müssen darauf achten, dass wir so wenig wie möglich mit diesen Terranern zu tun bekommen. Aldaran hat sie noch immer in der Tasche, und wir alle wissen, dass die Wünsche Aldarans oft in schreiendem Gegensatz zu den Interessen der übrigen Domänen stehen. Die Terraner sind keine schlechten Menschen, aber Aldaran ist alles, was sie kennen – und sie wissen nur das, was Aldaran ihnen von uns erzählt hat. Ihre Sitten unterscheiden sich so stark von unseren, dass ich oft den Eindruck hatte, sie seien kaum als menschlich zu betrachten. Doch das ist nicht das Schlimmste. Das Schlimmste sind die Waffen in ihrem Besitz.«

Er schloss kurz die Augen und versuchte zu vergessen, was er gesehen hatte. Er war hingeeilt, um bei der Brandbekämpfung zu helfen, wie es jeder Mann, jede Frau und jedes Kind in dem Gebiet getan hatte. Es war ein Alptraum gewesen, und die Erinnerung würde nur langsam verblassen.

»Sie haben schreckliche Waffen«, berichtete er. »Waffen, die aus der Ferne wirken, in Verletzung des Vertrags. Und offenbar sind sie bereit, diese Waffen bei der geringsten Provokation einzusetzen, auch wenn es andere Möglichkeiten gäbe. Ich weiß wirklich nicht, wie man sie dazu bringen könnte, auf diese Waffen zu verzichten.«

Bei dem darauf folgenden ungläubigen Gemurmel öffnete er die Augen und sah die Skeptiker fest an. »Ich sage euch, ich habe diese Waffen in Gebrauch gesehen! Ich habe miterlebt, wie sie einen Wald in Brand setzten, den zu löschen es drei Tage und Nächte erforderte und der in dieser Zeit sechs dutzend Meilen Wald vernichtete! Ich habe das Feuer selbst bekämpft und bin von dort geradewegs hergekommen. Die Terraner stellten spezielle Maschinen und Flüssigkeiten bereit, um das Feuer zu löschen, das sie gelegt hatten, und ohne sie hätten wir wohl Wochen gebraucht. Trotzdem müssen wir diese Leute sich selbst überlassen, denn sie sind zu gefährlich, als dass wir sie in unserer Mitte weilen lassen dürften.«

»Was ist mit Eurer Schwester Leonie?«, rief ein Mann. »Sie drängte darauf, wir sollten Verbindung mit diesen Leuten aufnehmen. Was hat sie jetzt zu sagen?«

»Nichts«, antwortete Lorill kurz. »Sie ist in der Isolierung. Sie hat in Arilinn mit der Ausbildung zur Bewahrerin begonnen, und es ist ihr nicht erlaubt, mit ihren Verwandten zu kommunizieren. Und so oder so, meine Herren, bin ich der Meinung, dass die Wünsche eines jungen Mädchens nicht gegen die Gewalttätigkeit von Menschen, die den Vertrag brechen, abgewogen werden können.«

Er setzte sich, und die Debatte begann. Lorill wusste schon, wie sie enden würde. Er würde seinen Kopf durchsetzen – vorerst. Aber nicht für immer.

Leonie hatte Recht gehabt. Auch der geballte Wille aller Comyn konnte diese Terraner nicht für immer zurückhalten. Mit schmerzender Sehnsucht wünschte er sich, mit ihr reden zu können. Noch vor ein paar Tagen hatte er geglaubt, keine Macht der Welt sei fähig, Leonie von ihm abzuschneiden – auch nicht alle Bewahrerinnen der Welt.

Er hatte noch kurz vor seiner Abreise von Aldaran, als er nach Hause zurückkehren wollte, mit ihr gesprochen. Zwei Tage später hatte er sich vor einem Sturm in Sicherheit bringen müssen. Da hatte er versucht, Kontakt mit ihr aufzunehmen, doch er war gegen eine undurchdringliche Barriere gestoßen.

Dann waren Männer gekommen, die Helfer zur Bekämpfung eines großen Feuers suchten, und bevor er ging, hatte er gehört, terranische Waffen hätten den Wald in Brand gesteckt. Aus erster Hand hatte er die Geschichte von den fernwirkenden Waffen der Terraner. Und als er sich ungläubig zeigte, hatten sie ihm höflich diese Waffen vorgeführt.

Lorill hatte sich verzweifelt gewünscht, mit Leonie zu sprechen, um herauszufinden, wie die *terranan* es über sich brachten, so etwas zu tun. In dem Glauben, die Barriere zwischen ihnen sei von den Bewahrerinnen errichtet worden und Leonie werde sie bald überwunden haben, hatte er immer wieder versucht, sie zu erreichen. Aber nach einem Tag hatte er erkannt: Es handelte sich hier nicht um etwas, womit die Bewahrerin von Arilinn ihn ausgrenzen wollte, sondern um einen großen und schrecklichen Schock, den Leonie erlitten hatte.

Zu Hause angekommen, fand er eine Botschaft vor. Darin hieß es nur, für den Rest ihrer Ausbildungszeit in Arilinn könne es Leonie nicht erlaubt werden, mit ihren Verwandten zu kommunizieren. Lorill hätte einen Eid darauf abgelegt, dass nichts außer dem Tod oder einer Katastrophe Leonie von ihm abschneiden könne. Und nun fürchtete er, dass es eine Katastrophe war.

Er rieb sich die müden Augen und blickte auf. Gerade gaben die letzten Lords der Domänen ihre Stimmen ab.

Er hatte gesiegt. Der jüngste Mann im Rat hatte seinen Willen durchgesetzt. Es würde keinen Kontakt mit den *terranan* geben. Sie würden in unfreiwilliger Isolierung in den Hellers bleiben. Es hätte ihn eigentlich erregen müssen, dass so viele ältere, mächtigere Männer sich seinem Willen gebeugt hatten, ohne dass ein einziges aufforderndes Wort seines Vaters dazu notwendig gewesen war.

Aber der Geschmack des Sieges war Staub und Asche in seinem Mund.

Darkover bei Knaur

Eine Liste aller Darkover-Romane in chronologischer Reihenfolge

Die Entdeckung des Planeten: Ein terranisches Siedlerschiff muss auf dem Planeten Cottman IV notlanden; die Besatzung nennt ihre neue Heimat Darkover.

Die Landung

Das Zeitalter des Chaos: 1000 Jahre sind seit der Landung auf dem Planeten vergangen. Die Nachfahren der Siedler haben jedes Wissen über ihre Herkunft verloren und leben in einer mittelalterlichen Welt.

Herrin der Stürme
Herrin der Falken

Die Zeit der hundert Königreiche: Das Land ist in Königreiche geteilt, deren Herrscher sich erbittert bekämpfen. Furchtbare Waffen verwüsten den Planeten – und nur ein Mann kann Darkover den Frieden bringen ...

Die Zeit der hundert Königreiche
Die Erben von Hammerfell

Die Entsagenden: Frauen haben auf Darkover nur wenig Rechte – es sei denn, sie werden Entsagende, Frauen, die bewusst auf den Schutz durch einen Mann verzichten und selbstbewusst ihr eigenes Leben führen.

Die zerbrochene Kette
Gildenhaus Thendara
Die schwarze Schwesternschaft

Die Wiederentdeckung: Das Terranische Imperium entdeckt den Planeten Darkover wieder und meldet Rechte auf ihn als ehemalige Kolonie an. Gleichzeitig wächst auf Darkover aber auch die Unzufriedenheit mit den althergebrachten Traditionen. Ein Bürgerkrieg scheint unausweichlich, als sich eine der Domänen mit den Terranern verbünden will …

An den Feuern von Hastur
Das Zauberschwert
Der verbotene Turm
Die Kräfte der Comyn
Sturmwind

Knaur

Ein Darkover-Roman

Nach den Comyn: Obwohl die Terraner mittlerweile einen Raumhafen auf dem Planeten eingerichtet haben, bleibt Darkover weitestgehend vom restlichen Universum abgeschnitten. Der Kampf zwischen Tradition und Aufbruch führt zu immer neuen Kämpfen und Auseinandersetzungen ...

Die blutige Sonne
Hasturs Erbe
Retter des Planeten
Sharras Exil
Die Weltenzerstörer

Der Marguerida-Alton-Zyklus: Margaret Alton denkt, sie würde den Planeten ihrer Eltern zum ersten Mal betreten, als sie nach Darkover kommt. Bald schon aber häufen sich die Beweise dafür, dass ihre Erinnerungen manipuliert wurden – und schneller, als Margaret lieb ist, wird sie nicht nur in das Machtspiel der herrschenden Familien verwickelt, sondern muß sich auch einer unheimlichen Bedrohung aus Darkovers tiefster Vergangenheit stellen ...

Asharas Rückkehr
Die Schattenmatrix
Der Sohn des Verräters

Anthologien: Die Darkover-Anthologien wurden von Marion Zimmer Bradley gemeinsam mit dem amerikanischen Fanclub, den »Friends of Darkover«, herausgegeben. Die Kurzgeschichten beschäftigen sich mit neuen oder auch bekannten (Neben-)Figuren des Zyklus, schlagen Brücken zwischen den einzelnen Romanen oder vertiefen die große Geschichte des Planeten und seiner Bewohner weiter.

Der Preis des Bewahrers
Schwert des Chaos
Rote Sonne
Die vier Monde
Die Freien Amazonen
Die Schwesternschaft des Schwertes
Planet der blutigen Sonne
Die Domänen
Die andere Seite des Spiegels
Die Türme

Knaur

Ein Darkover-Roman

KATHARINE KERR

DIE CHRONIKEN VON DEVERRY

Band 1: Der Wanderer von Deverry

Band 2: Die Ausgestoßenen von Deverry

Band 3: Dämmerung über Deverry

Band 4: Der Magier von Deverry

Band 5: Zeit der Verbannung

Band 6: Zeit der Omen

Band 7: Zeit des Dunkels

Band 8: Zeit des Feuers

Band 9: Der rote Drache

Weitere Bände in Vorbereitung.

Excalibur

bei

Knaur

JOHN MARCO

DAS IMPERIUM VON NAR

Band 1: Die Jäger des Tharn

Band 2: Die Paladine des Dunkels

Band 3: Die Armee der Raben

Band 4: Das Banner der Rache

Band 5: Die Heiligen des Schwertes

Weitere Bände in Vorbereitung.